고려태조 왕건 4

혁명으로 가는 길

고려태조 왕건 _ 4권 혁명으로 가는 길

초판 1쇄 발행 2016년 2월 11일

지은이 김성한
펴낸이 노미영

펴낸곳 산천재(공급처 : 마고북스)
등록 2012. 4. 19.
주소 서울시 마포구 월드컵북로 5길 48-9(서교동)
전화 02-523-3123 팩스 02-523-3187
이메일 magobooks@naver.com

ISBN 978-89-90496-89-8   04810
ISBN 978-89-90496-85-0(세트)

고려태조 왕건

혁명으로 가는 길

荳

4

김성한
역사
소설

산천재

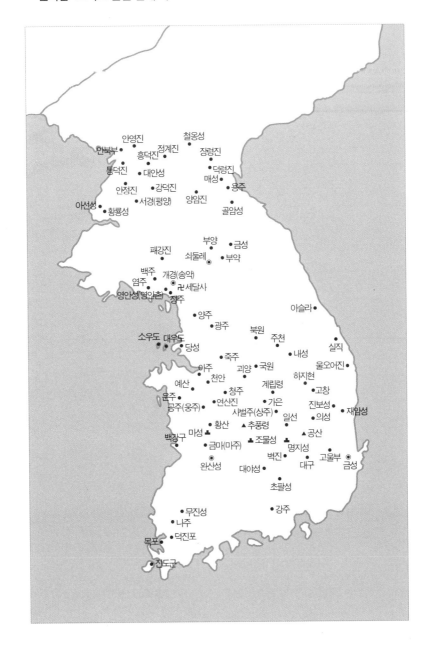

고려태조 왕건 _ 4권 혁명으로 가는 길

차례

- 이 작품은 1980년대 초 '왕건' 제하로 삼 년에 걸쳐 동아일보에 연재되었다. 1982년 같은 제목의 단행본으로 출간되었고(전6권, 동아일보사) 그 후에도 판을 거듭하여 나왔다.
- 이 책은 마지막 판인 《고려태조 왕건》(전6권, 행림출판, 1999년)의 오탈자 등을 바로잡아 다섯 권으로 다시 편집한 것이다.

은밀한 계획

사나이가 다녀간 다음 날 칙사로 김행도(金行濤)가 가마를 타고 나타났다. 신라의 왕족이었으나 지난 이월 현승(玄昇)이라는 자가 금성에서 일으킨 반란에 가담하였다는 터무니없는 혐의를 받고 가족과 함께 전부터 친교가 있는 재암성(載岩城, 경북 청송군) 장군 선필(善弼)에게 도망친 노인이었다.

현승은 잡혀 죽었으나 다음은 김행도라고 아우성친다는 소문을 듣고 선필의 주선으로 멀리 쇠둘레 교외에 와서 조용히 지내는 사람이었다. 은부는 신라를 철천의 원수로 아는 임금 선종의 뜻이라 하여 신라를 등진 그에게 대신의 녹을 지급한다고 했다. 왕건 이하 나주에서 온 장수들은 안면은 없었으나 소문은 듣고 있었다.

칙어는 간단했다.

— 정주에 당도한 지 이순(二旬, 이십 일)이 가깝도록 움직이지 아

니하니 짐은 경들의 뜻을 몰라 하노라. 전번에 명한 대로 즉시 군
사들은 임시휴양차 고향으로 보내고, 장군 왕건은 쇠둘레에 와서
시중의 일을 볼 것이며 다른 장수들도 저마다 소망하는 대신으로
인명할지니 숙히 울지어다. ─

왕건은 칙어를 받들고 노인을 극진히 대접했다. 자리를 같이한 장수
들 가운데서 금언이 주로 노인과 이야기를 주고받았다.

"수천 명의 고향은 한 군데가 아니고 수백 군데인데다가 먼 데도 있
고 가까운 데도 있습니다. 각자 사정에 따라 노자를 마련하여 보내자니
자연 시일이 천연되어 황공하기 그지없습니다."

고이 자란 노인이 군을 알 까닭이 없고 무조건 고개를 끄덕였다.

"그럴 테지요."

"오실 때 성상을 뵈었습니까?"

"웬걸요. 궁중에 불려가기는 했으나 성상은 바쁘시다면서 내군장군
이 대신 칙어를 주더군요."

"젊은 대신들도 많은데 칠십 노인을 보내시는 걸 보니 모두들 이 일
을 중히 여기시는 모양이지요?"

"그 생각은 못하구 녹을 받았으니 녹값이라두 하라구 보낸 걸루 알았
구만."

"오시는데 잘 호위해 드리던가요?"

"근처에 군사들이 깔려 있는 걸 보니 소홀히 하는 것 같지는 않습디다."

하룻밤 잘 대접해서 이튿날 가마에 태워 돌려보냈다. 보내니 왔고 가
라니 갈 뿐 자기가 띠고 온 임무는 관심도 없었다.

바다를 보고는 시 몇 수, 산을 보고도 시 한 수, 심지어 까치 한 마리를
보고도 시 한 수 없을 수 없었다.

왕건은 은부가 마지막으로 이쪽 의도를 떠보기 위해서 죽어도 그만,

살아와도 그만인 인물을 보낸 속셈을 꿰뚫어보고 있었으나 노인 편에 몇 번이나 황공하다는 문구를 넣은 장계(狀啓)를 임금에게 올렸다.

은부의 성품으로 보아 당초부터 이 정주에 세작들을 보냈을 것이고 깊은 내막은 몰라도 겉으로 돌아가는 것을 알고 있을 것이다. 자기의 계략이 폭로된 것을 알면서도 복병을 거두지 않은 것을 보면 식량이 떨어지기를 기다리거나 쇠둘레에 쳐올라오다 전멸되는 것을 기대하고 있는 모양이다.

왕건은 포구를 구경시킨다면서 급히 불러온 배에서 수없이 양곡 부대를 내리는 작업이 눈에 띄도록 했다. 말하지 않았으나 그대로 은부의 귀에 전달될 것이다.

어떻든 노인이 쇠둘레로 돌아가는 날 은부의 계책은 크게 바뀔 것이고 그 계책은 아마 이미 마련되어 있을 것이다.

노인이 다녀간 후 한동안 뜸하다가 또 홍술의 군관이 나타나 전과 같은 방법으로 연락이 왔다.

"복병은 철수했다. 유력한 장수들에게 실정을 얘기했으나 반신반의하는 눈치다. 우리들만의 힘으로도 끝장을 낼 수 있으나 쇠둘레는 피바다가 될 것 같고 왕실도 위험해서 중지하기로 했다. 남은 것은 그들을 설득하여 확신시키는 일인데 하루 속히 전군을 이끌고 오되 반드시 종희 장군이 와야 한다. 중전의 지친인 그의 말이라면 믿기로 되어 있다."

다 듣고 난 능산은 걱정이었다. 종희가 가 줄까?

사나이는 전과 같이 앉지도 않고 그대로 돌아갔다.

능산은 곧 왕건에게 보고했다.

왕건은 듣기만 하고 사람을 보내 금언을 오게 했다. 능산은 자기와 왕건만 아는 비밀인 줄 알았는데 금언에게도 알린 모양이었다.

왕건은 나주에서 태자를 초청하고 종희를 내군장군으로 추천하는 일에 무심코 금언을 따돌렸다가 반감을 산 일을 잊지 않고 있었다. 일반 가정이나 관가에서도 그렇지만 군대 역시 서차를 뛰어넘는다는 것은 당사자에게 소외감을 주고 반감을 사게 마련이었다. 왕건은 이 일은 자기의 실수였고 다시는 되풀이하지 않으리라 생각하고 있었다.

"금언 장군도 알구 계십니까?"

"내가 아는 것은 다 알구 있소."

"하기는 부장(副將)이 몰라서야 쓰겠습니까?"

밑바닥으로부터 한 단씩 밟아 올라온 능산은 적어도 군대의 생리가 몸에 배었고, 군관이나 장군으로부터 시작한 사람들에게 흔히 볼 수 있는 허점은 없었다.

"금언 장군이 오거든 지나간 일이건 앞으로의 일이건 터놓고 의논합시다."

"그렇게 해야 일이 되겠지요."

능산은 이의가 없었다.

금언이 들어오자 왕건은 자리를 권하면서 먼저 서두를 꺼냈다.

"전번에 얘기한 일로 쇠둘레에서 조금 전에 또 사람이 다녀갔다는구만. 능산 장군 말씀하시오."

능산은 왕건에게 보고한 대로 되풀이하고 입을 다물었다.

긴 침묵이 흐른 끝에 금언이 발언했다.

"문제의 핵심은 두 가지 있는 것 같은데 하나는 즉시 쇠둘레로 진격하느냐 안 하느냐에 있고, 또 하나는 종희 장군이 가 주느냐에 있는 것이 아니겠습니까?"

"그렇지요."

왕건은 짤막하게 대답했다.

"능산 장군, 쇠둘레의 그 세 사람은 정말 믿어도 되겠소? 권력을 위해서는 부자 형제 간에도 죽이고 살리는 일이 적지 않게 일어난다는데."

능산은 무거운 입을 열었다.

"믿어도 좋을 것입니다."

금언은 세밀한 사람이었다.

"친분을 믿는다는 말이오?"

오십을 바라보는 반백의 능산은 연하의 금언을 한참 바라보다가 약간 길게 설명했다.

"저는 옛 친구를 믿습니다. 위험하면 저더러 혼자만이라도 피신하라고 하면 했지, 유인해다가 해칠 사람들은 아닙니다. 다음으로 권력 말씀을 하셨는데 그것은 왕위를 놓고 하는 얘기가 아니겠습니까? 장군께서도 아시다시피 세 사람 다 거기까지는 미치지 못하고 그런 생각조차 못하는 사람들입니다."

"하긴 나두 세 장수를 좀 알지마는 사심이 있거나 남에게 해를 끼칠 사람들은 아니지요."

듣고만 있던 왕건이 능산에게 물었다.

"쇠둘레로 진격하느냐, 안 하느냐부터 말씀해 보시오."

"달리 도리가 있겠습니까?"

"언제쯤이 좋겠소?"

"그야 두 분께서 의논해서 결정하시면 저희들이야 따를 뿐이지요."

능산은 자기 의견을 내세우지 않았다.

"문제는 종희 장군이구만. 그이만 말을 들으면 오늘이라두 진격하는 건데 병기(兵機)를 놓칠까 걱정입니다. 내일이면 벌써 오월인데……."

금언이었다.

"그럼 두 분도 잘 연구하시구 나도 생각해 보지요."

그들은 결론 없이 헤어졌다.

그러나 왕건은 서두르지 않았다.

가끔 낚시질도 나가고 며칠에 한 번씩 종희를 찾아 바둑을 두면서도 세상 돌아가는 이야기는 일체 없고 종희의 계획에 귀를 기울였다.

이갑도 이따금 바둑에 끼었고 천축까지 진출해서 크게 판을 벌일 뿐만 아니라 혜초(慧超) 스님이 천산남로(天山南路)를 거쳐 천신만고 끝에 찾았다는 부처님의 유적도 돌아볼 계획이라고 했다.

"바다로 가서 남쪽으로부터 올라가면 멀기는 해도 그렇게 대단한 원거리는 아니라지요?"

이갑은 원대한 꿈에 부풀어 황홀한 얼굴을 보이기도 했다.

"가다 보면 낯선 나라들도 많다는데 낯선 여인들을 만나 인연을 맺는 것도 얼마나 멋진 일이겠어요."

"그래, 나두 그렇게 훨훨 날고 싶은데 얽매어 가지구 몸을 뺄 수 있어야지."

왕건은 그때마다 맞장구를 쳐 주었다.

"정선에 숨어 살 때 의서(醫書)를 구해다 읽은 일도 있지요. 의원이 되면 밥을 굶을 염려는 없으니까."

"그것두 좋지. 옛날 사람들은 양상(良相)이 되어 천하를 구제하는 일과 양의(良醫)가 되어 병고에 시달리는 백성을 구제하는 일을 다 같이 보람 있는 일로 보았으니까."

왕건은 이것도 칭찬해 주었다.

"형씨는 역시 양상이 되어 천하를 구제하는 일이 좋겠구만."

이갑은 군복을 벗어던진 후 종희나 왕건을 막론하고 장군이라 부르는 법이 없고 '형씨'였다.

"지금 생각하면 심마니를 해 볼까 생각한 것도 쩨쩨한 일이지요. 그런 건 다람쥐 같은 은부에게 맡길 일이구."

대할수록 마음에 드는 청년이었다.

오월도 십일이 지났건만 왕건은 움직일 기색을 보이지 않았다. 도시
그의 속을 알 수 없었다.

쇠둘레의 홍술은 그 후에도 몇 번 사람을 보내 진격을 독촉했고, 능산
이 보고하면 왕건은 알았다는 대답뿐이었다.

능산도 이해할 수 없어 하루는 그의 장막에 들어갔던 김에 물었다.

"이렇게 늑장을 부려두 괜찮을까요?"

왕건은 엉뚱한 이야기를 했다.

"장군, 빨래하는 법을 알구 있소?"

"네, 알기는 압니다마는…….."

하도 거리가 먼 이야기여서 입을 벌리고 그를 바라보았다.

"약간 불렸다가 꺼내 가지고 찰랑찰랑 해서는 때가 안 빠지지요?"

"그건 그렇습니다."

"이 일도 마찬가지 아니겠소?"

"네?"

"사람의 말이라는 건 한번 나가면 도로 거둬들일 수 없는 것이 아니
겠소?"

"그렇습지요."

"쇠둘레 일대에 은부의 못된 이면이 구구전승 퍼지려면 시일이 걸릴
것이오."

"허지만 세 사람을 빼놓고는 반신반의한다지 않습니까?"

"반신반의로 족하오."

"저는 못 알아듣겠습니다."

"여기서두 보지 않소? 입이 무거운 장수두 있구 가벼운 장수두 있구. 쇠둘레도 마찬가지 아니겠소?"

"그건 그렇겠지요."

"개중에는 잠자리에서 그 반신반의를 부인에게 얘기하지 않고는 못 배길 사람두 있을 것이오."

"있음직한 일입니다."

능산은 여전히 왕건에게서 눈을 떼지 않았다.

"보통 사람, 특히 부인네들은 귀로 들어간 것을 입으로 쏟지 않고는 소화가 안 되는 습성이 있소. 밤에 남편으로부터 들은 비밀을 비밀이라는 꼬리를 달아 가까운 아낙네 한 사람에게라도 전하게 마련이구 그 아낙네 역시 남편에게 전하거나 과부인 경우에는 다른 아낙네에게 역시 비밀이라는 딱지와 더불어 전할 것 같지 않소?"

"듣고 보니 그럴 만도 합니다."

"여기서 중요한 건 비밀이라는 꼬리요. 반신반의라지마는 그 꼬리 때문에 진실 쪽으로 무게가 더 가지 않겠소?"

"네."

"또 말이라는 것은 골치 아플 때도 있지마는 이런 경우에는 쓸모 있는 특성을 가지고 있소. 한 입 두 입 자꾸 건너가는 사이에 눈사람처럼 불어나서 처음에는 조약돌만 하던 것이 있는 소리 없는 소리 다 붙어 커지게 마련이오. 거짓말도 그런데 반신반의로 시작됐으니 진실로 확대되고 굳어질 가망이 보이지 않소?"

"그럴듯합니다."

"빨래를 죽신하게 물에 불리듯이 쇠둘레 전체를 그런 쑥덕공론 속에 죽신하게 불려 놓은 연후에 움직이는 것이 좋지 않겠소?"

"알아듣겠습니다."

"은부도 속이 탈 거요."

능산은 물러나왔다. 그 후에도 여러 날을 두고 왕건은 낚시질을 나가거나 종희의 집에 가서 바둑을 두었다.

왕건은 처음부터 한 가지 결론을 가지고 있었다. 무력으로 하든 다른 방법으로 하든 이 일은 일단 시작하면 속결해야 하고 오래 끌면 잡다한 것들이 달라붙어 내란의 위험성이 있다는 것이었다.

오월도 이십일이 되었다.

정주에 상륙한 지 사십 일, 종희가 탈출해 온 것도 같은 시기였다. 사귀가 정탐해서 사실을 밝혀낸 지도 한 달이 되었다. 그때부터 쑥덕공론이 퍼졌다면 쇠둘레는 흥건히 젖었을 것이고 고을로 퍼져나가는 중일 것이다.

반나절씩 단련하고 있지만 일정한 임무 없이 병사들을 그대로 두는 데도 한계가 있었다. 처음에는 편해서 좋고 다음은 지루하고 그 후에는 짜증이 나고 나중에는 그 짜증이 폭발해서 무슨 일을 저지를지 모른다. 그래서 사람은 먹기만 해 가지고는 못 사는 동물이라고 했다.

왕건은 움직일 때라고 생각했다.

이갑이 오는 날을 택해서 술을 몇 병 안장 뒤에 싣고 종희를 찾았다. 인물도 인물이지마는 요즘의 내군부 실정을 아는 사람이 필요했다.

"오늘 아침에두 고기를 낚았어?"

왕건은 말에서 내리면서 마루에 앉아 내다보는 종희에게 약간 큰 소리로 물었다.

"낚았다."

"그럼 됐다."

"싱겁기는, 뭐가 됐어?"

마루에 앉은 종희는 그의 거동을 바라보고 있었다.

왕건은 나무에 말을 매고 그물주머니에 넣은 오리병을 내려 양쪽 어깨에 걸치고 휘청거리면서 걸어 들어왔다. 한두 병도 아니고 여러 병이었다.

"아이구, 어쩐 일루 이렇게 많은 술을……."

부엌에서 달려 나온 부인이 받으려야 받을 힘이 없었다. 왕건은 마루에 내려놓고 한숨을 쉬면서 이마며 목의 땀을 씻고 적삼 끝으로 바람을 들였다.

"너, 사람 꼬시러 온 건 아니겠지?"

꼼짝 않고 앉은 그 자세로, 종희가 아직도 섬돌에 서 있는 왕건을 쳐다보았다.

왕건은 부인이 떠 온 냉수로 마당에서 세수를 하면서도 대답하지 않았다.

"물었으면 대답이 있어야지."

종희가 시비를 걸었으나 세수를 다 하고 마루에 올라가 마주 앉아서도 딴전을 부렸다.

"너 아까 뭐라구 한 것 같은데."

"어어……."

"어어라니?"

"사람을 꼬시러 왔느냐구 물었다."

"꼬시러 왔다."

"무슨 일인지는 몰라도 나한테는 말두 걸지 마라."

"하여튼 바둑이나 두자."

종희는 구석의 바둑판을 끌어왔다. 왕건은 바둑을 두면서도 우스갯소리만 하고 다른 소리는 일체 없었다. 며칠에 한 번씩 이갑도 합세해서 셋이 점심을 먹기로 했는데 오늘이 그날이었다.

비밀이라는 것은 지키는 것도 중요하지마는 그것만으로는 아무것도 아니다. 알아야 할 사람들에게 알려서 활용하는 것이 중요하다.

이갑에게도 알릴까 몇 번 생각 끝에 알리는 것이 옳다고 생각했다. 그런데 부인이 떠 온 냉수로 세수를 하면서도 부인도 아는 것이 좋겠다는 생각이 들었다. 이유는 자기도 알 수 없었다.

청어를 몇 마리 들고 온 이갑은 즐비한 오리병을 보고 탄성을 발했다.

"오늘은 술에 목욕을 하구두 남겠구만."

그는 부인에게 청어를 넘기고 마루에 올라와 쳐다보지도 않는 두 사람의 옆에 자리를 잡고 바둑 구경을 했다.

종희는 오래 생각하다가 한 수를 두고 이갑을 쳐다보았다. 십 년도 더 연하이지마는 은인 중의 은인이라 그가 형씨라 부르니 자기도 형씨라 불러 주었다.

"형씨, 모양새를 보아하니 아무래도 이 친구, 우리를 꼬시러 온 게 틀림없는데 넘어가지 마시오."

이갑은 말없이 웃어넘기고 왕건은 들었는지 못 들었는지 바둑판을 들여다보다가 한 수를 놓고 비로소 이갑을 돌아보았다.

"형씨, 이걸 보시오. 내가 놓은 수지마는 아무리 보아두 명수란 말이야."

이갑은 웃으면서 판을 훑어보았으나 별난 수도 아니었다.

바둑은 종희가 이기고 왕건과 이갑이 맞붙었다. 수가 비슷했으나 둘이 다 오래 생각하는 바둑이었다.

점심이 다 되었다고 부인이 일렀으나 두 사람의 귀에는 들리지도 않는 모양이었다.

물가에 나갔던 아이들이 돌아와 인사를 해도 '응' 소리로 응대했지

눈길조차 던지지 않고 바둑판에 눌어붙었다.

　점심은 아이들도 함께 하면서 재미있는 이야기를 들려주곤 했는데 두 사람이 바둑에서 떨어지지 않는지라 부인은 상을 찌푸리고 종희는 빈정댔다.

　"이 바둑, 금년 안에 끝나기는 틀렸으니 아이들부터 먹여요."

　그래도 두 사람은 아예 들리지도 않는 양 팔짱을 지르고 바둑판만 주시했다.

　부인은 하는 수 없이 아이들에게 점심을 차려 주었다.

　아이들은 숟가락을 놓기 바쁘게 또 물가로 달려 내려갔다. 그때까지도 바둑은 계속되고 언제 끝날지 도통 알 수 없는 판이었다.

　"하기는 애비가 죽었다는데두 엉덩이를 들지 않는 바둑꾼이 있었다니까."

　종희가 기다리다 못해 판을 쓸어버렸다.

　"배 속에서 쪼르륵거린단 말이다."

　두 사람은 그를 쳐다보다가 마주 보고 웃었다.

　"하, 거 참 이기는 바둑을 갖다가……."

　두 사람이 똑같은 푸념을 했다.

　점심상이 들어오자 왕건은 술병을 끌어다 손수 뜯기 시작했다.

　"낮부터 술이야?"

　"장인은 땅속에 계시지만, 장인 댁에 들러서 있는 녹용주를 다 거둬 가지구 왔구만."

　부인은 난처한 얼굴을 하다가 하는 수 없이 술잔을 들고 들어왔다.

　"부인두 잔이 있었으면 쓰겠구만."

　왕건은 계속 오리병을 뜯으면서 중얼거렸다. 종희는 기막히다는 얼굴로 부인에게 눈짓을 했다. 부인은 부엌에 내려가 자기 잔도 갖다 놓았다.

왕건은 돌아가면서 한 잔씩 붓고 마주 앉은 종희에게 시비를 걸었다.

"너, 아까 실례의 말씀을 했겠다."

"꼬시러 온 건달한테 실례구 뭐구 어디 있어?"

"꼬시러?"

"뻔하지."

"하직 인사를 왔다."

부인이 제일 놀란 얼굴이었다.

"하직이라니요?"

"곧, 쇠둘레로 떠납니다."

"왕건아, 너 농담 아니지?"

"아니다."

"친구지간이라두, 네 문자루 실례의 말씀을 했구나. 미안하다."

"미안한 걸 다 알구……, 철이 들기 시작했구나."

"무조건 미안하다."

"우리 왕 시중의 장래를 위해서 한 잔씩 듭시다."

그들은 잔을 비우고 부인은 조금 마셨다.

"비가 올지 바람이 불지 모르는 세상이라 친구들에게는 내가 아는 것을 다 털어놓는 것이 도리가 아니겠냐? 이갑 형씨, 용서하시오. 우리 종희와는 그런 사이요……. 알구 처신하면 빠질 구멍두 보일 게다. 내가 쇠둘레에 가서 잘되면 말할 것이 없고 못 되더라도 아이들을 데리구 요리조리 잘 빠져서 은부의 밥은 되지 말라 이거다……. 이갑 형제분은 홀몸인 데다 젊으니 걱정을 안 하누만."

모두들 그가 떠난다는 바람에 어쩐지 가슴이 싸늘해지고 서글픈 생각이 들었다.

왕건은 숨김없이 이야기했다.

쇠둘레의 최근 정세, 세 장수의 호응과 연락, 종희가 와 주어야 피를 안 흘리겠다는 이야기, 일부러 떠나는 날짜를 천연시킨 자기의 전술까지 털어놓았다.

좌중은 조용하고 종희는 처음부터 끝까지 듣기만 하고 말은 없었다.

이야기가 끝나고 한참 있다가 종희가 단언했다.

"누가 뭐래도 나하구는 상관없는 일이다."

"사실대루 얘기했지, 상관해 달라구는 안 했다."

왕건은 아무렇지도 않게 대답했다.

"저는 내군부에 있으면서도 궁중의 그런 사정은 전혀 몰랐구만요. 뭐니 뭐니 해도 제일 고초를 겪고 있는 이는 중전마마시겠습니다."

이갑이었다.

"왜?"

종희의 눈이 빛나고 왕건의 눈도 빛났다.

"형씨들 아직두 은부를 모르시는구만……. 제가 보아도, 폐하와 두 분 왕자 분들을 몰래 연금한 사실은 중전을 통해서 종희 형씨에게 오구, 종희 형씨를 통해서 정주까지 온 것이 뻔한데 은부가 가만있겠어요?"

종희가 볼멘소리를 했다.

"아-니, 그날 형씨가 그렇게 보고했소?"

"저야 못 들었구 일부러 안 듣기도 했지요. 그래 갖구 형씨께서 불러 주신 대루 보고했어요. 허지만 그걸 그대루 믿을 은부루 보셨소? 은부가 어떤 사람인데."

종희는 안색이 달라지고 입술을 깨물었다.

"지금 피를 말리고 있을 거예요."

부인이 한마디 했다.

"피를 말리다니?"

종희가 나란히 앉은 부인에게 무서운 눈을 돌렸다.

"저두 경험했잖아요? 자나 깨나 감시가 붙어 다니는데는 피가 조륵 조륵 마르는 소리가 들리는 것 같았어요. 더구나 중전이신데 역적과 내통했다구 들씌워 보세요. 저 같은 것두 그랬는데 그 몇 배루 숨 막히게 굴 거예요."

"은부, 그놈은 죽여야 해. 죽여두 오찰을 해야지."

종희가 내뱉었다.

"저 같으면 벌써 죽었을 거예요. 당해 보지 못한 사람은 몰라요."

"그 은부라는 너구리는 녹이나 먹으면 그만이지, 왜 재간을 부리는 거야?"

종희가 왕건에게 고함을 쳤다.

여태 왕건은 걱정이 안 된 것은 아니었으나 자기가 목표인 만큼 자기를 어떻게 하기 전에는 쇠둘레의 유 씨는 안전하다고 생각했고, 크게 마음을 쓰지 않았다. 그러나 사람의 피를 말린다는 소리를 듣고 생각이 달라졌다. 몸져눕지는 않았을까?

왕건은 천천히 대답했다.

"으, 으-응, 태자를 연금한 것만 봐도 짐작이 안 가? 장차 그 밑에서 신하 노릇을 할 생각이라면 그런 짓은 못하지."

"아, 그럼 그 너구리가 대권(大權)을 노린다? 이거 웃기는 거야, 꿈을 꾸는 거야?"

왕건은 말이 없고 이갑이 대답했다.

"은부를 그렇게만 보지 마시오. 머리가 비상하구 엉뚱한 데가 있어요."

"까짓게 비상이구 엉뚱이구 별수 있어."

이갑은 고개를 흔들었다.

"당장 형씨도 죽다 살아나지 않았소?"

종희는 입을 다물고, 왕건이 결론을 내렸다.

"허여튼 만약의 경우를 생각해서 모두들 빠질 구멍을 생각해 두시오. 이거 술도 식사도 그냥 있구만, 어서들……."

"왕거미야."

종희가 불렀다.

"네 얘기가 사실이라면 승산이 있을 듯한데 사실이야?"

"그야 승산이 있지. 어서 이별주나 마시자."

"이긴다면서 이별주가 뭐야?"

종희는 또 시비였다.

"우리 편에 승산이 있단 말이지, 나야 죽을지 살지 모르잖아? 그러니 목숨이 붙어 있을 때 이별주를 마셔 두잔 말이다."

"난 쓸모가 없단 말이지? 왕거미, 날 그렇게밖에 못 봤어?"

종희는 흥분했다.

"이이가 왜 이러세요."

부인이 끼어들자 종희는 누그러들었다.

"내 그 은부란 너구리한테 혼나고부터 이상해졌다. 흥분두 하구 남을 욕하는 버릇두 생기구. 왕거미야."

"뭐야?"

"정직하게 말해. 너 내가 필요해서 꼬시러 온 게 사실이지?"

"사실이다."

"왜 필요하지?"

"아까 주욱 얘기를 했잖아? 네 말이면 반신반의하는 장수들도 사실로 알 것이구, 피를 안 흘려두 된다구 말이다. 일러두지만 네가 잘나서가 아니다. 중전의 지친이기 때문이다."

"가 보세요."

부인이 권했다.

"너, 꼬시는 데는 뭐가 있다니까. 이렇게 알면서도 빠져들어가니 말이다."

종희가 씩 웃었다.

"너, 자기 나라 말도 옳게 모르는구나. 정직하게 말하는 것은 꼬시는 게 아니다. 또 알면서 하는 것은 꾐에 빠지는 게 아니다. 부인, 안 그렇습니까?"

"그렇지요."

"저두 가 보지요. 내군부 사정을 아니까 소용될지두 모르구, 아마 동생두 따라나설 겁니다."

그러나 종희가 말렸다.

"아까 얘기에 나왔잖았소? 나를 죽이려다 형씨가 살려서 예까지 끌어다 준 걸 알구는 형씨를 대역죄인으루 만들어 버렸다는데, 위험해요. 여기 가만 계시요."

그러나 이갑은 듣지 않았다.

"형씨, 우리가 은부의 녹을 먹으러 가는 거요, 아니면 은부 토벌을 하러 가는 거요?"

"……."

그는 종희가 대답을 안 하자 왕건을 향했다.

"형씨, 안 그렇소?"

"옳은 말이오."

"왕건아."

종희가 불렀다.

"말해 봐."

"난 손을 딱 끊은 걸루 생각했는데 네 꼬임에 빠져 버렸다."

"그래서?"

"조건이 있다."

"어떤 조건인데?"

"은부의 목이 떨어지는 날까지다. 그러구는 바다루 나가겠다. 그때 가서 딴소리는 않겠지?"

"안 한다."

"또 있다."

"또 있어?"

"내 임무는 뭐야?"

"쇠둘레에 갈 때까지는 전군장군(前軍將軍)이구 성내에 들어가면 비룡성령에 마군장군(馬軍將軍)이다."

"전군장군은 좋다. 비룡성령에 마군장군은 사양한다."

"왜?"

"관원이 몇 명이더라? 그까짓 건 아무래도 좋다. 어차피 안 할 벼슬이니까. 이름이 좋아 마군장군이지 병정 몇 명 거느린 목동대장 마군장군으루 은부를 어떻게 토벌하나?"

"마군장군도 한두 가지냐? 네가 원하는 대루 부하를 붙여 주면 될 게 아니야?"

"그럼 됐다."

"나두 조건이 있다."

왕건은 그를 똑바로 보았다.

"일단 진격이 시작되면 너는 내 부하다. 지금같이 놀면 군율로 다스린다."

"당연한 소리는 왜 하는 거야?"

왕건은 대답하지 않고 옆에 앉은 이갑을 향했다.

"형씨는 조건이 없소?"

"있소."

"뭐요?"

"아우가 따라나서면 넣어 주겠소?"

"넣어 주겠소."

"우리 형제는 직책이 뭐요?"

"형씨는 기랑(騎郞)이었으니까 그대로 군관, 계씨는 졸병이었으니까 졸병이오."

"무방하오."

"이제 됐소?"

"제일 중요한 것이 하나 있소."

"뭐요?"

"기왕 나섰으니 꽁무니에 붙어 웃음거리를 만들지 마시오."

"알았소."

"나두 은부의 모가지가 떨어질 때까지요."

"그것두 알았소."

"그럼 됐소."

"형씨라는 말, 군복을 입는 순간부터 없어져야 하는 건 알구 있겠지요?"

"형씨라구 했다가는 목이 달아날 것이구, 너 이갑, 이래라 저래라, 이거지요?"

"알았으면 됐소."

"왕거미야."

종희가 말을 걸었다.

"왜?"

"너, 군대 얘기를 할 때는 안색부터 달라지는데 우린 아직 군복을 안 입었다."

"알았다. 형씨, 술을 드시오."

왕건은 병을 들어 이갑의 잔을 채웠다.

종희가 왕건을 신기한 듯 바라보았다.

"왜, 사람구경 처음 하는 거야?"

왕건은 부인을 돌아보고 계속했다.

"부인, 미안합니다. 얘가 몇 해 말 불알을 빼구 다니더니 사람이 말로 보이는 모양이지요?"

부인도 이갑도 허리를 꺾고 웃었으나 종희는 여전히 왕건을 바라보고 있었다.

"그렇잖아두 네 불알을 뺄까 생각 중이다."

"빼더라두 은부의 목이 떨어진 다음으로 해 주실까?"

왕건은 돌아보지도 않고 대답했다.

세상은 장차 어떻게 될 것인가? 세 사람은 두서없는 이야기를 주고받다가 종희가 왕건을 보고 탄식했다.

"너는 결국 이 길에서 벗어나지 못하겠지?"

"그건 무슨 소리냐?"

"이러니저러니 해도 너는 선종의 손아귀에서 벗어나지 못하고 그의 그늘에서 종생할 것이라는 뜻이다."

왕건은 손을 내저었다.

"아니다. 나도 생각이 많다."

"생각이 많다 보니 이럴까 저럴까 저울질하다가 세월을 다 보내는 것이지. 좋게 보면 신중한 것이고 흰눈으로 보면 우유부단한 것이고.”

“…….”

“한 가지 남다른 것은, 너는 억세게 운수가 좋은 인간이라는 점이다. 일찍이 선종을 만난 것부터 운수의 소치였고, 양길이니 이혼암이니 하는 당대의 명장들을 물리치고 용장(勇將)이니 지장(智將)이니 하는 명성을 얻은 것도 운수 덕분이 아니냐? 마침 그들이 물러가기로 작정한 시점에 네가 들이닥쳤을 뿐이지, 네가 용맹스럽게 싸운 것도, 특출한 지혜를 발휘한 것도 아니잖아? 승승장구해서 시중에까지 올랐으니 그것으로 만족해야지.”

왕건도 그 정도는 생각하고 있었다. 그러나 그대로 두면 이 종희의 입에서 무슨 소리가 나올지 몰라 그를 가로막았다.

“그만해 두지. 알아들었으니까.”

그러나 종희는 그만두지 않았다.

“운수가 무궁토록 계속된다고 생각하면 오산이다. 이쯤해서 우리 고향 영안촌에 돌아가 조상 때부터 이어 온 장사를 다시 시작하는 것이 어때? 설치기를 좋아하는 이 종희는 바다를 건너가서 물건을 교환해 오고 치밀한 두뇌를 가진 너 왕건은 이것을 널리 사방에 퍼치고.”

과히 틀린 말은 아니었으나 큰일을 앞두고 소문이 잘못 퍼지면 일을 그르칠 염려가 있었다. 왕건은 손가락으로 종희를 가리키고 화제를 바꿨다.

“너 차츰 꽈배기를 닮아 가는구나.”

“꽈배기도 물건이다. 닮았으면 좋겠다.”

“하긴 물건이지.”

“꽈배기 말이 인생은 꼬불꼬불이라구 했다. 그 꼬불을 이번에야말루 청산하구 좍 펼라구 했는데 네 꼬임에 빠져 또 한 번 꼬불하게 됐다.”

"꼬불이면 어떻고 쫙 펴면 어떠냐? 세상은 될 대루 된다니까."

"하여튼 같이 자란 친구지만 너는 인걸은 인걸이다."

"쓸데없는 소리 말구 술이나 들어. 녹용주라면 보통사람들은 구경두 못하는 건데 이갑 형씨의 밀마따나 목욕하구두 님을 지정이다. 이게 어디냐? 다 이 인걸의 덕택인 줄 알구 황송한 마음으루 마시란 말이다."

"우리 이제부터 모두 황송합시다."

종희의 익살이었다.

신라 서울 금성에서 자랐다는 이갑의 구성진 노래(鄕歌)도 나오고 즐거운 시간이 흐르는데 부인이 왕건에게 낮은 소리로 물었다.

"이번 일에 저 같은 여자는 쓸모없을까요?"

왕건은 속삭이듯 대답했다.

"이것은 평상시의 속고 속이는 놀음이 아니라 죽고 사는 싸움입니다. 댁에서 아이들을 돌보셔야지요."

"아이들은 철이 들었으니 조카들에게 맡겨두 괜찮아요. 쓸모만 있으면 아무리 궂은일이라두 하겠어요."

왕건은 비정하리만큼 냉정하게 대답했다.

"부인은 쓸모없습니다."

그러나 현명한 부인은 왕건의 비정 속에 숨은 인간미를 모르지 않았다. 그렇다고 쓸모없다는데 더 할 말도 없었다.

부인 옆자리에 앉은 종희는 돌아보지도 않고 귀를 기울이는 기색이 없었으나 다 들은 모양이었다.

"걱정 말아요."

"허지만 또 어떻게 그 초조한 낮과 밤을 감당하지요? 차라리 함께 가서 죽든 살든……."

부인이 말끝을 흐리고 고개를 옆으로 돌리는 것이 목이 메인 눈치였다.

"내 은부란 놈한테 한번 혼났다구 걱정하는 모양인데 이번은 경우가 달라요. 저번에는 잔꾀를 부려서 야밤중에 여럿이 숨었다가 무기를 들이대니 할 수 없이 잡혔지만 아까 왕 장군도 얘기하잖소? 부하는 소원대로 준다구. 짓밟아서 가루를 만들구 올 테니 두고 봐요. 털끝 하나 다칠 줄 알아요? 어림도 없지."

"세상일이 그렇게 뜻대로 되나요?"

부인은 눈물을 삼켰다.

왕건이 손에 들었던 술잔을 내려놓고 마주앉은 부인을 건너다보았다.

"부인, 오래 걸릴 것두 없습니다. 부군은 곧 돌아오실 테니 맛좋은 음식이나 장만하시구 기다리시지요."

"그래, 곧 돌아올 테니 조카들한테 부탁해서 내가 좋아하는 도미를 갖다 잘 말려요. 우리 세 사람이 또 이 자리에 모여 축하연을 하게."

종희가 부인을 위로하는 것을 보던 왕건은 정색을 했다.

"이 점을 명백히 해 둬야겠구만. 이번 일은 화전(和戰) 양단간에 속전속결이오. 그렇게 안 하면 어중이떠중이들이 이리 붙고 저리 붙어 크게 내란이 일어날 위험이 있소. 힘으로 밀어붙여 단시일에 결말을 낼 테니 부인께서두 안심하시지요."

부인은 놀라는 눈치였다.

"그런 기밀을 저 같은 아녀자에게까지 알려두 괜찮아요?"

"부인께서는 명장인 부군을 잘 보살폈고, 할 소리와 해서는 안 될 소리를 알구 계시지요. 안심하시도록 그것도 부인이니까 이 자리에서 털어놓고 얘기하는 것입니다."

"잘 알겠어요. 큰일을 앞두고 공연한 소리를 해서 미안해요."

"괜찮습니다. 그것이 인간이구 그것마저 없으면 인간세상이 메말라서 어떻게 살겠어요. 자, 우리 계속 이 시간을 즐겁게 보냅시다."

이갑이 또 신라의 노래를 부르자 이어서 종희가 아직도 예성강 이북에 전해 내려오는 고구려의 옛 노래를 불렀다.

진격 進擊

다음 다음 날 쾌청한 유월의 하늘 아래 왕건이 지휘하는 이천 병력은 정주를 떠나 쇠둘레로 진격을 개시했다.

군대의 작전에는 목적이 간단하고 명백해야 하였다. 왕건은 떠나기에 앞서 임금의 측근에서 나라를 그르치는 은부를 제거하는 것이 목적이라고 전 군에 시달했다.

적을 이름까지 박아 명시하는 것은 현명치 못하다고 반대하는 장수들도 있었으나 그는 듣지 않았다. 그것은 또한 쇠둘레 일대의 동요하는 장수들의 마음에 쐐기를 박는 효과도 있을 것이다. 다만 지금이라도 자리를 물러나 쇠둘레를 떠난다면 지난날의 죄는 묻지 않겠다는 여유를 남겨 두었다.

그는 이갑을 불렀다.

"너는 능산 장군의 휘하에 들어간다. 장군의 측근을 떠나지 말 것이며 무조건 복종해야 한다."

이갑은 귀를 의심했다.

"종희 장군이 아니고 능산 장군입니까?"

"그렇다."

이갑이 망설이는 것을 보고 왕건은 앉으라고 했다. 일개 군관, 경우에 따라서는 일개 병졸도 자기가 선 자리를 납득하고 못함에 따라 결과에 중대한 차이가 있을 수 있기에 왕건은 알아듣도록 타일렀다.

"너는 종희 장군의 휘하에 들어갈 것으로 알고, 또 그것을 바랐지?"

"그렇습니다."

"명령을 받은 지금도 그러냐?"

"그렇습니다."

"안 될 이유를 말해 주지. 너는 종희 장군의 생명의 은인이다. 장군 자신은 의식하건 안 하건 너에게 부담을 느낄 것이고 너에게 맞는 일도 위험하다고 다른 사람에게 맡길 염려가 있다. 그렇게 되면 일사불란해야 할 군령(軍令)에 흠이 간다. 네 생각은 어떠냐?"

"거기까지는 생각을 못했습니다. 대장군의 말씀이 백 번 옳습니다."

이갑은 납득하고 일어서려고 했으나 왕건은 그냥 앉아 있으라고 손 짓을 했다.

"또 너에게는 중요한 임무가 있다. 우리 군의 주력은 능산 장군이 지 휘한다. 그런데 너는 글을 알고 장군은 모른다. 장군에게는 글을 알면서 동시에 너같이 믿을 수 있는 군관이 필요하다."

"두 가지 다 충분히 알겠습니다."

이갑은 물러갔다.

전진하는 대형도 이름은 행군이었으나 전투를 전제로 한 진격태세 였다.

나주에서 싣고 온 백 필에 쇠둘레에서 끌고 온 이백 필, 도합 삼백 필의 군마 중에서 이백오십 필을 오백 명의 전군(前軍)을 지휘하는 종희에게 배정하고, 나머지를 장수들과 연락군관 그리고 각 군의 정찰용으로 배정했다.

군의 배치도 왕건과 금언이 직접 지휘하는 중군(中軍, 직할부대)은 열 명으로 경호대에 불과하고 나머지 일천오백 명 가까운 병력은 후군(後軍)인 능산의 휘하에 들어갔다.

종희는 머리가 빠른 장수다. 휘하 이백 명 중에서 반수는 기병이니, 기마척후를 수시로 보내 신속히 적정을 파악할 수 있고, 대적이 나타나더라도 반반인 기병과 보병을 배합하여 적절히 막아 낼 수 있고, 막지 못하더라도 오래 버틸 수 있을 것이다.

중군은 피아의 상황을 제때에 파악하여 옳게 대처하면 그만이다. 많으면 후군의 진출에 방해가 될 뿐이니 종희가 버티는 동안 능산에게 공격을 명령하고 길을 비켜야 한다는 것이 왕건의 계산이었다.

"전투가 있을 것입니까?"

평화로운 행군만 생각했던 장수들 중에는 의문을 제기하는 사람도 있었다.

"그건 아니지마는 만에 일이라는 것도 생각해야 하니까."

왕건은 담담하게 대답했다.

도중에서 일박하고 쇠둘레 교외에 도착한 것은 다음 날인 유월 초하루 정오였다.

미리 통고해 두었건만 능산의 친구인 세 장수가 군관 한 명씩 대동하고 마중 나온 외에는 개미 한 마리 얼씬하지 않았다.

왕건은 쇠둘레성을 바라보면서 장수들을 소집하고, 세 장수도 합석하라고 일렀다.

문제는 이천 병력을 성외에 주둔시키고 은부의 사임을 요구하느냐, 아니면 밀고 성내로 들어가느냐에 있었다.

왕건은 말이 없고 회의는 종희가 사회하고 사귀로부터 요즘 성내의 상황을 들었다.

"먼저 군사 상황부터 말씀드리지요. 환선길은 명목은 쇠둘레 일대의 군을 통솔하는 것으로 되어 있지마는 사실은 그렇지 못하고 요즘 궁성 동편에 본영을 설치했는데 직속 병력은 삼백 명 정도일 것입니다. 이상한 것은 가타부타 한마디도 없는 일입니다."

종희는 내군부의 사정을 물었다.

"은부는 사실상 임금이구 병력은 배로 늘어 육백 명, 종전의 내군부로는 비좁아 궁정 일각에 막사를 치고 수용했지요. 그 밖에 눈에 보이지 않는 병력 즉 세작이 있는데 그 수는 약 사백으로 추산되니 도합 천 명으로 보면 과히 틀리지 않을 것입니다."

"……."

"세작들 때문에 백성들은 입을 다물고 귀머거리가 됐고 어느 관가나 예전 대신들이 그냥 있기는 해도 중요한 자리는 모두 은부의 심복들이 차지해서 허수아비지요. 특히 의형대와 비룡성은 예전 관원들이 거의 없다고 보아야 합니다."

"성내의 사정은 대충 알았으니 밖에 있느냐 안으로 들어가느냐 그것부터 논합시다."

갑론을박이 시작되어 어느 쪽도 양보가 없었다. 지켜보고 있던 세 장수 가운데서 홍술이 나섰다.

"그보다 급한 것은 종희 장군께서 반신반의하는 장수들을 만나 진상을 말씀하시는 일 같습니다. 그러면 다 돌아설 것입니다."

종희는 시각을 다투어 들이치고 싶은 모양이었다.

"세 분 장수는 어느 쪽이지요?"

"능산 장군이 잘 알고 계실 겁니다. 전투가 없기를 바라지마는 벌어지면 적어도 적으로 돌지는 않겠습니다."

왕건은 그동안에도 생각했다.

총지휘를 맡았다는 환선길이 함구무언이라는 것은 형세를 보아 유리한 쪽에 붙자는 것이 아닐까?

세작이 그렇게 들끓는다는데 세 장수가 이쪽과 내통한 것을 은부가 모를 까닭이 없다. 더구나 오늘 공공연히 마중 나왔으니 더 말할 여지조차 없다. 행여 능산이 그들을 너무 믿는 것은 아닐까?

그러나 대문을 활짝 열어 놓은 것을 보니 설사 저쪽이라도 이쪽의 동정을 샅샅이 고해바칠 정도로 깊이 산여한 것 같지는 않다.

다행인 것은 은부가 용병을 모르는 일이었다. 도중의 험요한 지점에서 연거푸 타격을 주고 나머지가 성 밖까지 온다 하더라도 성문을 닫고 지키면 기진맥진한 패잔병이 며칠 갈 것인가.

어명 없이 동병은 못한다. 더구나 군을 이끌고 도성으로 들어온다는 것은 있을 수 없는 일이었다. 은부는 자기의 가짜 어명이 통할 줄 알고 안심하고 있는 모양이다.

"이론이 분분하니 어떻게 하겠습니까?"

종희가 물었다.

호상에 앉았던 왕건은 천천히 일어섰다.

"종희 장군을 선봉으로 즉각 입성합시다. 방해하는 자는 사정없이 치시오."

"다른 장수들의 설득부터 하시지요."

사귀가 말렸으나 왕건은 듣지 않았다.

"엎드려 절을 받으면 후환이 있는 법이오."

간단히 대답하고 군령을 내렸다.

"총본영은 시중부, 종희 장군은 지금 병력을 그대로 지휘하여 비룡성에 위치하고 능산 장군은 의형대를 본영으로 하고 성내 요소에 병력을 배치하시오."

종희가 제일 먼저 말에 뛰어올라 한 손을 쳐들고 전진을 명령했다. 그의 기병 오십 기는 질주하여 쇠둘레성 남문에 쇄도하였다.

선두가 초병들과 옥신각신이 벌어졌다. 내군부와 환선길의 병력 각 백 명씩 도합 이백 명이었다.

내군부의 채색 군복을 입은 군관이 나섰다.

"어명이오. 못 들어오십니다."

선두의 군관이 외쳤다.

"어명은 무슨 어명이야. 은부란 놈의 조작이다."

"어명을 거역하면 대역죄인으로……."

그의 말이 끝나기 전에 군관의 칼이 번뜩이고 채색은 피를 뿜으면서 쓰러졌다.

혼전이 벌어졌으나 그들은 야전에서 단련된 병사들의 적이 못 되었다. 아직도 숨이 끊어지지 않은 오륙 구의 시체라면 시체, 부상자라면 부상자를 남기고 도망쳐 달아났다.

종희 장군을 선봉으로, 왕건의 이천 군은 백주에 당당히 입성하여 지정된 위치에 포진하기 시작했다.

왕건은 금언과 함께 경호대를 이끌고 시중부에 들어갔다. 놀란 구진이 일어서며 입을 벌렸다.

"어명이 내리셨는데 이렇게 입성하실 줄은 몰랐습니다."

왕건은 거들떠보지도 않고 구석에 엉거주춤 서서 떨고 있는 털보를
턱으로 가리켰다.

"너는 뭐냐?"

"내군부의 군관이올시다."

"내군부의 군관이 왜 여기 와 있어?"

"……."

"응?"

"시중 어른을 감시하라는 명령을 받았습니다."

"지금부터 시중은 나다. 여기 나온 걸 보니 너는 은부의 심복이로구나."

"저는, 저는……."

경호대의 군관이 나섰다.

"너 한때 쇠둘레를 주름잡던 깡패 승냥이지? 강간 강도는 약과구 사
람을 파리같이 죽인 자식!"

지켜보던 왕건이 일렀다.

"피는 안 흘리는 것이 좋지마는 이런 자는 용서할 수 없지. 끌어내다
많은 사람들 앞에서 죄목을 세구 목을 베어."

털보는 애걸복걸하며 끌려 나갔다.

왕건은 구진을 돌아보고 일렀다.

"당신은 병부령이니 당장 병부에 가서 은부의 졸당들을 몰아내시오."

구진은 어깨를 늘어뜨리고 나갔다.

그가 사라지자 왕건은 금언에게 일렀다.

"오늘 안으로 시중부에 들어와 있는 은부의 앞잡이들을 몰아내시오."

말하면서 보니 한구석에 침상이 있었다.

"저건 뭐야?"

문틈으로 들여다보던 관원이 속삭이듯 말했다.

"내군부 군관이 낮잠을 자는 침상입니다."

금언이 내뱉었다.

"은부는 시중을 개떡으로 알았구만."

왕건은 침상에 몸을 내던졌다.

"좀 피곤하군. 내군부에 사람을 보내 은부더러 이리 오라구 하시오."

금언에게 일렀다.

"올까요?"

"안 올 거요."

"그래두 보내요?"

"보내요."

왕건은 눈을 감고 생각했다. 그냥 들이쳐서 은부를 없앨 수도 있으나 그의 부하들은 이판사판으로 그에게 붙어먹는 망종들이었다. 지금 임금, 왕후 그리고 두 왕자를 에워싸고 감시하는 그들이 무슨 짓을 할지도 알 수 없는 일이다. 자칫하면 주인 없는 나라로 난장판이 될지 모른다.

될수록 시비를 걸어 은부를 밖으로 끌어내고 그들과 분리시켜야 하겠다.

금언은 생각다 못해 스스로 병정들을 이끌고 대궐로 향했다.

"나주에서 올라온 금언 장군이라구 하면 알 거다. 내군장군을 만나야 쓰겠다."

왕건 군이 성내에 진입하는 것을 본 대궐의 초병들은 이미 기가 죽어 있었다. 초장이 안으로 들어간 지 얼마 안 되어 은부 자신이 나타나 공손히 머리를 숙였다.

"시중께서 오셨다는데 대궐의 수문장이라 자리를 뜰 수 없었습니다. 마중을 못한 사정을 이해하시도록 잘 말씀드려 주시지요."

청산유수였다.

"시중께서 내군장군더러 곧 오시라는 말씀인데 같이 갑시다."

"그럼요. 가서 인사를 드려야지요. 그런데 직책이 직책인 만큼 성상의 윤허를 얻어야 자리를 뜰 수 있는데 성상께서는 며칠째 기도 중이시니 아무래도 시일이 걸리지 않겠습니까?"

맞는 말이었다. 금언은 그대로 돌아서는 수밖에 없었다.

은부를 만나고 온 금언의 보고를 받고도 왕건은 아무 소리 하지 않았다.

그는 왕건이 어명을 무시하고 성내로 밀고 들어올 줄은 몰랐을 것이다.

그러나 여기서 물러설 은부가 아니라는 것도 짐작이 갔다. 물러서려면 적어도 자기가 쇠둘레에 당도하기 전에 자취를 감추었거나 그런 의사표시라도 있었을 것이다. 그런데 어느 쪽도 하지 않았다.

그는 새로운 계책을 위해서 시일이 필요할 것이다. 마찬가지로 자기에게도 시일이 필요했다.

동요하는 쇠둘레의 장수들을 묶어세워 한덩어리로 만들어야 한다. 그러기 위해서는 단호한 조치로 누구도 감히 넘볼 수 없는 힘의 실천이 필요했다.

비룡성은 시중부의 이웃이었다. 종희가 기병들을 거느리고 나타나자 예전부터 심부름하던 노인 한 사람이 마중 나왔다.

"모두들 어디 갔느냐?"

"도망쳤습니다."

노인의 이야기로는 비룡성의 관원은 전부 바뀌고 남은 것은 자기 한 사람뿐이라고 했다.

종희는 비룡성을 점령하여 본영을 설치하고 총본영인 시중부로 왕건을 찾았다.

"종희 장군은 내 직속 부대로 현 위치를 고수하고, 선봉의 임무는 끝났으니 기병은 소수만 남기고 나머지는 전원 능산 장군에게 보낼 것이며 우선 은부가 감금하고 있는 요인들의 가족을 풀어 놓으시오."

종희는 그 길로 니와 연락에 쓸 기병 이십 명만 남기고 나머지는 기장(騎將)에게 명령하여 의형에 포진하고 있는 능산 장군의 휘하에 들어가라고 했다.

종희 자신은 십여 기를 거느리고 왕건의 집으로 달렸다. 아늑한 언덕 기슭에 있는 왕건의 집 주위에는 수십 명의 창을 든 채색 병정들이 서성거리고 있었다.

"너희들은 무어냐?"

종희가 마상에서 고함을 쳤다.

그러나 동떨어진 곳이라 돌아가는 판세를 모르는 양 채색들은 예전과 다름없이 거드름을 피웠다. 군관이 창을 잡고 나섰다.

"보면 모르시오? 내군부의 군인들이올시다. 그런데 장군은 뭐요?"

"이것들, 아직 꿈을 꾸고 있구나."

"말씀이 과하지 않은가요? 나는 일개 군관이올시다마는 내군장군께 고하면 장군 정도는 훅 불면 날아갈 먼지 정도나 될까요?"

"말 다 했느냐?"

"다 했소."

종희는 천천히 칼을 빼어 들었다.

"저승길을 떠나기 전에 할 말이 있거든 다 해 봐라."

군관은 배짱이 두둑한지, 은부를 하늘같이 믿는지, 입가에 묘한 웃음을 띠고 명령했다.

"얘들아, 이 어른이 호수를 잘못 찾아 여기를 저승으로 아시는 모양인데 소원대로 저승에서도 상좌에 모셔라.”

적어도 이십 명은 넘어 보이는 창병(槍兵)들이 창을 치켜들고 기병들과 접전이 벌어졌다. 군관은 정통으로 종희를 겨누고 돌진해 왔다.

은부의 골수분자들인 모양이었다.

종희는 창을 피하면서 칼을 휘둘러 창대를 내리쳤다. 창은 두 동강이 나고 돌진하던 여세로 군관은 휘청거렸다.

때를 놓치지 않고 종희는 칼등으로 군관의 어깨를 내리치고, 군관은 고꾸라졌다. 다시 일어서면서 가슴에 찬 단도를 빼려고 했다.

순간 종희의 칼이 번뜩이면서 그의 손목이 반이나 떨어지고 군관은 주저앉아 이를 악물고 상을 찌푸렸다.

“인생이 가련해서 그 정도로 했는데 아주 목을 잘라 줄까?”

군관은 옷자락으로 피가 흐르는 손목을 감싸쥐고 고개를 떨어뜨렸다. 종희는 혼전을 벌이고 있는 병정들을 향해 외쳤다.

“누구든 너희들 대장을 싸매 드려라.”

그러나 서로 맞붙어 싸우는 중이라 싸움을 중지할 계제가 못 되었다. 은부의 부하들 중에서도 가장 악착같은 자들을 골라 보낸 듯 여간한 솜씨들이 아니었다. 종희는 자기의 기병들을 후퇴시키고 외쳤다.

“왕 시중께서 병력을 이끌고 입성하셨다. 너희들은 아직 모르는 모양인데 그건 아무래도 좋다. 너희들 대장이 죽게 됐으니 싸매 드려야 할 게 아니냐?”

몇 명이 달려들어 저마다 자기 옷을 찢어 군관의 손목을 동여매고 나머지들은 그냥 서 있었다.

“싸울 자들만 남고 나머지는 빨리 의원에게 업구 가라. 그냥 피를 쏟으면 죽을 것이다.”

동여매던 병정들 중에서 한 명이 업고 두 명이 옆에서 부축하며 뛰어

가기 시작했다.

서 있던 채색 중에서 한 명이 앞으로 나왔다.

"왕 시중이 입성하셨다면 세상은 어떻게 되는 겁니까?"

대담한 사나이였다.

"아직 모르겠다."

"내군부는 그대로 있습니까?"

"있다."

"저희들에게 의논할 여유를 주시겠습니까?"

"의논해라."

그래도 안심이 안 되는 듯 한 명이 망을 보고 나머지들이 둘러앉아 이마를 맞대고 의논하다가 사나이가 일어섰다.

"내군부로 철수하는 것을 용서하시겠습니까?"

항복할 줄 알았으나 이렇게 나왔다.

"용서한다."

그들은 줄을 지어 멀어져 갔다. 소문과는 달리 강병들이었다. 종희는 대문을 열고 들어갔다.

감시를 받는 집이라 대문은 밤이나 낮이나 잠그지 못하기로 되어 있었다. 이것은 종희 자신이 경험한 일이었다.

새 옷을 입고 마루에 앉아 있던 유씨 부인이 일어서면서 단도를 떨어뜨렸다.

"얼마나 고생하셨습니까?"

섬돌에 올라서면서 머리를 숙였으나 대답은 없고 선 채로 두 줄기 눈물이 쏟아져 흘렀다.

종희는 가장 가까운 벗의 아내인 유씨 부인을 너무나 잘 알았고 무상

출입하는 사이에 '아주머니'로부터 '누이동생', '오라버니', '데런님', 농담할 때는 '유씨네 규수'라는 말까지 서로 주고받을 정도로 가까운 처지였다.

종희의 부인이 정이 넘치는 여자라면 유씨 부인은 남 못지않은 정을 간직하면서도 가을날의 호수같이 언제나 냉정을 잃지 않는 여인이었다.

부인은 진정하고 조용히 제자리에 앉았다.

"어서 올라오시오."

종희는 신발을 벗고 마루에 올라갔다.

"데런님이 와 주셨구만."

어느 틈에 눈물의 흔적을 씻고 웃었다.

여전히 아담한 얼굴이었으나 주름살이 늘어 보였다.

종희는 그동안의 일을 대충 이야기하고 오늘 밤이 아니면 내일 안으로는 남편 왕건이 찾아오리라고 했다.

"이제 살기는 살았구만."

부인은 이런 소리를 하고 그동안 겪은 이야기를 들려주었다. 은부가 내군장군으로 다시 들어서면서부터 밤낮으로 눈에 보이지 않는 감시가 붙었고 왕건이 정주에 상륙한 후부터는 채색들이 둘러쌌다고 했다.

"그러니 데런님이 집에 갇혀서 그 곤욕을 치른다는 소리를 들었어도 찾아갈 수 없고 가족이 모두 자취를 감췄다는 소문을 듣고는 아니 할 말루 다 죽은 줄 알았구만."

듣고 보니 자기들보다 더 오랫동안 시달려 왔다.

"병정들이 둘러싸고부터는 개미 한 마리 얼씬 못하구 채소밭에 나가려구 해두 자기들이 가꿔 드린다지, 바람을 쏘이겠다면 부채를 가져오지, 뭘 사러 간다면 사다 드린다지, 사람의 피를 말리더구만요."

자기도 경험한 일이라 피를 말린다는 것은 형용도 과장도 아니었다.

"가장 못 참을 것이 고적(孤寂)입디다."

자식이 없는 여인이라 남편이 아무리 높이 되었어도 심부름하는 아이조차 두지 않았다. 자기 몸 하나 주체하지 못하는 여자를 무엇에 쓰겠느냐는 것이 그의 지론이었다.

"어떤 때는 머리가 도는 것만 같아 벽에 대구 얘기한 일도 한두 번이 아니에요."

자기들이 겪은 고초가 인생의 밑바닥이라고 생각했는데 이 여인은 거기다 고적이라는 고통을 하나 더 붙여 인간지옥을 남김없이 겪어 온 셈이었다.

"이제부터는 아이라두 하나 기르시지요."

"그래야 할까 봐요."

종희는 마룻바닥의 단도를 집어 들었다.

"이건 뭔가요?"

"오늘이 이승의 마지막 날이라구 생각했구만."

부인은 더 이상 말하지 않았다.

밖에서 새로운 말굽소리가 나고 왕건이 들어섰다.

"종희 장군은 지금부터 본영을 떠나지 않는 것이 좋겠소."

비룡성에 돌아오니 이갑이 기다리고 있었다.

"웬일이냐?"

"능산 장군의 분부로 시중 어른께 보고를 갔더니 종희 장군께도 알리라는 말씀이어서 찾아뵈었습니다."

형씨라고 부르던 때가 며칠 전인데 타고난 군인처럼 행동했다.

"그리 앉아요."

종희는 자리에 앉으면서 이갑에게도 자리를 권했다.

이갑은 가지고 온 문서를 한 장 한 장 넘기면서 조리 있게 설명했다.

능산의 의형대는 본영을 설치하자 총력으로 궁성 동쪽에 위치한 환선길의 본영을 포위하고 항복을 요구했다. 종희가 지휘하던 기병도 대부분 휘하에 들어왔으니 일천칠백 명의 병력이었다. 삼백 명의 환선길군은 초장부터 압도되어 싸울 엄두를 못 냈다.

그러나 환선길은 간이 큰 사나이였다. 능산 못지않게 큰 몸집을 움찔거리며 단신 걸어 나와 부리부리한 눈으로 마상의 능산을 쳐다보았다.

"우리끼리 항복이란 무슨 뜻이오?"

"우리는 은부의 토벌을 왔소. 당신은 은부의 일당이니 우군이 아니고 적이오."

"잘못 보았소. 나는 폐하의 장군이지, 어느 누구의 일당두 아니오."

환선길이 은부의 일당이라는 것은 추측이지 말 한 마디 종이 한 장, 증거가 있는 것은 아니었다.

말에 밀렸으나 능산은 그대로 내밀었다.

"말장난은 그만둡시다. 항복하지 않으면 당장 들이치겠소."

"항복은 말이 안 되구 병력을 당신에게 인도하면 되지 않겠소?"

"좋소."

"그런데 능산 장군, 나는 폐하께서 손수 직첩을 내리신 장군으로 여기를 지키라는 어명을 받았소. 당신들이 폐하에게 반역하는 것이라면 할 말이 없소. 그렇지 않다면 이 병영을 어명 없이 비울 수 있겠소?"

이치에 닿는 말이었다.

"그럼 오십 명만 남기시오."

"좋소."

환선길은 선선히 응하고 들어갔다.

능산은 일부 병력으로 하여금 나머지를 무장해제시켜 성 밖으로 내쫓도록 했다. 이어서 중앙의 물자를 관장하는 대룡성(大龍省, 創部)을 점령하고는 반수를 이끌고 군령을 다루는 순군부와 거기 딸린 무기고를 점령하였다. 다시 병력을 몇 개의 단대로 편성하여 병무를 위시하여 사무를 볼 뿐 힘이나 알맹이가 적은 관서들도 점령해서 성내를 완전히 장악하고 사대문과 요소에 초병을 배치하면서 상호 연락망도 조직했다.

"일하는 순서, 방법, 지휘하는 솜씨 모든 것이 과연 그럴듯한 장수입니다."

이갑은 능산을 극구 찬양했다.

"삼십 년의 노장이다. 전쟁이라면 여자들이 베를 짜듯 능수능란한 명장이지."

"이름은 들었지만 실지로 보니 소문 이상입니다."

"시중께서는 그 보고를 다 들으시구 댁으로 가셨겠지?"

"그렇습니다."

"그건 그렇구, 아우는 어떻게 됐지?"

"지금 밖에서 기다리고 있습니다."

식사 때가 됐으니 형제와 저녁이라도 같이 할까 생각하다가 그만두었다. 평시라면 몰라도 이 위급한 때에 이것은 사정(私情)이다. 왕건이 이갑을 자기에게 붙이지 않고 능산에게 붙인 까닭을 알 만했다.

"이제 가도 좋다."

여름 해는 길어서 저녁식사를 마치고도 햇살은 길게 남아 있었다.

수도는 반나절에 점령했으나 성 밖에는 강력한 군대가 남아 있었고 성내에도 침범할 수 없는 궁성이 있었다.

열린 문으로 하늘을 바라보면서 불투명한 현실을 생각하던 종희는 하늘이 바다로 보이고 망양대해로 나가 크게 숨을 쉴 앞날을 그리기 시작했다.

바다는 군말이 없고 넓고 무한히 뻗어 세상 끝까지 미치고 있다. 좁고 말썽 많은 땅을 벗어나 넓은 데로 나가야겠다.

지는 해마저 달라 보였다. 서산에 지는 태양, 아름답기는 해도 수평선 저편으로 사라져 가는 웅장한 태양에 비하면 왜소하기 이를 데 없었다. 바다로 가야겠다.

옆방 문이 열리면서 군관이 들어섰다.

"세 장군이 오셨습니다."

"들어오시라구 해라."

홍술, 백옥삼, 사귀 세 사람이 들어와 신속한 수도 점령을 축하하고 종희는 그들에게 자리를 권했다.

그들은 앉지 않고 사귀가 용건부터 써냈다. 반신반의하던 장수들이 인사를 드리러 왔는데 어떻게 하겠느냐는 것이었다. 이것은 생각지도 못한 일이었다.

정주에서 듣기로는 그들을 설득하여 실정을 알리는 것이 자기의 임무라고 했다. 일일이 찾아다니면서 나오지도 않는 웃음을 띠어 가며 머리를 숙이는 것으로만 생각했다.

그런데 그들이 제 발로 걸어와 인사를 드리겠다는 것이다.

"어떻게 하시겠습니까?"

사귀가 물었다.

"그분들은 지금 어디 계시지요?"

"옆방에서 기다리게 했습니다."

"이거 실례를 했구만."

종희는 옆방으로 나가 그들의 손을 맞잡고 반기면서 함께 들어왔다. 검강(黔剛), 임명필(林明弼), 임희(林曦), 진원(陳原), 염장(閻長), 귀평(歸

評) 여섯 장수였다. 군대 생활이 이십 년이 넘는지라 친소(親疎)의 차이는 있어도 서로 모르는 처지는 아니었다.

그들은 세 장수나 다름없이 종희와 어울려 날씨가 무척 덥다는 이야기부터 시작했다.

종희는 오미자차를 권하면서 무탈한 말로 응대했다.

"서해쪽은 바람이 시원해서 한여름에도 이렇지는 않습니다."

홍술을 비롯한 세 장수들과 마찬가지로 초창기부터 선종을 따라나선 선배들이어서 종희는 깍듯이 인사를 차렸다.

용장으로 이름난 검강이 단도직입으로 물었다.

"우리가 여기까지 올 때는 그만한 이유가 있어 온 것쯤은 알구 계시겠지요?"

"저도 군인이라 그 정도야 짐작을 못하겠습니까?"

"여기 앉은 세 친구들을 통해서 이야기를 들었습니다. 믿을 수도 안 믿을 수도 없고, 더구나 국가대사인 만큼 명분 없이 동병할 수는 없는 일이니 장군의 말씀을 직접 듣고 싶었습니다."

"옳은 말씀입니다."

"요점만 묻겠습니다. 은부가 위조한 어명으로 장군에게 참수형이 내렸고, 궁중의 어른들이 갇혀 계시다는 것이 틀림없는 사실입니까?"

"사실입니다. 제게 관한 것은 제가 당사자이니 더 말할 것이 없고 궁중의 사정은 중전마마로부터 직접 이 귀로 들었으니 추호도 틀릴 까닭이 없습니다."

그들은 서로 마주 보았다.

"역시 그렇군요."

"그럼 오늘 우리가 한 일은 잘한 것이로구만."

다른 장수가 한마디 했으나 무슨 뜻인지 알 수 없었다.

"무슨 말씀인가요?"

종희가 물었으나 반백의 장군은 한 손으로 턱수염을 내리쓸 뿐 빙그레 웃기만 하고 대답은 하지 않았다.

별로 말이 없는 홍술이 입을 열었다. 그의 이야기는 투박했으나 가식이 없어 믿음성이 있었다.

"우리도 아까 뵐 때까지 몰랐지요. 간밤에 궁중에서 이분들에게 밀명이 내렸답니다. 우리 세 사람은 역적이다, 새벽에 안심하고 있는 우리 세 사람의 진영을 기습공격해서 짓밟아 버리라구요."

"그런 일이 있었습니까?"

종희는 놀라지 않을 수 없었다.

"내, 말이 서툴러서……. 다음은 사귀 장군이 계속하시오."

사귀는 경을 외듯 거침없이 엮어내려 갔다.

"왕건 군이 낮이면 도착할 터이니 세 장수의 진영이 궤멸하는 즉시 임명필 장군과 임희 장군은 각각 일천 명의 병력을 이끌고 입성하라, 나머지는 검강 장군의 휘하에 들어간다. 왕건 군이 당도하면 성문을 닫고 안팎으로 협격(挾擊)할 것이며 보급을 차단할 터이니 그리 되면 안팎으로 길어야 열흘을 넘기지 못하고 패망할 것이다. 공이 있는 장수들에게는 높은 벼슬과 중한 상이 내릴 것이다. 이런 내용이었답니다."

"……."

은부는 용병을 모른다고 얕보았는데 그것이 아니었다. 이대로 되었다면 이천 병력은 십 일은 고사하고 닷새를 지탱하기 어려웠을 것이다.

사귀의 설명은 계속되었다.

"그것도 깊은 밤에 은부가 직접 와서 이분들을 모아 놓고 어명을 엄숙히 읽어 내려갔답니다."

종희는 호기심이 동했다.

"그래서 어떻게 하셨나요?"

사귀도 그 다음은 잘 모르는 모양이어서 검강에게 물었다.

"어명에 왈가왈부가 있을 수 없지요. 더구나 내군장군이 왔는데……. 니는 그렇게만 생각했지요. 그 다음은 복잡해서……. 귀평 장군이 말씀하시오."

귀평은 사공 출신으로 글을 못 배웠으나 머리가 좋고 말도 잘해서 그 장면을 생생하게 설명 했다.

"검강 장군은 그렇게 생각하신 모양이지만 다른 분들은 이 세 분으로부터 들은 바도 있는지 라 모두 묵묵부답이었습니다."

은부는 언성을 높였다.

"어명을 못 받들겠단 말이오?"

귀평도 언성을 높였다.

"내군장군, 성상과 동연배인 노장군들에게 그런 말씀은 실례가 아니오?"

그러나 은부는 지지 않았다.

"나는 여러분들보다 품계도 낮고 전공도 없는 사람이오. 그러나 어명을 받든 칙사 앞에서는 시중도 머리를 숙여야 한다는 것을 모르시오?"

귀평이 말이 막히자 글도 어느 정도 알고 역사에도 밝은 임희가 눈을 부릅떴다.

"어명의 전달이 끝난 순간부터 칙사의 일은 끝나는 법이 아니오? 또 전달할 따름이지, 당신이 뭐길래 이래라 저래라 하는 거요?"

머리가 빨리 도는 은부는 단박 웃는 낯으로 변했다.

"일이 급박해서 사리를 분간 못하구 실례했습니다."

그러나 임희는 누그러들지 않았다.

"성상께서 시중으로 임명하신 분을 역적이다, 오면 성문을 닫고 안팎으로 치라. 역사에 그런 법도 있소?"

이에 대한 은부의 설명은 그럴듯했다.

"어명을 거역했기 때문이지요. 휴가를 보내라는 병사들을 보내지 않고, 사십여 일을 정주에서 단련해 가지고 쳐올라오니 역적이 아니구서야 그럴 수 있습니까?"

법도와 역사의 얘기가 끝나자 귀평이 다시 설명에 나섰다.

"세 장수가 전하는 말을 들으면 그것도 그럴듯하고 은부의 말도 그럴듯하구. 아무리 생각해도 종희 장군의 말씀을 들어야 판단이 설 듯했습지요. 장군이 왕건의 선봉으로 나섰다면 그럴 만한 곡절이 있을 듯싶었구."

"……."

"역적이라면 왕위를 노린다는 말인데 아무리 친한 사이라도 사촌매부를 내쫓고 친구를 대신 앉히려는 사람이 세상에 있을까요?"

"……."

"우리가 알기로는 아무 잘못이 없는데 성상의 사촌처남인 종희 장군이 자취를 감춘 것도 이상하고, 세 장군의 말이 옳을지도 모른다, 그렇다면 왕건이 군대를 끌고 오는 것도 나쁘다고만 할 수 없지 않은가. 종희 장군을 만나야 하겠는데 장군은 도망쳐서 왕건의 진영에 있다니 이렇게 답답할 수 있어야지요."

결국 듣고만 있던 검강이 단을 내렸다고 한다. 그는 여기 모인 장수들 중에서는 제일 품계가 높았다.

"종희 장군의 말씀을 듣기 전에는 우린 움직이지 못하겠소."

어명이라면 소를 끌고 지붕으로도 올라갈 사람이라던 검강도 처음과는 태도가 달라졌다.

"종희 장군은 이갑이란 놈의 손에 놀아났다고 전에도 누누이 말씀 드린 일이 있지 않습니까?"

은부가 반대했으나 검강은 들은 체도 안 했다.

"그러시면 홍술 이하 세 역적의 진영만이라도 짓밟아 주시지요."

"그것도 못하겠소."

"왜 그러십니까?"

"당신은 선상이 수결을 위조한다는 소문이 있소."

은부는 정색을 했다.

"그야말로 역적들의 조작입니다."

"또 있소."

"뭡니까?"

"전에는 성상께서 적어도 한 달에 한 번쯤은 쇠둘레에 있는 장수들 중에서 옛날 함께 고생한 사람들을 불러 옛 얘기를 하시면서 즐거워 하셨는데 당신이 들어간 후부터 딱 끊어졌으니 웬일이오?"

"모르기는 합니다마는 바빠서서 그리 된 것이 아니겠습니까?"

"성상이 아프신 틈을 타서 어른들을 연금하구 당신이 좌지우지한다는 소문이 있는데, 폐일언하구 종희 장군을 만나기 전에는 못 믿겠소."

은부는 얼굴이 파래졌다.

"할 수 없지요. 허지마는 왕건 군이 오면 어명대로 성문은 닫아야 하겠습니다."

"종희 장군을 만나면 사실이 밝혀질 터인데 왜 닫겠소? 선봉이라니 제일 먼저 당도할 것이 아니오? 당신도 나오구 우리도 나가구 삼자 대면합시다."

"저는 역적들과 마주 앉을 처지가 못 됩니다."

"그래요? 더 말하지 않겠소. 그러나 성문을 닫기만 하면 역적은 왕건이 아니라 당신이오."

"열어 놓았다가 왕건이 성내로 쳐들어오면 어떻게 하겠습니까?"

"짓부수고 들어가면 몰라도 자기 보신을 위해서 병정들을 거느리고 들어가는 걸 누가 무어라 하겠소? 대궐을 치고 정말 역적으로 나온다면 그때는 우리 모두 나서서 모가지를 비틀어 없애겠소."

귀평은 설명을 끝맺었다.

"은부는 우울한 얼굴로 돌아갔는데 오늘 성문은 감히 닫지 못하더군요."

그런 내막이 있었구나. 선종은 사람을 보는 눈이 있고 따라서 좋은 부하들을 두었다. 종희는 속으로 감탄하고 있는데 임희가 그 뒷이야기를 했다.

"시중께서 군대를 성내로 넣고 모든 관서를 점령케 하니 이거 우리가 잘못 생각한 것은 아닌가, 은부가 안 오더라도 종희 장군, 당신을 만나 이야기를 들을걸 그랬다, 후회했지요."

"……."

"그런데 묘한 일이 벌어졌단 말입니다."

임희는 차를 들고 이야기를 계속했다.

"옛날이나 지금이나 권력의 향방에 유난히 민감한 사람들이 있지 않습니까. 새로 태어나는 권력이나 뒤바뀌는 권력에 빌붙는 것이 빠르면 빠를수록 큰 공이나 세운 것처럼 우쭐하는 부류들 말입니다."

"……."

종희는 말없이 들으면서도 넓은 바다를 머리에 그리고 있었다.

"내군부의 관원, 이름은 지칭하지 않는 것이 좋겠습니다마는, 그것도 높은 관원이 내통해 왔습니다. 성내에도 채소밭이 많지 않습니까? 채소를 심어 생활하는 사돈의 팔촌쯤 되는 사람을 시켜 검강 장군에게 연락해 왔습지요. 은부가 왕실의 어른을 가두고 사실상 임금 행세를 하고 있다, 종희 장군을 통해서 내막을 안 왕 시중을 잡으러드는 것도 사실이다, 이렇게 말입니다."

"모든 성문 출입은 당분간 일체 못하는 것으로 알구 있는데 어떻게 연락이 됐지요?"

"그런 사람들은 머리가 빨리 돌아가나 봐요. 그 관원이 홍술 장군과 동향이라 가명으로 홍술 장군에게 보내는 편지를 이끼 말힌 사람 편에 보냈는데 남대문을 책임진 군관이 또한 동향이라, 군관이 능산 장군에게 여쭈었더니, 동향이라는 병정을 한 사람 붙여 홍술 장군 처소에 보내도록 해서 결국 통하게 된 거지요."

"……."

"하여간 장군을 뵈었으니 우리들의 오해는 풀어졌습니다."

"어쨌든 그 관원의 공이 지대합니다."

종희는 농반진반으로 이렇게 대답했다.

"은부의 심복으로 철석같이 믿는 사람이라는데, 사람같이 못 믿을 것도 없는 것 같습니다."

임희가 한탄조로 말하자 검강이 투박하게 나왔다.

"객담은 그만하구, 시중 어른께 미안하게 됐다구 전해 주시오."

"오늘은 늦었으니 내일쯤 직접 뵙도록 주선하겠습니다."

만족해서 돌아가는 그들을 전송하면서 종희는 바다로 나갈 날이 예상보다 빨리 올 것 같다고 생각했다.

오래간만에 집에 돌아온 왕건.

이미 종희로부터 사정을 들은 부인 유 씨는 침착한 태도로 대문까지 마중 나왔으나 말도 없고 웃지도 않는 수척한 얼굴이었다.

"고생을 시켜 미안하오."

왕건은 달리 할 말이 없었다. 부인은 대답 대신 그의 어깨에 손을 얹고 쳐다보다가 고개를 돌리고 흐느꼈다.

왕건은 그동안 부인이 겪었을 고초를 비로소 피부로 느끼고 자신도 눈시울이 뜨거워 왔다. 그러나 이 순간 할 수 있는 것은 아무것도 없었다.

"식사를 가져와야지요."

마음을 가라앉힌 부인은 소매로 눈물을 닦고 부엌으로 내려갔다.

단둘이 저녁상을 마주하고 식사를 하면서도 한동안 말이 없다가 부인이 그를 쳐다보았다. 무슨 말을 할 듯했으나 고개를 떨어뜨리고 숟가락을 손에 든 채 생각하는 눈치였다.

지켜보던 왕건이 물었다.

"나를 원망도 많이 했겠구만."

부인은 고개를 저었다.

"아니에요. 종이 한 장 차로 죽고 사는 전장(戰場)을 치닫는 사람의 아내라면 누구나 마음이 편할 날이 있겠어요? 당신같이 높은 사람의 아내일수록 마음고생이 더 큰 것도 어쩔 수 없는 일이구요."

나주의 오 씨와는 달리 생각이 깊고 보는 눈도 넓은 인품이었다.

"나 같은 사람을 만나 고생도 많고, 그저 미안한 생각뿐이오."

"그렇지 않아요. 저는 지금 역적이라는 것을 생각하구 있어요."

"역적이라니?"

"근래에 와서 집을 에워싼 내군부 병정들 가운데는 드러내 놓구 욕설을 퍼붓는 사람도 있더군요. 역적 왕건의 여편네, 네 서방의 모가지가 떨어지는 날 네 모가지라구 무사할 줄 아느냐구요."

"……."

"종희 장군한테서 얘기를 들었지만 중전마마도 지금 얼마나 마음이 쓰라리시겠어요."

"그럴 거야."

"충신이구 역적이구 하는 이런 세상을 등지구 고향에 돌아가 조용히 살 수는 없을까요?"

"……."

"거기는 이 거디 툽을 히는 사람들끄는 달리 넓고 탁 트인 비디도 있구. 어머니 아버지는 돌아가셨지만 남긴 재산이 있으니 남에게 궁한 소리를 하지 않아도 살 수 있을 거예요."

"……."

"안 그래요?"

"나도 그런 생각을 한 것이 한두 번이 아니오. 싸움터에서 죄 없이 무리죽음을 당하는 사람들을 볼 때마다 당사자도 안됐지마는 그 가족들의 아픈 마음을 생각하고 이런 마당을 떠날 수는 없을까, 몇 번이나 생각했고, 이번에 역적의 누명을 썼을 때는 아예 인간세상이 싫어졌소."

"……."

"오래 사는 인생도 아닌데."

"그래요. 그럴수록 빨리 떠나서 여생이나마 조용히 보낼 생각을 하는 게 어때요?"

"생각은 그렇지만 이제 돌아설 수 없는 지경에 와 있소. 여생은 고사하구 당장 죽느냐 사느냐 하는 경계선에 서 있는 형국이오. 지금 돌아서면 우리뿐만 아니라 여러 사람이 왕건의 일당이라구 아이들까지 몰살당할 거요. 은부란 그런 사람이오."

"그건 저두 짐작하구 있어요. 생각보다 빨리 도성을 점령했구 모든 관서도 손아귀에 들어왔다니 나머지야 쉽게 풀리지 않겠어요?"

"그건 아직 모르겠소. 성 밖에는 태도가 분명치 않은 장수들도 있구 전국에는 무력을 가진 사람들이 얼마나 많소? 갇혀 있는 왕실의 어른들이 제 구실을 하게 되면 저절로 풀리기는 할 것 같소마는."

"……."

"그렇게 돼서 안정되면 우리 고향으로 돌아가는 일을 다시 의논합시다."

"성내가 안정되었으니 내일이라도 대궐을 들이치면 은부 한 사람쯤 간단히 처리할 수 있지 않을까요?"

대궐을 친다는 것이 다른 문제와는 다르다는 것을 이 현명한 여자도 이해하지 못했다.

지금 은부의 가장 큰 무기는 몇 사람 안 되지마는 임금 이하 왕실 전체를 포로로 잡고 있다는 사실이었다. 섣불리 건드렸다가는 큰 난리가 일어날 것이다.

"안 되나요?"

유 씨가 물었다. 왕건은 알아듣게 설명했다.

"당신 말대루 들이치는 건 어렵지 않소. 그러나 우리는 적을 정확히 알고, 한 번 행동을 일으키면 그 결과가 어떻게 되리라는 것을 생각하구 또 생각해야 하오. 적어도 내가 목포를 떠난 후 은부는 전국의 장수들에게 여러 가지 방법으로 나를 좋지 않게 헐뜯었을 것이오. 정주에 상륙한 후 두 달이나 움직이지 않았으니 얼마나 좋은 구실이 생겼겠소? 칙명을 어겼다구 더욱 헐뜯다가 최근에는 역적으로 몰아세우지 않았소?"

"눈치가 다른 장수들이 있어요?"

"아직 모르겠소. 그러나 대궐을 잘못 건드렸다가는 은부가 옳고 내가 정말 역적으로 몰릴 수도 있소."

"그럴까요?"

"은부는 죽어도 그냥 죽을 사람이 아니오. 대궐을 들이치면 그도 자기가 죽을 것을 모르지 않을 것이오. 자기가 죽는 앙갚음을 하고야 말 사람인데 성상과 중전, 그리고 두 왕자를 살해하고 내가 죽였다구 뒤집어쎄울 것이 뻔하지 않소?"

"사람이 그럴 수 있을까요?"

"은부는 그럴 수 있는 사람이오. 그리되면 나는 역적으로 몰려 성상께 충성된 장수들의 손에 죽게 마련이오. 장수들 치고 성상께 불충한 사람은 없거든. 나한테 가장 충실한 능산 장군만 하더라도 당장 나를 죽이려구 들 것이오."

"……."

"사람은 자기 분수를 알아야 하지 않겠소? 지금 우리 태봉국 장수들 중에서 성상을 배반하구 나를 두둔할 사람은 한 명도 없소. 우리 친족은 몰살당하구 전국은 와글거리고 또다시 군웅할거의 난장판이 벌어질 것이오."

"그럼 어떻게 하지요?"

"그렇게 안 되도록 방법을 생각할 수밖에 없지요."

"남자들의 세계가 복잡한 줄은 알아도 그 정도인 줄은 몰랐어요."

"남자들의 세계라기보다 권력의 세계라구 하는 것이 옳겠지요. 권력은 원래 그런 추한 일면을 간직하고 있는 모양이오."

"여자라면 안 그럴 것 같은데."

"당신 같은 여자는 안 그럴 거요. 하지마는 한(漢)나라의 여태후(呂太后)나 십 년 전에 망한 당(唐)나라의 측천무후(則天武后)의 경우를 봐요. 권력의 맛을 들이면 여자구 남자구 마찬가진가 봐."

"전 권력의 맛을 몰라 그런지, 평범한 가정에서 남편과 함께 평화로이 살다가 이 생을 마치구 싶어요."

"고되지?"

"있는 대로 말씀드린다면 고되지요. 당신이 하루 빨리 이런 세계에서 발을 빼는 것이 소원이에요."

"나두 고달프기 그지없소."

"내세에 까치루 태어나는 한이 있더라도 난세의 여자로는 태어날 것이 아니라고 생각하구 있어요."

"……."

"얼굴이 반반한 여자들은 힘깨나 쓰는 사람들의 노리개밖에 안 되구 그렇지 못한 여자들은 죽두룩 일하면서도 밥 한 끼 제대로 못 얻어먹으면서 전쟁에 나간 남편 걱정으로 잠을 이루지 못하고."

"……."

"남의 눈에는 저 같은 여자는 부럽게도 보이겠지요. 허지만 무슨 실속이 있어요? 걸핏하면 몇 해씩 떨어져 살아야 하니 잠이 오지 않는 밤이 얼마나 많은지 아세요? 거기다 역적이니 뭐니까지 붙으니 사는 것이 지겨울 수밖에 더 있나요?"

"우리 되도록 이 판국을 빨리 청산하구 당신의 소원대로 삽시다."

왕건은 밤이 깊도록 앞날을 생각했다.

늦게 잤어도 습성대로 일찍 일어난 왕건은 유 씨와 함께 집 주위를 한 바퀴 돌았다. 오래간만에 맞는 상쾌한 아침이었다.

늦은 조반을 마치고 대문을 나서는데 종희가 말을 달려 왔다.

"간밤에 와서 보고를 드릴까 하다가 두 분이 오랜만에 회포를 푸시는데 방해가 될 듯싶어 지금 왔습니다."

그는 말에서 뛰어내렸다.

"급한 일은 아닌가 보군."

왕건은 느긋하게 대답했다.

"급하다기보다 좋은 소식입니다."

"그럼 천천히 듣지. 내 급히 다녀올 데가 있어서. 그리구 금언 장군과 의논해서 오늘 오정에 장수들을 내 처소에 모이도록 해 주시오. 점심두 같이 하구 금후의 대책두 상의해야겠소."

"장수들이 모인다면……, 아무리 바빠도 잠깐 들으셔야겠구만. 홍술 장군 이하 세 장수의 인도로 어제 저녁 무렵에 반신반의하던 성 밖의 장수들이 찾아와 직접 진상을 묻길래 사실대로 얘기했더니 검강 장군 이하 모두 협력하겠다구 했습니다."

"그렇게 간단히?"

"바쁘시다니 곡절은 나중에 들으시구. 이 사람들도 점심에 초대하는 건가요, 안 하는 건가요?"

"종희 장군의 판단에 맡기겠소."

"부르는 것이 옳겠습니다."

"부르시오."

왕건은 말에 올라 그 길로 원회부터 찾아 큰절을 했다.

괴롭히던 감시원들은 물러갔으나 허탈한 모습으로 마루에 앉아 하늘을 쳐다보고 있었다.

"그래 이거 세상이 어떻게 돌아가는 거요? 갇혀서 바깥소식이 끊어지구 보니 밥이나 축내는 산송장이 돼 버렸소. 그 밥맛조차 떨어져 가니 얼마 더 살 것 같지두 못하오."

왕건은 사실을 알리고 마지막으로 덧붙였다.

"전에 계시던 주천 장군으로 돌아가실 생각이시면 돌아가시도록 해 보지요."

"고맙소, 허나 그동안 몸도 쇠약해졌구……. 하여간 생각할 여유를 주시오."

"무엇이든지 불편하신 일이 있으시면 알려주시지요. 힘닿는 대로 노력하겠습니다."

이런 말을 남기고 나왔다. 그는 원회 다음으로 신훤을 위시해서 건국 공신들을 일일이 찾아 인사를 드리고 시중부로 돌아왔다.

대신들은 이미 모여 있었다.

왕건은 수인사가 끝난 후 간단히 모인 취지를 설명했다.

"어명을 사칭한 은부의 농간으로 그의 심복들이 각 관서를 장악하고, 여러분이 제대로 할 일을 못하셨다는 것을 알고 있습니다. 그러나 오늘부터는 소신대로 일을 해 주시지요. 다만 부득이한 경우 외에는 사람을 다치지 않도록 해 주셨으면 합니다. 비록 은부의 부하라도 도저히 그대로 둘 수 없는 자들 외에는 그냥 쓰도록, 요컨대 사람을 최소한으로 다치고 각 관서의 기능을 회복하자는 것이 오늘 모인 취지올시다."

몇 가지 질문과 답변이 오고간 끝에 회의는 간단히 끝났다. 그러나 얼굴에 근심걱정이 아물거리는 구진이 왕건을 구석에 끌고 가서 자기의 행동을 변명했다.

"경위야 어떻게 되었건 은부의 꼭두각시 노릇을 했으니 체모도 안 되구 그만둬야겠습니다."

"모르구 하신 일인데, 지난 일은 잊고 그냥 일해 주시오."

구진은 감사하다는 말을 몇 번 되풀이하고 물러갔다.

대신들 회의가 끝나자 종희는 금언도 합석한 자리에서 왕건에게 어제 저녁에 찾아온 장군들의 이야기를 자세히 보고했다.

왕건은 듣기만 하고 별다른 말은 없었다.

이제 쇠둘레 삼천 군까지 휘하에 들어왔으니 이 일대에서 내전이 벌어질 위험성은 가시고 왕건은 움직일 수 없는 쇠둘레의 실력자가 되었다.

이야기가 끝나고 두 사람이 물러가자 식렴이 들어왔다.

"나주에서 온 장수들과 어제부터 합류한 장수들 사이에는 구분이 없을 수 없겠고 그들에게는 할 말과 해서는 안 될 말이 있을 듯합니다. 그들이 오기 전에 나주에서 온 장수들만 모여 먼저 토의하는 것이 어떻겠습니까?"

대답하기 전에 옆방의 금언을 불렀다.

"종희 장군으로부터 들은 말씀 잊지 않았지요?"

"잊지 않았습니다."

그는 식렴에게 지금 한 말을 다시 하게 하고 정색을 했다.

"구분이 있을 수 없고 있어서도 안 되지요. 한 덩어리를 두 덩어리로 쪼개서 분란의 씨를 만들어서야 쓰겠소? 오늘뿐만 아니라 앞으로도 만사에 있어서 구분이 있어서는 안 되고 그런 내색을 해서도 안 될 것이오."

식렴은 무안을 당하고 물러갔다.

오정에 모인 장수들은 왕건 자신을 비롯하여 종희, 식렴 등 몇 명을 제외하고는 대개 선종과 같은 연배이거나 더 나이 지긋한 노장군들로 군대 경력도 선종보다 많은 사람들도 몇 명 있었다.

이름은 회의였지마는 오랜만에 만난 동료들이 식사를 같이 하는 자리였고, 아무런 형식도 없었다.

"되다 보니 또 시중이 됐는데 선배 여러분이 잘 보살펴 주십시오."

식사 도중 왕건은 이런 말을 했다.

나주에서 온 장군들이나 어제부터 이편에 들어온 장군들이나 모이는 것도 앞서거니 뒤서거니 같은 시간이었다. 오늘 회의는 무슨 일이냐고 오히려 나주에서 온 장군 중에서 묻는 사람들도 있는지라 그들 사이에는 간격이 없고 분위기도 부드러웠다.

식사가 끝나고 차를 드는 차례가 오자 제일 상석인 검강이 대표격으로 띄엄띄엄 말을 이어 갔다.

"배운 것이 있나, 들은 것이 있나, 호미니 어망(漁網)을 팽개치고 군대에 졸병으로 들어와 이 나이가 된 우리들이 아니겠습니까. 아는 것이라고는 창으로 찌르고 칼로 내리치는 일뿐입니다. 서로 엇갈리는 말이 들려오니 어느 쪽이 정말인지 판단할 머리가 있어야지요. 어제 종희 장군으로부터 직접 듣구서야 사실을 알았구만요. 어리석은 탓이라 시중 어른 미안하게 됐소이다."

그러나 왕건은 도리어 자기 잘못으로 돌렸다.

"제가 옳게 알려드리지 못해서 그리된 것이지요. 어찌 됐건 결과가 잘됐으니 다행입니다. 또 제가 여러분의 처지에 있었더라도 무엇이 달랐겠습니까. 종희 장군을 만난 연후에 결정을 내리기로 한 여러분의 판단이야말로 현명하고 참을성 있는 것이지요. 저 같은 것이 미칠 바가 아닙니다."

"시중은 언제나 저렇게 겸손하시다니까."

좌중에서 이런 소리도 나오고 서로 이야기를 주고받으며 웃는 소리도 들렸다.

"시중 어른."

검강이 왕건에게 말을 걸었다.

"추호라도 우리를, 기회를 엿보아 강한 쪽에 붙는 비굴한 인간으로 생각하시면 곤란합니다."

"제 심정은 아까 말씀드린 그대로입니다. 간격이 있을 수 없지요. 성 안팎의 모든 병력을 검강 장군이 총지휘하시구 서로 교류하는 것이 어떨까, 말씀드리려던 참이올시다."

뜻밖의 대답에 검강은 놀라는 표정이었다.

"교류하는 것은 좋은 일입니다마는 저는 총지휘할 능력두 경험두 없습니다. 능산 장군이 적임이지요."

말수가 적은 능산이 자기 이름이 나오자 왕건과 검강을 번갈아 보며 반대하고 나섰다.

"총지휘란 종전에는 없던 것인데 제가 보기에도 필요한 것 같지 않습니다. 사태가 벌어져서 필요할 때 피차 성신으로 협력하면 그만 아니겠습니까?"

믿는다는 것은 시간과 실적을 쌓은 연후에 가능한 일이다. 오늘 잠시 모였고 겉으로 좋은 분위기인 것은 사실이다. 그러나 각자 마음속으로 무엇을 생각하는지는 알 수 없는 일이었다.

왕건은 이 단계에서 가장 적절한 제안이라고 생각하고 검강에게 물었다.

"어떻게 할까요?"

"형식을 갖추는 것보다 그것이 좋겠구만요."

다른 장수들도 이의가 없었다.

"그보다 시급한 문제, 지금 대궐 안에 갇혀 계시는 어른들을 구해 드리는 일을 토의하는 줄 알고 왔는데 시간이 많이 흘렀어도 그 얘기는 안 나오는구만요."

홍술이었다.

"그렇지요. 무엇보다 급한 것이 그 일인데……."

종희가 고개를 끄덕였다.

구출하는 데는 이론이 없었으나 방법에 대해서는 여러 갈래로 갈라졌다.

오천 병력을 모두 동원해서 궁성을 포위하면 은부 일당도 항복하지 않고는 못 배기리라는 축도 있고, 은부를 유인해 내다 묶어 놓고 그 잔당을 협박하면 되리라는 축도 있고, 무력에 호소하면 도리어 왕실이 위험하다는 축도 있고, 가지가지였다.

대세는 은부를 유인해서 끌어내는 것이 좋겠다는 쪽이었으나 그 방법을 내놓는 사람은 없었다. 유인에 넘어갈 은부가 아니라고 한 사람이 발언하자 아무도 이의를 제기하지 못했다.

제일 간단한 방법은 식량의 공급을 끊어 버리는 일이었으나 그러면 왕실도 굶어야 하니 그것도 할 수 없는 노릇이었다.

장시간 토의했으나 묘안은 없고 왕건에게 일임하고 헤어졌다.

그러나 왕건이라고 묘안이 있을 리 없었다.

장수들이 흩어져 나가는데 능산이 홀로 남았다가 조용해지자 왕건에게 물었다.

"환선길은 어떻게 할까요?"

"별다른 움직임이라도 있소?"

"그런 건 없습니다마는 어쩐지 안심이 안 됩니다."

"부하 오십 명만 남겼다고 했지요?"

"그렇습니다."

"될수록 조용히 일을 처리하려는 것이 우리들의 방침이고, 또 오천 병력이 뭉쳤으니 설사 환선길이 어쩐다고 해야 별수 있겠소? 팽개쳐 둡시다."

능산이 물러가고 얼마 안 되어 환선길 자신이 찾아왔다.

"세상이 묘하게 돌아가는 판국에 저는 본의 아니게 딱한 처지에 놓이게 되었습니다. 저로서는 시중 어른이 하시는 일에 전면 찬동입니다마는 모두들 이상한 눈으로 보구 있으니 그만두고 물러갈까 합니다."

자기 자신이 이렇게 나올 때 청산해 버리는 것도 좋겠다고 생각하다가 왕건은 마음을 고쳐먹었다.

구진 같은 고관도 그냥 두었는데 환선길 한 사람을 내쫓는다고 달라질 것도 없고 모가 나서 쓸데없는 쑥덕공론이 일어나는 것이 고작일 것이다.

또 환선길도 그 나름대로 쓸모는 있는 사람이니 진심으로 협력해 준다면 일에 보탬이 되었지 해로울 것은 없으리라.

"내가 하는 일에 전면 찬동이라니 고마운 일이오. 우리 모두 성상의 신하가 아니겠소? 이제부터 일을 잘해 봅시다."

"감사합니다."

환선길은 부리부리한 두 눈을 껌벅이면서 정말 감사한 표정을 지었다.

"또 장군은 성상께서 임명하신 분이니 내 마음대로 이래라 저래라 할 처지도 아니오. 다만, 비상한 사태가 벌어졌으니 쇠둘레 일대의 병력 배치도 재고해야 할 것입니다. 그러니 지금 위치에서 당분간 그 일대의 경계를 맡아 주시오."

"시중 어른의 너그러우신 처분에 감격할 따름입니다."

환선길은 머리를 숙이고 돌아섰다.

미미하나마 대궐 밖에 남아 있는 단 하나 불투명한 세력이 굴복하고 들어왔으니 왕건도 불쾌할 까닭이 없었다.

그는 가벼운 마음으로 붓을 들어 금서성(禁書省, 비서실)에 편지를 썼다. 시중이니 금서성의 장인 영(令)에게 쓰는 것이 정도였으나 은부가 득세한 후 금서성은 영 이하 모두 쫓겨나고 장주(掌奏, 비서) 최응(崔凝)이 혼자 지키는 유명무실한 관청이 되어 버렸다.

그러나 있거나 말거나 격식대로 금서성령에게, 새로 부임하였으니 어전에 인사를 드려야겠다, 성상께서 편리하신 시간을 알려달라고 썼다.

그렇다고 은부가 좌지우지하는 현실을 무시할 수도 없었다. 그에게도 금서성에 보내는 편지의 내용을 알리고 주선을 부탁한다는 글을 써서 함께 보내고 성내의 시찰에 나섰다.

시찰에는 종희가 기병들을 거느리고 경호를 맡아 주었다.

먼저 능산이 본영을 설치한 의형대에 들렀다. 능산은 의형대의 업무에 지장이 없도록 뒤뜰에 장막을 치고 무시로 드나드는 군인들에게 지시를 내리고 보고를 받고 있었다.

"모든 장수들이 합심해서 아무 염려하실 것이 없습니다. 검강 이하 뒤늦게 진상을 안 장수들도 간격 없이 협력해서 질서도 잡혔으니 이제는 시중께서 대궐 문제를 해결해 주시는 일만 남았습니다."

능산이 하는 일이라 안심하고 의형대로 들어갔다. 소식을 들은 의형대령 박질영은 문간까지 마중 나와 함께 자기 방으로 들어가서 종희와 셋이 마주 앉았다.

"의형대령의 은혜는 무엇으로 갚아야 할지 모르겠습니다."

좀처럼 머리를 숙이지 않는 종희는 이 은인에게 두 손을 모아 쥐고 머리를 숙였다.

"은혜랄 게 없지요. 뻔히 알면서도 그렇게밖에 처리할 도리가 없었고, 그 후에 치르신 곤욕을 생각하면 오히려 내가 미안하지요."

왕건이 화제를 바꿨다.

"의형대의 형편은 어떤가요?"

"은부의 골수 심복만은 바꾸라고 말씀하셨는데 모두 골수올시다. 바꾸면 저 혼자 남을 형편이니 생각 중이올시다."

왕건은 이해가 갔다. 죄인을 다루는 의형대를 은부가 자기 집 안방처럼 군 것은 당연한 일이었다.

"세상에 별꼴 다 봤습니다."

박질영은 계속했다.

"은부가 권세를 잡았다 하니 별 요상한 일이 다 일어나더군요. 다는 아니지마는 여태까지 믿었던 사람들까지 몰래 내통해서 시시콜콜한 것까지 고해바쳐 동료들을 내쫓고, 나중에는 저의 뒤를 캐는 데 앞장을 서겠지요. 기가 막혀서 캘 것도 없다, 내가 그만두면 그만이 아니냐고 보따리를 쌌구만."

"……."

"그랬더니 그만두지는 못한다고 나오지 않겠어요? 할 수 없이 앉아 있었더니 야금야금 다 쫓아내구 은부의 심복들이 요직뿐만 아니라 곤장을 드는 병졸 자리까지 다 차지해 버렸습니다."

"요직은 성상의 윤허가 있어야겠지마는 하급 벼슬아치들이야 대신이 마음대로 할 수 있지 않소?"

"시중께서도 한 번쯤 경험해 보실 걸 그랬구만. 이건 완전히 깡패집단입니다. 문서는 누가 만드는지 하여간 형식은 갖춰 가지구 여럿이 몰려와서 수결할 데와 도장 찍을 데까지 손가락으로 가리키는 겁니다. 못한다고 거절했더니 손이 아프신 모양이군요, 도장만이라두 좋습니다고 하길래 안 된다고 했더니, 도장을 잊으신 모양이군요, 찾아 드리지요, 이렇게 나온단 말입니다."

"……."

"어디서 긁어모아다 구색을 갖췄는지 겉으로 공손을 떨면서 그렇게 능글맞은 것들만 모으는 것도 보통 재주로는 안 될 겁니다."

"……."

"옆에 있던 시랑(侍郞, 차관)이 보다 못해 호통을 쳤더니 죄송하다면서 코가 땅에 닿도록 절하고 나가기에 일이 되나 보다 했지요. 허지만 그날 저녁으로 어명이다 해 갖고 시랑이 파면돼서 지금도 공석이 아닙니까?"

"……."

"참으로 속수무책이더군요. 나중에는 아프다고 집에 들어앉아 버렸더니 도장을 멋대로 파 가지고 사람을 끌어다 두들겨 패고 재산을 몰수하고 죽이고 마음대로지요."

"……."

"집에 있는 것도 고역입디다. 날마다 문병이랍시고 찾아오는 데는 정말 사람이 환장하겠더군요. 견디다 못해 은부에게 도저히 나을 병이 못되니 성상께 여쭈어 직을 면해 달라고 편지를 보냈더니 인재를 아끼시는 성상께서 도무지 안 들으신다니 어떡합니까? 은부는 생글생글 웃으면서 사람을 말려 굴비를 만드는 재간이 있는가 봐요."

"고생이 많으셨군요……. 지금도 갇힌 사람이 많은가요?"

"많지요. 손발이 없으니 자세히는 모르겠고, 문서를 대충 훑어보니 대개 어명으로 잡아 가둔 사람들이라 어떻게 할 방도가 없습니다. 솔직히 말씀드려 지금도 은부의 심복 깡패들 소굴에 갇혀 있는 실정입니다."

나오는 길에 감옥을 잠깐 들여다보았다. 웅크리고 머리를 무릎 사이에 처박은 사람, 피가 여기저기 밴 옷을 걸친 채 축 늘어진 여자들, 모두가 사람의 형상이 아니었다.

우울한 심정으로 의형대를 나온 왕건은 싹 쓸어버리면 어떻겠냐고 종희에게 물었다.

나란히 말을 달리는 종희는 경호병사들에게 들리지 않도록 조심하면서 전에 자기가 비룡성의 관원들을 싹 쓸어버렸다가 당한 경험을 이야기했다.

"사람마다 사정이 있고 그것이 졸지에 흐트러질 때 당하는 고초, 거기서 생기는 원한은 뼈에 사무치는 것임을 비로소 알았지요. 깡패 같은 인간들도 인간임에 틀림없으니 다 사정이 있을 것입니다. 모르기는 하겠습니다마는 쓸어버리는 것보다 고쳐서 계속 쓰는 것이 좋지 않을까 하는 것이 제 생각이올시다."

왕건은 하찮은 인간의 배후에도 그런 뼈아픈 사정이 있다는 것을 새삼 실감했다.

그렇다면 억울하게 갇힌 사람들의 사정은 어떨까? 해도 기울고 기분도 울적하여 다른 관서의 순시는 후일로 미루고 종희와 헤어져 집으로 돌아왔다.

부부 두 사람뿐인 조용한 집안에서 저녁을 함께 들면서 부인 유 씨는 가끔 남편의 눈치를 살폈다. 왕건은 대문을 들어서면서부터 별로 말이 없고 식사를 하면서도 생각에 잠기곤 했다.

"당신 무슨 걱정이 생겼어요?"

유 씨가 남편에게 물었다.

일이 뜻대로 안 돼서 걱정하는 줄 알았는데 남편은 거리가 먼 질문을 했다.

"이 세상에 정말 악인이라는 게 있기는 있는 모양이지?"

"악인요?"

"응, 못된 인간 말이오."

"왜 별안간 그런 말씀을 하시지요?"

왕건은 오늘 의형대에서 보고 들은 이야기를 했다.

"이것은 뱀이나 할 짓이지, 사람이 그렇게 물어뜯을 수 있겠소? 그걸 보고 당신과 종희 일가가 겪은 고초를 더욱 뼈저리게 느꼈구만. 의형대령의 말이 은부는 사람을 말려 굴비처럼 만드는 재주가 있다고 했소. 피를 말린다던 당신의 얘기와 상통하는 것이 아니겠소?"

"그 사람은 인간을 괴롭히는 재주는 골고루 다 갖추고 있나 봐요. 힘

없는 백성들은 무조건 짓밟고 목을 베구 여자를 겁탈하고 힘 있는 사람들은 피를 말려 제풀에 죽게 하구요. 그러면서도 겉으로는 언제나 웃는 낯으로 인정이 흐르는 성인군자같이 보이니 부처님도 별난 걸 다 만들어 내시지요?"

"부처님 말씀이 나왔으니 말이지만 사람마다 불성(佛性)이 있어 도를 닦으면 누구나 부처님이 될 수 있다고 했는데 은부 같은 사람에게도 그런 불심이 있는지 모르겠소."

"있는지 없는지 전들 어떻게 알겠어요? 허지만 있어도 고장이 나서 불성이 발동할 여지는 도무지 없는가 봐요. 불성은 고사하고 피눈물도 없잖아요?"

"인간이 인간을 다스린다는 것부터 옳은 일 같지가 않아."

"제가 정도(政道)니 뭐니 하는 것을 어떻게 알겠어요. 하지만 다스린다는 것은 그런 것들을 움직이지 못하게 하는 것이 아니겠어요?"

"……."

"세상에 악인은 있어요. 이번에 지나 보니 그런 것들이 죽어서도 죗값을 치를 지옥은 있어야 하겠구요."

"……."

"쇠둘레뿐이겠어요? 은부의 세력이 미치는 데는 어디나 같을 거예요."

"……."

"은부는 못된 재간은 다 갖고 있으니 쇠둘레를 손에 넣었다구 안심하지 마세요. 관서의 순시 같은 건 믿을 만한 사람에게 맡기고 뿌리를 빼버릴 생각을 하셔야지요. 하루 늦으면 그만큼 고통받는 백성이 늘 게 아니에요? 기왕 시작한 일이니 빨리 해결해 버리구 고향으로 돌아가 세상을 잊어버립시다."

"당신 말이 다 옳소. 그런데 이러지두 저러지두 못할 일 때문에 이러구 있소."

"대궐에서 나오지 않는 은부 때문에 그러시지요?"

"그건 어떻게 알았소?"

"짐작이에요. 그 가족을 잡아가두고 협박하시지 그래요."

"우리가 입성하기 전에 쥐도 새도 모르게 자취를 감춰 버렸소."

"그랬구만. 그럼 은부는 왜 도망 안 갔을까요?"

"믿는 데가 있는 모양인데 그걸 모르겠소."

"그럴수록 하루 속히 힘으로 밀어붙이세요. 기회를 놓치면 그 재주에
넘어갈지 몰라요."

왕건은 그럴 수도 있으리라는 생각이 들었다.

아침에 등청하니 궁중의 금서성에서 장주 최응의 편지가 왔다.

직위는 일개 비서에 불과한 벼슬인지라 직접 시중에게 보내지 못하
고 식렴에게 보내왔다.

성상 내외분은 며칠째 기도중이시고 그것이 언제 끝날지 자기도 알
수 없다, 끝나는 대로 여쭈어 알릴 터이니 시중께 잘 말씀드려 달라는
내용이었다.

은부가 시킨 것은 말할 것도 없는데 은부 자신으로부터도 회답이
왔다.

자기는 대궐의 수문장에 지나지 않고, 성상을 뵈올 기회도 별로 없으
니 보내신 편지를 금서성에 전달하는 것이 고작이라고 했다.

이것이 몸을 빼기 시작하는구나. 요리조리 몸을 빼는 사이에 시간을
벌고, 그 시간을 이용해서 무엇인가 꾸밀 모양이다. 아내 유 씨의 말이
맞는 것 같다. 머리가 비상한 사람이라 시일의 여유가 있으면 무엇을 꾸
밀지 알 수 없는 일이었다.

가령 군대만 해도 그렇다. 장수들은 그를 상대도 안 하기에 믿을 만하지마는 그 아래 군관 병졸까지 다 그렇다는 보장은 없다. 전투는 장수 혼자만으로 되는 것이 아니다. 재주를 부려 파고든다면 군대가 흔들리고 어떤 사태가 벌어질지 모른다.

은부에게 시간을 주어서는 안 된다. 왕건은 즉시 군관을 불러 내군부로 보냈다. 지금 곧 만나러 갈 터이니 시간을 내라고 했다.

시중이라면 임금 다음 가는 나라의 어른이다. 만나지 않을 수 없으리라고 생각했는데 궁중에 급한 일이 생겼으니 며칠 후에 뵈었으면 좋겠다는 전갈을 가지고 왔다.

있을 수 없는 일이었다.

왕건은 능산에게 연락해서 기병 전원을 즉각 시중부에 보내도록 이르고 옆 건물에 있는 종희를 불러 동행을 요청했다.

내통하는 자가 있어 임금 선종은 서량정(西凉亭)에 감금되어 있고 태자와 왕후는 각각 동궁과 중궁에 연금되어 울타리 밖으로 나오지 못한다는 것, 그리고 궁중의 병력 배치도 대충 알고 있었다.

종희는 두 말 없이 찬성이었다.

"그눔아 낯짝을 볼라구 별러 왔는데 오늘에야 보게 됐구만."

보이지 않는 병력까지 합쳐 천 명으로 추산하는 축도 있지마는 기병 삼백이면 충분하다고 장담했다. 왕건도 나타나는 것은 삼백 기라도 배후에 오천 병력이 버티고 있으니 감히 전투는 걸어오지 못하리라 계산했다.

종희가 지휘하는 삼백 기의 호위 하에 왕건은 예고 없이 대궐에 나타났다.

대궐의 초병들은 갈피를 잡지 못했으나 선봉의 군관이 정중하게 나오자 차차 태도가 달라졌다.

"시중께서 내군장군을 만나러 오셨습니다."

초장인 군관은 관례에 따라 시중이라도 무기를 맡기고 들어와야 한다고 했다. 선봉의 군권이 말이 막히자 그의 뒤에 있던 종희가 말을 달려 앞으로 나갔다.

"이봐, 우리는 성상이 계신 대궐로 가는 것이 아니라 내군부로 가는 길이다."

"장군, 내군부도 대궐 안에 있습니다."

"대궐 안에 있어도 내군부는 내군부다."

"법도를 아실 만한 장군께서 왜 이러십니까? 얘들아 궐문을 닫아."

초장의 명령으로 수십 명의 초병들이 몰려들어 창을 치켜들고 일부는 폐문하려고 육중한 문을 밀기 시작했다.

종희는 공격을 명령했다.

예상과는 달리 초병들은 한사코 대항했다. 왕건의 집을 포위한 자들을 몰아낼 때 진짜 내군부 병사들은 정예라는 것을 직접 경험한 종희는 어느 정도의 희생은 각오하고 있었다.

초병들은 겁 없이 창을 내지르고 칼로 내리쳤다. 종희는 많은 전투를 경험하였으나 이처럼 사생이 안중에 없는 병사들은 흔치 않았다.

이쪽도 이십 명 가까운 사상자를 냈으나 워낙 소수병력으로 불시에 공격을 받은지라 초병들은 대개 죽지 않으면 부상당하고 결국 궐문은 뚫리고 말았다. 종희는 밀고 들어가 내군부를 포위했다.

소란을 듣고 내군부의 다른 병사 백여 명이 달려 나왔으나 그들은 상사인 은부가 보이지 않는지라 어찌할 바를 모르고 한군데 몰려 먼발치로 바라볼 뿐이었다.

왕건과 종희는 휘하 장병들을 거느리고 내군부로 들어갔다. 관습대로 도중에서 몸수색을 하려 드는 자들은 하나같이 얻어터지고 무기를 뺏겼다.

은부가 문간까지 나와 왕건에게 큰절을 했다. 도망치려다 못했는지 아예 도망칠 생각을 안 했는지 웃음을 띤 얼굴로 침착한 태도였다.

"시중 어른, 진작 찾아뵙고 싶어도 얽매인 몸이라 성상의 기도가 끝나기를 고대하던 차에 몸소 왕림하시니 몸 둘 바를 모르겠습니다."

정중하고 겸손하고 나무랄 데 없는 태도였다. 방으로 인도하면서도 허리를 펴지 않고 연거푸 머리를 숙이고 왕건을 은인이라느니 나라의 기둥이라느니 말이 많았다.

방에 들어가 자기 앞자리를 권하는 것을 종희가 앉아 버리고, 왕건은 구석의 교의를 끌어다 비스듬히 앉았다. 은부는 어쩔 수 없이 종희와 마주 앉게 되었다.

"너, 아까부터 나는 아주 없는 것으로 치부하고 놀았겠다?"

종희는 처음부터 시비조로 나왔다.

"아이구, 이거 종희 장군, 저는 시중 어른을 모시는 군관인 줄만 알구, 이런 실례가 어디 있겠습니까?"

"입은 잘 나불거린다. 죽은 줄 알았던 사람이 이렇게 나타나니 겁이 나지?"

"무슨 말씀을, 그 이갑이란 못된 놈 때문에⋯⋯."

종희가 가로막았다.

"너와 나 사이의 계산은 천천히 하기로 하구 시중 어른께서 몸소 오시겠다는 걸 네가 뭐길래 거절했지? 요 하늘 높은 줄 모르는 너구리야!"

"성상 내외분께서 기도 중이시라⋯⋯."

"그래, 네가 성상 대리를 본다 이거야?"

"아, 아니, 그런 엄청난 말씀을⋯⋯."

"그럼 시중 어른도 만날 수 없을 정도로 바쁜 조목이 뭐냐? 한 가지라도 대 봐."

은부는, 벽을 등지고 주위에 둘러선 왕건의 병사들을 훑어보고는 얼굴에서 웃음이 사라졌다.

"물었으면 대답이 있어야 할 게 아냐?"

종희가 다그쳤으나 은부는 조금 전과는 달리 아주 냉랭했다.

"대답을 못하겠소."

"왜 못해?"

"궁중에는 대소사를 막론하고 밖에 누설해서는 안 된다는 법도가 있소."

"그래서?"

"항차 나를 죽이러 온 것이 분명한데 기왕 죽을 몸이 법도까지 어길 것은 없지 않겠소?"

"너 여태까지 법도를 잘 지켜서 못된 짓은 도맡아 했겠다."

종희는 주먹으로 그의 뺨을 후려쳤다.

억센 주먹에 맞아 쓰러졌다 도로 앉은 은부의 얼굴에는 노기가 서리고 태도가 달라졌다.

"마음대로 해!"

여태까지 팔짱을 지르고 앉아 보고만 있던 왕건이 처음으로 입을 열었다.

"두 분 다 진정하시오. 오늘 내가 여기 온 것은 국가대사를 위함이지, 누구를 죽이고 살리자는 사소한 일로 걸음을 한 것은 아니오."

그래도 은부는 잠자코 있었다.

"내군장군."

왕건은 조용히 불렀다.

"네."

자기를 죽일 의사가 왕건에게는 없다고 판단했음인지 은부는 공손하게 나왔다.

"명색 시중으로 제수된 사람이 성상께 인사를 드리고 말씀을 듣는 것은 당연한 일이 아니겠소? 벌써 며칠째요?"

"지당한 말씀이십니다. 헌데 기도 중이시라……."

"내군장군, 성상께서는 미륵대불이라고 자서(自署)하시는데 그러면 성상 자신이 부처님이라는 말씀이 아니겠소? 부처님이 부처님께 기도를 드리는 법도 있소?"

"아, 그건 중전마마께서 우기셔서 그리된 겁니다."

"내군장군, 폐일언하고 지금이라도 자리를 내놓고 고향으로 돌아간다면 지난 일은 묻지 않겠소."

"무슨 말씀이시온지?"

"우리는 다 알구 있소. 어명을 사칭하구, 수결을 조작하구 등등. 다른 것은 그만둡시다. 지금 이 시각 성상께서는 서량정에 갇혀 계시구 중전께서는 중궁, 동궁께서는 동궁에 갇혀 계시지 않소?"

"……."

"나라의 시중으로 이런 사태를 보고만 있을 수는 없지 않겠소?"

"……."

"그러니 오늘은 결판을 내야겠소."

"어떻게 말씀입니까?"

"모든 것을 순리대로 바로잡는 것이지요. 임금은 임금, 신하는 신하, 질서를 세우고 잘못은 바로잡아야 하지 않겠소?"

"우선 어떻게 하면 되겠습니까?"

"성상부터 뵈어야 하겠소."

"황공한 말씀이오나 성상께서는 지금 제정신이 아니십니다."

"알구 있소. 그럴수록 뵙고 대책을 세우는 것이 대신, 특히 시중의 도리가 아니겠소?"

"그렇습니다. 제가 이제부터 가서 모셔오지요."

은부가 일어서려고 했다.

"너는 무슨 재산을 부릴지 모른다. 이 자리를 뜨지 말고 다른 사람을 시켜!"

종희가 소리를 지르자 은부는 옆방의 관원들에게 외쳤다.

"이봐, 가서 성상을 모시구 와."

왕건은 마땅치 않았으나 잠자코 있었다. 새로 시중으로 임명되면 정전(正殿)에서 정식으로 임금께 인사를 드리고 직첩을 받는 것이 관례로 되어 있었다. 그러나 지금은 그런 격식을 따질 계제는 못 되었다.

당대의 영웅이었던 임금 선종이 은부가 오라면 오고 가라면 가게 되었으니 오늘의 이 참담한 사태를 누군들 상상이나 했겠는가.

시중 왕건 王建

　많은 시간이 흘러서야 관원들의 부축을 받으며 아래위 모시옷을 입은 선종이 나타났다.

　모두 자리에서 일어나 마중했으나 두리번거리기만 하고 무슨 판국인지 아는 것 같지 않았다.

　은부가 부축해서 상좌에 모시자 시키는 대로 앉아 여전히 두 눈만 이리저리 굴렸다.

　왕건이 일어서서 큰절을 하고 앉으니 멍하니 바라보다가 물었다.

　"누구더라?"

　"신 왕건이올시다."

　"왕건이라, 어디서 들은 듯도 한 이름인데 어디서 만났더라?"

　"나주에 가 있던 왕건이올시다."

　"오라 맞아. 견훤의 기병 오천을 무찌른 왕건 장군이지. 그런데 나주에 있지 않고 왜 여기 왔지?"

차차 정신이 돌아오는 눈치였다.

"성상께서 시중으로 제수하사 나주를 떠나 쇠둘레에 올라왔고 오늘 인사를 드리러 뵈온 것입니다."

"시중으로 제수했다? 그런 것 같기두 하구, 그렇지 지난봄에 임명한 게 틀림없어."

이상하게 흰자위를 굴리던 눈이 제자리로 돌아와 보통 사람의 눈으로 왕건을 바라보았다.

"황공하오이다."

"지금 무슨 달이오?"

"유월입니다."

"그런데 왜 이렇게 늦게 왔소?"

"성상께서 군인들을 일률로 고향에 보내고 장수들은 맨몸으로 상경하라는 바람에 약간 말썽이 생겨 늦었습니다."

"군인들을 일률로 고향에 보내? 내가 군대에서 늙은 사람인데 그런 어리석은 명령을 내렸다? 사실이라면 이거 내가 제정신이 아니로군."

"성상께서 어김없이 그런 명령을 내리셨습니다."

은부가 끼어들었다.

"그랬다면 내가 미쳤지. 오라, 그래서 너 은부가 나를 미치광이니 애꾸니 하구 매질을 했구나."

"신이 감히 어찌 그런 황공하온 짓을 했겠습니까?"

은부는 낯색이 변하면서도 거침없이 나왔다.

선종은 다리를 걷고 다음에는 적삼을 쳐들고 잔등을 드러내 보였다. 밧줄 자국같이 멍든 자리가 이리저리 달리고 있었다.

은부는 질리고 입술을 떨었다.

"그래도 은부는 때려도 그다지 매섭지 않았다. 그 곰같이 생긴 놈, 그 놈이 때릴 때는 아이구……. 은부, 다시는 그놈을 시키지 말구 때리겠거든 네가 때려라."

은부는 고개를 떨어뜨리고 말이 없었다. 종희는 관원을 따라갔던 병정 중에서 한 사람을 불러들여 물었다.

"왜 그렇게 지체했느냐?"

"시녀들이 불려 와서 몸을 씻기고 머리도 빗기고 또 옷을 갈아입혀 드리다 보니 자연 늦었습니다. 처음에는 웅크리고 앉은 모습을 보구 무슨 짐승인 줄 알았지, 폐하이신 줄은 몰랐습니다."

종희는 일어서더니 은부를 발길로 한 대 차고 병정과 함께 밖으로 나갔다.

은부는 떨어뜨린 고개를 들지 못하고 왕건은 그를 바라보다가 매미소리가 요란하기에 창밖의 나무들을 내다보았다.

그 소리에 장단이라도 맞추듯이 느티나무의 무수한 잎사귀들이 미풍에 나부끼고 있었다. 결단을 촉구하는 군악 같기도 하고, 눈앞에서 벌어지고 있는 인간의 희비극을 웃어 주는 악마들의 웃음소리 같기도 했다.

은부는 고개를 쳐들고 그를 똑바로 보았다.

"시중 어른."

은부가 불렀으나 왕건은 돌아보지 않았다.

"이제 숨길 것도 없이 저의 죄상은 드러났고 대역죄인으로도 몰 수 있을 것입니다. 그러나 죄로 따지자면 시중 어른의 죄도 가볍지 않습니다. 피차 마찬가지가 아닐까요?"

당돌하다면 당돌하고 대담하다면 이보다 더 대담할 수 없었다.

천천히 고개를 돌리자 살기를 띤 은부의 두 눈이 그를 쏘아보고 있었다.

"죄라는 것은 법도를 어기는 것이 아니겠습니까? 시중이 병권(兵權)을 잡는 것도 위법인데 항차 대궐까지 침범했으니 이것은 대역죄가 아니고 무엇입니까?"

전후사정을 따지지 않는다면 도리에 맞는 말이었다. 그러나 왕건은 시비를 논해야 소용없는지라 그의 거동을 지켜보기만 했다.

"제 목이 떨어진다면 시중 어른의 목도 떨어져야 법도가 서지 않겠습니까?"

"……."

"좀 무리를 하더라도 궁중의 비밀을 지켜 세상을 평온케 하려는 성의에서 나온 것인데 결국 충신이 역적으로 몰리게 됐군요."

"……."

"그러나 말입니다. 시중 어른, 진실이라는 것은 빠르면 이승에서 밝혀지고 늦으면 저승에 가서라도 밝혀지고야 마는 것이 아니겠습니까?"

"……."

"지금 형세로 보아 판정은 저승에서 날 것 같은데 확실한 것은 은부가 충신이라는 사실입니다."

이 대목에서 밖에 나갔던 종희가 들어섰다.

"뭐? 은부가 충신이라구? 이거 죽은 송장도 웃겠다. 이 역사에 없는 충신을 묶어!"

주위에 지켜 섰던 병정들이 달려들어 그를 발길로 차고 뒷짐으로 묶었다.

"시중 어른, 기왕 들어왔으니 궁중을 정돈하고 나가야 하지 않겠습니까?"

종희의 제의에 왕건은 일어섰다. 그들은 선종을 자리에 누인 다음 은부를 앞세우고 밖으로 나왔다.

능산이 홍술, 검강 등과 함께 천여 명의 보졸들을 지휘하여 정문으로 들어오는 길이었다.

"웬일이오?"

왕건은 세 장수를 불러 나지막이 물었다.

"기습을 당한 데다 지휘자가 붙들려서 그렇지, 내군부의 전력(戰力)을 얕보아서는 위험합니다. 어디 무엇이 있는지 모르고 무슨 일이 일어날지 몰라 예방책으로 들어왔습니다."

왕건은 고개만 끄덕이고 가타부타 말이 없었다.

보졸들이 들어온지라 기병들은 전원 임금 선종이 누워 있는 내군부를 경계하고 왕건 이하 다섯 장수들은 말을 천천히 몰아 궁중을 살피고 전후좌우는 보졸들이 창을 들고 전진했다.

뒷짐을 묶인 은부는 신발도 못 신은 맨발로 포승 끝을 잡은 병정이 시키는 대로 앞장 서 인도하는 수밖에 없었다.

은부는 선종이 갇혀 있던 서량정으로 장수들을 인도하여 갔다. 정자에다 굵직한 통나무를 가로세로 대고 못질해서 황소도 꼼짝할 수 없는, 흡사 돼지우리였다.

먼지, 나뭇잎, 쓰레기 등 잡동사니로 뒤덮인 마룻바닥에는 먹다 남은 밥그릇과 물그릇이 뒹굴고 한구석에는 때 묻은 누더기 이불이 헝클어져 있었다.

종희는 주먹으로 은부의 머리를 쥐어박고 장수들에게 설명했다.

"여기가 성상이 갇혔던 곳입니다."

노기를 띤 장수들은 일제히 은부를 돌아보았다.

잡아먹기라도 할 듯 독기가 서린 그들의 눈을 피해 은부는 고개를 돌렸다.

이 세상에서 생각할 수 있는 가장 지독한 욕설을 궁리하는 듯 다른 장수들은 입만 움실거리고 말이 나오지 않는 모양이었으나 잠자코 정자 안을 바라보던 검강이 탄식했다.

"생각하면 성상의 팔자도 기박하시지."

검강의 한탄 이에는 아무도 말하는 사람이 없었다. 고달프던 어린 시절, 명장으로 광대한 지역을 휩쓸 때의 용맹, 그리고 세상물정과 어려운 사람들의 사정을 누구보다 잘 아는 성군(聖君)으로 칭송을 받던 사람이 이런 모양으로 전락한 과정은 그대로 무상(無常)이요 무정(無情)이었다.

만물이 무상의 법칙을 벗어날 수 없으니 그것은 어쩔 수 없다 하더라도 인간에게서 정을 빼면 남을 것이 없으니 도대체 산다는 자체가 처량한 일이었다. 가난에 허덕이던 선종의 어린 시절을 누구보다도 잘 아는 왕건은 가슴이 무겁고 무어라 할 말도 없었다.

"다음은 중궁이다. 앞장서!"

종희는 말채찍으로 은부의 머리를 내리쳤다. 궁성도(宮城圖)를 펴 들고 가끔 들여다보던 그가 길을 모를 리 없었으나 후려치지 않고는 배기지 못할 심정이었다.

주위를 둘러싼 녹음 속에서 까치가 울고 정문을 지키던 초병 오륙 명이 문을 막아서고 초장이 한 걸음 앞으로 나왔다.

"어디 가십니까?"

"시중 어른 이하 장군들께서 중전마마를 찾아뵈려구 왔다."

선두의 군관이 대답했다.

"궁중에는 궁중의 법도가 있습니다."

"어떤 법도냐?"

"중궁 근처에는 남자들은 일체 출입을 못하게 되어 있습니다."

군관이 외쳤다.

"너희들은 남자가 아니구 여자냐?"

"저희들은 내군장군의 명령으로 중궁을 감시, 아니 경호를 하고 있습니다."

"내군장군 마음대로 법도도 이랬다 저랬다 한단 말이냐?"

초장은 말이 막혔다.

종희는 은부의 엉덩이를 차고 은부는 포승 끝을 병정에게 잡힌 채 비틀거렸다.

"너희들의 그 잘난 내군장군이 여기 계시다."

대궐에서 그만큼 떠들썩했으니 그다지 멀지도 않은 중궁의 초병들이 몰랐을 리 없건만 그들은 뒷짐을 묶여 온 자기들의 상사에게 깍듯이 경례를 하고 물었다.

"어떻게 할까요?"

갖은 구박을 받고 묶여 왔어도 은부는 침착했다.

"너희들, 우선 시중 어른 이하 장군 여러분께 군례를 올려라."

병정들은 격식대로 한 무릎을 꿇고 군례를 올렸다.

그것이 종희의 비위에 거슬렸다.

"이 너구리가 이제 와서두 희게 노는구나."

그는 채찍으로 사정없이 은부를 이리저리 후려치면서 밖으로 잠긴 대문을 빨리 열라고 초장에게 고함을 질렀다.

초장은 하는 수없이 초막에서 열쇠를 가지고 와서 대문을 열었다.

하얀 치마저고리를 입은 왕후 설리는 오륙 명의 시녀들과 함께 정원의 큰 나무 그늘에 섰다가 제일 먼저 뛰어든 종희를 보자 빠른 걸음으로 다가왔다. 체면불구하고 부둥켜안고 소리 없이 눈물을 흘리다가 그 자리에 주저앉았다.

궁중의 법도가 몸에 밴지라 말도 없고 소리도 내지 않았으나 눈물은 한정 없이 흐르고 시녀들 중에는 뒤로 돌아 소리를 죽이고 흐느끼는 사람도 있었다.

장군들은 밖에서 서성거리고 왕건은 대문을 들어섰으나 무엇을 어떻게 해야 할지 판단이 서지 않아 우두커니 서 있었다.

선종이 머리가 돈 지 햇수로 육 년, 그간의 고초를 아로새긴 양 설리의 곱던 얼굴에는 주름이 가고, 까맣던 머리도 백발로 변했다.

자기와 같은 마흔두 살이건만 육십이라면 육십, 칠십이라면 칠십 노파와 같은 모습이었다.

옛날의 팔팔하던 기운은 하나 없고 젊은 날의 꿈도 세파에 다 날려 버린 탈진하고 쇠잔한 모습이었다.

눈물을 닦고 종희를 쳐다보면서 가냘픈 소리로 중얼거렸다.

"목숨이 끊어지기 전에 오라버니를 만나기는 만났구만. 그렇게두 보고 싶었는데……."

종희는 대답을 못했다.

"……."

"예전 그 집에 그냥 살구 있겠지?"

외부 소식은 통 모르고 있었다.

"네……."

종희는 대답을 얼버무렸다.

"아이들이랑 잘 크구?"

"잘 자라구 있습니다."

"성상과 아이들은 어떻게 하구 있는지 소식 들었소?"

"모두들 잘 계십니다."

"어쩐지 정말같이 들리지 않는구만. 만나 본 지 아득한 옛날 같구."

"……."

"죽을라니 죽게두 못하고 살자니 살게두 못하구 세상에 견디지 못할 건 그거더군요."

설리는 머리가 어지러운 듯 한동안 눈을 감고 있다가 사방을 둘러보았다.

문간에 서 있는 왕건이 보이자 자기의 눈을 의심하는 듯 오랫동안 바라보고 나서 종희에게 눈길을 돌렸다.

"요즘은 예성강 옛 친구들이 헛보이는 일이 많아서……. 혹시 저이가 왕건 장군은 아니오?"

"그렇습니다."

왕후 설리는 가까이 오라는 손짓을 했다. 왕건이 다가가 큰절을 하는데 한 손을 잡고 놓지 않았다.

"죽기 전에 잠깐이라두 보구 싶었구만."

왕건은 한 손을 잡힌 채 한 무릎을 꿇고 앉는 수밖에 없었다. 오래도록 말없이 쳐다보는 설리의 눈이 점점 커지고 눈물이 괴었다가 넘쳐흘렀다.

그간의 애달프고 가슴 아팠던 사연을 호소하는 눈물에 왕건은 목이 메어 고개를 돌렸다. 참았으나 눈물은 방울이 되어 땅에 떨어졌다.

설리가 침을 삼키는 소리가 들렸다.

"왕건."

쇠잔한 목소리로 어릴 때 부르던 이름 그대로 불렀다. 왕건은 마음을 진정시키고 대답했다.

"네."

"내가 죽거든 옛날 그 진달래가 피던 언덕, 서해가 보이는 바위 옆에……."

설리는 끝을 맺지 못하고 입을 다물었다. 서러움을 삼키는 소리가 완연히 귀에 들어왔다.

"돌아가시기는요."

"나는 산다는 것이 무엇인지도 모르구 오늘까지 목숨을 끌어왔소. 그리운 것은 어린 시절이기까지는 그 시절이 돌아올 리는 없고, 요즘은 그저 일구월심으로 저승을 그리고 있소."

"앞으로 좋은 시절이 올 것입니다."

"그거야 내가 어찌 알겠소마는 나는 마를 대로 말랐소. 오래지 않았으니 내 부탁을 잊지 말아 주시오."

설리는 잡았던 손을 놓고 일어섰다.

대문을 닫고 나오자 종희는 주저앉아 두 손으로 얼굴을 감싸고 흐느꼈다.

서성거리던 장군들도 눈물을 보이지 않으려고 하늘을 쳐다보는 사람도 있고 돌아서 먼 산을 바라보는 사람도 있었다. 열린 대문으로 안에서 벌어진 광경이 보였던 모양이다.

다시 일어선 종희가 칼을 빼어 들고 은부를 겨누자 몸집이 큰 능산이 막아섰다.

"종희 장군, 이러지 마시오."

"저런 놈을 살려 둔다는 것은 죄악이오!"

종희는 능산을 밀치고 은부에게 칼탕을 퍼부으려 들었다.

"큰일을 위해서 오늘은 참읍시다."

"내게는 이제 큰일도 내일도 없소."

종희는 막무가내였다.

장사로 이름난 능산은 종희의 손목을 잡고 칼을 뺏었다.

"나도 이 은부를 단칼에 없애고 싶소. 그러나 이 혼란이 며칠 가겠소?

그때는 은부도 죗값을 해야지요. 또 세월은 모든 상처에 약이오."

종희는 정색을 했다.

"능산 장군은 저의 대선배시지마는 그 말씀은 틀렸소. 제게는 세월은 약이 아니라 원수였다니까. 법을 어기고 살자는 것도 아니니 안심하시오. 이 독버섯을 없애면 나도 그 원수놈의 세월과 작별해야겠소."

장군들이 모여들어 종희를 진정시키고 능산은 울타리 밖의 초막(哨幕)에서 구경을 하는 초병들을 바라보다가 초장을 불렀다.

"너희들은 모두 몇 명이냐?"

"이십 명으로 밤낮 세 교대를 합니다."

"이십 명을 다 이리 모아라."

초장은 초막에 있는 병정들을 불러내어 능산 앞에 세웠다.

"긴 말은 하지 않겠다. 너희들은 죽을 것이냐, 고향으로 갈 것이냐?"

아무도 대답이 없었다.

"초장부터 말해 봐."

"생각할 여유를 주십시오."

바라보고 있던 왕건은 은부가 큰소리를 친 것도 이 같은 병정들을 거느렸기 때문이라고 생각했다.

"생각할 여유가 없다."

능산의 목소리가 무게 있게 울렸다. 초병은 잠시 생각하다가 뒷짐을 묶여 쭈그리고 앉은 은부에게 물었다.

"내군장군, 저희들에게 갈 바를 말씀해 주십시오."

"집으로 돌아가라."

은부는 묶였어도 냉정하게 명령했다.

어느 장수의 눈에도 어김없는 정병(精兵)으로 비쳤다. 천여 명 앞의 이십 명, 도시 죽음이라는 것은 안중에도 없는 당당한 태도였다.

그들은 은부의 명령이 떨어지자 무기를 내놓고 줄을 지어 오솔길로 사라졌다.

휘하에는 실전의 경험이 많은 병사들이 배치되어 있으나 은부 자신은 칼도 제대로 쓰지 못하는 위인이다. 무엇이 이들로 히여금 이토록 강인한 정신을 갖게 했을까?

왕건은 생각 끝에 종뢰를 짚었다. 당대의 영웅인 선종도 손에 쥐고 흔드는 종뢰, 은부는 그를 이용해서 이들을 광신자로 만들었다.

은부는 내군부 병사들의 우상이요, 그가 묶인 것은 오히려 순교자로 보였을지도 모른다.

일행은 중궁에 새로 경비병들을 배치하고 동궁으로 향했다.

이 년 전에는 그렇게도 똑똑하던 태자 청광(靑光)은 얼빠진 청년이 돼버렸고 별채에 격리되어 있는 작은 왕자 신광(神光)도 전에는 영리하다고 생각했는데 열아홉이나 된 것이 침을 질질 흘리고 있었다.

왕건은 생각을 달리하지 않을 수 없었다.

중궁에서와 마찬가지로 동궁 수비대를 해산하고 새로운 병력을 배치한 다음 임금 선종이 있는 내군부로 돌아오다가 왕건은 잔디밭에 앉아 장수들과 의논했다.

"나는 내군부 병사들을 대수롭게 보지 않았는데 오늘 보니 그렇지 않은 것 같은데 여러분이 보기에는 어떻소?"

모두 동감이었다.

임금을 제쳐놓고 은부를 우상으로 받들었다면 보통 문제가 아니다. 은부를 허술하게 보지 말라. 감히 대권도 노릴 인간이라고 충고한 이갑의 말이 맞았다.

종뢰도 가사를 입은 사기꾼쯤으로 알았으나 사람의 정신을 개조하는 재주도 있고 혼을 빼는 재주도 있는 인물이다. 얕잡아볼 것이 아니다.

그러나 아무도 내군부가 이렇게 된 그 원인을 캐려는 사람도 없고 왕건도 구태여 입 밖에 내지 않았다.

눈에 안 보이는 병력까지 합쳐 천 명이라는 말도 있으니 몇십 명 내쫓았다고 별다른 영향을 줄 것은 없었다.

가장 염려되는 것은 이들이 일반백성을 가장하고 살인, 방화 등 파괴 활동을 자행하는 일이었다. 가령 두세 명씩 작당하여 밤중에 지나가는 요인을 암살한다든지, 민가든 관청이든 닥치는 대로 불을 질러 놓는다면 참으로 큰일이었다.

수도 쇠둘레는 혼란에 빠질 것이고, 수도의 혼란은 전국을 뒤흔들 수도 있을 것이었다.

"전부가 그런지는 몰라도 하여간 내군부 병사들이 우리가 생각하던 것과는 다르지요?"

왕건은 다짐하고 나서 자기 소견을 말했다.

"일당백(一當百)이라는 말이 있지마는 그것은 과장이고, 오늘 본 병정들은 일당십은 되지 않겠소?"

"그렇습지요. 옳게 보셨습니다."

검강이 대답하자 다 같은 의견이었다.

대책은 하나, 성 밖의 병력을 대대적으로 성내로 이동하여 저들의 기를 꺾어 버리는 일이었다.

그러나 어려운 문제가 하나 있었다. 현재 궁중에 분산 배치되어 있는 내군부의 병력을 내쫓는 일이었다. 은부의 지시라면 듣겠지마는 종희에게 매를 맞고부터는 은부는 누구의 말도 들으려고 하지 않았다.

강제로 내쫓는다면 궁중에서 전투가 벌어질 것이다. 막대한 사상자를 낼 것이요, 왕실의 안전도 어떻게 될지 알 수 없는 일이었다.

보급을 끊어 버리자는 안도 나왔으나 그것은 전투의 시작을 의미한다고 반대가 많았다. 왕족을 모두 궁성 밖으로 옮기자는 사람도 있었으나 그리되면 왕족을 포로로 생각하는 그들이 가만있을 리 없고 전력을 다해서 이를 막고 안 되면 임금을 살해하고 이쪽에 역직의 누명을 뒤집어씌울지도 모를 일이었다.

묘안이 없으니 다시 생각하기로 하고 능산은 현존 병력을 궁중의 요소에 배치하는 한편 성 밖의 장수들은 각기 자기 진영에 돌아가 휘하 병력을 성내에 이동하기로 하였다.

의형대는 은부 일당들의 소굴이라니 거기는 안 되겠고 능산의 본영에 은부를 가두기로 하고 장수들은 모두 내군부로 돌아와 임금을 뵈었다.

삼십 년 가까이 섬겨 온 검강을 반기다가도 '누구더라?' 하고 묻기도 했다.

장수들은 은부가 쓰려고 새로 지은 별당에 임금을 모시고 강력한 수비대를 붙인 다음 전의시의 의원을 전원 불렀다.

궁중에서 일어난 소란을 모를 까닭이 없는 의원들은 큰 죄라도 지은 사람처럼 안절부절못하였다.

임금 선종은 사고무친이라 따로 혈연이 없고 사촌처남 되는 종희가 왕실과 피로 맺어진 유일한 인물이었다.

그런 관계가 있고, 전에 그중 한 사람이 임금의 병세를 실토한 일도 있는지라 그들은 누구보다도 종희의 눈치를 살폈으나 종희는 열어젖힌 문으로 창밖을 내다볼 뿐 말이 없었다.

검강이 노한 소리로 물었다.

"당신들은 명색이 의원 아니오? 성상께서 그렇게 환후가 중하신데도 무엇을 했소?"

깡마른 체구에 죽을 고비를 수없이 넘긴 사람만이 갖는 독특한 눈빛에 압도되어 그들은 고개도 쳐들지 못했다.

"왜 대답이 없소?"

검강은 한층 소리를 높였다.

"성상께서 서량정에 감금되신 것은 오늘에야 알았고, 고을을 돌아보시는 중이라기에 그렇게 알고 있었습지요."

제일 늙은 의원이 대답했다.

"같은 궁중에 있으면서도 몰랐다? 그게 말이 돼요?"

"몰랐습니다."

"궁중 법도를 자세히 모르기는 하지마는 전의시는 매일 성상 내외분과 태자 형제분에게 환후가 있고 없는 것을 여쭈어보기로 되어 있지 않소? 그것은 해 왔소?"

"못했습니다."

"왜 못했소?"

"모두 강녕하시니 편찮을 때만 하라고, 내군장군이 직접 와서 명령하니 따랐을 뿐이지요."

"전의시가 내군장군의 명령을 듣게 돼 있소?"

늙은 의원은 정색을 했다.

"장군, 저희들은 의원일 뿐 무사가 아닙니다. 법도를 내세워 보았지마는 병정들이 창을 들이대고, 시키는 대로 할 것이지 무슨 잔소리냐고 하는데 어떤 방법이 있겠습니까? 항거해서 죽지 않은 것이 죄라면 죗값을 받아야지요. 다른 의원들은 제가 시키는 대로 했으니 죄가 없구요."

말이 막힌 검강이 두 눈을 껌벅이자 홍술이 얼굴에 웃음을 띠고 부드럽게 나왔다.

"내가 그 처지에 있었다 해도 달리 도리가 없었겠구만. 우리가 오늘 여기 모인 것은 지난 일을 묻자는 것이 아니라 앞으로 일을 잘해 보자는 것이오."

"고맙습니다."

늙은 의원은 순순히 고개를 숙이고 나른 의원들도 이제 살았다는 듯이 한숨을 내쉬었다.

홍술은 계속 부드러운 얼굴로 물었다.

"중전께서 병환이시구, 두 분 아드님께서도 편치 않으시다는 걸 알지 못했겠구만."

"그러세요? 금시초문입니다."

의원들도 놀라는 표정이었다.

"빨리 손을 써야 하지 않을까요?"

홍술은 시종 말없이 앉아 있는 왕건을 쳐다보았다.

"손을 써야지요."

왕건은 지시를 내렸다.

"종희 장군은 이분들과 함께 중궁과 동궁에 가시오. 진맥을 하고 약을 써 드려야지요. 물론 호위가 필요할 것이고. 능산 장군은 우선 지금 성내에 들어와 있는 병력을 적절히 배치하고 끝나면 나한테 결과를 알려 주시오."

왕건이 일어서자 다른 장수들도 일어서 흩어져 나왔다.

힘으로 밀어붙일 생각은 지금도 변치 않았으나 예상치 못한 장애가 하나 둘이 아니었다. 왕건은 생각하면서 말에 올랐다.

시중부에는 식렴이 기다리고 있었다. 그는 군대뿐만 아니라 지금은 사실상 쇠둘레 전체의 살림을 맡고 있는 셈이었다.

"오늘 일은 잘되셨겠지요?"

왕건 자신도 잘됐는지 못 됐는지 분간이 서지 않았다.

"글쎄."

왕건의 안색이 좋을 리 없었으나 행정가인 식렴은 아랑곳없이 용건을 들고 나왔다.

"내군부에서 매달 초에 받는 군량미를 공급해 달라는 요청이 왔는데 어떻게 할까요?"

생각지도 않은 일이었다.

은부가 없어도, 또 청사를 점령당했어도 내군부는 제 기능을 다하고 있다는 증거였다.

왕건은 이렇게 판단이 서지 않는 일도 없었다. 세상에 적에게 군량미를 대 주는 법도 있을까. 그러나 혁명이 아닌 이상 그들의 요구는 정당했다.

"계산에 없던 나주 군대 이천이 들어와서 군량미 배정을 다시 조절해야겠으니 좀 기다려 달라고 대답해요. 정중하게."

왕건은 창졸간에 생각난 대답이었으나 돌아서 나가는 식렴이 씩 웃는 것이 보였다. 자기가 생각해도 능구렁이 같은 소리였다.

직접 상대해 보니 은부도 못된 쪽이나마 인물은 인물이었다. 그 은부가 두 달 동안이나 자기가 정주에서 이 핑계 저 핑계로 움직이지 않는 동안 팔짱을 지르고 가만있었을 리 없었다.

궁중에는 상당한 비축미도 마련했을 것이다. 그런데도 이 소란의 와중에 받을 것을 받겠다고 나서는 것은 이쪽을 한번 건드려 본 것이리라.

더구나 은부가 잡혀 있는 마당에 이렇게 나오는 것을 보니 내군부 안에는 제이, 제삼의 은부가 있다고 보아야 할 것이다.

사태 자체가 혁명도 아니고 그렇다고 평화도 아니고 참으로 미묘한 판국이요, 그만큼 만사 처리가 어려웠다.

혁명이라면 간단하다. 내군부의 병력이 어떻다 해도 오천 병력으로 공격을 퍼붓고 경우에 따라서는 궁성에 불을 지르면 그것으로 끝나는 것이다.

선종과의 관계로 보나 오늘 만난 왕후 설리의 모습으로 보나 의리로도 감정으로도 혁명이란 생각할 수 없는 일이었다.

또 될 일도 아니었다. 군대는 선종의 군대지, 자기의 군대가 아니다. 혁명이라는 말만 꺼내도 다른 장수들은 고사하고 부하 장병들에게 찔려 죽거나 뭇매를 맞고 짓밟혀 죽을 판이다.

힘이면 된다고 단순히 생각했으나 힘도 그 구조를 들여다보면 그렇게 단순한 것이 아니었다.

긴 여름 해가 기울고 있었다.

아침에 움직이기 시작해서 이런 저런 곡절을 치르다 보니 점심을 걸렀고 시장기도 잊은 하루였다.

시중부를 나와 말에 오르려는데 저쪽에서 종희가 말을 달려 왔다.

왕건은 말을 탄 채 그를 기다렸다.

"댁으로 가시는 길입니까?"

종희는 빈틈없이 예절을 차렸다.

"그렇소. 어른들의 증세는 어떠십디까?"

"그 일도 있구 해서 말씀드릴 것이 있는데."

"같이 우리 집으로 갑시다."

두 사람은 말을 달리는 동안 아무도 입을 열지 않았다.

대문을 들어서서도 종희는 유씨 부인과 무탈한 인사를 주고받을 뿐 말이 없었다.

더운 때라 마루에 올라앉았으나 종희는 왕건을 힐끗 보았을 뿐 목침을 베고 누웠다. 다리를 뻗고는 이마에 손을 얹고 눈을 감아 버렸다.

"무슨 일이 있었어?"

왕건이 물었다.

종희는 누운 자세 그대로 불렀다.

"왕거미야."

다시 군대에 돌아온 후 둘만의 자리에서도 이렇게 나오기는 처음이었다.

"말해 봐."

"술 한잔 없냐?"

"진수성찬에 좋은 술이 나오기루 돼 있다."

"다 필요 없구 술 한잔만 다우."

"너두 빈속일 터인데."

"술 한잔 달라는데 웬 말이 많아?"

종희가 흰눈을 치떴다.

왕건이 대답하기 전에 부엌에서 혼자 일하던 유 씨가 작은 소반에 술병과 술잔, 토막을 낸 닭고기를 얹어 가지고 들어왔다. 부엌에서 엿들은 모양이었다.

"심기가 불편하신 모양이구만요."

상을 두 사람 사이에 놓으면서 이런 말로 위로했다.

종희는 일어나 앉기는 했으나 고맙다는 말도 없었다.

부인이 다시 부엌으로 들어가자 그는 몇 잔 연거푸 마시면서 왕건에게는 권하지도 않았다.

빈속에 술은 빨리 돌고 종희는 흥분된 마음이 가라앉는 눈치였다.

왕건은 그냥 있기도 민망해서 자기도 한 모금 마시고 물었다.

"왜 그러냐?"

"몰라서 물어?"

"……."

왕건은 대답할 말이 없었다. 짐짓 남은 잔을 비우는데 종희가 불렀다.

"왕거미야!"

왕건은 그의 잔을 채워 주면서 대답했다.

"응."

"내 부탁이 하나 있다."

"뭔데?"

"난 다 싫어졌다. 군복도 벗겠다. 설리를 데리구 고향으로 돌아가게 해 다우."

"왜 그래?"

"설리는 가망이 없단다. 나두 아내한테서 피를 말린다는 얘기를 들었지마는 피가 다 말라서 정말 굴비같이 돼 버렸다."

종희의 눈에는 눈물이 괴었다.

"전의시에는 명의들만 모였는데 방법이 있겠지."

"내 얘기가 아니야. 그 늙은 의원이 진맥하구 나한테만 한 얘기다."

"어떻게 하면 좋을까?"

"의원의 말이 길어야 두 달이란다. 애꾸가 저렇게 된 지 육 년 아냐? 그 아픈 마음을 알아준 사람이 누가 있었냐?"

"……."

"본인이 어려서 놀던 강과 바다, 그리고 산을 한번 보고 죽었으면 원이 없겠단다."

종희의 눈에 괴었던 눈물이 줄기가 되어 두 뺨을 적셨다.

부인이 치맛자락으로 눈물을 닦고 들어와 옆에 앉았다.

"그 소원을 풀어 드리세요."

"풀어 드려야지."

왕건도 눈시울이 뜨거웠다.

"다른 사람들은 술로 마음을 달랠 수도 있지마는 마마는 체통두 있고, 육 년을 참구 견디자니 오죽하셨겠어요?"

유 씨는 눈물을 글썽이며 다시 부엌으로 내려갔다.

유 씨가 자리를 뜨자 종희는 왕건을 바라보다가 처음으로 그의 잔에 술을 부어 주었다.

"고맙다."

"……."

부인이 연거푸 안주를 날라 왔으나 종희는 이따금 젓가락을 들 뿐 주로 술만 들이켰다.

"물고기같이 씽씽하던 설리를 바치구 예성강 사람들은 무사했지. 그러나 설리는 시들구 말라서 이제 재로 사라지게 됐다. 너는 과연 돌아가신 양반들의 처사가 옳다고 생각하나?"

"종희야, 돌이킬 수 없는 일은 생각하지 않기로 하자."

왕건이야말로 잊고 싶은 과거였다.

"그렇지, 네 심정 내가 안다."

종희는 계속했다.

"길을 잘못 들어 이십 몇 년이지? 인생 오십에 사십을 넘었으니 도통 헛살아 버린 인생이로구나."

종희는 쉬지 않고 술잔을 기울였다. 그렇다고 그의 심정을 생각하면 말릴 계제도 못 되었다.

"참 더럽게도 살아왔구나."

혀꼬부랑 소리를 하다가 그 자리에 쓰러져 축 늘어졌다.

부인이 들어와 건넌방에 자리를 깔고 둘이 맞들어다 뉘었다. 마루로 나오는데 대문을 지키던 초병이 들어와 큰 소리로 물었다.

"능산 장군께서 찾아오셨는데 어떻게 할까요?"

부르기 전에는 결코 상사의 사택을 찾는 능산이 아니었다.

긴급한 일이 있는 모양이다.

산란한 심정이라 만나고 싶지 않았으나 이 위급한 때에 그냥 돌려보낼 수는 없었다.

"들어오시라구 해라."

능산이 걸으면 땅이 움씰거리는 듯했다. 섬돌까지 온 그는 마루를 물끄러미 바라보다가 물었다.

"손님이 계신가요?"

"종희 장군이 깡술을 마셨구만. 아주 곤드레가 돼서 건넌방에 잠들었소."

"그분 심정으로는 그럴 겁니다."

능산은 올라와 종희가 앉았던 자리에 앉았다.

"저두 한잔 들지 않고는 못 배기겠습니다."

그는 제 손으로 술을 부어 한 잔 들이켜고 안주를 집었다.

왕건도 그를 상대로 몇 잔 하고 나니 마음이 약간은 가라앉은 기분이었다.

"능산 장군이 이처럼 밤중에 찾아온 걸 보니 일이 생긴 건 아니오?"

"생긴 건 아니고 낮에 결정한 일이 아무리 생각해도 잘못된 듯싶어서 찾아뵈었습니다. 아침이면 너무 늦고."

"무슨 일이오?"

"궁성 안을 자세히 살펴보았습니다마는 내군부가 군대를 차지하고 있는 진영을 다치지 않고 그냥 둔다면 오천 병력을 다 궁중에 넣는다 해도 별도리가 없겠습니다."

"왜 그렇소?"

"그들은 기습공격에 알맞은 지점은 모조리 점령하고 보루(堡壘)까지 쌓고 있는 반면 남은 지점은 기습을 받기 알맞은 곳뿐입니다."

보루까지 쌓았으리라고는 생각하지 못했다. 암살이나 방화를 일삼으리라고 생각한 것도 오산이었다.

"어떻게 하면 좋겠소?"

능산은 다시 한 번 생각하고 나서 대답했다.

"성상이 계신 별당, 중궁 그리고 동궁을 철저히 지키고 내군부의 군사들과는 접촉하지 않는 것이 좋겠습니다."

"그 세 군데를 지킬 자신은 있소?"

"지형에 따라 보루를 쌓을 데는 보루를 쌓고 안 되는 데는 호(濠)를 파서 기습에 대비하면 될 것입니다."

"……."

그럴듯한 생각이었다. 필요한 것은 네 사람의 왕족이지, 궁성 자체는 아니었다.

"날이 밝으면 성 밖의 장수들은 군사들을 이끌고 들어와 대개는 궁성 안에 모여들 예정이 아닙니까?"

"그렇지요."

"실정을 모르고 수천 병력이 궁성에 들어가면, 저는 들은풍월입니다마는, 병법에서 말하는 흉지(凶地)에 몰려 장막이나 좁은 땅에서 우글거릴 게 아닙니까. 더구나 그들은 궁중의 지리와 사정에 어둡습니다."

"……."

"야음을 이용해서 기습을 가한다면 눈을 감고 활을 쏘아도 맞을 것이고, 몰살당할 염려가 있습니다. 전쟁이라는 것이 장수 혼자 됩니까? 많은 병사들을 이렇게 잃고 나면 형세가 역전될까 그것이 걱정입니다."

"알아듣겠소. 그러면 성 밖의 병력은 입성할 필요가 없다는 얘기가 되겠구만."

"그건 아닙니다. 대병력으로 궁성을 포위하고 은연중에 내군부 군대에 압력을 가하는 것은 저도 필요하다고 생각합니다."

"……."

"그러니 성 밖의 장수들이 움직이기 전에 이 밤 안으로 궁성 내의 실정을 알리고 무리를 해서 한꺼번에 입성할 것이 아니라 실정에 맞게 차례로 병력을 성 안에 넣게 하되, 장군께서는 각 군이 주둔할 위치를 지정해 주셔야 하지 않겠습니까?

"나보다 장군이 궁성 안팎을 더 잘 알고 있으니 안팎 사정을 고려해서 안을 만들어 가지고 내 이름으로 그들에게 편지를 보내시오. 장군 옆에는 이갑이 있으니 궁내 사정도 알고 글줄이나 한 사람이라 이런 때 쓸모 있지 않겠소?"

왕건은 여러 장의 백지에 수결을 해 주었다.

"그럼 장군의 이름으로 편지를 내겠습니다."

"그렇게 궁성의 벽을 하나 두고 대치하면 결국 어떻게 되는 거요?"

"그야 정사(政事)를 맡으신 시중 이하 대신들께서 처리하실 일이지, 저 같은 일개 무부(武夫)가 어찌 알겠습니까?"

능산은 일어서려고 했다.

"이건 딴 얘기오마는 중선께서 고향으로 가시고자 하신다는데 무사히 모시구 나올 수 있겠소?"

"그 정도야 못하겠습니까?"

"……."

"성상이나 태자라면 악착같이 달려들겠지마는 중전은 그렇지 않을 것입니다."

능산이 이쯤 나오면 자신이 있는 것이다. 왕건은 사실을 알려주는 것이 그의 자신을 더욱 굳힐 것 같았다.

"의원들의 말이 중전께서는 쇠잔할 대로 쇠잔하셔서 길어야 두 달이라는군요. 한가한 사람의 유람이 아니라 이승의 마지막 소원이시라오."

"그러시다면 더욱 해 드려야지요. 이 능산이 있는 힘을 다하겠습니다."

"종희 장군이 동행할 모양이오."

"혈육이니 그러시겠지요."

능산은 일어서 나가다가 섬돌에서 신발 끈을 매면서 왕건을 쳐다보았다.

"오늘 광경을 보고 은부는 죽여도 그서 죽일 것이 아니라 가죽을 벗길 생각까지 납디다. 어떻게 할까요?"

왕건도 같은 생각이었으나 내일을 모르는 것이 세상이니 은부가 소용될 일이 생길 경우도 생각해서 두고 보자고 대답했다.

왕건은 밤새 잠을 이루지 못했다.

전투가 벌어지면 며칠씩 밤을 새는 일은 있어도, 내일 일은 내일에 맡기고 하루가 끝나면 앞일이건 뒷일이건 생각지 않고 잠드는 성격이었으나 오늘 밤은 억만 가지 생각에 잠이 오지 않았다.

결국 이 세상은 허망한 악몽에 불과한 것이 아닌가. 애당초 인간이니 나라니 하는 것이 생긴 것부터 잘못이다.

종희는 헛살았다고 했다. 생각하면 제대로 살 길도 있음직하지 않았다.

유 씨도 잠이 오지 않는 모양이었다.

"당신 같은 이가 그러시는 걸 보니 참혹했던가 보지요?"

"응."

"종희 장군이 눈물짓는 것은 처음 보았어요. 그분의 말씀을 들으니 중전께서 참 안되셨어요."

"응."

"내막을 제가 알면 못쓰나요?"

"그런 것두 아니지마는……."

왕건은 다시 생각하기조차 싫은 광경이었다. 그러나 이 착한 여인에게라도 이야기하면 들끓는 가슴이 조금은 가라앉을 것도 같았다.

그는 내군부를 점령한 얘기부터 시작해서 돼지우리 같은 데 갇힌 임금, 중궁과 동궁에서 본 것을 대충 이야기했다.

그러나 유 씨는 이야기 도중 한마디도 응대가 없었다.

"당신 듣구 있소?"

이야기를 마친 왕건이 물었으나 한참 후에야 대답이 돌아왔다.

"다 들었어요."

들으면서 울고 있었던 모양이다.

"오늘처럼 산다는 것이 싫어진 일도 없었소."

"들으면서 저도 그 생각을 했어요."

"……."

"허지만 후회할 수도 없는 것이 인생살이가 아니겠어요?"

"그럴까……?"

"우리가 언세 태어나구 싶어 태어났나요? 사신두 모르는 사이에 태어났구 철이 들구 보니 이런 세상이구, 어쩔 수 없이 죽이구 살리는 놀음까지 벌이면서 살다가 죽어 갈 수밖에 없잖아요?"

"그래……. 밀고 밀리다 죽어 갈 수밖에 없는 것이 인간이니 이런 세상은 누가 만들었지?"

"부처님이 할 일은 없고 심심해서 한 일이겠지요."

"……."

"가끔 하찮은 즐거움으로 크게 은혜나 베푸는 척하고, 세상을 알구 이를 등지려는 사람은 죽음의 공포로 협박해서 그냥 끌구 나가고, 심술 궂은 일이 아니에요?"

"……."

"전 한 가지는 다행이라구 생각해요."

"다행?"

"자식이 없는 일 말이에요. 자식이라도 있어서 이 풍파에 휘말려 이러쿵저러쿵하다가 죽어 갈 것을 생각하면 머리가 찔해요. 없으니 얼마나 다행이에요."

멀지 않은 데서 첫닭의 울음소리가 들렸다.

건넌방의 종희가 잠을 깬 듯 부스럭거리다가 불렀다.

"왕건아, 냉수 한 그릇 다우."

유씨 부인이 얼른 일어나 부엌으로 내려가면서 말을 던졌다.

"빈속에 술만 드시구 시장하실 텐데."

"누님이구만. 아침 일찍 길을 떠나야 할 테니 지금부터 조반을 지어 주시오."

"그럼요."

안방에서 듣고 있던 왕건이 일어나 마당 한구석에 있는 우물에서 세수를 하고 대문 밖의 초장(哨長)을 불렀다.

"오늘이 며칠이지?"

"유월 사일입니다."

"지금부터 병정들을 보내서 능산 장군과 전의시의 그 늙은 의원을 즉시 이리 오시라구 해라."

그는 수건으로 얼굴을 닦았다. 초장은 물러가고 왕건은 종희의 방으로 들어갔다.

드러누운 채 천장을 바라보고 있었다.

왕건은 그가 마시고 난 물그릇을 밀고 옆에 앉았다.

"빈속에 그렇게 마시고 머리가 아프지 않아?"

"괜찮다."

"시장할 텐데."

"술이 남았으면 한잔 줄 수 없냐?"

그는 천장에서 눈을 떼지 않고 말했다.

왕건은 말리려다 그의 심정을 생각하고 직접 부엌에 내려와 큰 잔에 술을 가득 붓고 부인이 주는 안주를 가지고 들어왔다.

종희는 부시시 일어나 술을 한 모금 마시고는 문을 열어 밖을 내다보았다. 그러나 아직도 어두운 첫새벽의 하늘을 쳐다보고 말이 없었다.

"중전을 모시는 일은 능산 장군에게 부탁해 두었다."

종희는 대답도 하지 않고 어두운 하늘에서 눈을 떼지 않았다.

왕건은 어제 묻지 못한 태자 형제의 용태를 물으려다 그만두었다.

종희의 눈빛을 보니 그럴 분위기가 못 되었다.

"길을 떠난다는 사람이 세수를 해야지."

종희는 잔을 비우고 마당에 나가 세수를 하고는 들어와 빗으로 머리를 대강 빗으면서 왕건을 돌아보았다.

"너 입던 옷 한 벌 다우."

"옷이라니?"

"삼베든지 모시든지 상관없다."

"도중은 군복이 나을 터인데."

"잔소리 말구 내놔."

"좋도록 해라."

왕건은 방을 나와 부엌에서 일하는 부인에게 물어 장롱에서 모시옷을 있는 대로 꺼냈다. 새로 빨아 다림질을 해 둔 세 벌이었다.

왕건은 옷을 갖다 종희 앞에 놓고 그의 거동을 지켜보았다. 그는 간밤에 입고 잠들었던 군복을 벗어 구석에 던지고 모시옷으로 갈아입고 왕건은 나머지 두 벌을 보자기에 쌌다.

"왕거미야, 너 이제부터 어떻게 할래?"

옷을 갈아입고 앉은 종희가 말을 꺼내고 유씨 부인은 조반상을 들고 들어와 옆에 앉았다.

"먼 길인데 많이 잡수세요."

그러나 종희는 몇 숟가락 냉수에 말아 먹고는 상을 물렸다. 유씨 부인이 상을 들고 나가자 왕건은 입맛을 다시고 대답했다.

"나두 모르겠다."

"……."

"넌 어떡할래?"

"나라구 알 턱이 있냐?"

"바다루 나가는 계획은 어떡하구?"

"다 시시해졌다."

잠시 침묵이 흐르는데 초롱불을 든 병정의 인도로 늙은 의원이 들어와 두 사람 앞에 절을 했다.

종희는 말이 없고 왕건이 서두를 꺼냈다.

"중전께서 고향 생각이 간절하시다니 여기 계신 종희 장군이 오늘 모시구 떠날까 하는데 환후에 지장은 없겠소?"

백발의 늙은 의원은 심판이라도 내리듯 장중한 목소리였다.

"그것은 절대로 해서는 안 될 일이십니다."

종희의 눈이 세모꼴로 빛났다.

"왜 안 되오?"

"그것은 명을 단축하시는 일입니다."

왕건은 종희의 눈빛으로 보아 생트집이 나올까 걱정했으나 그는 조용히 묻고 조용히 대답했다.

"명이라는 말이 나왔는데 길어야 두 달이라고 했는데 내가 잘못 들은 건 아니겠지요?"

"맞습니다. 그것도 넉넉잡구 말씀드린 것이지 두 달까지 가시기는 어려울 것입니다."

"일 년이라면 모르겠소. 그러나 두 달이 고작이라니 살아서 소원이라도 풀어 드리는 게 옳지 않겠소?"

"그 말씀 알아듣겠습니다. 인지상정이지요. 그러나 저희들 의원의 처지로서는 생명은 귀한 것이고 며칠이 아니라 촌각이라도 연장하도록 힘쓰는 것이 본분이올시다. 어찌 명을 단축하는 일에 찬동할 수 있겠습니까?"

"옳은 말씀이오. 허나 명을 단축하건 누가 뭐라건 오늘 떠나 고향으로 가신다고 중전께서는 요지부동이시오."

의원은 눈을 감고 오래도록 생각하다가 눈을 떴다.

"무엇으로 가시지요?"

"가마지요."

의원은 입을 다물고 더 말하지 않았다. 여태까지 옆에서 듣고만 있던 왕건이 물었다.

"가마로는 안 되겠소?"

의원은 침을 삼키고 왕건을 건너다보았다.

"시중 어른, 아무 말씀을 드려도 괜찮겠습니까?"

"그럼요, 있는 그대로 말씀해 주시오."

"가마로는 백 리도 가시기 어려울 겁니다."

"왜 그럴까요?"

옆에 있는 종희도 놀라는 얼굴이었다.

"중전께서는 가마를 타시면 멀미를 하십니다."

"……."

"멀미라는 것은 건강한 사람은 그때뿐이구 지나가면 그만이지요. 그러나 마마같이 극도로 쇠잔하신 분이 장시간 멀미를 하시면 시시각각으로 명을 단축하시는 거나 다름없습니다. 고향은 고사하고 중도에서 변을 당하지 않을까 하는 것이 제 생각이올시다."

왕건은 그의 손을 잡았다.

"사정은 딱하고 소원은 풀어 드려야겠고, 무슨 방도가 없겠소?"

의원은 또 한참을 생각하다가 물었다.

"뒷말은 없겠지요?"

"없지요. 내가 보증하리다."

"말씀은 안 드리겠습니다마는 그동안 어처구니없는 일루 고초를 겪은 의원들이 적지 않아 여쭈어보는 것입니다."

"안심하고 말씀하시오."

"가마는 안 되구, 업구 가시면 한결 나을 것입니다."

왕건도 종희도 한숨을 내쉬었다. 왕후가 남의 등에 업혀 다닌다는 것은 체통 문제였으나 그런 것을 따질 때가 아니었다.

"내가 업구 가지."

종희는 어젯밤 이후 처음으로 얼굴에 화색이 돌았다. 왕건은 일어서려는 의원을 붙잡아 앉히고 물었다.

"태자 형제분은 어떠시지요?"

"아무리 진맥해도 오장육부에는 잘못된 데가 없고, 묘한 병입니다. 혹시 연속부절로 협박해서 공포에 질리게 하고, 단정하기는 어렵지마는 무당 같은 사람들이 정신을 혼미하게 만든 일은 없습니까?"

두 사람 다 알 까닭이 없었다.

"그건 모르겠고, 나으실 가망은 있소?"

"아직 젊으시니까 마음을 편하게 해 드리고 약을 쓰시면 낫습니다."

그는 자신 있게 말했다. 의원은 일어서면서 물었다.

"몇 가지 환약을 만들어 놓았는데 어디다 전해 드리면 되겠습니까?"

왕건은 함께 밖으로 나오면서 대답했다.

"우리 병정을 딸려 보낼 테니 그 편에 보내 주시오."

그는 대문 밖까지 나와 병정과 함께 말을 달려 가는 늙은 의원을 바라보다가 돌아섰다. 해는 솟지 않았으나 어지간히 밝아 왔다.

능산이 들어서자 종희는 일어서 사과를 했다.

"어제는 대선배 장군에게 실례 막심했습니다."

능산은 그의 두 손을 잡고 함께 앉았다.

"실례는 무슨 실례. 내가 장군의 처지라면 더했을지도 모르겠소. 그건 그렇고 중전께서 떠나실 채비는 다 돼 있는데 어떻게 할까요?"

그는 왕건을 돌아보았다.

"어느 틈에 했소?"

"지금 막 끝내구 오는 길입니다."

"가마를 마련했구만."

"가마로는 안 되는가요?"

왕건은 의원에게서 들은 이야기를 해 주었다.

"가마보다 건장한 사람이 여러 명 필요하오."

"가마가 휘청거리면 안 된다구 특히 건장한 병정들만 뽑았으니 그건 염려없구……. 어떻게 하지요? 체통두 있는데 궁중에서부터 업혀 나오시기두 민망스럽고."

"체통?"

종희는 코웃음을 쳤으나 왕건은 그렇지 않았다.

"궁중에서 서대문까지 가마를 타시되 요동이 없도록 특히 조심하고, 성을 벗어나면 번갈아 가며 업어 드리기루 합시다."

의원을 따라갔던 병정이 약을 가지고 달려오자 종희가 일어섰다.

"갑시다."

"군복은 어떡하구 그런 차림으로 가실라우?"

능산이 묻자 왕건이 대답을 가로맡았다.

"그러구 싶은 모양이니 이것도 소원풀이를 해 드립시다."

남편과 함께 대문 밖까지 전송 나온 유씨 부인이 옷 보따리를 내밀었으나 종희는 받지 않았다.

"짐이 돼서요."

궁중으로 향하는 두 사람이 모퉁이를 돌자 부부는 집에 들어와 조반을 대강 마치고 서대문으로 달렸다. 부인 유 씨는 난세를 엮어 온 여인답게 활과 칼을 쓰는 법도 익히고 말은 어려서부터 타 온지라 보통 솜씨가 아니었다.

햇살이 동산에 뻗어 올라올 무렵 앞뒤에 각각 군관이 지휘하는 기마대 십여 기의 호위를 받으며 행렬은 느릿느릿 다가왔다.

행렬 뒤에는 경호를 위해서 백여 명의 보병들이 따르는 것은 이상할 것도 없었으나 선두를 나란히 말을 몰고 오는 능산과 종희의 모습은 복색이 다른지라 누구의 눈에도 달리 보였다. 종희는 그래도 칼과 창은 안장에 꽂고 있었다.

행렬은 초병들의 군례를 받으며 서대문을 나와서는 한참 가다가 인기가 없는 데서 멎었다.

가마에서 내린 왕후 설리가 유씨 부인을 보고 한 걸음 옮기자 유 씨가 달려갔다. 왕후는 유 씨의 목을 껴안고 오래도록 놓을 줄을 몰랐다.

말이 없었다.

이윽고 왕건에게 힐끗 눈길을 던진 설리는 종희의 등에 업히고 행렬은 빈 가마와 함께 움직이기 시작했다. 능산은 좀 더 가 보고 오겠다면서 자기도 말을 내려 왕후를 업은 종희의 옆을 걸었다.

왕건은 눈물로 얼굴을 적신 부인 옆에서 오래도록 지켜보다가 행렬이 시야에서 사라진 뒤에야 부인과 함께 말에 올랐다.

서대문에서 병력을 이끌고 성내로 들어오는 검강과 마주쳤다.

"이렇게 일찍 웬일이십니까?"

왕건은 고향으로 떠나가는 왕후를 전송하고 돌아오는 길이라고 했다.

"그 몸으로 가실 수 있을까요?"

"그래도 기어이 가신다니 어떡합니까?"

"하기야 고향 외에 정을 붙일 데가 있겠습니까?"

부인 유 씨는 간단한 인사를 남기고는 곧바로 집으로 말을 달리고 왕건은 군대의 선두를 검강과 함께 말을 몰면서 이야기를 주고받았다.

"시중 어른, 어제 궁중의 실상을 보고 잠을 이루지 못했습니다. 나라 형편이 이 모양인데 보고만 있어서야 쓰겠습니까?"

"그렇다고 나라의 어른이 저러시니 누가 나서 무어라고 하겠습니까?"

검강은 원회 같은 건국공신은 아니지마는 초창기부터 선종과 고락을 같이하면서 나라를 세운 졸병 출신으로 능산보다도 약간 선배였다.

그런 만큼 임금과 나라에 대한 애착은 어느 충신 못지않게 강렬했다.

잠자코 오다가 시중부에 이르자 그는 말을 멈춰 세우고 왕건을 돌아보았다.

"시중 어른, 나하구 얘기 좀 하십시다."

"그러시지요."

검강은 부장에게 지휘를 맡기고 왕건과 함께 시중부로 들어왔다.

방에 들어서니 이미 병력 배치를 끝낸 홍술이 와서 기다리고 있었다.

자리에 앉자, 검강은 정면으로 왕건을 마주 보았다.

"시중 어른, 비상한 때에는 비상한 방책을 강구해야 하지 않겠소이까?"

그는 옆에 앉은 홍술을 돌아보고 계속했다.

"나라 형편이 이 지경이 됐으니 가만있을 수 없어 한마디 하는 길이오."

"그렇지요. 이대로 갈 수는 없습지요."

검강은 다시 왕건을 향했다.

"내 몸을 보시오. 무슨 병인지는 몰라도 며칠 못 갈 것이오. 죽기 전에 나라꼴이 잡히는 것을 보는 것이 소원이오."

흥분했는지 정중했던 말씨도 달라졌다.

그러나 왕건은 이 원로 장군에게는 끝까지 공손할 수밖에 없었다.

"저는 장군보다 훨씬 연하입니다마는 나라를 걱정하는 심정에는 다를 바가 없습니다."

"시중, 우리가 낫살 좀 더 먹고 성상을 먼저 모셨다고 사양할 것은 없소. 우리는 배운 것이 없고 시중은 배운 사람이오. 몇 해 늦게 동참했다지마는 전공(戰功)도 으뜸에 들어가지 않소? 또 성상과 사귄 연조로 말하면 누구보다도 오래된 분이 아니오?"

"……."

"더구나 시중이라는 막중한 자리에 계시지 않소? 이대루 보고만 있을 것이오?"

왕건은 신중히 대답했다.

"이대로 갈 수는 없습지요. 그러나 이런 때일수록 모두 실정을 알구 화합해야 하지 않겠습니까? 옳은 일이라도 처사를 잘못하면 틈이 생기고 화합이 안 돼서 도리어 일을 그르칠까 걱정입니다."

"옳은 말씀이오. 시중 생각은 어떻게 하면 좋겠소?"

"소문이야 퍼졌겠지마는 장상(將相)들도 진실로 실정을 알아야 뜻이 통일되지 않겠습니까?"

"말은 옳은 말인데 이 판국에 그럴 여유가 있겠소?"

검강은 왕건의 느긋한 태도가 마음에 안 드는 모양이었다.

"마침 이 시각에는 쇠둘레 일대의 모든 장수들이 성내에 있을 터이니 대신들과 합석하여 의논하는 것이 어떻겠습니까?"

홍술이 찬동하고 검강도 고개를 끄덕였다.

왕건은 금언을 불러 경위를 설명하고 장상들을 빠짐없이 시중부에 모이도록 하라고 일렀다.

하나 둘 모이는 동안 검강은 옛날을 회상하면서 한탄으로 시종했다.

"죽을 고비도 많이 겪었구만. 한번은 적과 싸우다 창이 부러지는 바람에 이제 죽었다 싶었는데 어느 틈에 보셨는지 멀리 계시던 성상께서 활을 쏘아 적을 쓰러뜨리는 바람에 목숨을 건진 일도 있구."

검강이 옛 얘기를 하자 홍술도 경험담을 했다.

"성상 같은 장사도 드물 것이오. 금성 산골짜기였어요. 되다 보니 외톨이가 돼서 황소 같은 놈하구 맞붙었는데 당해 낼 재주가 있어야지요. 결국 붙잡혀서 밑에 깔렸는데 적은 단도를 빼서 목을 겨누지 않겠어요?

이제 죽었다구 어금니를 깨무는데 어디서 나타났는지 성상께서 적을 발길로 툭 찼단 말씀이에요. 적은 나동그라져 성상의 창에 찔리구 저는 살아나구…….”

“전쟁뿐 아니라 사람을 다루는 것도 그렇고, 성상은 역사에 드문 영걸이었지요. 그 덕에 욱일승천(旭日昇天)으로 단시일에 국토의 절반을 차지하구 나라를 세우셨는데 그런 변을 당하시고 이렇게 될 줄을 누가 알았겠소. 모를 건 세상일이라…….”

“당시 젊어서 펄펄 뛰던 우리도 반백이 되고 세상은 어수선하구 도무지 살맛이 없어졌구만.”

그럭저럭하는 사이에 능산을 빼고는 다 모였다.

왕건은 자기가 나서는 것보다 선배 장수가 나서는 것이 좋을 듯싶어 검강에게 모이게 된 동기의 설명을 부탁했다.

“나는 말이 서툴러서……. 홍술 장군이 말씀해 주시오.”

훤칠하게 생긴 홍술은 달변은 아니었으나 한마디 한마디에 성실성이 넘쳐 듣는 사람에게 감동을 주었다.

어제 본 광경을 생생하게 설명하고 이대로 있을 수 없으니 대책을 세우자는 말로 끝을 맺었다.

모두들 충격을 받은 듯 장내는 기침소리 하나 없었다.

“시중에게 모든 것을 일임하는 것이 어떻겠습니까?”

한구석에서 이런 제의가 나오자 반대하는 사람은 하나도 없었다.

그러나 왕건은 듣지 않았다. 땀을 씻으면서 늦게 들어와 말석에 앉는 능산에게 눈을 돌렸다가 입을 열었다.

“한 사람의 지혜보다 두 사람의 지혜가 낫고, 귀로 백 번 듣는 것보다 눈으로 한 번 보는 것이 낫다고 했습니다. 지금부터 우리 모두 궁중에 들어가 실정을 직접 보는 것이 어떻겠습니까. 보면 생각이 달라질 수도 있고 새로운 시혜가 떠오를 수도 있으니 그렇게 한 연후에 다시 모여 의논하십시다."

볼 필요조차 없다는 사람도 있었으나 궁중을 마음대로 본다는 바람에 대개 호기심이 동하는 모양이었다.

왕건으로는 그들이 보고 안 보는 것이 중요한 것이 아니라 군소리를 미연에 방지할 필요가 있었다. 설사 일이 잘되었다 하더라도 동참하지 않는 자는 소외감을 갖고 무엇인가 트집을 찾는 것이 인간의 본성이라는 것을 알고 있었다.

그는 자기가 오늘 또 들어가는 것은 피하기로 했다. 말을 좋아하는 사람에게 말썽의 여지를 제공할 염려가 있었다.

그는 맨 뒤에 앉은 능산을 불렀다.

불러놓고 그는 일어서서 솔직한 심정을 토로했다.

"시중이라는 사람이 어제 보고 오늘 또 다시 여러분과 함께 들어가는 것은 체통상 우스울 것 같습니다. 성은이 망극해서 어울리지 않는 사람이 어울리지 않는 자리에 앉아 죄송합니다마는 나라를 위해서도 체통은 지키도록 해 주시면 고맙겠습니다. 그 대신 어제 보신 검강, 홍술, 능산 세 분 장군께서 인도를 맡아 주시되 특히 능산 장군은 여러분의 경호에 소홀함이 없도록 부탁하오."

"옳은 말씀이오."

좌상격인 검강의 한마디에는 권위가 있었다. 그의 제의대로 왕건은 남고 다른 사람들은 전원 대궐로 떠나갔다.

임금 한 사람의 사고로 나라 전체가 뒤흔들리는 이런 법도 말고 딴 도리는 없을까? 아득한 북쪽에서 유목을 업으로 하는 사람들은 그 군장(君長)에게 무슨 사고가 생기면 즉시 여러 부족의 장들이 모여 새로운 사람을 뽑는다는데 그런 법도는 어떨까……. 생각하다가 간밤을 꼬박 새운 그는 눈이 자꾸 감겨 교의에 앉은 채 잠에 빠져들었다.

궁중에 들어간 사람들은 좀처럼 나올 줄 몰랐다. 오정 때 잠깐 눈을 뜬 왕건은 그들의 점심을 마련하라 이르고 또 잠이 들었다.

궁중에 들어간 사람들은 선종에게 큰절을 했다. 시녀들과 의원의 부축을 받으며 비스듬히 일어나 앉은 임금 선종은 흰자위를 굴리면서 바라보기만 하고 말이 없다가 모두 나오려고 일어서자 손짓으로 앞줄의 몇 사람을 불렀다.

"이게 웬 사람들이지?"

"어전에 문안을 드리러 온 폐하의 신하들이올시다."

검강이 대답했다.

"어디서 본 듯한 얼굴도 있기는 있군. 가만있자, 기훤이란 놈, 아직두 죽주에 있는가?"

검강은 대답할 말을 몰라 주춤거리는데 홍술이 대답했다.

"칼에 맞아 죽었답니다."

선종은 입을 다물고 눈을 감아 버렸다.

물러나오는 사람들은 아무도 입을 열지 않았으나 누구나 선종은 이제 폐인이라고 단정했다. 다만 그들은 조촐한 전각들 가운데 홀로 으리으리한 이 별당이 이상한 모양이었다. 선종은 사치를 모르는 사람이었다.

대개 머리가 돌아서 그런 줄 알았으나 사실은 은부가 자기 거처로 지은 것이라는 설명을 듣고 비로소 납득하는 눈치였다.

그들은 궁중의 이모저모, 거기 얽힌 사연을 보고 들으면서 동궁으로 태자 형제를 찾았다. 멍청한 태자, 식충같이 침을 흘리는 둘째, 다들 실망하고 돌아섰다. 마지막으로 능산이 내군부 군대의 배치 및 방어태세와 그들의 전력을 설명하고 어젯밤에 당초의 계획을 변경하게 된 경위도 알아듣게 이야기해 주었다.

왕건은 그들이 다시 시중부로 돌아올 때에야 잠이 깨었다. 해는 이미 미시(未時, 오후 한시~세시) 말에 가까웠다.

왕건은 그들과 함께 점심을 들면서 이야기를 들었다.

의논 끝에 임금이 생존해 계시니 혁명이 아닌 이상 물러가게 할 수는 없고 태자를 섭정(攝政)으로 추대하기로 합의를 보았다.

지금은 멍청하지마는 의원이 낫는다고 했으니 그동안 시중과 대신들이 의논해서 보필하기로 했다.

짜임새를 잃은 허술한 정부였으나 그런 대로 탈 없이 굴러갔다. 그런데 생각지도 않던 곡절이 벌어지기 시작했다.

하루에 한 번씩 궁성 안팎을 순시하면서 정황을 검토하고 다니던 능산이 왕건을 만난 기회에 이런 이야기를 했다.

"여태까지 내군부의 전력(戰力)을 너무 크게 본 것 같습니다. 실지로 전투가 벌어지면 쓸 만한 것은 원회 장군 당시에 단련된 삼백 명에 불과하고 나머지는 거드름이나 피웠지 쓸 만한 것이 못 됩니다."

"전정(殿庭)에 장막까지 치고 인원을 배로 늘렸다는데 늘어난 삼백 명은 어떤 병사들이오?"

"비룡성에서 쫓겨난 부패분자, 나주에서 못된 짓을 하고 군복을 벗은 자, 건달장군들을 따라다니다 죄를 짓고 도망친 자들이 대부분입니다. 대체로 말하자면 나주관계 장수들에게 앙심이나 품은 족속들이지, 성상이나 나라를 위해서 싸울 생각은 꿈에도 없는 것들이지요."

"궁중이나 동궁의 수비대들을 보고 느낀 점이 없소? 자기들의 대장인 은부가 뒷짐을 묶이고 개처럼 얻어맞는 것을 보면서도 그 명령이 아니고는 움직이려고 하지 않은 자들이오. 이런 강병은 태봉국 전체를 털어도 많지 않을 것이오."

"그들은 원회 장군이 단련한 병사들입니다. 다른 것들은 여전히 건달이지요."

왕건은 혼자만 생각하던 일을 털어놓았다.

"그럴까? 종교라는 것은 무서운 것이오. 나는 일세의 영웅인 성상까지 좌지우지하는 종뢰가 종교의 힘으로 그들의 정신상태를 뜯어고쳐 성상까지 무시하고 은부에게 충성하도록 만든 줄만 알았소."

"언뜻 보기에는 그럴지도 모르지요. 성상을 감시한 것은 건달들이고, 중궁과 동궁을 감시한 것은 성상의 명령이라 하여 원회 장군의 옛 부하들을 이용한 것입니다. 종뢰가 성상을 좌지우지한다고 말씀하셨지마는 성상께서 어디 제정신입니까? 종뢰는 돌중입니다."

그렇다면 원회의 옛 부하들만 마음을 돌리면 궁중에는 별다른 풍파가 없을 것이다. 원회에게 부탁해서 설득을 권유해 볼까.

그러나 군인이란 현재의 상사에게 복종하지, 그를 제쳐놓고 옛 상사에게 복종하는 법이 없다. 부탁해야 헛수고에 지나지 않을 것이다.

"눈에 보이지 않는 군대라는 건 어떤 것들이오?"

"세작들이지요. 정체를 나타내지 않는 자들이니 형세가 불리하면 슬그머니 사라지는 것들이 아니겠습니까? 벌써 기능이 마비된 것을 보니 대개 흩어져 고향으로 갔거나 그런 짓을 한 일이 없었던 양 시침을 떼고 있는 것 같습니다."

세작이란 원래 남의 잘못이나 캐고 다니는 인간말종들이니 그럴법한 해석이었다.

왕건은 일이 쉽게 풀려 나간다고 생각했으나 궁중에 보루까지 쌓고 버티는 삼백 명의 병력이 마음에 걸렸다.

　다른 곳이라면 강병이라도 삼백 명쯤 문제 될 것도 없었으나 궁중에서는 삼백 명이라도 온 나라를 뒤흔들 법석을 일으킬 수 있다.

　그러나 성 밖의 장수들이 병력을 반씩 갈라 반은 성안에 주둔시키고 있으니 나주에서 온 병력까지 합쳐 삼천오백 명, 큰일은 없으리라는 안도감도 없지는 않았다.

폭풍 전야

좋은 소식도 있었다.

임금 선종이 제정신으로 돌아왔다는 것이다.

태자 형제도 약의 효험이 있어 많이 좋아졌고 쇠약한 몸으로 고향에 돌아간 어머니의 걱정을 할 정도에 이르렀다고 했다.

임금이 중전을 찾는 바람에 급사가 영안성으로 달리기도 했다.

오랫동안 병고에 시달리던 임금이 나았다는 소식에 신하들로서는 범연할 수 없었다. 크게 잔치를 베풀어 쾌유를 축하하기로 했다.

왕건은 전의시의 늙은 의원을 불러 물었다.

"나으신 건 사실이오?"

"나으셨다고 할까요, 제정신으로 돌아왔다고 할까요? 하여튼 지금은 정신이 말짱하십니다."

"잔치를 베풀 만한 일이오?"

"무방하겠지요."

"어쩐지 얘기가 모호하구만."

"……."

"재발하실 염려는 없겠소?"

늙은 의원은 눈을 감고 대답하지 않았다.

"무슨 말씀을 해도 좋소. 나랏일에 관계되는 큰일이니 사실대로 알려주시오."

늙은 의원은 천천히 대답했다.

"시중 어른, 이 병은 사람의 힘으로는 어쩔 수 없는 병입니다. 오늘은 말짱하시지마는 내일 어떻게 될지조차 모르는 것이 이 병이올시다."

"어리석은 소리 같소만 재발하지 않을 수도 있소?"

"글쎄올시다. 제가 침을 든 지 사십 년이올시다. 제 경험으로 보아서는 이것은 파도와 같은 병입니다."

"파도라……."

왕건은 혼자 중얼거렸다. 한 번 올라가면 반드시 내려가고 내려가면 반드시 올라가는 파도. 가망이 없다고 몇 번이나 들은 선종의 병을 늙은 의원은 이렇게 표현했다.

그렇다고 정신이 말짱하게 회복되었다는데 그냥 있을 수도 없는 일이었다.

선종의 병과 관련해서 말썽도 없지 않았다. 능산과 홍술은 일부러 찾아와서 차제에 은부를 없애버리자고 주장했다.

"그렇게 서둘러야 하오?"

왕건은 대수롭지 않게 물었다.

"성상은 걸출한 인걸이십니다. 그러나 저런 병에 걸리셨고 그 틈을 이용해서 간신배들이 나라를 결딴내는 지경에까지 이르렀음은 시중께서도 몸소 체험하신 일입니다. 은부가 그 장본인이고 그 때문에 왕실과 나라에 얼마나 큰 해독을 끼쳤습니까?"

홍술이 이야기하고 능산이 동조했다.

"뜻은 알겠소. 그러나 내군장군은 폐하의 친위대장으로 폐하께서 직접 임명하신 자린데 시중이 마음대로 처단하는 것은 법도에 어긋나지 않겠소?"

"그렇게 말씀하시면 잡아 가둔 것도 법도에 어긋나지요."

"맞는 말이오. 그러나 그때 상황으로 보아 성상을 위하는 일이었으니 양해하실 것이오."

"지금 태자께서 섭정으로 계시니 태자의 윤허를 얻어 처단해 버리지요."

왕건도 이 기회에 화근을 없애 버리고 싶었다. 그러나 선종이 제정신으로 돌아왔다고 하니 이런 때에 그가 총애하는 자를 처단하는 것은 마음의 병에 걸린 자에게 마음의 충격을 주어 도리어 뜻하지 않은 분란을 일으키는 일은 없을까?

왕건은 이 일을 걱정했으나 두 사람은 문제도 안 된다고 했다.

"성상의 정신이 말짱하시다구요? 그것은 장마철의 햇볕이지요. 오래간만의 햇볕에 곡식을 말리다가 별안간 몰아닥친 폭풍우에 아주 날려 버리듯이 반짝하는 맑은 정신이 오히려 위험하지 않겠습니까?"

파도같이 기복의 종말을 알 수 없는 병, 왕건은 더 말하지 않고 그의 참수(斬首)를 집행하는 문서에 수결해 주었다.

그러나 문서를 가지고 동궁에 간 두 사람은 맥이 풀릴 수밖에 없었다.

동궁에서는 오래 기다려야 했다.

간밤에 별당에 가서 제정신을 찾은 부왕(父王)과 늦도록 의논하고 돌아온 태자는 주무시는 중이라고 했다.

홍술은 일단 물러갔다 다시 오자고 했으나 능산이 듣지 않았다. 쇠뿔은 단김에 빼는 것이 좋고, 빼다 말았다 하면 변고가 생기는 법이라고 했다.

오정 가까이 되어 나온 태자는 충혈된 눈알을 쉴 새 없이 굴리는 모습이 겁에 질린 사람 같았다. 관원은 주무시는 중이라고 했으나 도시 눈을 붙여 본 얼굴이 아니었다.

약을 써서 효험을 보았다는 소문이었으나 며칠 되지 않은 탓도 있겠지마는 겉으로 보기에는 감금에서 풀려나던 날과 별로 다른 것이 없었다.

"어디 편찮으십니까?"

홍술이 물었으나 응대가 없었다. 교의에 앉은 태자는 한 손으로 턱을 괴고 창밖을 향해 돌아앉아 버리고 옆에 사람이 있건, 지나가건, 속삭이건 태고 때부터 그 자리에 그 자세로 앉은 목석같이 꼼짝하지 않고 있다가 한숨을 내쉬고 두 사람을 돌아보았다.

그는 옆에 선 관원을 물러가게 하고 속삭이듯 두 사람에게 말을 걸었다.

"두 장군, 나두 어머니의 고향으로 보내 줄 수 없겠소?"

그의 목소리에는 기운이 없었다. 여전히 쉬지 않고 눈알을 굴리는 기색이 공포에 질린 눈치였다.

"혹시 불편한 일이라도 계시면 저희들이 성심껏 보살펴 드리겠습니다."

능산이 말했으나 고개를 흔들었다.

"불편이구 뭐구 나는 세상이 무서워 못살겠소. 태자도 섭정도 다 걷어치우고 조용한 데 보내 주시오. 사람이 무서워 견딜 수 없소."

무슨 일이 있었구나, 짐작한 홍술이 물었다.

"간밤에는 부왕폐하를 오래간만에 뵈옵고 반가우셨겠습니다."

"……."

태자는 말이 없고, 쉬지 않고 굴리던 눈알은 한구석에 고정된 채 손발을 떨었다. 필시 곡절이 있었구나. 능산은 그대로 물러나오려고 했으나 홍술은 왕건의 수결을 받은 문서를 태자 앞에 내놓았다.

진정하려고 애를 쓰는 듯 두 눈을 감고 한 손으로 머리를 짚었던 태자가 눈을 떴다. 문서를 보는 그의 눈은 갈수록 커지고 어금니를 깨무는 소리까지 들렸다.

적지 않은 시간이 흐른 끝에 그는 두 사람을 건너다보았다.

"두 분은 아버지와 함께 나라를 세우신 분이니 누구보다 아버지의 성품을 잘 아시겠지요. 여기다 수결을 하고 도장을 찍는 것은 어려운 일도 아니고 잘못된 일도 아니오. 그러나 아버지가 지금 제정신으로 돌아오셨는데 은부를 죽이고 무사할 것 같소?"

두 사람 다 내막을 모르니 대답할 길이 없었다. 다만 간밤에 새벽이 가깝도록 부자 단둘이 앉아 이야기하고 자주 언성이 높아졌고, 사실인지는 몰라도 선종이 목침을 들어 아들에게 던졌다는 이야기도 있었다. 은부가 화제에 오른 것만은 확실한 것 같다.

"두 장군, 나는 사람이란 다 착한 줄만 알았소. 그러나 지나간 일 년 동안 인간이 얼마나 악독할 수 있다는 것도 배웠고, 그 때문에 모든 것이 싫어졌소. 지금 찾는 것이 하나 있다면 마땅한 죽을 자리뿐이오."

태자는 일어서더니 나가 버렸다.

닷새 후.

점심때에 맞춰 궁중의 별당에서는 만조백관이 모인 가운데 임금의 쾌유를 축하하는 연회가 벌어졌다. 잔치를 한낮으로 한 것은 선종의 건강을 고려해서였다. 내군부의 악착같은 병사들은 그들이 쌓은 보루 속으로 몰아붙이고 이 별당을 비롯하여 궁중의 요소는 모두 이쪽 병력이 점령한지라 다 같이 마음 놓고 연회에 참석했다.

임금 선종도 소탈하게 나왔다.

항상 입던 가사 대신 간편한 모시옷 차림으로 나왔고, 하는 말도 옛날 그대로의 군왕다운 선종이었다.

"내 뜻하지 않은 변을 당하고부터 오랫동안 병석에 누워 여러분에게 실로 폐가 많았소. 병도 이상한 병이라 모두들 얼마나 마음에 고생이 많았겠소?"

솔직하고 그럴듯한 소리였다.

백관의 장이라고 하는 시중 왕건도 그냥 있을 수 없고 일동을 대표해서 간단한 축사를 올렸다.

"어려운 환후가 깨끗이 나으시니 나라 전체가 쾌청한 날씨를 맞은 듯합니다. 이로써 태봉국의 앞날은 양양하게 펼쳐질 것입니다. 다 같이 성상 폐하의 쾌유를 반기는 축배를 듭시다."

문무백관은 그의 선창에 따라 축배를 들고 개중에는 시키지도 않는 축하의 말씀을 장황하게 늘어놓는 자도 있었다.

태자 형제도 참석하여 지정된 자리에 앉았으나 시종 말이 없고 태자는 가끔 술을 찔끔 마시고는 창밖의 녹음을 내다보곤 했다. 부왕의 앞이라 삼가는 것 같기도 하고 만사 시시하다는 태도 같기도 했다.

선종은 주로 앞에 앉은 왕건과 이야기를 주고받았다.

"내 정신이 혼미할 때 태자를 섭정으로 세운 것은 잘한 일이오. 앞으로도 잘 이끌어 주시오."

왕건은 인사치레라도 한마디 하지 않을 수 없었다.

"성상께서 쾌유하셨으니 환정(還政)하시는 줄만 알고 있었습니다."

그러나 선종은 정말 제정신 같았다.

"내가 왜 내 병을 모르겠소? 이러다가도 오늘 밤 또 머리가 돌지도 모르는 괴상한 병이 아니오? 벌써 육 년을 두고 몇 번 오락가락했소? 미륵불이니 미륵대왕이니까지 한 것을 생각하면 부끄러울 뿐이오."

말짱한 제정신이었다.

"황공하오이다."

누가 지어냈는지 편리한 문구였다.

"다만 중전이 이 자리에 없는 것이 서운하구만."

"사람을 보냈으니 곧 돌아오실 겁니다."

"고향을 떠난 지 이십 년도 넘었으니 가 보고도 싶었을 거요."

"그러신 것 같습니다."

"나 때문에 오죽 속을 태웠겠소?"

"고락은 인생의 상사(常事)가 아니겠습니까?"

"고(苦)라도 이런 고가 어디 있겠소?"

선종은 한참 말이 없다가 엉뚱한 소리를 했다.

"은부는 참으로 충신이오."

"네?"

홍술과 능산으로부터 태자를 만난 경위를 들은 왕건은 짚이는 데가 있었다.

"다들 미치광이라구 돌보지도 않는데 이런 집까지 짓고 멀리 금강산까지 약초 캐러 수없이 내왕했으니 그런 충신도 드물지 않겠소?"

왕건은 종뢰의 농간이라고 직감했다. 그러나 임금의 뒤에 가사를 입고 비스듬히 앉아 듣고 있는 그를 지목해서 말할 수는 없었다.

"어디서 들으셨습니까?"

무슨 조작이 벌어지고 있는 것만 같은 예감이 들었다.

"여기 계신 종뢰 스님의 말씀이니 틀림이 있겠소?"

종뢰에게 어떤 재주가 있는지는 몰라도 선종은 그의 말이라면 무조건이었다. 그렇게도 보는 눈이 있고 사람을 다루는 데 천재 같은 선종이건만 종뢰에게는 홀린 사람이나 진배없었다.

왕건은 짐작이 갔다. 닷새 전에 태자가 보였다는 태도, 종뢰가 미리 농간을 부려 은부를 충신으로 만들었는데 태자가 그간의 사정을 사실대로 보고했기 때문에 선종이 역정을 낸 것이리라.

국사(國師)나 왕사(王師)로 책봉을 받지 않았다 뿐이지, 사실상 그런 위치에 있는 종뢰인 만큼 왕건은 말을 골라 가면서 신중히 응대했다.

"스님, 그것이 사실입니까? 저는 멀리 나주에 있어 잘 몰랐습니다."

종뢰는 대답 대신 고개를 한 번 끄덕였다.

"그런데 스님, 모를 것이 하나 있는데 여쭈어보아도 괜찮을까요?"

왕건도 지지 않았다.

종뢰는 또 한 번 고개를 끄덕였다.

"제가 나주에서 와 보니 성상께서 서량정에 갇혀 계시고 은부가 이 별당을 쓰고 있었는데 성상께서 쓰실 전각을 신하가 먼저 쓰는 법도 있습니까?"

종뢰의 장중한 음성이 울렸다.

"그것은 시중이 잘못 들은 것이고 성상께서는 처음부터 이 별당에서 극진한 치료를 받으셨소."

왕건은 결심했다. 이쪽 군대가 지키고 있는 지금 사실을 밝히지 않으면 앞으로 어떻게 될지 모른다. 어디까지 거짓말을 했는지도 알아 둘 필요가 있었다.

"제 눈으로 똑똑히 보았습니다. 서량정을 돼지우리처럼 엮어 놓고 성상은 그 안에 홀로 계실 뿐, 돌보는 사람 하나 없었습니다. 성상을 여기 옮기고 의원들을 불러들인 것은 충성된 장수들입니다."

"그것은 시중이 잘못 보았소."

눈 하나 까딱 않고 장중한 거짓말을 했다. 이대로 간다면 역적 은부는 충신이 되고 충성된 신하들은 다 역적이 될 판국이었다. 대변할 사람은 자기밖에 없다는 책임감에 왕건은 사실을 다 밝히기로 마음먹었다.

"은부가 병정들을 시켜 중궁과 동궁을 포위하고 그 안에 계신 어른들은 담 밖에조차 못 나오게 한 것도 충신의 소행이라고 생각하십니까?"

"그것은 근거 없는 간신배들의 모략이오."

"제 눈으로 똑똑히 보았습니다."

"그것은 한때 착각으로 잘못 본 것이오."

여전히 무게 있는 음성이었다.

경사스러운 연회 석상인지라 주위에 있는 몇 사람만 들었고 다른 장수들은 저희들끼리 먹고 마시며 이야기하고 이 중대한 사실을 모르고 있었다.

폭로하면 혁명이다.

왕건은 일어서서 이 거짓을 폭로할까, 폭로하면 그 결과가 어떻게 될까 생각 중이었다.

종뢰를 맹신하는 선종은 그의 말대로 버틸 것이고 장수들은 들고일어날 것이다. 경비를 선 병사들이 쳐들어 올 것이고 보루 속의 내군부 군사들이 반격할 것이며 성 밖에 주둔한 군사들이 밀고 들어와 걷잡을 수 없는 혼란이 벌어질 것이다.

일반병정들은 누가 누군지 모르기 십상이다. 닥치는 대로 해칠 것이니 태봉국의 최고 수뇌부는 몰살당하고 따라서 온 나라가 내란의 소용돌이로 휩쓸릴 것은 짐작하고도 남음이 있었다.

"시중은 무엇을 그렇게 골똘히 생각하시오?"

선종이 물었다.

왕건은 웃고 대답하지 않았다.

그만큼 이야기했으니 맑은 정신이 오래 계속되면 생각하는 바가 있을 것이고 다시 돈다면 말해야 소용없는 일이었다.

"종뢰 스님이나 왕 시중이나 다 같이 거짓을 모르는 분들이오. 내가 듣기에는 모두 일리 있는 말씀 같소."

선종은 빙그레 웃고 얼버무려 버렸다.

인간의 일은 실로 간단한 것이다. 간단한 것을 복잡하게 만드는 것이 인간이다.

지금 이 나라의 일도 그렇다. 병든 선종이 물러가고 태자가 뒤를 이으면 그것으로 끝나는 것이다. 은부 같은 인간 너구리나 종뢰 같은 사기꾼이 농간을 부리고 줏대 없는 대신들이 앉아 뭉개기 때문에 간단한 것이 복잡하게 되었을 뿐이다.

또 사람은 죽을 때와 살 때가 있는 것 같다. 선종은 제정신이 있을 때 좋은 일을 많이 했다. 그러나 지금은 죽어야 할 때다. 그 한 사람이 죽으면 만사 저절로 해결되는데 숨이 붙어 있어 이 말썽이다.

"그런데 시중."

선종이 말을 걸었다.

"네."

"내 한 가지 부탁이 있소."

"부탁이라니 황공합니다."

"은부를 풀어 줄 수 없겠소?"

"은부를요?"

왕건은 이런 요구가 나올 줄은 몰랐다. 맑은 정신이라지마는 세상 돌아가는 것을 모르는 맑은 정신이었다.

"그렇소, 은부요."

"글쎄올시다."

"안 되겠소?"

전쟁할 때 이외에는 명령도 대개 부탁 형식으로 하는 것이 선종의 습성이었다. 임금이 부탁하는 것을 신하가 못하겠다고 할 수는 없는 일이었다.

왕건은 검강, 홍술, 능산, 백옥삼 등 유력한 장수들을 앞으로 불렀다. 임금의 부탁을 신하들이 왈가왈부한다는 것은 있을 수 없는 일이기에 왕건은 그들이 직접 선종에게 의견을 말씀드리는 형식으로 이끌어 갔다.

"성상께서 은부를 풀어 주는 것이 어떻겠느냐는 말씀이신데 여러분 의견이 있으면 말씀드리시오."

"역적 은부를 없애 버리는 것이 아니라 풀어 주는 것입니까?"

검강이었다.

"역적이라······."

선종은 혼잣말을 하고 상수들은 입을 모았다.

"그놈은 삼족을 멸하고 능지처참해도 오히려 부족한 역적이올시다."

"성상의 수결을 위조하여 가짜 어명으로 수많은 사람들을 사지에 몰아넣은 대역죄인입니다."

"부녀자들을 겁탈 투옥하고 무고한 사람들로부터 재물을 강탈한 도척이올시다."

개중에는 손가락으로 종뢰를 가리키며 비난하는 장수도 있었다.

"저놈은 은부와 짜고 갖은 못된 짓을 다한 사기꾼 돌중입니다."

평소에 쌓였던 장수들의 불만이 폭발하여 별의별 소리가 다 나왔다.

그러나 선종은 미소를 잃지 않은 얼굴로 가타부타 말 없이 듣기만 했다.

왕건이 말렸다.

"그만들 합시다. 오늘은 경사스러운 날이고 또 정도가 지나치면 성체에 해로울 터이니 각자 제자리에 물러가 성상의 쾌유를 축하하셔야지요."

장수들이 물러간 후에도 선종은 여전히 미소를 띠고 장내를 바라보다가 그럴듯한 이야기를 꺼냈다.

"시중, 민심이 천심이라고 모든 장수들의 공론이 일치하니 은부는 역적에 어김이 없는 것 같구만."

"신이 보기에도 그렇습니다."

"비록 병이라 하더라도 내 잘못이 아닐 수 없고 잘못은 바로잡을 방도를 강구해야 하는데……."

선종은 말을 끊고 생각하는 눈치였다. 왕건은 잠자코 그의 얼굴을 바라보았다.

"시중."

선종이 불렀다.

"네."

"만사만물이 때가 있는 법인데 나는 물러갈 때를 그르쳤소. 처음에 병들었을 때 물러가야 옳은 것인데 그러지 않아서 이 지경이 되지 않았겠소?"

"아직 크게 잘못된 것은 없습니다."

"시중도 알지마는 내 어려서 얼마나 천덕꾸러기였소? 또 돌아가신 어머니께서 겪은 고생을 생각하면 지금도 가슴이 터지는 것 같소. 많은 사람들을 사지에 몰아넣었다니 그들의 심정이 어떠했겠소? 겪어 본 나는 추측이 가오."

"……."

"이미 늦었으나 이제라도 나는 물러가야 하겠소."

"성상께서……."

왕건은 어중간한 말을 던졌을 뿐 말리지는 않았다.

"더구나 정신이 혼미한 자가 이 자리에 앉는다는 것은 말이 되지 않지요."

선종은 조금 떨어져 창가에 앉아 여전히 밖을 내다보고 있는 태자를 불렀다.

"일전에 은부를 두둔하고 너를 나무란 것은 내 잘못이었다. 중론을 들으니 은부는 네 말대로 잘못이 한두 가지가 아니다."

"……."

태자는 표정도 없고 말도 없었다.

"그러나 근원의 근원을 따지자면 내가 잘못의 장본인이다. 다른 병도 아닌 그런 병에 걸린 내가 자리를 떠나지 않고 혼미한 일을 거듭한 데 있다."

"……."

"내일부터 동궁에서 일을 볼 것이 아니라 정전(正殿)에 나와 만기(萬機)를 총괄해라. 나는 관여하지 않겠다."

태자는 비로소 두 손을 모아 쥐고 머리를 떨어뜨렸다.

"너도 이제 스물셋이고, 사람됨도 남만 못지않으니 크게 걱정하지 않는다."

"……."

"일간 너에게 정식으로 양위(讓位)하겠지마는 지금은 갈 데도 없고 또 삼복지간이라 거동도 어려우니 가을바람이 떨어지면 되도록 멀리 갈 생각이다. 그리고 시중, 대신들과 의논해서 양위 날짜를 정하시오."

태자는 더욱 머리를 숙였다.

"흔히 초가삼간이라고 하지마는 나는 초가 한 칸도 없는 처지에서 일어난 사람이다. 어디든 먼 고장이면 좋다. 큰 집을 마련하느라고 백성들을 동원하여 고역에 시달리게 하지 말고 알맞은 집을 하나 사서 수리하면 된다."

"……."

"지금은 나았지마는 언제 도질지 모르는 병이 아니냐? 욕심이겠지마는 의원 한 사람과 안팎 일을 돌봐 줄 부부라도 붙여 주면 족하겠다."

왕건은 지나온 일을 생각하면 감회가 없을 수 없었다. 사고, 병……. 위대한 사람도 그것만은 피할 길이 없고 뜻하던 위업(偉業)도 중단할 수밖에 없다고 생각하니 가슴이 무거웠다.

"내 너한테 한 가지 부탁이 있다."

처든 태자의 눈에 눈물이 괴었다.

"너의 어머니 말이다. 나의 오랜 병에 지칠 대로 지쳤으니 나와 동행할 것은 없고 이 궁중에 그대로 모시고 효도를 다해라."

태자는 말을 못하고 고개만 끄덕였다.

선종은 끝으로 이런 말도 했다.

"시중은 이 애비의 어릴 때부터의 친구다. 내가 떠난 후로는 아버지로 알고 만사 의논하고 공대해라."

왕건도 태자와 함께 말이 나오지 않아 깊숙이 머리만 숙였다.

병에 좋지 않다 하여 술은 한 방울도 들지 않은 선종의 발언이다. 왕건은 진정 어린 선종의 한마디 한마디에 새삼 감격하고 태자를 도와 그가 다하지 못한 일을 성취하리라 마음먹었다.

"시중."

"네."

"이 자리에는 삼십 년 가까이 나와 동고동락한 친구들도 적지 않소. 그들은 다 충성된 사람들이니 중히 여겨 주시오."

"네."

"한 사람 한 사람 술 한잔이라도 권하구, 고마운 뜻을 말하고 싶지마는 내 기운이 없어서……. 내 뜻이라도 전해 주시오."

"고마우신 말씀입니다."

"이런 자리를 또 마련하기도 쉽지 않고 언제 내 병이 어떻게 될지 알 수 없으니 시중, 아까부터 내가 한 얘기를 전원에게 알려서 태자를 중심으로 상하가 뭉치게 하는 것이 어떻겠소?"

"합당한 말씀이십니다마는……."

"내가 이런 형편이니 시중이 나를 대신해서 말씀해 주시오."

왕건은 일어서 장내가 조용해지는 것을 기다려 임금 선종의 뜻을 낱낱이 전했다.

은부를 두둔하는 선종을 두고 속삭이던 불평, 병 자체를 시비하던 왈가왈부도 사라지고 장내는 깊은 물속같이 조용하고 엄숙했다.

"혹시 신이 빠뜨렸거나 성상께서 첨가하실 말씀은 없으십니까?"

왕건은 물었으나 선종은 고개를 저었다.

"삼십 년 친구라 다른가 보오. 내용뿐만 아니라 어쩌면 내가 느끼는 감회까지 그렇게 풍길 수 있소?"

선종은 밝은 표정으로 일어섰다.

"시중, 모두들 그냥 놀게 하고 나하구 옛 얘기나 할까?"

자리를 뜨는 임금에게 일어서 머리를 숙이는 문무백관들을 향해서 왕건은 그대로 놀라 이르고 선종을 따라 긴 회랑을 거쳐 조용한 방으로 들어갔다.

역시 피곤한 모양이었다.

양해하라면서 미리 깔아 놓은 자리에 눕고 왕건은 그 옆 방석에 앉았다.

"왕건, 우리가 처음 만난 지 몇 해나 되지?"

"제가 열한 살 때니까 서른두 해, 만으로는 서른한 해 됩니다."

"삼십일 년이라……."

선종은 희미하게 탄식했다.

그리고는 천장을 바라보고 오래도록 말이 없었다. 지내온 세월이 주마등같이 떠오르는 모양이었다.

너무 침묵이 오래 흐르기에 왕건은 거북한 생각도 없지 않아 한마디 했다.

"곡절도 많은 삼십일 년이었습니다."

"그래……. 지내놓고 보면 허무한 곡절이지. 인생이란 결국 이렇게밖에 안 되는 것을 가지구."

"……."

"왕거미."

선종은 옛 별명을 불렀다.

"네."

"내 부탁은 잊지 않았겠지? 시중 아닌 왕거미에게 한 부탁 말일세."

"네?"

왕건은 판단이 서지 않았다.

"세달사 뒷산에 내 어머니 산소가 있지?"

선종은 사이를 두고 물었다.

"네."

"그 한구석에 내가 죽으면 들어갈 사리탑을 세워 둔 것은 아는 일이구."

"……."

"언젠가 부탁한 대로 내가 죽으면 화장을 해서 그 사리탑에 넣어 주겠지?"

"돌아가시기는요."

"아니야, 나는 죽는 것이 늦었어."

"황공한 말씀이십니다."

"이번에 깨달은 일이지마는 사람은 할 일이 없어지면 지체 없이 죽는 것이 옳아."

"……."

거추장스러운 물건에 불과하거든."

"……."

"죽마고우니까 얘기이지마는 내가 몇 번이나 죽으려고 했는지 아시오?"

"……."

"밤이구 낮이구 지켜 앉은 사람이 있으니 어쩔 도리가 없더군."

"……."

"지금 자네하고 둘뿐이지마는 내가 죽으려고 들면 자네 가만있겠는가?"

"하기는 그렇습니다."

"더구나 이런 병이라고, 순식간에 해결해 버릴 수 있는 칼 같은 것은 눈에도 안 보이게 간수하고 사람이 지켜 앉았으니 목숨이 끊어질 때까지 미치광이 노릇을 계속할밖에 없이 됐네."

"……."

"죽는 것이 제일 좋은 줄 알면서도 그것이 안 되니까 멀리 보내 달라구 한 걸세. 지나온 일, 지금 당하고 있는 일을 생각하면 나 같은 것이 왜 세상에 태어났는지, 윤회(輪回)니 전생(轉生)이니 하지마는 이런 대목까지 마련돼 있는 줄은 몰랐네."

"……."

"얘기가 빗나갔는데 아까 얘기한 약속, 지켜주겠지?"

"네."

왕건은 응할 수밖에 없었다.

"아이들한테도 일러뒀으니 능이니 뭐니 하는 것은 아예 생각 말구."

"……."

"일부러 찾을 것은 없고, 지나가는 길에 틈이 있으면 가끔 들여다봐 주게."

"황공하신 말씀입니다. 사철 찾아뵙겠습니다."

"그건 쓸데없는 일이고……."

"……."

"참. 아까 중론을 들으니 은부와 종뢰는 아주 못된 놈들인 모양이지?"

"성체에 해로울까 긴 말씀은 안 드리겠습니다마는 중론에 틀림이 없습니다."

"장수들의 눈빛을 보니 누가 무어라든 죽여 없앨 모양이더구만."

"그렇습니다."

"내가 사람을 잘못 써서 미안하오."

"……."

"그런데 왕건."

선종은 사사로이 친근하게 부를 때에는 직책 아닌 이름을 부르는 버릇이 있었는데 오늘은 유달리 정이 그리운 모양이었다.

"네."

"자네한테 부끄러운 얘기지마는 사실인즉 어떻게 돼서 쫓겨났던 은부가 다시 내군장군이 됐는지 통 기억이 없네."

"……."

종희를 통해서 들은 일이 있으나 아는 체하고 싶지 않았다.

"이상해서 문서를 뒤져 보니 내 수결이 틀림없더군."

"……."

"태자가 은부 얘기를 하길래 꾸중은 했지마는 나도 영문을 모르겠거든."

선종은 그의 손목을 잡고 계속했다.

"아무리 생각해도 내가 정신없는 틈을 타서 누가 재주를 부린 것이 틀림없소. '벌써 죽었으면 이런 일도 없었을 터인데."

"……."

"필시 내가 믿는 사람이었을 터인데 믿는 사람까지 그런 짓을 했다 생각하니 서글픈 생각도 없지 않소."

"태자께 맡기셨으니 이런 일 저런 일 다 잊으시고 조리에 전념하시지요."

"그래도 마음에 걸려서."

"……."

"칠월이면 가을이 아니오? 이제 한 이십 일. 얼마 안 남았으니 없애더라도 내가 떠난 후에 시행하도록 시중이 주선해 줄 수 없겠소?"

"해는 보겠습니다마는 성난 장수들의 움직임으로 보아 이십 일은 너무 긴 듯합니다."

"그것도 그렇군."

"……."

"일간 양위할 터인데 신왕(新王)이 선 후에 하면 어떻겠소?"

"힘써 보겠습니다."

"……."

그런데 왜 폐하께서는 은부에게 그토록 마음을 쓰시는지 도무지 이해가 되지 않습니다."

"그럴 거요."

선종은 천장을 바라보면서 옛 얘기를 했다.

"어릴 때 일이라, 어딘지 기억에는 없고, 은부가 청주 사람이니 청주에서 있은 일이 아닌가 싶소. 돌아가신 어머니가 칠팔 세 된 내 손목을 끌고 이 집 저 집 구걸을 다녔단 말이오. 흉년이라서 일거리가 없었지요. 별의별 천대를 다 받으면서."

"……."

"흉년이 져서 자기 먹기도 바쁜 데다 빌어먹는 사람도 하나 둘이어야지."

"……."

"이틀인지 사흘인지 하여튼 여러 끼 굶었는데, 생각은 안 나지마는, 내가 오죽 보챘겠소? 냇가에서 물만 자꾸 마시는데 어머니께서 슬그머니 밭으로 기어 올라가서 새알만 한 배를 몇 개 따 가지구 오셨단 말이오."

"……."

"막 먹으려는데 젊은 아낙네들이 몽둥이를 들고 와서 무작정 어머니를 두드려 패지 않겠소? 배 도둑이라구. 나는 배를 뺏기구 울 맥도 없어 냇가에 쓰러지고."

"……."

"실컷 얻어맞은 어머니가 쓰러져 다시 기동을 못하자 아낙네들은 물러갔소."

"……."

"한참 후에 두 손으로 땅을 짚고 일어나 앉은 어머니는 머리가 터져서 피가 흐르고 나는 겁이 나서 울지도 못하고."

"……."

"어머니는 이빨로 치마를 찢어 밧줄같이 이어 가지고 버드나무에 올라갔소. 뭘 하시는지 나야 몰랐지요. 이러고도 살아서 무얼 하느냐 하던 소리는 지금도 귀에 남아 있소."

"……."

"어느 사이에 어머니가 허공에서 대롱거리지 않겠소. 쓰러져 있던 내가 무슨 기운이 났는지 일어서 발을 구르며 울었소. 어떻게 했는지는 몰라도 지나가던 사람이 달려와 어머니를 구해서 모자가 여러 날을 그 집에서 보냈소."

"……."

"그 집 갓난아기 이름이 은부였소."

"저 은부가 맞습니까?"

"그건 모르겠소."

"……."

"장차 은부라는 사람을 만나거든 은혜를 갚으라고 하셨는데 무심했지요. 이렇게 될 줄 알았으면 자세히 알아 두는 건데……."

"다른 은부일 수도 있겠군요?"

왕건이 물었다.

"그렇지요. 다만 여태까지 은부라는 사람을 몇 명 만나기는 했으나 그 나이 또래는 이 사람뿐이었소."

"……."

"요즘 제정신이 들면서 꿈에 자주 어머니를 보는구만. 괴나리봇짐을 이구 지팡이를 짚구."

"……."

"생전에는 속만 상하게 해 드리구, 돌아가신 후에는 이렇게 사람구실을 못하고……."

선종의 눈에 눈물이 괴고 왕건도 눈시울이 뜨거웠다. 삼십여 년 전 서해의 비탈길에서 처음 만났을 때의 광경, 그 후 중이 되어 뜻대로 오지 못할 것을 알면서도 눈만 뜨면 아들을 기다리던 애절한 모습, 왕건은 선종의 심정을 짐작했다.

그 은부라면 바랄 것이 없고 다른 은부라도 무방했다. 문제는 선종이 어머니를 생각하는 마음씨였다.

"왕건."

맑은 목소리였다.

"네."

"나랏일에는 공사가 분명해야 하는데 내 마음이 약해졌나 봐. 여태까지 한 얘기는 사사로운 회고담으로 흘러듣고 마음을 쓰지 말아 주게."

"알겠습니다."

"이제 나가 보게."

옆방에서 대령하고 있던 의원과 시녀가 들어오고 왕건은 물러나왔다.

다시 연석에 돌아온 왕건은 겉으로는 웃음을 잃지 않았으나 가슴이 무거웠다.

그는 주는 술을 사양하지 않고 받아 마셨다. 시중이 저렇게 술을 마시는 것은 처음 보았다고 속삭이는 소리도 들렸다. 그러나 왕건은 말이 없었다.

연회가 파하자 그는 난생처음으로 비틀거리면서 일어섰다. 그의 모습을 본 관원들이 재빨리 가마를 불러 왔으나 밖에 나온 왕건은 뿌리치고 말에 올랐다.

정신을 잃지 않고 집까지 오기는 했으나 자기 뜻대로 내리지 못하는 것을 병정들이 부축해서 말에서 내려 안방까지 갔다.

역시 사십은 인생의 고갯마루로구나.

그는 생각하면서 문턱을 넘어섰다.

부인 유 씨는 서둘러 옷을 벗기고 자리에 뉘었다.

"취하셨군요."

"응, 정신은 말짱한데 몸이 말을 안 듣는구만."

"사십을 넘으셨는데 술은 삼가서야지요."

"오늘 밤은 안 마실 수 없었소."

"무슨 일이 있었나요?"

"인생의 참모습을 보았소. 군왕이고 장상이고 백성이고 맹랑한 구분이 아니오? 모두 다 결국은 한 줌의 재라."

"……."

"고기 몇 점, 쌀 몇 말, 더 먹고 덜 먹는 것인데, 그걸 가지고 싸운 것이 인간의 역사라……, 허망하지 않소?"

"허망해요. 어서 한잠 주무세요."

"내 소리를 우습게 듣는구만. 냉수나 한그릇 줘요."

유 씨는 머리맡에 미리 떠다 놓은 물병의 물을 대접에 쏟았다.

"역시 당신의 말이 옳아. 일이 마무리되면 우리 고향에 가서 파묻혀삽시다."

왕건은 물 한 그릇 마시고 곧 잠이 들었다.

"오늘은 좋은 소식이 있을라나 봐요."

문전에서 우는 까치 소리에 부인 유 씨가 한마디 했으나 조반상을 앞에 한 왕건은 응대가 없었다. 무엇인가 골똘히 생각하는 눈치였다

유 씨는 화제를 돌렸다.

"언짢은 일이라도 있었나요?"

"언짢다면 언짢고 서글프다면 서글프고, 세상일이 다 그런 게 아니겠소?"

"제가 알면 안 되는 일인가요?"

"그런 건 아니오. 오히려 당신의 의견이 참고가 될지 모르겠소."

왕건은 어제 선종과 나눈 대화를 소상히 이야기하고 유 씨의 의견을 물었다. 인정에 얽힌 일이라 여성다운 섬세한 대답이 나올 줄 알았으나 그렇지 않았다.

"글쎄요."

"글쎄요라?"

"성상의 심정은 알겠지마는 은부는 글쎄…… 모르겠어요."

부부간의 의논으로 해결될 사안이 아니기에 왕건은 더 이상 말하지 않고 시중부로 나갔다.

이갑을 대동한 능산이 기다리고 있었다.

"무슨 일이오?"

"어젯밤 은부란 녀석이 자살소동을 벌였습니다."

"자살소동이라니?"

"저는 말이 서툴러서……."

능산은 이갑에게 설명을 시켰다.

"자네가 자세히 말씀드리지."

이갑은 손에 든 문서를 한 장 한 장 넘기면서 조리 있게 설명해 나갔다.

"독방에 갇힌 은부가 자살한다고 혀를 깨문 것은 어젯밤 자정 무렵이었습니다. 즉시 병정들이 문을 열고 들어가 붙잡는 바람에 미수에 그쳤고 이빨이 들어간 것은 삼분의 일이 좀 못 미치는 정도입니다. 의원들을 불러 약을 바르고 다시는 깨물지 못하도록 이빨 사이에 하무(枚)를 물리고 봉해 버렸습니다."

"음식은 어떻게 하구?"

왕건이 물었다.

"미음과 탕약을 숟가락으로 떠서 흘려 들여보냅니다."

왕건은 생각했다. 이빨을 그 모양으로 벌리고 얽어맸으니 말은 못할 것이고 벙어리가 된 셈인데 왜 하필 어제 그런 소동을 벌였을까?

이갑에게 물었으나 혓바닥을 깨물어 피가 낭자한 자에게 그런 것을 물을 여지가 없었다는 답변이었다.

이갑은 옆방으로 물러가고 왕건은 차를 마시면서 물었다.

"능산 장군은 짚이는 데가 없소?"

"글쎄올시다."

능산은 서두를 떼고도 오랫동안 뒤를 잇지 않았다.

"짚이는 데가 있는 것 같은데?"

왕건은 넌지시 떠보았다.

능산은 천천히 입을 열었다.

"저는 현장에도 없었고 물어본 바도 없어 말씀드린다 해도 순전한 추측에 불과합니다. 추측인데 무슨 소용이 있겠습니까?"

나이도 경험도 많고 숱한 사람을 다뤄 사람의 심리를 알뿐더러 생각이 깊은 능산이다. 추측이라지마는 그는 생각하는 바가 있을 것이다.

"소용이라기보다도 심심풀이쯤으로 생각하고 얘기해 보시오."

왕건은 지나가는 일처럼 가볍게 이야기하고 미소를 지었다.

"사람의 성품 나름이겠지요."

능산은 이렇게 말했다.

"급한 성품이라는 뜻인가요?"

왕건은 그렇게 해석했다.

"그것도 있겠지요……. 세상에는 송충이는 솔잎을 먹어야지 딴 생각을 해서는 낭패라는 말이 있지 않습니까?"

"그건 옳은 말이 아니오?"

"옳은 말이지요. 이것을 거꾸로 생각해 보신 일이 있습니까?"

"없는데……."

"송충의 처지에서 말입니다."

"없군요."

왕건은 사실 그런 생각은 해 본 일이 없었고 바다에서 자란지라 그런

환경도 못 되었다.

"송충이가 만약 솔잎이 없다고 하면, 어떻게 되겠습니까? 죽지요. 그러니 일단 잡은 소나무에서는 무슨 일이 있든 떨어지지 않으려고 갖은 애를 쓰겠지요."

"……."

왕건은 육중한 능산의 몸집을 바라보면서 그가 왜 이런 말을 꺼내는지 짐작이 가지 않았다.

"그런데 단 하나밖에 없는 소나무가 폭풍에 뽑혀 날아가 버리고 송두리째 없어진다고 생각해 보십시오. 송충이는 죽을 생각을 안 하겠습니까?"

"그렇지요."

"제 추측으로는 은부가 바로 그런 경우 같습니다."

"……."

"성상께 달라붙은 송충이지요. 성상의 환후를 기회로 아예 소나무가 되어 보려고까지 했다는 사람 아닙니까?"

"……."

"옥중에 갇혀서도 아마 성상께서 살려 주실 것으로 믿었을 겁니다."

"……."

"그런데, 성상께서 태자에게 자리를 물려주시고 멀리 떠나신다니 모든 희망이 사라지고 죽을 생각밖에 안 났겠지요."

"소문이 그렇게 빨리 퍼졌을까요?"

"소문에는 날개가 돋쳤다고 하지 않습니까?"

"그러나 독방에 갇혀 있었다면서……."

"지키는 병정들도 사람인지라 입을 놀린 축이 있었겠지요."

"사실이 그렇다면 그런 병정은 그냥 둘 수 없지요."

능산은 입을 다물고 왕건을 바라보기만 했다.

"왜 그러시오?"

"저는 시중 어른이 그런 분인 줄은 몰랐습니다."

"무슨 말씀이오?"

"양위하신다는 것은 비밀도 아니구 또 일개 병졸이 은부에게 그런 말을 하면 어떤 결과가 나온다는 것을 어떻게 알겠습니까?"

옳은 말이었다.

"내 생각이 짧았소."

왕건은 또 하나 능산에게서 배우는 심정이었다.

"시중 어른께 실례되는 말씀을 해서 죄송합니다."

능산은 나이 들어서도 순박한 사람이었다.

"아니오. 나는 오늘 장군으로부터 좋은 것을 배워서 고마울 뿐이니 달리 생각 말아 주시오."

"저는 시중 어른의 그런 점을 배우려고 해도 안 됩니다. 부하들로부터 배우는 일 말입니다. 사람됨이 크고 작은 차이겠지요."

대신들과 장군들이 모여들어 다 함께 큰방으로 옮겨 갔다.

회의의 주요한 의제는 임금 선종이 물러나고 태자 청광이 새 임금으로 등극할 양위 날짜를 정하는 일이기에 특히 궁중의 일관(日官)도 참식했다.

임금 선종도 신하들도 이 일이 빨리 이루어지기를 희망하는 점에서는 일치했다.

선종은 이제 자기의 병을 정확히 알고 하루 빨리 물러나기를 희망했고 신하들도 언제 도질지 모르는 임금의 병이 재발하기 전에 모든 것이 정상으로 돌아가기를 바라고 있었다.

도대체 궁성 안에 일반 군대가 진입해서 궁성의 경호대인 내군부의 군대와 대치한다는 것부터 있을 수 없는 일이었다.

전시도 아닌데 좁은 성내에 수천 명의 군대가 들어와 심심치 않게 말썽을 일으키는 것도 잘하는 일이 못 되었다.

관서마다 군대가 진주하여 백성들에게 위압감을 주고 일반행정에 지장을 주는 것도 빨리 시정되어야 할 일이었다.

그보다 더욱 중요한 것은 백성들의 불안이었다. 전에 없이 많은 군대가 모여들었으니 필시 곡절이 있다 하여 전쟁이 있다느니 임금이 돌아가서 후계자 다툼으로 곧 내란이 일어난다느니 오만 가지 유언비어가 떠돌아다녔다. 물가는 오르고 성급한 사람들은 피난소동까지 벌이기도 했다.

양위식이라야 복잡할 것도 없었다. 문무백관이 모인 가운데 물러갈 임금의 양위조서(讓位詔書)와 새로 등극할 임금의 즉위조서(卽位詔書)를 읽으면 그것으로 끝나는 것이다.

시일이 걸린다면 두 가지 조서를 쓰는 시간인데 글줄이나 하는 사람이면 반나절로 충분한 일이었다.

글을 모르는 장군들이 태반인 데다 글을 안다는 대신들 중에도 일진(日辰)이 좋고 그른 것을 아는 사람은 한때 시중을 겸한 일이 있는 서당 훈장 출신 병부령 구진 한 사람밖에 없었다.

"유월 십이일, 갑인일(甲寅日)이 유월 중에서는 제일 좋은 날인데 오늘이 유월 구일이니 사흘 후라 너무 촉박하지는 않을까요?"

일관이 엄지손가락으로 나머지 네 손가락 마디의 안금을 순서에 따라 몇 번 짚고 나서 이렇게 말하고 시중 왕건의 안색을 살폈다.

덩달아 손바닥 속에서 엄지손가락을 좌우로 놀리던 구진은 탄성을 발했다.

"좋구 말구, 내가 보기에도 이 이상 가는 날은 없는 듯합니다."

그는 왕건에게 힐끗 눈길을 던지고는 턱을 쳐들고 좌중을 둘러보았다.

이의가 있을 까닭이 없고, 간단히 결정되었다.

왕건은 식렴을 불러 급히 영안성에 사람을 보내 왕후와 종희에게 양위 사실과 날짜를 알리라고 일렀다. 식렴은 밖으로 나갔다 얼마 안 되어 다시 제자리로 돌아왔다.

일관은 물러가고 다음 의제로 넘어갔다. 물러나는 선종을 어디로 모시느냐 하는 문제로 의견이 백출했다. 저마다 경치 좋은 곳, 온정(溫井, 온천)이 있는 곳을 한 개씩은 추천하는 바람에 갑론을박은 그칠 줄 몰랐다.

"이 일은 새로 등극하시는 태자께서도 생각이 계실 터이니 양위 절차가 끝난 연후에 다시 의논합시다."

왕건은 이렇게 단을 내리고 은부의 처리 문제로 넘어갔다.

은부의 이름이 나오자 장내는 흥분으로 들끓었다. 역적, 악인, 간당(奸黨) 등등 생각할 수 있는 욕설은 다 나오고 왕건은 지켜보기만 했다.

욕설로 떠들썩한 가운데 한 장수가 큰 소리로 외쳤다.

"시중 어른, 엄청난 죄상이 명백히 드러난 죄인을 놓고 새삼 토의한다는 것부터 이치에 닿지 않습니다. 당장 날짜를 정해서 처단해 버리면 그만 아닙니까?"

왕건은 좌중이 조용해지기를 기다려 이야기를 시작했다.

"옳은 말씀이오. 이제 와서 새삼 죄의 유무를 가리자는 것이 아니라 처단의 날짜를 정하자는 것이 아니겠소?"

"오늘이라도 목을 따 버리면 끝나는 것을 가지고 여기서 왈가왈부하는 것은 쓸데없는 일 같습니다. 그 간당 때문에 많은 사람들이 고초를 겪고 나라의 법도가 문란해진 것을 생각하면 촌각을 다투어 처단해야 할 것입니다."

모두들 옳다고 큰 소리로 찬동했다.

"나두 동감이오. 다만 처단하는 날짜를 정하기 전에, 나도 그렇고 그를 맡고 계신 능산 장군도 그렇고, 여러분에게 참고 될 일을 말씀드려야 하겠습니다."

왕건은 이렇게 말하고 능산에게 간밤에 일어난 일을 알려 드리라고 했다.

능산은 투박한 말솜씨로 간밤의 자살소동과 지금 상황을 설명하고 자기 의견은 말하지 않았다.

한 명도 동정하는 사람이 없었다.

"완전히 죽어 자빠질 것이지, 죽는 시늉을 해 가지구 또 사람을 괴롭혔구만."

"별별 재주를 다 부리더니 마지막까지 야단이네."

"죽게 팽개쳐 두지, 의원은 무슨 의원이오?"

"아니야, 그렇게 죽으면 싱거워서 어떡하겠소? 살려서 토막을 내야지요."

저마다 한마디씩 했다. 진정될 기미가 보이지 않자 왕건은 자리에서 일어섰다.

"조용히 해 주시오. 또 한 가지 남아 있습니다."

좌중은 입을 다물고 왕건은 계속했다.

"여러분께서도 어제 축연(祝宴) 도중에 성상께서 저를 따로 부르신 것은 다 알구 계실 겁니다. 그 자리에서 성상이 말씀하신 내용을 알려드려야 하겠습니다. 우선 밝혀 둬야 할 것은 성상께서는 이 일에 대해서 이래라 저래라 하신 일도 없고, 부탁 비슷한 말씀도 없었다는 사실입니다. 지나간 옛 얘기로 시종하셨으니 참고로 말씀드릴 뿐이지 이 일을 결정하는 데 조금도 개의하실 필요는 없습니다."

왕건은 사실대로 이야기 했다.

장내는 옆 사람의 숨소리가 들릴 정도로 조용하고 가끔 한숨소리가 울릴 뿐이었다.

이야기 도중 초창기부터 선종과 행동을 같이하여 온 늙은 장수들은 눈물을 글썽거리고 몇 사람은 두 뺨으로 흘러내리기도 했다.

왕건의 설명이 끝나고도 정적이 흐르고 선종의 슬픈 운명에 대한 동정이 장내에 충만했다.

"기구한 운명에다 고적(孤寂)하신 분이지요. 그런 분이 이제 마지막 길을 떠나시는데 우리 모두 흥분을 가라앉히고 냉정히 생각해서 결정을 내리는 것이 어떻겠소?"

좌상격인 검강이었다.

별다른 토론도 없이 그의 제안에 따라 새 임금이 들어설 때까지 은부의 처형을 보류하고 그때까지 임금의 마음을 위로하기 위해서 은부를 궁중의 별당에서 치료토록 결정했다.

그 대신 무슨 재주를 부릴지 알 수 없으니 성 밖의 병력을 모두 성내에 진입시켜 궁성 안팎을 물 샐 틈 없이 경계하기로 하고 헤어졌다.

고향에 갔던 왕후 설리가 하오에 당도한다는 소식이 왔다.

요란스러운 것을 싫어하는 성품이기에 왕건은 떠날 때와 마찬가지로 널리 알리지 않고 부인과 함께 성 밖 이십 리도 더 말을 달려 마중 나갔다.

갈 때와 마찬가지로 앞뒤를 병사들이 호위하고 설리는 종희의 등에 업혀 왔다.

서로 마주치자 설리는 쉬어 가자고 했다. 시냇물 옆 큰 나무 그늘에 내려놓고 종희는 숨을 허덕였다.

호위병정들이 사양해서 멀찌감치 물러나자 왕건이 물었다.

"가구 오실 때 네가 주욱 업어 드렸어?"

종희는 대답도 않고 물속에 들어가 머리에 찬물을 끼얹고 다리를 문질렀다.

"아니오. 젊은 장정들이 번갈아 가며 업어 줬는데 마침 오라버니 차례였구만."

그늘에 앉자 설리가 일러 주었다. 종희는 입고 갔던 모시적삼에 잠뱅이 차림이었다.

"장군에다 대신이신데 말리지 그러셨어요."

유 씨가 속삭였다.

"말렸지요. 자기는 이제 장군도 대신도 아니다, 그저 백성이라면서 차례에 끼는데 그 고집을 막을 도리가 있어야지요. 이십 대의 장정들과 같나요? 힘겨워하면서도 자기 차례는 꼭 지키면서 내왕했구만."

종희가 옆에 찼던 수건으로 얼굴을 닦고, 그늘까지 와서 반갑지도 않은 얼굴로 불렀다.

"왕건아!"

"수고가 많았다."

"수고구 뭐구 너 이번에 보니 통 틀려먹었더구나."

왕건은 아직도 수건질을 하는 종희를 쳐다보고 되도록 부드럽게 나왔다.

"나야 원래 그렇잖아? 어긋난 일이라두 있었어?"

"어긋나두 크게 어긋났다."

그는 왕건과 마주 앉으면서 볼멘소리를 했다.

"오라버니, 병정들이 듣겠어요."

종희는 입을 다물고 두 눈으로 왕건을 훑었다. 왕건은 무슨 사고라도 난 줄 알았다.

"무슨 일이냐?"

"왜 시시껍적한 소식은 전하느냐 말이다."

"……."

"애꾸가 나았다구? 그 식으로 몇 해를 끌었지? 평생을 두고 설리를 말려 죽이는 애꾸가 낫는다구? 불치의 미치광이라는 것을 몰라? 반짝했다구 큰 경사라도 난 것처럼 사람을 보내구……. 참 축하연까지 했다지? 웃기는구나."

"마음에 안 들었으면 미안하다."

왕건은 그의 손을 잡으려고 했으나 종희가 뿌리쳤다.

"더구나 양위를 하느니, 애꾸가 멀리 떠나느니, 그따위 시시껄렁한 얘기는 왜 알렸지? 너는 그렇게도 할 일이 없느냐?"

목소리는 낮았으나 정말 화난 모양이었다.

"내 생각이 모자라서 그랬구나. 미안하다."

"오라버니두……. 일일이 소식을 전해 줘서 나는 얼마나 고마웠는지 모르겠는데."

왕후 설리가 중간에 들었으나 종희는 들은 체도 안 했다.

"그러지 않아도 말라 가는 사람을 그 따위로 바싹 말리는 건 무슨 심사야?"

왕건은 종희의 이야기를 들으니 알리지 말 것을 잘못했다는 생각도 들었다.

설리, 왕건, 종희 세 사람은 어려서 이웃에 살았고 언제나 어울려 다니는 다정한 친구였다.

그중에서 종희와 설리는 사촌남매간, 당시 관습으로는 서로 잘 알고, 가깝게 지내는 사촌남매는 알맞은 배필이었다. 설리는 어떻게 생각했는지 알 수 없으나 종희에게 있어서 그녀는 첫사랑이었다.

왕건에게 마음을 두는 것을 알고 내색은 하지 않았으나 왕건은 어울려 다니면서 그의 마음을 피부로 느낄 때가 한두 번이 아니었다.

난세의 선풍에 밀려 설리는 왕건 아닌 선종에게 갔고 두 사람은 그 밑에서 함께 일하는 처지가 되어 사십을 넘겼어도 종희는 지금껏 한 번도 이것을 입 밖에 낸 일이 없었다.

이제 그 설리가 명색은 왕비라지마는 정신이상의 남편에게 시달리다 못해 나중에는 간신에게 감금까지 당했다. 시들고 마를 대로 말라 생명의 등불이 마지막으로 꺼질 단계에 와 있다.

그렇게 쇠잔한 몸으로 고향을 찾은 사연을 왕건도 모르지는 않았으나 종희는 함께 내왕하며 뼈저리게 느끼고 남몰래 눈물을 떨어뜨리기도 했을 것이다.

이십 대 청년들도 어려운데 사십을 넘은 그가 자기 차례가 되면 반드시 업고 걸었다는 그의 심정을 지금 와서야 진정으로 깨달았다.

설리를 이렇게 만든 세상, 그중에서도 선종에 대한 분노가 폭발하여 죽는 순간만이라도 그의 옆에 두고 싶지 않았을 것이고 될 수만 있으면 자기 손으로 묻어 주고 싶었을 것이다.

설리가 이 세상 덕을 얼마나 보았길래 세상을 등지고 옛 땅을 찾는 데까지 세상 소식을 속속들이 전해서 얼마 남지 않은 생명의 심지를 마구 타게 했느냐.

사람들은 궁금하다 앙탈이고, 때로는 무심하다고 불평이다. 아무도 궁금하지 않도록, 또 누구한테서도 무심하다는 지탄을 받지 않도록 두루 어루만지다 보니 쓸데없는 친절을 베푸는 결과가 되었다.

"무조건 미안하다."

왕건이 사과했으나 종희는 고개를 돌리고 먼 하늘을 바라볼 뿐 응대가 없다가 내뱉듯이 속삭였다.

"열흘을 못 넘긴단다."

거기서도 의원에게 보인 모양이었다. 왕건은 무어라고 할 여지가 없었다.

두 사람 다 잠자코 있는데 두 여인이 주고받는 이야기가 귀에 들어왔다.

"역시 고향이 좋으시지요?"

유 씨가 물었다.

"글쎄……, 사람은 모두 흩어지고 산천만 남아 있는 곳이 고향이더군요."

"그대로 눌러 사는 사람도 많은 줄 알고 있는데요."

"세월이 모든 것을 앗아갔어요. 나이 들구 저마다 제 일에 바쁘고, 찾아가면 폐가 되니 옛사람들도 옛사람이 아닙디다."

고통 속에서도 마음 깊은 곳, 동경과 꿈의 대상으로 남아 있던 것마저 잃고 돌아온 것이다.

"바다와 강, 그리구 산을 바라보다가 온 셈이지요."

"너무 짧으셨겠어요."

"웬걸요. 닷새나 묵었어요."

"……."

"가나 오나 이제 내가 설 땅은 없는가 봐요."

유 씨도 응대를 못하고 치맛자락을 눈으로 가져갔다.

왕건은 일어섰다.

"어둡기 전에 성내로 들어가십시다."

유월 십이일.

양위식이 있는 날이었다.

첫새벽에 눈을 뜬 왕건은 자리에 누운 채 오늘의 절차를 이것저것 생각하고 있는데 집을 지키는 초장이 큰 소리로 외치면서 대문을 두드렸다.

"시중 어른 깨셨습니까?"

여간 중대한 일이 아니고는 없는 일이었다.

왕건이 일어나기 전에 유 씨가 서둘러 밖으로 나가 대문의 빗장을 벗겼다.

"무슨 일이냐?"

초장이 섬돌까지 온 기척을 듣고 왕건은 누운 채 장지문 너머로 물었다.

"지금 서소문 밖 형장에서 수십 명의 젊은 여자들이 처형되고 있답니다. 혹시 모르실까 해서 말씀드립니다."

왕건은 뛰어 일어나 앉았다.

"누가 그러더냐?"

"능산 장군의 본영에서 긴급히 보고를 드리라고 사람이 방금 다녀갔습니다."

"어떻게 된 영문인지 말이 없더냐?"

"그런 말은 없고, 본영에서 주무시던 능산 장군께서 기마병을 이끌고 현장으로 달려가셨답니다."

"대문을 열어 두고 연락이 오는 대로 알려라."

밖에 나갔던 유 씨는 들어오면서 왕건의 잔등에 매달려 떨었다.

"무슨 일일까요?"

"글쎄……."

왕건은 짐작이 가지 않았다. 오천 병력이 지키는 도성인데 경계에 틈이 있을 리 없고 혹시 산적(山賊)들의 소행은 아닐까? 그러나 산적이 없어진 지도 오래되었다.

더구나 양위식이 있는 날이다. 이런 경축일에는 일반 사형수도 처형하는 법이 아닌데 갈피를 잡을 수 없었다.

능산은 백여 기의 기마병을 지휘하여 현장으로 달려갔으나 일은 이미 끝난 후였다.

사처에 화롯불을 피워 환히 밝힌 가운데 실오라기 하나 걸치지 않은 젊은 여자들의 시체가 즐비하게 누워 있었다. 이백을 넘는 병정들이 웅성거리고 개중에는 꼬챙이로 죽은 시체를 건드리면서 시시덕거리는 자들도 있었다.

능산의 기병대는 그들을 포위하고 죄어 들어갔다. 처처에 숯불이 피어 있고 시체마다 음부에는 쇠막대기가 꽂혀 있었다.

세상에 이런 법도 있을까.

"웬놈들이냐!"

능산의 성난 목소리가 새벽하늘에 울렸다.

책임자로 보이는 군관이 그의 앞으로 걸어 나왔다.

"의형대의 관원들이올시다."

"너희들은 이런 짓이나 하고 다니는 놈들이냐!"

"어명입니다."

그는 문서를 내밀고 능산은 받아 이갑에게 넘겼다.

"폐하의 친필에 수결도 틀림없습니다."

이갑은 그의 귀에 대고 속삭였다. 그러나 능산은 한동안 말을 못하다가 외쳤다.

"이따위 어명이 어디 있느냐! 너희들은 짐승이다. 모든 병정들은 이 짐승들을 묶어라. 대항하거나 도망치는 자는 사정없이 쳐부숴라!"

기병들은 돌아서면서 창대로 후려치고 짓밟았으나 의형대 병정들은 반수도 안 되는 그들에게 꼼짝을 못했다. 약한 백성에게는 강해도 전투에는 경험이 없는 자들이었다.

어둠 속에서 낯선 병정 오륙 명이 나타나 가세했다.

"너희들은 누구냐?"

능산이 물었다.

"검강 장군 휘하의 보졸들이올시다."

한 명이 자세를 바로하고 대답했다.

검강의 본영은 여기서 십 리 못미처 있고 이 일대의 경계를 담당하고 있었다.

그러나 지금은 소수 병력만 남겨놓고 대부분이 성내에 들어가 있는 것을 능산은 알고 있었다.

"순찰대냐?"

"그렇습니다."

"본영에는 얼마나 남아 있느냐?"

"이십 명 남짓입니다마는 넓은 지역을 분담해서 순찰하다 보니 항상 본영에 있는 병력은 오륙 명입니다."

"이것들을 발견한 것은 너희들이냐?"

"그렇습니다."

"자세히 얘기해 봐."

"자정이 훨씬 넘은 시각이었습니다. 이쪽에 불빛이 보이고 웅성거리길래 와 보았더니 해괴한 광경이 벌어지고 있었습니다."

병정이 주춤거리는 것을 능산이 독촉했다.

"상관없다. 사실대로 얘기해라."

"여자들을 발가벗겨 놓고 삼사 명이 한 여자씩 돌아가면서 윤간(輪姦)을 하고 있었습니다. 이런 법이 어디 있느냐고 했더니 우리는 의형대다, 모두 죄인으로 죽을 것들인데, 이러면 어떠냐는 것입니다."

"……."

"바로 저놈입니다."

병정은 뒷짐을 묶어 쭈그리고 앉은 의형대 군관을 가리켰다.

"유독 한 여자를 독차지했는데 여자가 한사코 반항하다 못해 사정하니까 이러지 않겠어요? 너는 곧 죽을 터이고, 죽으면 썩어서 흙이 될 걸 가지구 그럴 거 없잖아? 숨이 붙어 있는 동안 잠깐이라도 재미를 보는 게 수다. 그래도 반항하니까 병정들을 불러 사지를 붙잡게 하고 그짓을 했습니다."

"……."

"저희들은 몇 사람 안 되니 어떻게 할 수는 없고 숲 속에 도로 들어가 시켜보면서 한 명이 서소문 초병들에게 달려갔는데 그 초병들이 장군께 여쭌 것 같습니다."

"……."

"대병력이 와서 저것들을 어떻게 할 줄 알았는데 아무리 기다려도 와야지요? 그러는 사이에 벌어진 일입니다……. 부처님 맙소사!"

"계속해라."

능산이 재촉했으나 병정은 말을 못하고 연속 입술을 떨자 다른 병정이 나섰다.

"숯불을 피워 놓구 쇠막대기를 벌겋게 달굽디다. 영문을 몰랐지요. 저 군관 놈입니다. 대장인가 부지요? 준비됐으면 빨리 해치워라 하구 고함을 지릅디다. 병정들이 달려들어 여자들의 다리를 억지로 벌리구……. 아이구, 거기다 대구 뺄건 쇠막대기를 쑥 찌르지 않겠습니까? 어떤 쇠막대기 끝은 입으루 나오구 연기를 토하는 여자두 있구……. 크게 소리를 지를 틈도 없이 모두 죽어 갔습니다. 보다 못해 저희 중 한 사람이 창을 들구 냅다 뛰어 한 놈은 찔렀으나 개미 떼처럼 몰려들어 짓밟는 바람에 즉사하구……. 그때 장군께서 당도하셨습니다. 좀더 일찍 오셨으면…….”

누가 선창이랄 것도 없이 듣고 있던 병정들이 닥치는 대로 칼탕을 치고 창으로 찌르는 바람에 묶여 있던 의형대 병정 이백여 명은 순식간에 죽어 넘어졌다. 이갑이 이리 뛰고 저리 뛰며 말렸으나 소용이 없었다. 찌른 놈을 또 찌르고 친 놈을 또 치면서 철천지원수같이 짓이기고 말았다.

지켜보던 능산은 말에 오르면서 이갑에게 일렀다.

“구덩이를 파구 한군데 묻어 버려!”

먼동이 트는 동쪽, 성안을 향해 그는 홀로 말을 달렸다.

왕건의 집에 당도한 능산은 초병의 인사도 받는 둥 마는 둥 대문을 열어젖히고 마당을 가로질러 섬돌에서 신발 끈을 풀었다.

“능산 장군, 일찍부터 수고가 많소.”

마루에 나온 왕건이 말을 걸어도 대꾸가 없고 옆에 선 부인이 땀을 씻으라고 수건을 내밀어도 받지 않았다.

왕건은 안방으로 함께 들어가 마주 앉았으나 능산은 그를 바라볼 뿐 말이 없었다.

“장군, 무슨 일이오?”

왕건이 물어도 대답이 없고 눈을 감은 채 오래도록 뜨지 않았다.

무엇인가 벌어졌구나 생각하면서도 왕건은 잠자코 있었다.

눈치 빠른 유 씨가 냉수를 떠다 슬그머니 옆에 놓자 능산은 한 그릇을 다 마시고 주먹으로 방바닥을 내리쳤다.

“시중, 이것도 나라요?”

이십 년을 사귄 능산이건만 이런 일은 처음이었다.

“내가 부족해서……. 우선 무슨 일인지 가르쳐 주시오.”

"이 무도한……."

능산은 감정을 진정시키는 듯 말을 끊고 밝아 오는 창밖을 한참 내다보다가 계속했다.

"하기는 시중은 그 자리에 앉은 지 열흘밖에 안 되니 모든 책임이 있는 것은 아니지요."

시중 밑에 '어른'이라는 존칭을 붙이지 않기도 처음이었다.

"크게 잘못된 일이 있는 모양인데 가르쳐 주시지요."

왕건은 부하라기보다 상관을 대하듯 유순하게 나왔다.

"큰 잘못이 있지요. 의형대가 은부의 졸당들이 우글거리는 소굴인 줄 알면서 왜 그냥 두셨지요?"

단박 일소하려다 종희의 충고를 듣고 일일이 심사해서 공정하게 처리하려고 했는데 이것들이 기어이 일을 저지른 모양이다.

"내 잘못이오."

능산은 또다시 냉수를 한 사발 청해 마시고야 자초지종을 설명했다.

"오늘은 한 놈쯤, 잘난 놈의 목을 치고야 직성이 풀릴 듯했는데 부인의 얼굴을 뵈니 좀 가라앉았습니다."

그는 이렇게 끝을 맺었다.

혁명

인정은 좋은 것이다. 그러나 호수가 틀린 인정은 도리어 해독이 될 수도 있다는 것을 깨달았다. 왕건은 의형대를 그냥 둔 것이 후회막심이었다.

그러나저러나 어명이라는 문서가 진짜라면 임금 선종이 다시 머리가 돈 것은 의심할 여지가 없는 일이다. 사흘 전에도 말짱하던 선종이다. 쓸데없는 인정을 베풀어 은부를 별당에 넣는 바람에 병이 도지고 가짜 어명도 나오게 된 것이 아닐까?

궁중 감옥에 있던 여자들이 어떻게 의형대 부랑당들의 손에 넘어갔고, 끌려가서 그 참변을 당했을까? 의형대에는 능산의 본영이 있으니 거기는 못 갔을 것이고, 어떻게 된 영문일까?

의문은 한두 가지가 아니었다.

그는 머리를 스쳐 가는 것이 있어 초병을 불렀다.

"말을 달려 궁중에 들어가 별당의 초장에게 당장 오라구 해라."

부인이 조반상을 들여왔으나 왕건도, 능산도 냉수만 마시고 상을 물렸다.

어쨌든 오늘 양위식이 있으니 나가 보아야 했다. 왕건이 옷을 갈아입는데 별당의 초장이 나타났다.

"부르셨습니까?"

"간밤에 무슨 일이 없었느냐?"

"아무 일도 없었습니다."

고지식한 군관이었다. 의심할 이유도 없어 돌려보내고 식전이 있을 시간을 기다리는데 간밤에 별당에 입직한 늙은 의원이 나타났다.

왕건은 이 묵중한 인물이 일부러 찾아온 데는 심상치 않은 곡절이 있다고 생각했다.

그러나 의원은 섬돌까지 와서 열린 문으로 내다보는 왕건에게 허리를 굽히고는 주춤거렸다. 능산이 있는 것을 보고 난처해서 망설이는 모양이었다.

"괜찮소. 어서 들어오시오."

능산이 눈치를 채고 일어서려는 것을 붙들어 앉히고 왕건은 마루에 나가 끌다시피 해서 의원을 데리고 들어왔다.

"능산 장군이오."

왕건은 소개를 했다.

"네, 지나치는 김에 몇 번 인사를 드린 일이 있습니다."

"나와 마찬가지로 생각하고 무슨 말씀이든 터놓고 해 주시오."

의원은 이야기를 시작했다.

"혹시 틀리더라두 과히 탓하지 말아 주십시오. 또 이것은 제가 말씀드릴 일도 아닙니다마는 걱정이 돼서 이렇게 찾아뵈었습니다."

"염려 마시오. 사람이 하는 일에 맞는 일보다 틀리는 일이 더 많은 법이 아니오? 찾아 주신 것만도 얼마나 고마운지 모르겠소."

"딱 찍어서 말하라면 이렇다 할 근거가 없습니다마는 아무래도 별당에 무슨 변고가 생긴 것 같습니다."

왕건은 둔탁한 것으로 가슴을 얻어맞은 기분이었다.

"성상께서 또 편찮으신가요?"

"조석으로 하루 두 번 보아 드리는데 어제 아침까지는 괜찮으셨지요. 그러나 이런 병은 언제 어떻게 변할지 모르는 것이라서 그 다음은 알 수 없습니다."

"저녁에는요?"

"부르셔야 가 뵙기루 돼 있는데 저녁에는 아무 소식도 없었습니다."

"이상한 조짐을 보신 모양인데 어떤 일이 있었지요?"

"아시다시피 이름이 별당이지 실지로는 큰 전각이고, 저는 떨어진 별채에 있기 때문에 그 안의 동정은 알 길이 없습니다. 그런데 처음 이상하게 느낀 것은 자정이 좀 지나서였습니다. 나이 드니 잠이 적어져서……. 책을 보고 있는데 이상한 냄새가 난단 말입니다. 고기가 타는 냄새로 알았는데, 고기를 구울 시각도 아니라서 유심히 맡아 보니 그게 아니었습니다."

"……."

"이것은 순전히 짐작입니다. 아무래도 사람의 육신이 타는 그런 냄새 같았습니다."

경험이 많은 이 노인의 말에 틀림이 있을 수 없다고 왕건은 단정했다.

"다른 일은 없었는가요?"

"냄새는 오래 계속되지 않길래 제가 착각을 했나 부다 생각하고 계속 책을 보려는데 시녀 한 사람이 정신없이 달려와서 말은 못하고 소매를 잡아끈단 말씀입니다."

"……."

"성상이 계시는 방 양편에는 시녀들의 방이 있지 않습니까? 서쪽 방으로 끌려갔는데 시녀 한 명이 까무라쳐 쓰러져 있고, 모두들 겁에 질려 말을 못한단 말입니다. 청심환을 타 먹이고 나왔는데 얼마 있다 또 한 명 까무라쳤지요. 아까 나올 때까지도 정신을 못 차렸습니다."

"그때 성상이 계신 방은 조용하구?"

"몇 분인지는 몰라두 속삭이는 소리는 들립디다."

"시녀들로부터 아침에도 무슨 얘기가 없었소?"

"궁중 법도가 있지 않습니까? 말하지 않길래 군이 묻지 못했습지요."

왕건은 몇 번이고 치하해서 의원을 돌려보내고 능산에게 물었다.

"어떻게 생각하시오?"

"일어나도 큰일이 일어난 것 같습니다."

"가령 어떤 일이오?"

"두 사람이나 까무러쳤다니 어쨌든 참혹한 일이 아니겠습니까?"

왕건은 머리에 떠오르는 것이 있었다. 선종을 그 방에 모시면서부터 양쪽 시녀 방에서 본인은 모르게 들여다볼 수 있도록 구멍을 내 두고 하루씩 교대하도록 했다. 언제 어떤 발작을 일으킬지 모르는지라 번갈아가면서 무시로 들여다보기로 되어 있었다. 그 방에서 변고가 일어났고, 들여다보던 시녀가 기절할 광경이 벌어진 것이 아닐까?

"능산 장군, 모든 성문을 닫고 일체 출입을 금하는 것이 어떻겠소?"

"좀 늦은 듯합니다마는 그게 좋겠지요."

능산은 대문 밖에서 대기하고 있는 군관을 불러 성문마다 즉시 연락하도록 지시하고 일어섰다.

능산이 나가자 왕건은 말을 달려 종희의 집을 찾았다. 여전히 하얀 모시옷을 입은 종희가 몽둥이를 들고 섬돌을 내려서는 길이었다.

"그 잘난 양위식인가 하는 건 안 하는 거야?"

종희는 신발 끈을 매면서 흰눈으로 그를 쳐다보았다.

"지금 가는 길이다. 넌 안 갈래?"

"난 고향으로 가는 길이다."

"몽둥이는 또 뭐야?"

"백성이 무기를 가지면 때간다지? 도중에서 못되게 구는 놈이 있으면 맨손으로는 위험하니까."

"그러지 말구 식전에 나가 보자."

"아직도 못 알아들었어? 나하구는 상관없는 일이다."

노병 부부가 전송하려고 대문간에 서 있길래 왕건은 종희를 마당 한 구석으로 끌고 가서 심상치 않은 사태를 이야기했다.

"나았다던 애꾸가 또 지랄인가?"

"모르겠다. 오늘 하루면 다 밝혀질 터인데 내일 가면 어때?"

"될 대루 되라지."

"설리한테 무슨 일이 일어났는지도 모르겠다."

"그래? 이놈의 애꾸가. 가자!"

그는 그 길로 달려가서 선종에게 몽둥이찜질을 퍼부을 기세였다.

왕건은 노병 부부와 함께 종희를 방에 끌고 들어가서 관복으로 갈아 입히고 궁중으로 향했다.

정전인 포정전 앞에는 이미 문무백관이 각자 설 자리에 서 있고 임금 선종도 나와 있었다.

주위에는 능산의 직속부대가 창을 짚고 삼엄한 경계를 펴고 있었다. 이상한 것은 양위식이라면서 자리를 물려받을 태자도, 둘째 왕자도, 또 왕후 설리의 모습도 보이지 않고 전상(殿上)에는 선종이 홀로 용상에 앉아 있는 일이었다.

　제자리를 찾아선 왕건은 오늘 식전을 주재하려고 자기의 비스듬히 뒤에 선 수춘부령(壽春部令, 의전 관계의 책임자)에게 물었다.

　"중전과 태자께서는 안 오셨소?"

　"글쎄 모를 일입니다. 왜 안 오시는지."

　왕건은 자세를 바로하고 섰는데 층계 밑에 삼베로 겹겹이 덮은 것이 눈에 들어왔다. 무엇일까? 눈길은 자꾸 그리로 갔다.

　당상의 선종이 큼직한 망치를 들고 천천히 층계를 내려오고 지필을 든 장주 최응이 뒤를 따랐다. 돌아가는 공기가 아무래도 이상하다 생각하는데 선종은 왕건 앞에서 발을 멈췄다.

　"시중!"

　온 전각이 울리도록 선종이 고함을 질렀다.

　왕건은 머리를 약간 숙이고 대답했다.

　"네."

　"시중은 어젯밤에 졸당들을 모아 놓고 역모를 꾸몄지?"

　"……."

　대답이 나오지 않았다.

　"왜 대답을 못해?"

　"어찌 그런 일이 있을 수 있겠습니까?"

　"으흥, 나는 미륵대불이다. 사람의 마음을 꿰뚫어보거든. 조금만 있어."

　선종은 하늘을 쳐다보고 눈을 감았다. 뒤를 따르던 장주 최응이 일부러 붓을 떨어뜨렸다 주우면서 속삭였다.

　"위험합니다. 사실이라고 하십시오."

　왕건은 주위를 둘러보았다. 최응의 말만 믿을 수도 없는 일이었다. 만조백관 앞에서 역모를 꾸몄노라고 제 입으로 말한다면 삼족을 멸해도 할 말이 없을 것이다.

오늘의 경호 책임을 맡은 능산이 층계 밑에 있다가 기미를 알아차린 듯 창을 든 병사 두 명을 거느리고 바싹 옆으로 다가왔다. 궁중에서는 무관이라도 무기를 가질 수 없었으나 그는 경호를 책임졌기에 칼도 차고 있었다.

이 경호는 왕건이 맡긴 것이 아니고 능산이 스스로 병력을 배치한 것이었다.

선종이 눈을 뜨고 내려다보았다.

"성상께서 하신 말씀에 추호의 틀림도 없습니다."

왕건은 안심하고 이렇게 말했다.

"그러면 그렇지. 이 미륵대불의 독심법(讀心法)에 틀림이 있을 까닭이 있나. 정직해서 좋다. 전같이 삼사천 명의 병사들과 많은 함선들을 줄 터이니 이번에는 견훤을 아주 깔아뭉개 버리구 와요."

"네."

선종은 또 신하들 사이를 누비고 천천히 걸었다. 최응 이외에 능산과 두 병정, 그리고 왕건도 뒤를 따랐다.

선종은 종희의 앞에서 발을 멈췄다.

"너는 중전이라는 요부와 수십 년을 두고 간통해 왔지?"

"……."

종희는 입술을 떨고 말을 못했다.

"은부가 소상히 조사했다. 처녀 때부터 통했고, 내게 온 연후에도 혈연이 그립다구 항시 유인하는 그 요부와 못된 짓을 하다못해 이번에는 고향에 다녀온답시구 업구까지 다녔지? 고향에 가서 주야로 붙어 있었다는 것을 이 미륵대불은 훤히 보구 있다."

"그 말 다시 해 봐!"

종희는 외치고, 왕건은 두 사람 사이에 들어섰다.

"폐하, 종희 장군 같은 충신이 또 어디 있겠습니까?"

"아니다!"

선종은 고함을 지르면서 망치를 쳐들었다. 능산이 얼른 망치를 뺏고 두 병정이 양쪽에서 선종의 겨드랑이에 팔을 넣어 움직이지 못하게 했다.

"저놈을 타살(打殺)해라!"

"궁중에서 타살하시면 미륵대불이신 폐하의 성덕에 흠이 갈 터이니 병정들에게 내맡겨 서소문 밖에서 시행하는 것이 좋을 듯합니다."

"응. 그것두 그렇군."

왕건은 능산에게 속삭였다.

"우리 집에 모셔 줘요."

능산의 손짓으로 이갑이 병정 한 명을 데리고 왔다. 종희를 뒷짐으로 묶어 가지고 궁 밖으로 나가려고 했다.

"게 섰거라. 죽기 전에 봐야 할 것이 있다."

선종이 고함을 쳤다.

그는 돌아서 가다가 의형대령 박질영을 보고 외쳤다.

"이놈두 역적이다. 끌어내다 목을 쳐라!"

왕건은 능산에게 눈짓을 하고 박질영에게 속삭였다.

"안심하시오. 우리 집에 모실 테니까."

박질영도 뒷짐을 묶었다.

층계에 올라선 선종은 큰 소리로 외쳤다.

"이제 천하의 쓰레기들은 다 치웠으니 우리 태봉국은 미륵정토가 됐소. 시중부터 차례로 나와 봐요. 궁중의 쓰레기도 말끔히 치웠단 말이오."

그가 턱으로 가리키자 관원들이 층계 밑에 삼베로 덮었던 것을 벗졌다.

세 구의 시체였다.

왕건은 가슴이 떨렸다.

앙상하게 여윈 왕후 설리는 발가벗긴 채 음부로 들어간 쇠막대기가 입으로 나온 채 두 눈을 크게 뜬 시체로 누워 있고 양옆에는 알아볼 수 없을 정도로 머리가 터져 피투성이가 된 두 아들이 누워 있었다.

왕건은 빠른 걸음으로 동창고(東倉庫) 처마 밑에 와서 앉았다. 가슴은 여전히 떨리고 가끔 머리가 어지러웠다.

영문을 모르고 줄을 지어 행진하던 문무백관은 시체를 보고는 고개를 돌리고 뛰어서 그늘을 찾았다. 얼굴을 감싸는 사람도 있고 토하는 사람, 놀라 주저앉는 사람……, 가지가지였다.

주위에 늘어선 병사들도 웅성거리기 시작하고 이제 질서고 뭐고 없었다.

종희가 무엇인가 외쳤으나 왕건은 웅성거리는 속에 머리가 어지러워 알아듣지 못했다.

"어지러우십니까?"

옆에 선 병정이 물었다.

"응."

"저희들도 구경해두 괜찮습니까?"

이 판국에 말려도 될 일이 아니었다.

"마음대루 해라. 능산 장군을 이리 불러 다오."

능산이 달려왔다.

"이대로 가면 큰일 나겠소. 강제로 끌어서라도 성상을 내전(內殿)으로 모시오."

"별당이 아니구요?"

"아니오."

왕건은 능산과 함께 병정들을 끌고 당상에 올라갔다. 팔짱을 지르고 앉아 흰자위를 뒤집어 까는 선종을 일으켜 세웠다.

"들어가시지요."

선종은 움직이지 않았다.

전정에서는 몰려들어 시체를 구경하던 병사들이 아우성치고 욕설을 퍼붓고 통곡하기도 했다.

건장한 병정 둘이 달려들어 선종의 겨드랑이를 끼고 뒷문으로 나와 내전으로 향했다.

"시중."

도중에서 선종이 뒤따르는 왕건을 돌아보았다.

"네."

"오늘은 양위식인 줄 아는데 왜 태자가 보이지 않소?"

제정신이 돌아오는 모양이었다.

"성상께서는 지금 아프십니다. 편히 쉬시지요."

"은부는 어디 갔소?"

"알지 못합니다."

"그래? 그거 이상하다."

"……."

무엇이 이상한지 왕건은 물을 흥미조차 없었다.

능산은 도중에 배치된 병력도 일부 합쳐 내전 안팎을 경계하게 하였다. 법도를 따질 때가 못 되었다.

"이제부터 어떻게 하시렵니까?"

내전을 나서면서 능산이 물었다.

왕건도 생각이 나지 않았다.

"하여튼 포정전에 가 봅시다."

포정전 마당에 들어서니 관원들은 다 흩어지고 종희 홀로 시체 앞에 주저앉았고, 이갑이 옆에 서 있었다.

능산은 아직도 웅성거리는 병사들 중에서 필요한 십여 명만 남기고 모두 자기 부서로 돌려보냈다.

왕건도 종희의 옆에 주저앉았다. 오늘처럼 산다는 것이 서글프고 욕된 때도 없었다.

하늘은 왜 말이 없는가?

능산은 이갑과 함께 시체에 삼베천을 다시 덮고 마당 안을 왔다 갔다 하다가 다가와서도 오랫동안 두 사람 옆에 서서 말이 없었다.

"시중 어른."

능산이 조심스럽게 불렀다.

왕건은 대답이 나오지 않았다.

"그 심정은 잘 알겠습니다마는 이러구만 있을 수는 없지 않겠습니까? 성상께서 저러시니 지금 나라의 어른은 시중이십니다. 모든 것을 빨리 처리해야지, 큰 혼란이 일어날까 걱정입니다."

왕건은 손바닥으로 눈을 훔치고 일어섰다.

"제일 급한 것이 세 분의 시신을 처리해 드리는 일 같소. 화장을 하지요."

"그것은 제가 맡아 시행하겠습니다. 시중께서는 시중부에 좌정하셔서 나랏일을 정돈하시는 것이 좋겠습니다."

옳은 말이다. 이 순간 태봉국은 주인 없는 나라가 되어 버렸다.

그는 능산에게 종희를 부탁하고 시중부로 말을 달렸다.

선종은 정신이상이다. 한 사람쯤은 해칠 수 있다 하더라도 세 사람이나 한꺼번에 저 모양으로 만들었다는 것은 혼자서 할 수 있는 일이 아니다.

계획된 음모다.

실마리부터 풀어야겠다.

슬픔은 분노로 변하고 분노는 복수심에 불을 질렀다. 그는 시중부에 들어서자 사귀(沙貴)를 불렀다.

유능한 관원들을 이끌고 즉시 궁중 별당에 들어가 샅샅이 조사하고 기절했다는 여자 두 명이 있으니 상궁과 함께 아무 소리 말고 데려오라고 일렀다.

사귀에게 이르면서 한편으로는 대신들과 장수들 전원에게 시중부에 모이라는 지시도 내렸다.

홀로 자리에 앉아 밖을 내다보는데 갈수록 사람들이 거리에 쏟아져 나와 웅성거리고 가슴을 치며 통곡하는 여자들의 모습도 보였다.

금언이 들어와 인사도 없이 앉았다.

"시중, 이거 나라꼴이 되겠습니까?"

"그러게 말이오. 그렇다고 털구 일어설 수도 없으니 답답하기 그지없구만."

장상(將相)들이 모여들어 회의가 시작되었다.

왕건은 새벽에 서소문 밖에서 일어난 여자들의 학살사건을 보고한 다음 이렇게 말했다.

"오늘 조정에서 일어난 일은 여러분께서 직접 보셨습니다마는 이런 기막힌 일이 또 있는지 모르겠습니다. 어떻게 하면 좋을지 막막하오. 의견들을 말씀해 주시오."

무거운 침묵이 흐르는 가운데 검강이 발언했다.

"진상이 어떻게 된 것인지 알지 못합니다마는 십중팔구 은부의 흉계에 틀림이 없으니 그를 별당에 넣도록 주장한 저의 죄가 막중합니다. 우선 저를 처단하시고 다음에 방책을 논해 주시지요."

왕건은 손을 내저었다.

"누구든 일체 그런 말씀을 말아 주시오. 그때는 모두 찬동했으니 처단을 받는다면 우리 모두, 아니 나부터 받아야 마땅하지 않겠소? 지금이야말로 화합하지 않으면 산이 무너지듯 나라는 걷잡을 수 없게 될 것이오."

이런 때 책임을 가지고 시비가 벌어지면 말이 많아지고 파장이 생겨 자멸하기 십상이다. 왕건은 한마디로 이것을 막아 버렸다.

다음으로 홍술이 입을 열었다.

"진실로 딴 방책이 없습니다. 성상께서는 저런 실정이시고 하다못해 핏덩이 어린 손자라도 계시면 대통을 잇도록 할 수 있겠습니다마는 그런 이도 안 계시고……. 어려우시더라도 시중께서 국사를 총괄해 나가시면서 방도를 강구하는 것이 어떻겠습니까?"

왕건은 사양했다.

"이 자리에는 성상을 처음부터 받드신 선배 어른들도 많으신데 그런 어른을 한 분 모시고 처리해 나간다면 나도 있는 힘을 다하지요."

홍술이 다시 발언했다.

"처음부터 받들었다면 저도 그렇습니다. 전쟁이라면 다 경험이 있습니다마는 자기 이름도 제대로 쓰지 못하는 처지에 어떻게 국사를 처리하겠습니까? 또 시중께서 그대로 앉아 계셔야 나라에 동요가 없을 것입니다."

"그것이 좋겠습니다."

모두들 찬동하고 반대는 없었다.

궁중 별당에 조사를 갔던 사귀가 들어와 한 통의 편지를 왕건 앞에 내놓았다.

왕건은 그 자리에서 뜯어 보았다.

－왕건과 종희. 너희들 두 놈은 나의 큰 뜻을 가로막은 흉적이다. 그 죗값으로 아마 애꾸의 손에 죽게 될 것이고 애꾸 또한 이것으로 끝장이 날 것이다. 저승에서 다시 한 번 겨루자. 은부. －

왕건은 그대로 좌중에 읽어 주었다.

분노의 물결이 일고 전국 방방곡곡의 풀포기를 뒤져서라도 은부를 찾아 사지를 찢어 버려야 한다는 사람도 있었다.

"기절했던 두 시녀가 깨어났길래 상궁과 함께 옆방에 데려다 놓았습니다."

사귀가 들어와 알렸다.

"세 사람 다 이 방에 데려다 여러분이 보시는 앞에서 순서대로 물어 봐요. 겁을 주지 말고 부드럽게 물어야 하오. 궁중법도가 엄하니 겁을 주면 입을 안 열 것이오."

사귀는 좌중을 향해서 세 사람을 데려온 사실을 알리고 사건 경위를 신문하겠다고 말한 다음 그들을 불러들였다.

늙은 상궁 한 사람에 젊은 여자 두 사람.

그들은 아직도 세상이 어떻게 돌아가는지 모르는 모양이었다.

"정말 말씀드려두 괜찮습니까?"

사귀가 본 대로 말하라고 하자 처음 기절했다는 젊은 여자는 떨리는 목소리로 물었다.

"그럼 괜찮지."

"함부로 입을 놀리면 저희들은 죽습니다."

"시중께서 여기 계신데 무슨 걱정이냐?"

왕건은 미소를 짓고 고개를 끄덕였으나 여자는 그보다도 상궁의 눈치를 보았다.

"어떻게 하면 좋을까요?"

"본 대루 말씀드려."

상궁의 허락이 떨어져서야 젊은 여자는 입을 열었다. 상궁은 약간 판세를 아는 모양이었다.

저녁을 마친 후 선종의 방에 은부가 들어와 왕후 설리를 헐뜯기 시작했다. 처녀 때부터 종희와 내통했고 선종이 아픈 동안 혈육이 그립다는 명목으로 매일 불러들여 그 짓을 했다고 하였다.

"설마 그랬을라구?"

선종은 듣지 않았다.

"당시 내군장군으로 있던 신이 왜 모르겠습니까? 은밀히 본 궁녀가 한두 사람이 아닙니다."

"잘못 봤겠지. 누구나 혈육이 그리운 것은 인지상정이 아닌가?"

"그건 다른 문제입죠. 성상께서두 곰곰이 생각해 보십시오. 중전께서 처음 성상께 오셨을 때 처녀였습니까?"

이 대목에서 선종의 안색이 변하고 대답이 없었다. 기분 좋은 일은 아니었으나 시침의 관습이 있는 때라 처녀가 아니라고 탓할 수는 없었다.

"아니었지요? 신은 세밀히 조사해서 알구 있습니다. 종희와 살다시피 했습니다."

"으-음."

"그 정을 잊지 못해서 성상께 오신 후에도 은밀히 통하셨고 이번에는 고향에 돌아가 별짓을 다 했을 뿐만 아니라 공공연히 업고 다녔답니다."

"사실이야?"

선종의 언성이 높아지고 흰자위를 한 번 뒤집어 깠다. 머리가 돌아가는 징조였다.

"신이 죽을라구 거짓을 아뢰겠습니까."

"허 –. 그럼 내가 평생을 속아 살아왔군."

"황공하오나 말씀드리자면 그렇습니다."

"으 – 음……. 그럼 아이들이라는 것두 누구의 자식인지 모를 게 아니냐?"

"그렇습니다. 특히 태자 어른의 오뚝한 코를 보십시오. 종희는 오뚝하지마는 폐하께서는 다르지 않습니까?"

이것은 사실이었다. 태자는 다른 데는 선종을 많이 닮았어도 코만은 종희를 닮았다. 같은 혈통이니 그럴 수도 있건만 선종은 거기까지 생각이 미치지 못하는 모양이었다.

선종은 고함을 질렀다.

"종희란 놈을 당장 끌어다 목을 쳐라!"

"쳐야 합지요. 그러나 일에는 대소선후가 있지 않습니까?"

"대소선후라니?"

"종희 따위 피라미는 내일이라도 무방하지마는 가짜 태자, 황공하오나 종희의 씨를 내일 임금으로 세우시고 나면 일이 어떻게 되겠습니까? 모든 칼자루를 쥐게 되는데……."

"옳은 말이로군. 필시 나를 죽일걸."

"황공하오이다."

이때 왕후 설리가 당도했고, 가마에서 내려 방에 들어와 큰절을 했다.

"옷을 갈아입느라고 중궁에 들러 지체했습니다. 건강한 용안을 뵈오니 반갑기 이를 데 없습니다."

선종은 돌아보지도 않고 대답도 하지 않았다. 왕후는 무안한 얼굴로 무릎을 꿇고 맥없이 앉아 있었다.

별안간 선종이 돌아앉으면서 소리를 질렀다.

"너는 간통을 일삼구 평생을 나를 속여 온 요부다!"

놀란 왕후는 입을 벌리고 한참 쳐다보다가 가냘픈 소리로 대답했다.

"어찌 그런 일이 있을 수 있겠습니까."

"나는 다 알구 있다. 종희지?"

왕후는 은부를 힐끗 돌아보았다.

"저두 짐작이 갑니다. 이 은부라는 사람의 농간이지요? 은부, 사내루 태어나서 그런 지저분한 모략이나 해서 무얼 하자는 거요?"

은부는 고개를 숙이고 말이 없었다.

"지저분한 건 너다!"

선종이 소리를 질렀으나 왕후는 태연히 그를 쳐다보았다.

"그럴까요?"

"너, 그러구두 살아남을 줄 아느냐?"

"산다는 것이 지겹기 이를 데 없는 터에 성지 고맙습니다."

은부가 선종의 귀에 속삭이고, 선종은 비상한 생각이라면서 시녀들을 불러 숯불을 피우고 쇠막대기를 달궜다.

시키는 대로 하면서도 시녀들은 무엇에 쓰려는 것인지 몰랐다.

한창 쇠가 달아오르는데 낯선 장군이 발을 쩔뚝거리며 들어와 선종에게 절을 했다.

"누구더라?"

선종이 묻자 은부가 대답했다.

"신의 사촌동생입니다."

"이런 사촌이 있었던가?"

"성은이 망극하사 지난봄에 장군으로 제수하셨는데 문안을 드릴 기회가 없어 신이 일부러 불렀습니다."

"가상한 일이로다."

선종이 칭찬했다. 충신의 사촌도 충신이라고……

쇠막대기의 한 끝이 빨갛게 달아오르자 시녀들을 물러가게 하고 은부가 나와 들고 들어갔다.

"어찌 하오리까?"

은부가 묻자 선종은 왕후 설리를 내려다보았다.

"너는 간통을 좋아했으니 마지막으로 아주 기막힌 간통을 시켜 줄 것이다."

은부가 눈짓을 하자 사촌이 달려들어 왕후를 자빠뜨리고 옷을 잡아 벗겼다.

소리를 지르고 몸부림쳤으나 사촌의 억센 손아귀에 쇠잔한 왕후는 어림도 없었다.

"너는 평생 그것을 좋아했다지? 아주 따끈하고 길쭉한 것을 맛보여 주라는 어명이시니 얼마나 고마운 일이냐?"

사촌은 한마디 하고 깔고 앉아 두 다리를 벌렸다. 왕후는 소리를 지를 기운도 없는 듯 약간 요동을 쳤으나 사촌은 끄떡도 없었다.

은부가 선종을 쳐다보자 선종은 고개만 끄덕이고 말은 하지 않았다.

은부는 왕후의 하체를 쓰다듬으면서 씩 웃었다.

"그걸 싫어하는 인생이 어디 있겠느냐? 허지마는 그 맛, 그것도 다른 사람은 생심조차 못 내는 별미를 맛보면서 저승으로 가게 해 주시니 네 말대로 성지 고맙지 뭐냐?"

그는 의원이 침을 놓듯이 왼손으로 음부를 만지작거리면서 자리를 잡고 쇠막대기 끝을 지그시 넣기 시작했다.

왕후는 헉 하는 소리 한마디뿐, 상을 찌푸리고 사지를 축 늘어뜨렸다.

은부는 그대로 천천히, 그것도 아주 천천히 막대기를 계속 들이밀어 마침내 그 끝이 입으로 나왔다.

"입도 맛을 봐야지. 남자의 큰 계책에 구멍을 판 입이다. 그 값으로 오장육부를 다 거쳐 온 침의 아롱진 맛을 실컷 보란 말이다."

여기까지 보고 첫 번째 시녀는 까무라쳤다고 했다.

숨을 주이고 듣던 장수들은 이를 가는 사람, 주먹을 불끈 쥐는 사람, 가지각색이었다. 그중에서 한 사람이 물었다.

"어떻게 너만 그걸 보았느냐?"

이 대목에서 늙은 상궁이 선종 자신도 모르는 비밀 감시구멍 얘기를 하자 좌중은 알겠다는 듯이 고개를 끄덕였다.

분개하는 장수들 가운데서 상궁을 꾸짖는 사람도 있었다.

"그런 일이 있으면 왜 알리지 않았느냐?"

"궁중의 일, 더구나 성상께서 하시는 일을 입 밖에 냈다가는 목이 달아납니다."

상궁은 궁중법도를 설명했다.

"신문을 마치고 나서 말씀하실 기회가 있겠습니다. 그때 해 주시지요."

사귀가 중간에 들어 말을 막고 상궁에게 물었다.

"태자와 둘째 분은 어떻게 오셨지?"

"성상께서 내일, 그러니까 오늘 식전을 위해서 긴히 의논할 일이 있으니 일체 잡인을 거느리지 말고 형제분만 오시라구 하셨지요."

"성상께서 직접 말씀하셨느냐?"

"아닙니다. 은부 장군께서 그렇게 전하시길래 제가 동궁에 다녀왔습지요."

한쪽에서 욕설이 터져 나왔다.

"그런 놈에게 장군께서가 다 뭐야?"

사귀는 손을 내저어 가로막고 신문을 계속했다.

"그래서 어떻게 됐느냐?"

"저는 말씀만 전하구 돌아왔습니다. 다음에 벌어진 일은 얘가 직접 보았으니 물으시지요."

사귀는 두 번째 기절했던 젊은 여자를 향했다.

"본 대로 얘기해라."

"두 분이 함께 들어오셔서……."

"그 전에 물을 게 있다. 너는 중전께서 그런 참변을 당하신 줄을 몰랐느냐?"

"몰랐어요. 얘가 쓰러지길래 다른 애들과 함께 자리에 누이구 어디 아픈가 부다 생각했지 그런 일이 있을 줄을 누가 알았겠습니까? 의원이 와서 약을 주고 간 뒤에 구멍으로 가서 들여다보기 시작했어요. 성상과 두 사람이 머리를 맞대구 조용조용 말씀하실 뿐 이상한 건 보지 못했어요."

"돌아가신 중전의 시신두 안 보이더냐?"

"못 보았습니다. 아까 장군께서 그 방을 뒤지실 때 벽장에 핏자국이 있는 걸 보니 벽장에 넣었던가 봐요."

"그건 아무래두 좋다. 못 보았단 말이지?"

"아무것두 안 보였습니다."

"계속해라."

"태자 형제분께서 함께 들어오시자 두 장군이 일어서 허리를 굽힙니다. 두 분은 들어오셔서 별말 없이 어전에 절을 하시는데……, 아이구……!"

젊은 여자는 두 손으로 얼굴을 감쌌다. 이런 일에 능란한 사귀는 독촉하지 않고 기다리다가 물었다.

"그래, 절을 하시는데?"

젊은 여자는 두 손으로 가슴을 누르고 답변을 계속했다.

"그때까지도 서 있던 두 장군이 어디서 났는지 큼직한 망치로 엎드린 두 분의 뒤통수를 내리치는데 두 분은 뇌수가 터져나오구 그대로 꼬꾸라지시더군요. 저는 가슴이 막히면서 머리가 빙빙 돌아 그 후에는 어떻게 됐는지 모르겠어요."

"수고했다. 더 할 말이 없느냐?"

"무서위요. 여기서 나가면 그 길루 고향에 가게 해 주세요."

"저두요."

첫 번째 여자였다.

"되도록 잘해 줄 터이니 옆방에 나가 기다려라."

두 여자를 내보낸 사귀는 홀로 남은 상궁에게 물었다.

"너는 말하자면 그 방의 장(長)인데 옆방에서 그런 끔찍한 일이 벌어졌는데도 아무 낌새도 못 차렸느냐?"

늙은 상궁은 침착했다.

"이상한 냄새가 나길래 이 밤중에 어디서 고기를 굽나 하다가 아이들이 연거푸 기절을 하니 거기 정신이 팔려서 딴 생각은 못하구 귀신이 붙은 줄만 알았지요. 저두 구멍으로 들여다보았지만 이상한 것은 없구, 그래서 의원을 부르고는 산신령님께 이러지 말아 주십사구 기도를 올렸습니다."

사귀는 계속 물었다.

"직접 본 사람이 다 까무러쳤으니 나라두 그랬을 거야. 그런데 아침에도 무슨 눈치를 못 채었어?"

"아침에는 챘어요. 성상께서 저를 불러 삼베천을 아주 넓은 것으로 세 필 가져오라구 하시길래 갖다 드렸지요."

"혼자서?"

"다른 사람은 안 된다길래 세 번 걸음을 했어요. 마지막으로 가지고 들어가니 앉으라고 하십디다. 앉으니까 은부가 하는 말이 이제부터 보는 일을 입 밖에 냈다가는 삼족을 멸한다, 데리구 있는 시녀들도 마찬가지다, 이러더군요."

"은부는 혀를 다쳤는데 그렇게 말을 제대로 하더냐?"

"청산유수던데요."

"그래서 어떻게 됐지?"

"벽장에서 세 분의 시체를 꺼내 한 분씩 삼베천에 둘둘 말고 끈으로 대충 묶더군요. 저더러도 거들라는데 어떻게나 놀랐는지 가슴이 떨리구 어지러워서 일어설 수 있어야지요. 두 손으로 머리를 감싸쥐고 진정하느라 돕지 못했습니다."

"까무라치지는 않구?"

"까무라치지는 않았어요."

"그러구는?"

"간밤에 중전께서 타구 오신 가마가 마당에 그냥 있었어요. 한 분씩 내다 가마에 싣더군요."

"그때가 언제쯤인데?"

"제정신이 아니어서 딱히는 모르겠습니다마는 바깥이 어두웠으니까 날이 밝기 전이지요."

"성상께서 포정전으로 떠나신 건 언제쯤이냐?"

"해가 뜨기 전이지요. 그렇게 일찍 나가실 줄은 몰랐어요. 식전은 진시(辰時, 오전 아홉시)라구 했으니 별당 안은 그때까지도 조용하구 기침한 사람도 별로 없었을 겁니다."

"그래, 가마는 누가 메었느냐?"

"중궁에 사람을 보내 중전마마를 모시는 교꾼들을 불렀어요. 평소에는 네 사람이 메었는데 오늘은 경사가 있다면서 배루 여덟 사람이 오더군요."

"무겁다구 안 하더냐?"

"그런 말은 못 들었구, 메기 전에 은부가 이러더군요. 오늘은 새로 등극하시는 태자께 주실 보물을 적지 않게 실었으니 좀 무거울 게다. 그래서 여덟 명을 불렀다구요."

"교꾼들은 중전이신 줄 알았겠구나."

"그렇겠지요."

"왜 그렇게 일찍 나가느냐구 묻는 사람은 없었느냐?"

"성상께서 말을 타구 앞장서 나가시는데 누가 감히 묻겠습니까? 초병의 인사를 받으면서 아무렇지두 않게 나가셨지요."

"그 밖에 생각나는 일은 없느냐?"

"하나 있습니다. 은부는 장군이 아닙니까? 그런데 절뚝발이만 장군복 그대로 말을 타구, 은부는 병정복으로 창을 메고 뒤를 따라갔어요. 이상하다 생각했지요."

"사촌이라는 자가 시각을 맞춰 오고, 군복에 창까지 마련했다면 안에서 내통한 자가 있는 것이 틀림없는 것 같은데 짚이는 데가 없어?"

"그건 모르겠구, 동쪽 방의 시녀 한 사람이 그저께부터 종적을 감췄다는 말은 들었습니다."

"그런 큰일을 알았다면 아침에라도 어디든 알릴 것이지, 너희들은 등신들만 모였느냐?"

사귀는 처음으로 역정을 냈다.

그러나 상궁은 겁 없이 할 말을 다했다.

"장군께서는 저희들이 어떤 처지에 있는지 아십니까?"

"어떤 처진데?"

사귀는 눈을 부라렸다.

"특별한 사정이 있으면 몰라도 죽어서야 궁 밖으로 나오고, 말 한마디에 목숨이 왔다 갔다 하는 그런 인생입니다. 이번 일만 해도 지금에 와서야 성상의 환후가 도지구 은부가 농간을 부린 것을 알았지마는 그 때만 해도 큰 난리가 일어난 줄 알았습니다. 등신이라구 하셨는데 등신이 되지 않고는 배기지 못하는 것이 저희들이올시다. 그런 저희를 보고 이러니 저러니 하시니 도대체 어쩌라는 겁니까?"

"……."

간이 큰 여자였다. 사귀는 대답을 못하고 바라보고만 있는데 상궁은 한 걸음 더 나갔다.

"죄가 있으면 목을 베시지요. 살구 싶지도 않습니다."

"……."

"마지막이니 한 가지 더 말씀드리지요. 남자들은 도대체 여자들을 뭘로 보는 겁니까. 오늘 새벽 서소문 밖에서도 육십 명인지 칠십 명인지, 여자들이 가장 감추고 부끄러워하는 곳을 달군 쇠로 쑤셔 죽였다구 들었습니다. 명색이 왕후라고 하는 분에게까지 그런 짓을 했으니……."

상궁은 눈물을 떨어뜨리고 치맛자락으로 닦았다.

"이건 시중 어른께서 대답해 주십시오. 돼지를 죽여도 이렇게 죽이는 법이 있습니까? 그리고 저는 이 길로 끌어내다 죽여 주시구요."

장내는 숙연해졌다.

왕건은 천천히 대답했다.

"시중이라기보다 왕건이라는 한 사람의 남자로 미안한 마음 주체할 길이 없소. 또 그동안의 수고도 짐작하고 남음이 있소. 나라에서도 충분히 배려할 터이니 별당에 있는 여자분들 중에서 소망하는 이들은 자유로이 가고 싶은 데 가서 살도록 하시오. 다만 한 가지 이야기를 하자면 신라를 보시오. 여자도 임금이 되는 세상이 아니오? 여자라고 유다른 차별이 없는 것은 상궁도 알 것이오. 이번 같은 일은 역사에도 없는 일이고, 은부라는 유별한 요물이 농간을 부린 것이니 이해를 해 주시오."

상궁을 보내고 왕건은 회의를 계속했다.

"여러분께 지금 말씀드려야 할 것이 있소. 돌아가신 세 분, 그중에서도 중전의 장례는 국장으로 하는 것이 마땅하지마는 이 판국에 국장도 어렵고 그 처리를 나한테 맡겨 주시면 어떻겠소?"

만사에 맥이 풀린 장상들은 이의 없이 찬성했다.

"다 좋습니다. 그런데 지금 궁인들의 이야기를 들으니 한심하기 짝이 없는데 이 나라는 도대체 어떻게 됩니까?"

백옥삼이 떨리는 소리로 물었다.

이제 선종도 그의 왕조도 끝장이라는 분위기가 눈에 보이는 듯했다. 왕건이라고 해답이 있을 까닭이 없었다.

"하여튼 오늘은 이만하고 헤어집시다."

다들 흩어진 후 왕건은 태자비의 친가로 말을 달렸다.

이제 왕실에 남은 것은 태자비 장씨뿐이었다. 산달을 앞두고 친가에 나가 있었기 때문에 화를 면한 십 대의 젊은 여인, 십구 년 전 가평(加平) 전투에서 전사한 장귀평(張貴平)의 무남독녀, 그것도 유복자였다.

"어려우시더라도 환궁하여 왕실의 어른으로 좌정하여 주십시오."

왕건은 급한 대로 형식만이라도 갖춰야 하겠다는 생각으로 섭정을 제의하였으나 장씨는 시종 흐느낄 뿐 대답이 없었다.

"저의 딸은 이미 죽은 목숨입니다. 더 이상 매질은 말아 주십시오."

이렇게 나오는 그의 노모와 몇 가지 합의를 보고 왕건은 발길을 돌리는 수밖에 없었다. 장씨가 잉태 중인 아기는 태어나는 대로 왕실에 바칠 것. 이후 모녀는 소리 없이 살다가 이승을 마감할 터이니 조정은 일체 간섭을 말 것.

망자들의 화장은 자정이 가까워서야 시작되었다. 왕건은 이갑이 인도하는 대로 서산 밑의 화장 현장으로 달렸다.

기둥 같은 불길이 치솟으며 타오르는 장작더미 셋. 병정들이 불을 이리저리 가꾸고 종희와 능산은 땅바닥에 앉아 바라보고 있었다.

능산은 일어서 인사를 했으나 종희는 돌아보지도 않았다. 왕건은 종희 옆에 쭈그리고 앉아 불길을 바라보았다. 할 말이 없었다.

진달래를 꺾어 들고 달려오던 어린 시절 설리의 모습이 선명하게 나타나면서 왕건은 저절로 눈물이 솟아 뺨으로 흘러내렸다.

세월이 발을 멈추고 그때 그 모습대로 있을 수 있었다면 얼마나 좋았을까? 흘러서 좋을 것이 하나 없는 세월…….

사람은 그 속에서 시들고 지치고 늙어서 죽어 가게 마련이다.

슬픔과 즐거움이 뒤엉킨 가운데 마지막으로 설리와 보낸 이틀 밤, 선종에게 간다면 예성강에 빠져 죽겠다고 흐느끼던 설리.

그때 함께 멀리 갔다면 이런 오욕에 찬 죽음은 없었을 것이다. 왕건은 새삼 눈물을 삼키고 또 흘렸다.

이튿날도 해가 떨어져서야 화장이 끝났다. 우등불을 켜 놓고 왕건과 종희는 설리의 유골을 주워 오지 단지에 담고 능산과 이갑, 그리고 따라온 병사들은 두 왕자의 유골을 주워 담았다.

참으로 아무것도 아닌 뼛조각들…….

유골의 수습이 끝나고 단지를 봉해서 명주로 싼 것을 병정들이 하나씩 안고 서서 기다렸다.

"어떻게 할까요?"

능산이 물었다.

왕건은 잠시 생각했다. 설리만은 그가 원하는 고장으로 자기 손으로 묻어 주리라 마음먹어 왔다. 그러나 지금 자기가 떠날 형편이 못 되니 종희에게 맡기고 후일 찾으리라.

그는 종희에게 물었다.

"설리가 묻히고 싶어 하던 곳을 알아?"

"안다."

"진달래 동산 검은 바위의 서쪽……."

"안다니까. 지난번에 표지까지 해 놓구 왔다."

왕건은 능산을 향했다.

"중전께서는 평소에 소망하시던 산소가 있소. 거기 모시고, 양쪽에 두 분 왕자를 배장(陪葬)하지요."

"어딘데요?"

"고향이오."

종희가 다가왔다.

"지금 뭐랬어? 설리의 옆에 애꾸의 자식들을 묻어?"

살기를 띤 눈이었다.

"그럼 두 분 왕자는 이 근처에 모시고, 훗날 평온해지면 잘 가꿔 드리기로 하지요."

왕건은 후퇴했다.

"중전은 종희 장군이 모시겠소?"

능산이 물었다.

"그럴 작정이오."

"우선 재를 올려야 할 터인데 어느 절간이 좋을까요?"

능산이 왕건에게 물었으나 종희가 대답을 가로막았다.

"재? 필요 없소. 말이나 한 필 주시오."

"지금 떠나시게?"

"떠나겠소."

더 말할 여지가 없었다.

종희는 유골을 안고 병정이 끌어 온 말에 탔다. 왕건과 능산은 두 왕자의 매장을 이갑에게 맡기고 멀리까지 전송했다. 보름이 가까운 달밤을 종희는 차차 멀어져 시야에서 사라져 갔다.

유월 십삼일.

쇠둘레 성내는 분노의 도가니였다.

철없는 아이들을 빼고는 늙거나 젊거나 여자들은 모두 거리에 쏟아져 나오고 남자들도 열에 아홉은 집에 있지 않았다.

그중에서 젊은 여자들은 죽음을 각오한 얼굴들이었다. 어제 서소문 밖에서 수십 명의 여자들이 치욕의 죽음을 당한 일은 능산의 부하들이 하수인들을 짓밟아 몰살했다는 소문이 퍼지자 일단 진정되는 기미가 보였다.

그러나 왕후도 그런 식으로 죽었다는 소문이 퍼지자 가라앉을 듯하던 분노는 삽시간에 폭발하여 성내를 휩쓸었다. 이것이 어찌 인간의 나라일 수 있느냐, 분노에는 남녀의 구분이 없었다.

여자들은 길가에 경비를 선 병정들에게 대들었다. 어서 나도 그렇게 찔러 죽이라고…….

아무도 할 말이 없었다.

궁중에서 버티던 내군부의 병사들도 진상이 알려지자 군복을 벗어던지고 뿔뿔이 흩어져 달아나기도 하고 일부는 은부에게 속았다면서 항복해 왔다.

왕건은 무력의 사용을 엄금하는 한편 거리의 병사들은 군영에 복귀하도록 명령하고 다수의 병력을 성외로 철수시켰다.

임금은 그런 병이었고, 은부의 농간이라고 사실대로 설명했으나 듣지 않았다.

은부 따위가 어떻게 왕후를 죽이며, 죽여도 그렇게 죽일 수 있느냐, 왕자들까지 모두 죽인 것은 또 무엇이냐?

그것이 사실이라도 못 참겠다, 처자식을 죽이는 미친 사람을 어떻게 임금으로 모시느냐? 백성은 파리 목숨보다도 못할 것이 아니냐?

일부에서는 관가를 들쑤시고 관리들에게 뭇매를 주는 사태도 일어났다. 미친놈의 주구(走狗)들이라고…….

백성들은 바다와 같은 존재였다. 평소에는 돌을 던져도 말이 없고 배로 가로질러도 잔잔하고 헤엄을 쳐도 그만이고 오물을 쏟아부어도 잠자코 있는 바다. 그러나 일단 파도가 일면 걷잡을 수 없는 바다.

왕건은 거리를 휩쓸고 소용돌이치는 백성들을 보고 바다를 생각했다. 그래도 성난 파도는 때가 오면 가라앉지마는 성난 백성들의 분노는 그렇게 되지 않았다. 잘못은 잘못으로, 옳은 것은 옳은 것으로 각기 제자리를 찾아야 가라앉게 마련이었다.

잘못은 임금에게 있다. 비록 정신이상이라 하더라도 이 사실은 달라질 수 없으니 임금이 직접 나서 시비를 가리면 해결의 실마리가 나타나지 않을까?

인간이란 분노의 천성도 타고났지마는 동정이라는 천성도 있다. 사실을 숨김없이 알리고 동정에 호소하면 어떨까?

입맛이 있을 리 없었다. 심부름하는 아이가 날라 온 점심식사를 옆으로 밀어 놓고 생각하던 왕건은 말을 궁중으로 달렸다. 수십 명의 병사들이 창을 들고 호위해도 돌을 던지는 백성들이 한두 사람이 아니었다.

어제 헤어질 때 제정신이 돌아오는 듯해서 한가닥 희망을 걸고 찾아왔으나 가망이 없었다.

평생을 속여 온 간부와 그 자식을 처단한 것이 무엇이 잘못이냐, 항거

하는 자는 몇만 명이라도 목을 치라 외치고 은부를 찾았다.

그러다가도 놀란 듯 왕건을 응시했다.

"시중, 내가 큰일을 저지른 것 같은데 내 어쩌다가 이렇게 됐을까?"

정신이 들락날락하는 모양이었다.

왕건은 물러나와 시중부에 들렀으나 피곤을 가눌 길이 없어 일찍 집으로 돌아왔다.

부인 유 씨의 분노도 대단했다.

안방에 들어서도 평소처럼 옷을 받아 주지도 않고 앉아서 이를 갈았다.

"이따위 세상에 살아서 뭘 해요?"

"그래, 나두 같은 생각이야. 술이나 한잔 줘."

부엌에 내려간 부인은 술과 간단한 안주를 들고 들어왔다.

빈속에 술이 들어가니 곧 온몸에 퍼지고 긴장이 풀리면서 졸음이 몰려왔다.

"당신에게두 잘못이 있어요. 미친 사람을 그렇게 감시하는 법이 어디 있어요?"

"그래, 내게두 잘못이 있어."

많은 군대를 성내에 들여오기는 했으나 정작 감시할 사람은 안 하고 겉돌기만 했다.

"은부라는 요물을 들여보낸 건 뭐예요?"

"그것이 큰 잘못이었지."

인정에 끌려 딱 자르지 못한 책임은 면할 수 없다고 스스로도 생각하고 있었다.

"사람을 말리다 못해 그렇게 추잡한 방식으로 죽이는 법이 어디 있어요?"

"나 잠깐 눈을 붙이게 해 줘."

"졸려두 들으세요. 그런 짓을 하구두 임금이라서 무사할 수 있단 말이에요?"

"……."

왕건은 복침을 베고 누웠다.

"듣구 있어요?"

"듣구 있어."

"못된 인간은 지옥에 가서 벌을 받는다지마는 누가 지옥에 가 보기나 했나요? 살아서 결판을 내야 해요."

"……."

"하두 분해서 나두 오늘 죽으려고 했어요."

왕건은 일어나 앉았다.

"죽으려고 하다니?"

"거리에 나가서 병정에게 죽이라구 대들었지요."

"……."

"꿀 먹은 벙어리같이 가만있길래 멱살을 잡았어요. 왜 못 죽이느냐구."

"그랬더니?"

"분하기는 저희들도 마찬가집니다, 하길래 놓아 주구 길가에 주저앉아 통곡을 하다가 집에 왔어요."

왕건은 다시 누웠다.

"그래, 어쩔래요?"

"나두 모르겠소."

"시중이라는 당신이 모르면 누가 알아요?"

세상은 될 대로밖에 안 되는 것이다. 왕건은 잠을 이기지 못해 코를 골았다.

부인이 깨우는 바람에 눈을 떴다. 모레면 보름, 동산에 달이 올라오고 있었다.

"점심도 못 드셨다면서요."

저녁상을 들고 들어와 마주 앉았다. 왕건은 비로소 시장기를 느끼고 숟가락을 들어 냉수에 밥을 말아 먹었다.

"이런 때에도 밥은 먹어야 하니 사람은 처량한 물건이 아니에요?"

부인이 함께 식사를 하면서 이런 말을 했다. 명색 시중의 부인이며 현명하고 침착한 유 씨까지 이렇게 흥분하는 판이니 백성들의 분노가 극에 달했다는 것은 짐작할 수 있었다.

겉으로는 상전인 양 하지마는 아내의 말을 듣지 않는 남편이 없다고 한다. 천하의 남편들이 아내의 분노에 장단을 맞추는 바람에 온 백성이 이 왕조에 등을 돌리는 결과가 되고 말았다.

상을 물리고 나서도 억만 가지 생각을 했으나 방도가 없었다. 생각하지 말자. 밝은 달을 쳐다보고 있는데 대문간의 초병이 들어왔다.

"능산 장군이 오셨습니다."

능산이 들어서고 뒤에 이갑이 따랐다. 그는 섬돌 밑까지 와서 장수들이 뵈러 왔다고 했다.

"갑갑한데 잘됐소. 어서 들어오라구 하시오."

왕건은 마루에 나와 앉고 이갑이 밖으로 나가 장수들을 불러들였다.

한두 사람인 줄 알았으나 수십 명이 대문으로 쏟아져 들어오고 문밖 공터에도 많은 사람들의 그림자가 보였다.

"이거 집이 좁아서 어떻게 한다?"

왕건이 걱정했으나 능산은 못 들었는지 응대도 없이 동료들과 함께 섬돌에서 신발 끈을 풀었다.

좁은 마루여서 올라와 왕건과 마주 앉은 것은 홍술, 백옥삼, 능산, 사귀 네 사람이었고 나머지는 초병들이 날라 온 멍석을 깔고 마당에 앉았다.

왕건이 달빛에 비쳐보니 쇠둘레 일대의 장군들뿐만 아니라 상석군관들의 얼굴도 적지 않게 보였다.

남편과 함께 손님 마중을 나왔던 부인 유 씨는 심상치 않은 눈치를 채고 안방으로 들어가 자리를 피했다.

달 밝은 밤이라 등불도 켜지 않은 마루에서 주객 간에 한참 침묵이 흐른 연후에 홍술이 입을 열었다.

"저희들은 삼십 년 가까이 성상을 모셨고 성상의 걸출하신 인품, 일세의 영웅이시라는 것도 알고 있습니다. 정도 들고 충성도 다했고 그 휘하에서 천하를 통일할 꿈을 가졌습니다. 그러나 도중에서 변고를 당하시고 불치의 병에 걸리시니 애석하기 그지없는 일이었고 지금도 그 심정에는 변함이 없습니다. 이 점은 시중 어른께서도 마찬가지실 것으로 믿습니다. 그러나 신자(臣子)로서 성의를 다했음에도 불구하고 작금에 일어난 일은 나라를 위해서 형언할 수 없는 불행이 아닐 수 없습니다. 대를 이으실 분들마저 저렇게 되셨으니 이제 진실로 방도가 없습니다. 이대로 두면 나라는 무너지고 또 다시 피로 피를 씻는 혼란이 올 것은 자명한 일입니다. 어젯밤과 오늘, 장수들이 모여 의논에 의논을 거듭한 끝에 시중 어른을 새로운 주상(主上)으로 모시고 서정을 일신하여 모처럼 세운 나라를 굳히고 장차 천하통일에 매진하기로 결의하였으니 저희들의 뜻을 받아 주시기를 바랍니다."

진실된 인품이라 구절마다 성의가 넘쳐흘렀다.

왕건은 차분한 목소리로 대답했다.

"나도 어려서부터 성상을 잘 알고 여러분과 같은 심정으로 섬겼는데 작금의 사태는 통분하고 애석하기 그지없습니다. 하지마는 정으로나 의리로나 내가 어찌 성상에게 반역할 수 있겠습니까? 비록 내가 시중의 자리에 있다 하더라도 여러분은 동료 또는 선배들이십니다. 생각을 돌려 성상을 그대로 모실 방도를 생각해 주시지요."

홍술이 침을 삼키고 답변했다.

"아까 말씀드린 대로 성상의 환후가 저러시고 후사도 안 계시니 참으로 방책이 없습니다. 장수들이 생각하고 또 생각해서 덕망이 높으신 시중 어른을 모시기로 했으니 더 이상 사양하지 말아 주십시오."

왕건은 생각하지 않을 수 없었다.

홍술은 덕망이 높다고 했다. 그러나 힘의 세상이지 덕의 세상이 아니다. 힘으로 말하면 나주에서 거느리고 온 이천 병력, 그만한 힘을 가진 자는 전국에 얼마든지 있다.

만약 자기를 추대했다고 자세를 하고, 힘을 내세워 멋대로 군다면 자기는 허수아비에 불과하고 나라 형편은 말이 아닐 것이다.

왕건은 또 사양했다.

"태자비께서는 지금 회임 중이십니다. 내달이면 해산하실 터인데 새로 태어나는 분을 모시도록 합시다."

"시중 어른, 아직 태어나지도 않은 아기를 모신다는 것은 고금에 없는 일입니다. 시중 어른 외에 따로 없습니다."

그들도 많이 생각한 모양이었다.

그런데 가장 중요한 일, 충성을 맹세한다는 말은 한마디도 없었다.

동등한 위치에 있는 사람이 함부로 올라설 것이 아니다. 너나 나나 무엇이 다르냐, 자칫하면 경시를 당하고 역습을 당한 사례는 역사에 얼마든지 있다.

"나는 아무리 생각해도 성상께 반역할 수는 없소."

홍술이 답변하기 전에 안방에 있던 부인 유 씨가 갑옷과 투구를 들고 나타났다.

"말씀을 들으니 여러분께서는 모두 충성을 다할 분들이에요. 불의를 치는 것은 반역이 아니에요. 어서 이걸 입으세요."

유 씨의 말이 떨어지자 마루에 앉은 네 사람은 한결같이 머리를 숙였다.

"그럼요. 저희들은 성심성의 충성을 다하겠습니다."

이 말을 듣고 왕건은 결심했다.

"그렇다면 이제부터 내가 얘기하는 조목들을 들어주시겠소?"

"일단 충성을 맹세한 이상 듣고 안 듣고 여부가 있겠습니까? 말씀하시지요."

홍술의 답변에는 여전히 성실성이 있었다. 왕건은 부인에게 냉수를 청해 마시고 이야기했다.

"나만 그런 것이 아니고 여러분도 마찬가질 것이오. 수십 년에 걸쳐 생사를 함께해 온 정의를 생각해서 이유 여하를 막론하고 성상을 해쳐서는 안 되겠고, 반항하지 않는 사람을 다쳐서는 안 되겠고, 내 허락 없이 하찮은 백성들이라도 짓밟거나 업신여기는 일이 없어야 하겠는데 그대루 시행하겠소?"

"시행하겠습니다."

왕건은 일어서 갑옷을 입고 투구를 쓰면서 능산에게 물었다.

"오늘 밤 지휘자는 누구요?"

"저 능산이올시다."

"어떻게 하기루 했소?"

"이미 요소에 병력을 배치했고 지금부터 대궐 남문으로 쳐들어가 일거에 궁성을 점령할 계획입니다."

"그러면 성상은 북문으로 나가실 것이니 그 방면의 군관들에게 일러 모르는 척하라고 하시오."

"안심하시지요."

왕건이 장수들과 함께 대문을 나와 말에 오르려는데 마루에 앉아 있던 네 장수가 인도했다.

"이리로 잠깐 오시지요."

장작을 쌓아 앉기 좋게 만든 자리에 앉히고 공터에서 기다리던 군관들까지 백 명 가까운 사람들이 그 앞에 도열하였다가 일제히 절을 했다.

"충성을 맹세하는 절이올시다."

백옥삼이었다.

왕건은 인생의 밑바닥에서 올라온 사람들의 순박한 행동에 가슴이 뭉클했다.

그는 장수들과 병사들의 호위를 받으며 밝은 달 아래 거리를 전진하여 궁성 남문에 이르렀다.

문을 열라는 이갑의 고함에 대문은 열리고 아무런 저항 없이 대궐을 점령하였다. 왕건은 장수들이 시키는 대로 잠시 옥좌에 앉았다가 별실에서 내일 할 일을 의논하고 집으로 돌아왔다.

임금 선종의 모습은 아무 데도 없었다.

유월 십사일.

궁성의 정전인 포정전에서 즉위식이 거행되고 새로운 임금으로 등극한 왕건은 국호를 고려(高麗), 연호(年號)를 천수(天授)로 선포하였다. 왕건 사십이 세.

왕후가 된 유 씨와 나란히 앉아 군신의 하례를 받은 왕건은 유 씨의 요청으로 대궐 안을 돌아보았다.

장선부(障繕府, 수리 영선을 담당한 관청)의 장인 장선부경(卿)이 따라

붙어 일일이 설명했다. 포정전에서부터 시작하여 선종이 갇혀 있던 서량정, 참사가 벌어진 별당, 설리가 갇혀 있던 중궁, 왕자 형제가 연금되었던 동궁 등을 안내하면서 장선부경은 그 내력을 설명하고 마지막에는 순한 여자들이 갇혔다가 끌려가 참살을 당한 궁중 감옥까지 구경을 시켰다.

유 씨는 무시무시하다 했고 그보다도 내력을 잘 아는 왕건은 쓰라린 과거가 되살아나 하루 속히 도읍을 옮겨야겠다고 생각했다.

간단한 점심을 마치고 중요한 장상(將相)들과 의논하니 어려운 일투성이였다.

쇠둘레 일대를 확보했다고 될 일이 아니었다. 선종에게 복종만 맹세했지 그냥 무력을 가지고 독립군주 행세를 하는 전국의 장군들뿐만 아니라 직할지의 진장(鎭將)들도 어떻게 나올지 문제였다.

한때 성군(聖君)으로 뭇 백성들의 사랑을 받던 선종이다. 말기에 잘못이 있었다 해도 민심의 동향은 알 수 없는 일이었다.

논공행상도 문제였고 선종의 말기에 문란해진 행정의 개혁도 시급한 일이었다. 신라는 무력하니 개의할 것이 없었으나 백제의 견훤이 이 전환기에 어떻게 나올지 그것도 걱정이었다.

왕건은 문제별로 대책을 생각하라고, 분담해서 맡기고 다음에 할 일을 생각했다.

저녁에는 크게 축하연을 열자는 것을 '이게 축하할 때냐'고 거절하고 건국원로들을 집에 초대하기로 했다. 그들이 아끼고 충성을 바치던 선종을 몰아내고 그의 궁성을 차지한 자기의 모습은 좋은 감정을 줄 것 같지 않았다.

유 씨와 함께 집으로 돌아온 왕건은 홍술, 능산 이하 무게 있는 장수들을 골라 집집마다 보내 정중히 모셔오도록 일렀다. 건장한 사람은 말로, 불편한 사람은 가마로 모셔 왔다.

그들이 모이자 평범한 모시옷 차림의 왕건은 큰절을 했다.

"사세, 만부득이해서 부덕한 사람이 어울리지 않게 대위에 앉게 되니 원로 여러분께 송구스럽습니다. 변함없이 이끌어 주시기를 바랍니다."

그들은 임금이 된 왕건이 큰절을 하는 것을 손을 붙잡고 말렸으나 음식을 들면서도 서운한 표정을 감추지 못했다.

"천명이지요. 그래도 우리들은 일생을 헛살아온 듯 서운하외다."

이러는 사람이 있는가 하면

"세상은 한 치 앞을 모른단 말이야. 왕건 자네가 용상에 앉을 줄은 몰랐네."

이렇게 말하는 사람도 있었다. 그러나 왕건은 웃음을 잃지 않고 응대했다.

"옳은 말씀이십니다. 되다 보니 이렇게 되었습니다. 잘못이 있으면 언제든지 불러 꾸짖어 주십시오."

"자네 그런 마음씨를 끝까지 간직하면 실수는 없을 거야."

"원로 여러분께서 세운 나라를 맡은 심정으로 조심에 조심하겠습니다."

"한 가지 일러두지마는 우리를 자네 신하로 생각 말게. 우린 어디까지나 선종 임금의 신하일세."

"저도 원로 여러 어른을 사부(師父)로 모실 생각이지 신하라고는 생각조차 한 일이 없습니다."

왕건의 이러한 태도에 원로들은 적어도 반감만은 갖지 않고 돌아간 것이 확실했다.

유월 십오일 부양(斧壤, 평강).

아래위 땀에 젖은 삼베옷 차림의 선종은 바위 사이를 흐르는 시냇물에 발을 담그고 지나온 일을 생각했다.

고난과 굴욕에 찬 어린 시절, 갈 곳이 없어 절간에 들어가 걸망을 메고 여기저기 돌아다니며 문전걸식하던 사 년의 세월, 절간을 나와 크게 바람을 일으켜 국토의 북반(北半)을 통합하여 나라를 건설하고 왕위에 올라 오늘에 이른 일들이 꿈같이 머리를 스쳐 갔다.

그제 밤(십삼일)은 혼미하던 정신이 맑아졌기에 대청에 누워 달을 바라보면서 이 생각 저 생각 하고 있었다.

아무래도 은부에게 속은 것 같았다. 그가 방에 들어올 때만 해도 말짱했는데 왕후 설리가 종희와 통했다는 소리를 들으면서부터 다시 머리가 돌기 시작했다. 몹시 흥분했어도 설리가 죽던 광경까지는 생각이 나는데 그 다음에 아이들이 어떻게 죽었는지는 머릿속에서 아물거릴 뿐 갈피를 잡을 수 없었다.

은부……, 아무래도 입이 매끄러운 그놈의 손에 놀아난 것 같다고 생각하는데 시녀가 달려와서 왕건이 군대를 끌고 남문으로 들이친다고 했다.

다른 사람이라면 또 몰라도 왕건이란 놈이 이럴 수 있느냐? 이를 갈면서 뛰어 일어나 사방에 대고 불러도 대답이 없고, 시녀는 모두들 도망쳤다고 일러 주었다.

세상인심이란 이런 것인가?

하는 수 없이 입은 그대로 북문까지 달려오니 벌써 군대가 쫙 깔려 있었다. 주춤했으나 기왕 내친걸음에 북문으로 걸어 나와도 막는 사람이 없고 그대로 대로를 북으로 걸어도 말하는 사람이 없었다. 걸음을 재촉해서 그 밤으로 이 고장까지 와서 이틀 밤을 잤다.

덥기에 시냇물에 발을 담그고 생각하니 생각할수록 원통했다. 어찌하여 하늘은 나한테 이토록 가혹하단 말이냐? 왜 사고는 나서 미치광이가 되어 큰 뜻을 꺾어 버리고 이 모양을 만들었는가!

가혹한 운명이 원망스러워지면서 다시 머리가 혼미해졌다.

그는 어슬렁어슬렁 걸어 평지에 내려가니 보리밭이 나타나고 농부가 추수를 하고 있었다. 머리가 돈 선종은 보리이삭을 뜯어 입에 넣고 씹었다.

인기척에 머리를 든 농부가 쳐다보고 놀랐다. 세상에 가시투성이 보리이삭을 통째로 씹어 먹는 인간도 있을까? 바라보고 있노라니 이삭을 뜯어 입에 넣기도 하고 마구 뜯어 팽개치기도 했다.

그냥 둘 수 없어 소리를 질렀으나 응대가 없기에 다가가서 주먹으로 한 대 눈퉁을 쥐어박았다. 그러나 사십팔 세의 선종은 여전히 장사였다. 때리는 농부의 멱살을 잡아 던져 버렸다.

도둑놈이 사과는커녕 도리어 사람을 던져?

화가 치민 농부는 쓰러질 때 떨어뜨렸던 낫을 들고 일어섰다. 달려들어 얼굴이고 가슴이고 닥치는 대로 찍고 나중에는 목까지 쳤다.

선종은 물처럼 피를 쏟다가 마침내 쓰러져 다시는 움직이지 못했다. 막상 죽이고 보니 농부는 겁이 났다. 급한 대로 베어 놓은 보리로 시체를 덮고 사방을 둘러보았으나 아무도 없었다.

그러나 산속에서 머루를 따다가 이 광경을 본 처녀가 관가에 고해서 농부는 시체와 함께 관가에 끌려갔다. 죽은 사람의 모습이 아무래도 쫓겨난 임금 같다고 시체는 달구지에 실려 쇠둘레로 향했다.

이리하여 선종은 세달사를 나온 지 이십팔 년, 그가 세운 왕국과 함께 이슬처럼 태어났다가 이슬처럼 사라지고 말았다.

극락왕생

원회 이하 건국원로들을 보내고 왕건은 자리에 들어 자기의 처지를 냉정히 더듬었다.

생각지도 않던 왕위에 올랐으나 힘이 지배하는 세상에 힘이 없는 것이 자기였다. 다른 장군들이 일정한 땅과 백성을 지배하고 자기 군대가 있는 것과는 달리 선종과의 친분으로 시중까지 오르기는 했으나 선종 휘하의 일개 군인관료에 지나지 않았다. 나주에서 거느리고 돌아온 이천 명도 따지고 보면 선종의 군대였다.

선종은 보기(步騎) 팔만의 직할군을 양성하여 심복들을 지휘관으로 전국 요소에 배치하였고 이 밖에 반(半)독립군주로 행세하는 장군들이 거느린 군대도 모두 합치면 이만을 넘는다.

평시에는 수도 쇠둘레의 경비 등 특수한 임무를 맡은 병사들을 제외하고는 반농반병(半農半兵)으로 군량을 자급자족하는 군대가 많았으나 군사훈련을 게을리하지 않아 일단 전투가 벌어지면 다 강병들이었다.

선종은 임금이 된 후에도 병권(兵權)을 남에게 맡기지 않고 빈틈없이 잡고 있었다. 병부(兵部)에는 군수행정을 맡겨 군수품을 조달케 하고 비룡성에는 군마 양성을 맡기는 한편 군령(軍令)은 따로 순군부(徇軍部)를 통해서 직접 관장했다.

누구도 군령에 간여할 수 없고, 어디서 전투가 벌어졌다면 선종 자신이 어느 고장의 어느 장수에게 출동하라고 명령하는 식이었다.

쇠둘레에서 충성을 맹세하고 자기를 왕위에 오르게 한 병력은 도합 오천, 일이 잘못되어 충돌이라도 벌어지게 되면 십만과 오천은 상대가 될 수 없었다.

쇠둘레 일대의 오천 병력은 실정을 알고 선종에게 등을 돌렸다 하더라도 먼 고장에 있는 군대는 여전히 선종에게 충성된 군대들이다.

잠을 이루지 못하고 이 생각 저 생각 하는데 부인 유 씨가 왜 그러느냐고 물었다.

왕건은 사실대로 이야기했다.

"시각을 다투어 손을 쓰셔야지요."

부인도 그의 걱정에 동감이었다.

"말은 쉬운데 어떻게 손을 써야 할지 궁리가 나지 않는구만."

"당신이야 어디 힘으로 왕위에 올랐나요? 덕으로 추대를 받은 것이니 말하자면 당신의 무기는 덕이에요. 그 무기를 활용하면 되지 않겠어요?"

"그렇다구 일일이 찾아다니면서 전후사정을 이야기할 수도 없구……."

"사람이란 서로 인연으로 얽혀 있잖아요? 조정의 그 많은 관원들 중에는 전국의 장군, 진장, 태수들과 가까운 사람이 한 사람씩은 있을 거예요. 가서 툭 터놓고 이야기한다면 다 알아듣지 않겠어요?"

그럴듯한 생각이었다.

이튿날 궁중에 들어가 조회가 시작되자 최응이 즉위조서의 초안을 바쳤다. 원래는 어제 즉위식에서 할 일이었으나 총망중에 준비가 안 되었었다. 그러나 슬그머니 그 자리를 깔고 앉은 모양이 되어서도 안 된다. 늦게라도 뭇 백성들에게 한말씀 있어야 한다기에 그렇게 하라고 일렀을 뿐 잊어버리고 있었다.

"내가 봐야 그렇고 최 장주가 썼으니 잘됐겠지. 그냥 읽어요."

최응은 층계에 비껴 서서 종이에 적은 것을 읽어내려 갔다.

용상에 앉은 왕건은 눈을 감고 들었다. 선종이 처와 자식을 죽인 일로부터 시작하여 갖은 못된 조목을 다 나열하였으나 어려운 한문투여서 몇 사람이나 알아들었는지 의문이었다. 자기도 모를 대목이 많았다.

왕건은 조서의 낭독이 끝나자 중신들을 당상으로 불렀다.

어제 중요한 일들을 분담해서 생각해 보라고 한 만큼 누구나 한 가지씩은 말할 것이 있는 눈치였다.

탁자를 사이에 두고 차를 들면서 왕건이 말문을 열었다.

"각자 제일 시급하다고 생각되는 문제부터 말씀해 보시오."

가지가지 의견이 나왔다.

"하루속히 조정의 인사를 개편해서 청신한 기풍을 불어넣고 서정을 일신해야 합니다."

"새로 나라가 섰으니 논공행상부터 실시하는 것아 순서인가 합니다."

"조정의 제도부터 고쳐야 합니다."

"이 틈을 타서 견훤이 움직일 염려가 있으니 서남방 접경에 대군을 보내서 경계를 강화해야 합니다."

"전국에 크게 불사(佛事)를 일으켜 우리 고려국의 만세번창을 비는 것이 좋겠습니다."

"온 쇠둘레의 백성들과 이번 거사에 참여한 장병들에게 특별히 술이

나 양곡을 내리사 성은의 망극하심을 보이는 것이 좋을까 합니다."

이런 소리가 나오고 그 밖에도 끝이 없었다. 왕건은 그때마다 고개를 끄덕일 뿐 가부간에 대답은 하지 않았다.

아주 극단을 달리는 사람도 있었다.

"전 임금 때에 권세를 믿고 못된 짓을 한 자들은 그 죄의 가볍고 무거움을 가리지 않고 모두 색출하여 일률로 복을 베어 백성들의 마음을 시원하게 하는 것이 어떻겠습니까?"

잔잔한 미소를 잃지 않던 왕건은 이 대목에서만은 정색을 했다.

"지금은 온 나라 온 백성들이 화합해서 평화로운 나라를 건설할 때가 아니겠소? 조그만 허물까지 들춰 많은 백성들의 피를 흘리면 나라 형편은 어떻게 되겠소? 되도록 피를 흘리지 않고 누구나 안심하고 살 수 있도록 하자는 것이 내 생각이니 모두들 명심해 주시오. 피는 피를 부르고 원한은 보복을 부르는 법이오."

결론 없는 토론은 장황하게 계속되었으나 왕건은 참을성 있게 귀를 기울였다. 이 위급한 현실과는 동떨어진 이야기라 할지라도 다 같이 인간생활과 관련이 있는 일이요, 언젠가는 생각이 나고 소용될 때도 있을 것이다.

궁중에서 간단한 점심을 마치고 쉬는데 원회로부터 전갈이 왔다. 원로들께서 오늘 저녁에 뵙고자 하는데 시간과 장소를 지정하여 주시면 좋겠다는 사연이었다.

조정의 일이 끝나는 대로 이쪽에서 찾아뵙겠다고 대답했더니 전갈을 전한 군관은 이상한 얼굴로 돌아서 나갔다.

오후의 회의도 갑론을박으로 시종했으나 홍술의 조리 있는 이야기로 결론이 내려졌다.

"여러분의 말씀은 모두 지당하십니다. 다만 일에는 선후가 있고 완급(緩急)이 있는데 지금 가장 급한 것이 나라의 안정인가 합니다. 우리는 쇠둘레에 오천 병력 밖에 없고 전국에는 전 임금에게 충성된 직할군만도 팔만 명이 있습니다. 진상이 제대로 전달되지 않아 불행한 일이라도 일어난다면 수습할 수 없는 혼란이 일어날 터이니 무엇보다도 급한 것은 이번 사건의 진상을 있는 그대로 알려 국내의 안정을 도모하는 일인가 합니다."

왕건은 비로소 입을 열었다.

"옳은 말씀이오."

이렇게 서두를 뗀 왕건은 담담한 목소리로 계속했다.

"지금은 힘이 활개를 치는 세상이지 사리가 통하는 세상이 아니오. 이것을 염두에 두고 우리는 분수를 알아야 하오. 우리는 오천, 전 임금에게 충성된 군대는 팔만, 만일의 경우 대적이 되겠소?"

홍술과 왕건의 입에서 군대의 숫자가 나오면서 잡다한 소리는 들어가고 장내에는 긴장이 감돌았다.

"쇠둘레에서 졸지에 일어난 일이라 고을의 다른 장수들은 진상을 모르고 있소. 우리가 오천 병력을 배경으로 여기 둘러앉아 전 임금을 내쫓고, 새로 임금이다 대신이다 해 보아야 대수로울 것도 없소. 이 점에 있어서 우리는 우리의 처지와 분수를 냉정하게 알아야 하오."

"……."

냉엄한 지적에 기침소리 하나 들리지 않았다.

"그러나 실망할 것은 없소. 전국의 장수들에게 사실을 알려 그들이 납득하여 우리 편에 선다면 대수로울 것도 없는 우리의 힘은 막강해져서 누구도 넘보지 못하게 될 것이오."

"지당한 말씀이올시다. 적당한 사람을 골라 새로운 조정의 위신에 손상이 가지 않도록 위의(威儀)를 갖추고 전국을 돌게 하는 것이 좋을까 합니다."

사뢰었다. 그러나 홍술이 반대하고 나섰다.

"아까 폐하께서 분수라는 말씀을 하셨습니다. 신은 이 말씀을 듣고 생각하는 바가 있었습니다. 위의를 갖추는 것도 좋으나 자칫하면 상대편의 감정을 상할 염려도 있을까 합니다. 우리가 처한 분수로 보나 폐하께서 평소에 보여 주신 겸허하신 덕으로 보나 한 장수에 한 사람씩, 가까운 친구를 골라 터놓고 얘기하도록 하심이 좋을까 합니다."

왕건은 고개를 끄덕였다.

"옳은 생각이오. 칙사라 하여 거드름을 피워서도 안 되고 복색도 평소에 입는 평범한 것이 좋소. 또 최 장주(최응)는 이번 일의 내용을 잘 알고 있으니 내 이름으로 시실대로 편지를 쓰되 임금이 신하에게 쓰는 문구가 아니라 친구간이나 형제간에 내왕하는 편지처럼 써 주시오. 즉위 조서는 잘됐는데 좀 어렵더구만."

왕건은 미소를 지었다.

해가 떨어지고 달이 뜨기 시작했다. 왕건은 일어섰다.

"내 좀 가 볼 데가 있어서……. 남아서 밤을 새워서라도 사람을 고르고 최 장주는 편지의 초안을 잡으면 읽어 드리시오. 고칠 것을 고치거든 글줄이나 쓰는 사람들을 모아다가 같은 것을 한 장수에 한 통씩 가도록 수십 통을 만들어야 할 것이오."

원회의 집 마당에는 몇 아름 되는 느티나무 거목이 있었다. 집을 지을 때 나무가 아까워 그대로 두었는데 은부에게 연금을 당하고 박해를 받을 때 천하태평인 이 나무의 웅장한 모습에서 위안을 받았다고 한다.

원로들은 나무 밑에서 잡담을 하면서 기다리다가 왕건이 들어서자 일어서서 맞아 주었다.

"죄송합니다. 시중 어른께서는 언제나 이렇게 소탈하고 겸허하셔서……."

원회가 대표격으로 인사를 했다. 여전히 폐하라고 부르지 않았으나 왕건은 개의치 않았다.

"어른들께서 불러 주시니 기쁘기 한량없습니다. 언제든지 부르시면 달려와 말씀을 듣겠습니다."

왕건은 고개를 숙였다. 원회는 준비된 상을 내오라 이르고 좌중을 대표해서 인사말을 했다.

"어제 대접해 주신 데 대한 답례라면 실례가 되겠습니다마는 하여튼 그런 뜻으로 받아 주셨으면 고맙겠습니다."

이렇게 서두를 꺼낸 그는 한잔씩 드는 것을 보고 계속했다.

"어제 대접에 오늘 답례를 하는 것은 서두르는 감도 있습니다마는 차츰 그 연유를 말씀드리기로 하고……. 인간사가 저 보름달같이 밝고 원만하게 돌아가면 얼마나 좋겠습니까?"

"그러게 말입니다."

왕건은 대답하고 둘러보았다. 시초의 시초부터 선종을 따라 일어선 건국원로들인데 나이로 치면 오십에서 이삼 세 더 먹은 사람들이었다.

그러나 어려서는 가난에 시달려 제대로 먹지 못하고, 철이 들어서는 농사니 막노동이니 힘겨운 일에 시달리고, 장성해서는 졸병으로 비바람 속에서 생사를 걸고 싸워 온 사람들이라 그 고생은 백발과 주름살로 나타나 칠십 노인들을 방불케 했다.

좌중에는 별로 말이 없었다.

술이 어지간히 돌자 원회는 이런 말을 했다.

"물러나신 성상께서는 이 달밤에 어디를 헤매시는지는 몰라도 기박하신 팔자지요. 인력으로 어떻게 할 수 없는 일이고 시중 어른 같은 어진 분이 뒤를 이으신 것은 불행 중 다행이올시다. 우리는 이제 늙었고 세상도 크게 뒤바뀌는데 여기서 결단을 내리기로 합의를 보고 하직 인사를 드리려고 아까 사람을 보낸 것입니다."

왕건은 하직이라는 말에 가슴이 싸늘해 왔다. 선종을 모시고 갖은 풍파를 함께 겪어 온 선배이며 동지들이었다.

"여기 머물러 계실 수는 없을까요?"

"다 헤어져 고향으로 돌아가기로 작정했습니다. 할 일 없는 사람들은 없어져야지요. 새로 일을 시작하시는 분들에게 거추장스럽기만 하고."

"여러 어른들을 기둥으로 믿고 사부(師父)로 모시려고 했는데 서운합니다."

잠자코 있던 신훤이 처음으로 입을 열었다.

"아시다시피 이 중에서 원회 영감과 저는 기훤의 마구간에서 성상과 함께 갖은 천대를 받았고 그 후 숱한 죽을 고비도 함께 넘겼고 고락을 함께한 사람이올시다. 통분한 말을 어찌 이루 다 할 수 있겠습니까? 평소에도 시중 어른이 인자하신 것은 알지마는 이런 큰 변을 치르면서도 사람 하나 다쳤다는 말이 없으니 고금에 없는 일이올시다. 모쪼록 어진 임금이 돼 주시오. 우리도 이렇게 된 이상 옛날 부하들에게 잘 모셔 드리도록 말로나마 좋게 얘기하리다."

모두들 고개를 끄덕였다.

"생각하면 이렇게밖에 될 수 없었지요. 우리들에게 무슨 힘이 있겠소이까마는 지나가는 말이라도 잘해 드리리다."

"오늘을 마지막으로 다시 뵐 일도 없고 아마 소식도 끊어지겠지요. 각자 형편에 따라 내일 떠나는 사람도 있고 며칠 후에 떠나는 사람도 있겠지마는 부디 땅을 파는 백성들을 잊지 마시오."

왕건은 그들의 뜻이 고마웠다.

"이 나라는 어른들께서 세우신 나라이고 어디 계시든지 나라의 원로들이시니 거기 합당한 대접이 있을 것입니다."

그러나 모두 손을 내저었다.

"옛날대로 땅을 파 먹구살 터이니 아무 걱정 마시오."

왕건은 더 이상 말하지 않았으나 이들의 여생을 편케 해 주리라 결심하고 돌아가면서 잔에 술을 붓는데 의형대령 박질영이 들어섰다.

그가 직접 나타난 것을 보니 중대한 일이 있는 모양이었다. 왕건은 일어서 그의 옆으로 다가갔다.

"처음에는 저도 어떻게나 놀랐던지 가슴이 막혀 말이 나오지 않았습니다. 진정하고 들으십시오."

박질영은 노인들에게 들리지 않도록 낮은 소리로 선종이 죽은 경위, 범인과 시체가 끌려온 경위, 뒤따라 증인으로 머루를 따던 처녀가 불려온 경위를 설명했다.

왕건도 놀라 한동안 말이 나오지 않았다. 혁명이라는 것이 원래 비정한 것이지마는 안 할 짓을 했다는 회한까지 가슴을 스쳐 갔다.

그는 설명을 다 듣고도 한참만에야 물었다.

"시신은 어디 모셨소?"

"의형대에 모셨습니다."

"범인은요?"

"옥에 가뒀습니다."

"증인은?"

"아직 의형대에 있습니다."

"이 어른들에게 사실 그대로 고하시오."

박질영은 나무 밑에 앉은 노인들에게 절하고 두 손을 모아 쥐었다.

"어디서부터 말씀드려야 할지……. 참으로 기막힌 일이 벌어졌습니다."

그는 사건 경위를 억양 없는 목소리로 간명하게 설명했다.

정신이 나간 사람같이 입을 벌리고 듣고만 있던 노인들은 그의 설명이 끝나자 상에 엎어져 흐느꼈다.

왕건과 박질영은 옆에 서서 그들의 동정을 지켜보는 수밖에 없었다.

"이럴 때가 아니지. 가서 돌아가신 성상께 인사를 드려야지."

원회가 일어서자 모두 따라 일어섰다.

졸지에 탈 것이 없는지라 일부는 경호병들의 말에 태우고 몸이 불편한 노인 한 사람은 병정들이 양쪽에서 부축했다.

촛불이 켜진 의형대의 한 방. 땀에 젖은 굵은 삼베옷을 걸친 선종은 피투성이의 참담한 모습으로 누워 있었다. 생전의 선종이라고는 할 수 없는 이 참혹한 광경에 노인들은 비 오듯 눈물을 쏟으며 절하고 왕건과 박질영도 그 뒤에서 따라 절했다.

피나는 호곡이 지나간 뒤에 박질영이 물었다.

"범인과 증인을 불러다 드릴까요?"

"불러서 무얼 하겠소?"

한 노인이 고개를 저었다.

왕건은 관원들을 궁중으로 보냈다. 궁중에는 벌써 여러 해 전에 선종이 위독할 때 본인 모르게 마련해 둔 밤나무 관과 수의가 있었다.

"그러나저러나 이렇게 끝나는 걸 가지구……."

신훤이 한탄할 뿐 오래도록 무거운 침묵이 흘렀다.

능산과 홍술도 달려와서 침통한 얼굴로 말을 내려 소리 없이 문을 열고 들어왔다. 두 사람은 시신을 향해 절하고는 무릎을 꿇고 앉은 채 눈을 감고 눈물을 삼키는 소리가 옆에 앉은 왕건의 귀에도 들렸다.

관과 수의와 함께 왕건이 은밀히 부탁한 전의시의 늙은 의원과 낯선 청년들이 들어섰다. 청년들은 의원이 시키는 대로 선종이 입은 옷을 벗

기고 의원은 머리에서 발 끝까지 여러 군데를 만져 보고 나서 왕건 앞에
허리를 굽혔다.

"어떻게 하오리까?"

왕건은 원회를 구석에 불렀다.

"어른들의 생각은 어떠신지요?"

원회는 침착을 되찾았다.

"더운 때라 빨리 다비(茶毘)에 붙여야지요."

"모든 걸 어른께서 도맡아 주시지요. 무엇이든지 말씀하시는 대로 거
행하겠습니다."

원회는 고개를 끄덕였다.

원회의 지시로 청년들은 텁수룩하게 자란 선종의 머리를 밀어 말끔
한 스님의 모습으로 바꾸고, 다음에는 향나무를 담근 물로 머리에서부
터 온몸을 빈틈없이 닦기 시작했다.

왕건은 눈을 감고 자문자답했다.

이 사람에게 죄가 있을까?

없다.

말년에 정신을 잃고 저지른 잘못을 죄라고 할 수 있을까?

없다. 그것이 죄라면 앉은뱅이더러 일어서라는 억지와 무엇이 다
른가.

그러면 죄와 벌은 어떻게 되는가?

알 수 없는 일이다.

혁명은 잘못된 것인가?

그렇지 않다. 만부득이했다.

결국 인생은 서로 상충되는 모순으로 충만한 것, 그것마저 길지도 않
은 찰나에 지나지 않는다.

그는 다시 눈을 뜨고, 닦아내려 가는 선종의 육신을 바라보았다. 그의 고달픈 가지가지 사연도 웅대한 꿈도 거창한 사업도, 아니 운명 자체도 이미 끝나고 마지막 남은 육신이 무(無)로 돌아갈 차비를 하고 있는 것이다.

좋건 궂건, 원하건 원하지 않건, 이것이 인간이 더듬어 가는 피할 수 없는 길이다.

홍술이 옆에서 속삭였다.

"이 사건의 경위도 고을의 장수들에게 소상히 알리는 것이 좋지 않겠습니까?"

"그렇게 하시오."

그는 말하면서 의형대령 박질영을 손짓으로 불렀다.

"두 분이 의논하시오. 경위서가 마련되면 고을의 장수들에 앞서 원로분들에게 먼저 보내 드리시오."

두 사람은 구석에서 의논하다 홍술이 밖으로 나가고 왕건은 여전히 마지막 길을 준비하는 선종의 시체를 지켜보았다.

인간사의 허망함을 눈앞에 보면서도 그 허망한 인간사를 위해서 애쓰고 움직이지 않을 수 없는 것이 또한 인간의 운명이었다.

수의를 입힐 때는 원로들은 물론 왕건과 능산도 거들었다. 함께 들어 관에 넣고 못질을 하고 나니 한 사람이 아니라 한 세상이 끝난 느낌이었다.

관을 들어 마당에서 기다리고 있는 마차에 실을 때도 왕건은 이에 앞장을 섰고 원로들이 관과 함께 마차에 오르자 왕실 경호대가 에워싼 가운데 능산과 함께 말에 올라 그 뒤를 천천히 따랐다.

"달이 유난히 밝군요."

좀처럼 쓸데없는 말을 하지 않는 능산의 한마디는 억만 가지 감회가 교차하는 듯 구슬프게 울렸다.

침묵의 행렬은 며칠 전 왕후 설리와 두 왕자를 다비에 붙인 서산 밑, 바로 그 장소에 닿았다.

원회의 주장으로 일체의 절차를 생략하고 관은 마차에서 내리자 그 대로 장작더미 위에 올려놓고, 곧 불을 붙였다.

불은 처음에는 가냘프게, 그러나 차차 퍼져 나중에는 불기둥이 되고 관도 아무것도 보이지 않았다.

입을 여는 사람이 없었다. 주위에 둘러앉아 타는 불을 지켜보는 사람도 있고 보름달을 바라보며 소리 없는 탄식을 하는 사람도 있었다.

왕건은 치솟는 불을 바라보면서 아득한 서방 어느 나라에서는 불을 신(神)으로 받든다는 이야기를 생각했다. 만물을 태우고 스스로도 꺼져 없어지는 불, 이 세상의 마무리를 짓는 것은 불이 아닐까?

산속에서마저 요동을 치고 연기를 뿜어 산 자체를 짓이기는 불, 불가(佛家)에서 말하는 무(無)니 공(空)이니 하는 것을 현실로 실천할 수 있는 전능한 힘을 가진 것은 불이 아닐까?

화장을 맡은 병정들이 둘러앉은 사람들에게 조그만 그릇과 젓가락을 나눠주며 돌아갔다.

밝은 달 아래 유골의 주위에 여기저기 자리를 잡은 사람들은 아직도 열기를 잃지 않은 잿더미를 젓가락으로 헤치며 커야 주먹만큼 하고 작은 것은 조약돌보다도 클 것이 없는 뼈들을 골라 그릇에 담고, 행여 남은 것이 있을세라 헤치고 또 헤쳤다.

그들은 모은 유골을 단지에 넣고 늙은 의원이 들고 있던 비단 천에 쌌다.

왕건은 원회의 귀에 속삭였다.

"언제 떠나시지요?"

세달사 뒷산의 사리탑은 그가 내군장군으로 있을 때 선종의 명령으로 현지에 가서 석공들을 동원하여 쌓은 것으로, 알 만한 사람들은 다 알고 있었다.

"이 길로 떠나야지요."

"이 길로?"

"돌아가신 성상께서도 한 많은 쇠둘레 성에는 두 번 다시 들어가고 싶지 않으실 겁니다."

"그렇게 하시지요."

왕건은 응낙했다.

원로들이 모두 따라가겠다고 나섰으나 원회는 한마디로 이를 가로막았다.

"제가 제일 건장하니 제가 가지요. 떠들썩하는 것보다 조용히 보내드리는 것이 돌아가신 성상의 뜻에도 맞을 것입니다."

더 이상 이론이 없었다.

원회는 왕건에게 다가와 손을 잡았다.

"저도 다시는 쇠둘레에 오지 않겠습니다. 이것을 하직 인사로 알아주시지요."

왕건은 잡은 손에 힘을 주면서도 가슴에 엉킨 감회는 말이 되어 나오지 않았다.

그는 침을 삼키고 능산을 돌아보았다.

"장군이 다녀오시지요."

원회는 말에 올라 안장 앞에 비끄러맨 단지를 다시 한 번 점검하고 뒤를 돌아보았다.

"안녕히들 계시오."

능산이 지휘하는 이십여 기의 호위를 받으며 선종의 유골은 달이 기우는 서산을 향해서 움직이기 시작하고 차츰 속도를 더해서 마침내 숲

속으로 사라졌다.

왕건은 말에 오르기는 했으나 오래도록 움직일 줄을 모르고 서산으로 다가가는 달을 바라보았다.

─달같이 지는 선종, 그는 역시 일세의 영웅이었다.

박질영이 다가섰다.

"곧 새날이 올 터인데 돌아가시지요."

왕건은 말에 박차를 가하고 채찍을 퍼부었다.

고난에 찬 운명을 개척하고 애써 세운 왕조를 자기의 손으로 부숴 버린 선종. 그처럼 이 세상에 흔적조차 남기지 않고 사라진 인걸이 하늘 아래 또 있을까? 모르기는 해도 과거에도 없었고 장차도 아마 드물 것이다.

선종은 인간의 역사에 둘도 없는 슬픈 최후를 마친 영웅이 아닐까?

그는 생각이 많았다.

홍술이 병정 이삼 명을 거느리고 말을 달려 마중을 나왔다.

"벌써 떠나셨군요."

"떠났소."

고개를 떨어뜨리는 것이 눈물을 삼키는 모양이었다. 인지상정이리라. 그들은 묵묵히 성내로 향했다.

어수선한 인간사를 외면하고 오늘도 동산에는 햇살이 치솟고 차츰 올라와 성내를 비쳤다.

유월 십육일.

혁명이 일어난 지 만 이틀이 지났건만 인간의 온갖 희비극이 한데 뭉쳐 소용돌이친 이 이틀은 이십 년과 맞먹는 느낌이었다.

성문을 들어서자 홍술이 말을 걸었다.

"피곤해 보이시는구만요."

"좀 피곤하오."

왕건은 하품을 삼키고 대답했다.

"고을로 보낼 사람과 친서는 모두 준비되었는데 어떻게 할까요?"

그는 왕건이 그대로 집에 돌아갈까 염려되었다. 혁명 후에도 왕건은 낮에 궁성에 나와 공사를 처리할 뿐 저녁이면 집으로 돌아갔다.

궁성에 얽힌 내력을 들은 부인 유 씨는 도깨비집 같다고 이사해 들어가기를 꺼렸고 왕건 자신도 선종이 자던 방에서 자고 싶은 생각이 없었다.

"보내야지요."

그들은 곧바로 궁중으로 들어갔다. 홍술의 이야기로는 각자 가지고 갈 선물도 후하게 마련되었다고 했다.

고을로 떠나는 사람들이 한방에서 기다리는 동안 왕건은 수십 통의 편지에 수결을 하고 의형대령 박질영도 선종이 목숨을 잃은 경위서에 수결을 하는 동안 간밤을 새운 관원 몇 명이 옆에서 지켜보고 있었다.

먼저 수결을 마친 박질영은 왕건이 친서에 수결을 마쳐도 자리를 뜨지 않았다. 홍술이 두 가지를 합쳐 백 통 가까운 문서를 들고 옆방으로 나가 떠날 사람들에게 일일이 나눠주고 주의를 주는 소리가 들려도 그대로 앉아 있었다.

"의형대령, 할 말이 있는 듯한데."

왕건이 물었다.

"무고한 죄수들 말입니다……. 어떻게 하리까?"

"북새통에 잊구 있었구만, 즉시 석방해야지요."

"신의 권한으로 석방할 수 있는 사람들은 다 석방했습니다마는 은부가 어명으로 잡아 가뒀다가 지금 청주로 끌려가는 사형수들이 있습니다."

그의 설명에 의하면 아지태 사건의 앙갚음으로 많은 사람을 잡아다 사형을 선고했다. 본보기로 청주에 끌어다 공개 처형한다고 목에 칼을 씌워 길을 떠난 사람들이 팔십 명을 넘는다고 했다.

왕건은 둘러보다가 청주 출신의 고관 총일(聰逸)이 눈에 띄자 그에게 일렀다.

"즉시 달려가서 그들을 따라잡으시오. 전원 석방하여 고향에 보내라고 이르되 세상이 바뀐 것을 모르고 말을 듣지 않는 형리(刑吏)들은 목을 베어도 상관없소."

그는 시립한 최응에게 몇 자 적으라 하고 적은 종이에 수결을 해서 총일에게 넘겼다.

총일은 많은 고향 친지들의 목숨을 구하는 일이라 연거푸 머리를 숙이고 떠나갔다.

고을로 떠날 준비에 바쁜 옆방에서도 일이 끝난 듯 수십 명이 전정(殿庭)에 나와 도열하고 왕건은 홍술의 인도로 밖에 나가 그들의 절을 받았다.

궐문 밖에 대기하고 있던 말에 올라 뿔뿔이 흩어져 가는 그들을 바라보다가 왕건은 박질영에게 물었다.

"참, 태자비 장씨는 어떻게 하고 있소?"

혁명이 일어나자 왕건은 재빨리 관원을 파송하여 장씨를 보호토록 하였다. 왕조 교체기의 구 왕족처럼 위험한 존재도 없었다. 그들 자신 살아남기 어려울 뿐 아니라, 특히 구 왕조의 왕손은 신 왕조에 반대하는 세력에 이용되면 큰 분란의 씨가 될 수도 있었다. 장씨의 배 속에는 선종의 혈통이 자리하고 있으니 새 왕조를 창시한 왕건으로서는 그런 면에서도 장씨를 주시하지 않을 수 없었다.

그러나 박질영의 대답은 의외였다.

"잊으시지요."

돌아보지도 않고 답변하는 그의 거동을 지켜보던 왕건은 짐작이 갔다. 이 사나이는 장씨를 보호한 것이 아니라 도망을 시켰구나.

중대한 월권이었다. 적지 않은 시간, 분노를 침묵으로 삭이고 나서 물었다.

"무슨 뜻이오?"

"빠르면 며칠 안에, 늦어도 이 달이 가기 전에, 장씨는 반드시 조의(朝議)의 도마에 오를 것입니다. 후환을 미리 막기 위해서 전 조의 혈통을 회임하고 있는 장씨를 없애야 한다느니, 두고 보자느니, 핏대를 세우고 싸울 것입니다. 논의가 일면 대개 강경한 자들이 이기게 마련 아닙니까. 신이 두려워하는 것은 폐하께서 강경한 자들에게 밀려 장씨를 없이 하는 일입니다."

"……."

"만에 하나 태어나지도 않은 전 조의 왕손이 두려워 젊은 임부를 살해하는 일이 벌어진다면 폐하께서는 한을 천추에 남기시게 될 것입니다."

"……."

"항차 돌아가신 선종 임금은 폐하의 대은인이십니다."

왕건은 오래도록 생각하고 나서 속삭였다.

"좋은 말씀, 고맙소이다."

하루 종일 실컷 자고 난 왕건은 저녁상을 받았다. 닭에다 산삼을 넣어 고은 식사였다.

"이거 오늘은 별식이구만."

"피곤해 보이시길래."

"내게는 삼보다 잠이 잘 듣는 모양이오. 이제 거뜬한걸."

마주 앉아 식사를 하다 부인이 치맛자락으로 눈물을 훔쳤다.

"무슨 일이 있었소?"

"돌아가신 그분이 너무도 안돼서 그래요."

"그래, 참 안되셨어."

"우리에게는 각별히 잘해 주셨구, 이십 몇 년 동안 성도 들 대로 들었는데."

"그런데 왜 쳐야 한다구 갑옷까지 꺼내 가지구 주창했소?"

"은부 때문이지, 그분 때문인가요? ……그 소식을 듣구 나니 맥이 풀리면서 살 생각마저 없어지데요."

"생각은 그렇지만 내일 죽더라도 배추밭의 벌레를 잡아야 하는 것이 인간이 타고난 운명이오."

"은부는 아직 안 잡혔어요?"

"안 잡혔소."

"모든 걸 망친 건 그 요물이에요. 세상에 어쩌다 그런 것이 나타났는지……."

"잡히겠지. 허지만 거꾸로 말해서 그 덕에 우리 같은 장사치가 왕업(王業)을 시작했다구 볼 수도 있지 않소?"

"별로 반갑지도 않아요."

"……."

"유혈, 모략, 내란, 그리구 끝에 가서는 어느 자손 대에든지 신하들의 창에 찔려 죽을 운명의 시초가 아니에요?"

"하긴 그래. 망하지 않은 왕조가 없고, 최후가 비참하지 않은 왕조가 없었으니까……."

"그런 걸 알면서 왜들 머리를 싸매구 덤벼들지요?"

"나두 모르겠구만."

"참, 별의별 소문이 다 돌아다니나 봐요."

"세상이 뒤집혔으니 그렇겠지."

"궁금하지두 않으세요?"

"머리가 터질 지경으로 생각이 많은데 뜬소문까지 집어넣으면 어떻게 되겠소?"

"그래두 한 가지만은 들으세요."

"뭔데?"

"먼저 임금을 그런 식으로 죽인 건 당신이라구 그럴싸하게 소문을 퍼뜨리는 인간들도 있대요."

"있음직한 일이지."

"억울하지 않으세요?"

"떠들다 가라앉겠지."

저녁을 마치니 또 잠이 쏟아져 일찍 잠자리에 들었다.

혁명의 난리통에 모든 것이 뒤죽박죽이 되었다.

제대로 기능을 발휘하는 기관이 없었다. 대신들은 그럭저럭 자리에 앉아 있었으나 지레 겁을 먹은 관원들이 자취를 감추는 바람에 어느 관청이나 가뭄에 콩 나듯이 몇 사람 모여 앉아 쑥덕공론을 일삼는 것이 고작이었다.

이런 때에는 항용 있듯이 자기 비위에 맞지 않는 상관들의 잘못을 침소봉대하거나 아예 없는 것을 조작해서 몰아내야 한다고 떠드는 정의의 투사들도 적지 않았다.

이 같은 인간일수록 혼자 나설 용기는 없고 사발통문을 만들어 동료들의 도장, 도장이 없으면 손도장을 억지로라도 찍게 하고, 그래도 듣지 않으면 비겁한 인간이라고 맞대 놓고 욕하거나 뒤로 돌아다니면서 있는 말, 없는 말 퍼뜨리기 일쑤였다.

심약한 사람들은 이것을 견딜 배짱이 없고, 사발통문은 날로 늘어나고 하루에도 몇 통, 많을 때에는 십여 통씩 궁중에 날아들었다.

사발통문의 주역들 가운데는 그러지 않고는 못 배기는 천성을 타고난 인간들도 있었으나 그렇게 함으로써 충성을 과시하고 한몫 보려는 축도 있었다.

정부기관의 마비는 이에 그치지 않았다. 궁중을 경호하는 내군부마저 혁명 바람에 형적조차 없어졌다. 그렇다고 궁궐을 무방비 상태로 둘 수는 없었다.

여기서 왕건이 주목한 것이 환선길이었다. 은부와 내통한 것으로 소문이 났으나 정탐의 명수인 사귀도 증거를 찾아내지 못했고 궁성 울타리 밖에 본영을 두고 왕건이 입성한 이래 사사건건 순종해 왔다.

뿐만 아니라 장수들이 모여 혁명을 주장하던 십삼일 밤 환선길은 섬돌에 올라서 혁명의 필요성을 역설했다. 대문 밖에 나가 장작더미에 앉은 왕건에게 충성을 맹세할 때에도 맨 앞줄에서 가장 열을 내며 돌아갔다.

왕건은 이 일을 잊지 않았다.

세상에는 뜬소문도 많고, 또 적도 자기 사람을 만들어 쓰는 것이 용인(用人)의 상지상이요, 자기 사람을 적으로 돌리는 것은 용인의 하지하라고 했다.

소도둑 같다고 하는 사람도 있었으나 사내다운 환선길의 얼굴만 보아도 놓치기 아까운 인물이기도 했다.

대낮의 경비는 능산의 부하 장병들을 위사(衛士)로 편성하여 모든 문과 중요한 대목을 경비케 했으나 밤이면 빈집이 되는 궁궐은 환선길이 경비를 맡게 했다.

능산은 달가운 눈치가 아니었으나 원래 말이 없는 사람이었고 사귀는 그래도 안심이 안 된다고 반대하였으나 왕건은 듣지 않았다.

"근거도 없이 사람을 의심하는 것도 좋지 않거니와 담 하나 사이에 두고 놀릴 필요가 어디 있소? 궁궐 안 동상(東廂, 정전[正殿]의 동쪽에 붙은 건물)에 본명을 주어 밤이면 숙위(宿衛)하도록 하시오."

이리하여 한때 말이 많던 환선길은 왕건의 심복이 되었는데 이 환선길이 마침내 일을 치고 말았다.

하루 낮과 밤을 쉬고 난 왕건은 정시에 궁중에 들어가 포정전 대청에서 고사(故事)와 정사(政事)에 밝은 학자 몇 사람을 불러 놓고 고금의 사례를 듣기도 하고 혁명으로 반신불수가 된 정부를 정돈할 계책을 묻기도 했다.

더운 때라 문들을 활짝 열어 앞뒤로 바람을 통하게 해서 더위를 잊고 학자들의 이야기를 듣고 있는데 궁궐 동편에서 퉁탕거리는 소리가 나고 여러 사람이 급히 뛰는 소리가 울려 왔다.

전쟁으로 반생을 보낸 왕건은 심상치 않은 사태를 직감하고 벽에 세워 둔 몽둥이를 들고 일어섰다.

별안간 동상으로부터 환선길을 선두로 오십여 명의 병사들이 저마다 창이며 칼을 들고 쏟아져 나와 왕건이 있는 포정전 앞마당으로 몰려왔다.

창을 든 환선길이 층계를 올라오고 병사들이 뒤를 따랐다. 말 한마디 없었다. 맨손에 몽둥이를 짚고 섰는데 마구 덤벼들자 왕건은 큰 소리로 외쳤다.

"너 이놈, 이게 무슨 짓이냐!"

창을 치켜 든 환선길은 피식 웃었다.

"삼십 년의 은고를 저버린 역적 왕건, 너두 사람이냐? 창을 받아라!"

그는 창을 내질렀다. 그러나 왕건은 몸을 옆으로 피하면서 몽둥이로 창대를 후려치고 창대는 두 동강이 났다.

환선길은 뒤따르는 병정의 창을 뺏어 들고 또 욕설이었다.

"너 같은 간물(奸物)은 천주(天誅)를 가하고야 말 것이다."

"상수들이 추대할 때 너도 앞장섰고, 천명이 이미 결정되었는데 오늘 이처럼 반역을 도모하는 것은 무슨 까닭이냐?"

"천기(天機)를 보니 그 자리는 네가 앉을 자리가 아니라 내가 앉아야 할 자리다."

능산의 부하들로 구성된 위사들은 행동이 빠르고 잘 단련되어 있었다. 그들이 난입하자 초장이 뿔피리를 불고 우선 남문의 위사, 다음에는 서문의 위사들이 달려와 환선길 군의 후미를 창으로 무찌르기 시작했다.

그들은 선종의 채색 군복과는 달리 여전히 나주에서 입고 올라온 땀에 젖은 삼베 군복이었다. 환선길은 초라한 그들을 대수롭게 보지 않았으나 그의 군대는 이들과는 상대가 되지 않았다.

환선길 자신도 위태롭게 되었다.

그는 남은 병정들과 함께 도망쳐 궁중의 동쪽 끝 구정(毬庭, 폴로 경기장 같은 곳)까지 달렸으나 한 명도 남지 않고 몰살당하고 말았다.

그와 공모한 아우 향식(香寔)도 초라한 복색의 능산 군이 지키는 궁중을 우습게 보기는 매일반이었다. 형이 성공할 줄 알고 궁문으로 들어오다가 도망치는 형을 보고 자기도 도망쳤으나 날쌘 위사들의 창에 찔려 죽고 말았다.

이렇게 된 이상 그냥 있을 수는 없었다. 정권이란 맛좋은 고기나 음식 같은 것이어서 항상 노리는 고양이가 있게 마련이고 지키는 자가 없이는 유지하기 어려운 본성을 가지고 있었다.

왕건은 사귀의 조직을 강화하는 것을 허락했다.

사귀의 조사 결과 사건은 실로 어처구니없이 발단되어 어처구니없이 끝난 한가닥 거품에 지나지 않았다.

환선길의 부인은 아무리 뜯어보고 생각해도 자기 남편이 왕건보다 몇 배 잘났고, 여태까지 세운 공이나 재주로 보아도 나으면 나았지 빠질 것은 하나 없었다. 점도 쳤다. 점장이는 운수대통이라고 무릎을 치고 누구냐고 물었다.

그저 아는 사람이라고 대답하고 남편의 아우 향식과 은밀히 의논했더니 그는 한 술 더 떴다. 형님과 피라미 같은 왕건을 비교하는 것부터 말이 안 되는데 그런 형님이 피라미의 문지기 노릇을 한다면 하늘도 무심치 않을 것이라고 단언했다.

두 사람은 환선길을 부추기고 환선길은 우쭐해서 불과 오십여 명으로 달려들었다가 하루살이같이 몰살을 당한 것이다.

진상이 밝혀지던 날 밤 잠자리에 든 왕건은 유 씨의 손을 잡아 자기의 목을 어루만지게 했다.

"당신 덕에 붙어 있구만."

유 씨가 싫다고 궁중으로 이사하지 않은 덕에 무사했지, 이사했다면 결코 무사할 수 없는 목이었다. 밤의 궁중은 환선길의 천하였으니 오십 명이 아니라 다섯 명으로도 족했을 것이다.

그날, 환선길의 유혈극이 끝나자 왕건은 아무 일도 없었다는 듯이 제자리에 앉아 학자들과 다시 의논을 계속했다.

학자들은 가슴이 떨려 말이 나오지 않았으나 왕건은 마음이 흔들리는 기색이 조금도 보이지 않았다. 학자들은 그의 몸가짐을 보고 자기들은 글줄이나 홍얼거릴 위인이고, 제왕이 될 사람은 역시 하늘이 내는 것이라고 생각했다.

가장 중요한 것은 대신들의 진용을 일신하는 일이었다. 이 일에 대해서는 무기를 들고 일어나 자기를 추대한 홍술, 늦사 이하 중요한 장수들과 의논한 일도 있으나 군사라면 놀라도 정사는 아는 것도 없고, 참여할 생각도 없으니 폐하께서 친히 하시는 것이 합당하다는 대답이었다.

건국 초인만큼 특히 유능한 시중이 필요해서 박질영에게 부탁했으나 이제 벼슬과는 담을 쌓겠다고 막무가내로 거절했다. 그럴 바에는 차라리 무난한 사람이 낫겠다고, 전에 정주에 와서 시를 홍얼거리던 김행도(金行濤)로 내정했다.

그 밖에 문무관을 막론하고 혁명에 공이 있고 유능한 사람들을 대신으로 기용하고 중급관료들도 청신한 사람들을 발탁했다. 내일(십구일) 발표하기로 한 후 학자들에게 차를 내리고 왕건도 한잔 들고 있는데 거리에서 아우성치고 떠들썩하는 소리가 궁중에까지 들려왔다.

정문의 초장이 달려와서 장주 최응에게 알리고 최응은 왕건에게 알렸다.

"은부가 붙들려 와서 감옥으로 끌려가는 길이랍니다."

왕건은 고개만 끄덕이고 별다른 말은 없었다.

뭇사람들의 원한을 사고 나라까지 뒤엎으려고 들었던 대역죄인, 전국의 풀포기를 뒤져서라도 찾아야 한다고, 온 쇠둘레가 떠들썩한 죄인이건만 왕건은 무엇을 생각하는지 표정이 없었다.

"폐하께서는 기쁘지 않으십니까?"

학자의 한 사람이 물었다.

"사람을 죽이는 일이 기쁠 리 있겠소?"

"은부는 극악무도한 죄인인데요."

"죄인도 사람임에는 틀림없지 않소?"

학자들이 물러가고 전임, 현임 대신들과 이름 있는 인사들이 불려 들어왔다.

왕건은 학자들과 의논해서 만든 명단을 내밀었다. 기탄없이 의견을 나누고 고칠 것은 고쳐서 아침까지 확정지어 달라고 부탁하고 일어섰다.

아침에 당한 환선길의 난리에 대해서 위로의 말씀을 드릴 여지도 없었다. 인사가 아니라면서 좌상격인 병부령 구진이 앞으로 나와 머리를 숙였다.

"오늘은 뜻하지 않은 변을 당하셔서 신등은 진실로 송구스럽기 한이 없습니다."

왕건은 미소를 지을 뿐 대답이 없었다.

새 정부의 구성을 중신들의 검토에 맡긴 왕건은 약간 피곤한 기색으로 집에 돌아왔다.

"오늘 큰일을 당하셨다면서요?"

"큰일은 못 되고, 혁명에는 따르게 마련인 심심풀이쯤으로 생각해요."

"그자가 창을 들이대는 바람에 당신 하마터면 큰일 날 뻔했다는데 심심풀이라니요?"

"그쯤 해 둡시다. 내 잠시 눈을 붙였다 일어날 테니 자리를 만들어 줘요."

왕건은 옷을 벗고 유 씨가 깔아 놓은 자리에 드러누웠다.

"은부란 놈두 잡혔다면서요?"

"응."

"사지를 찢어야지요."

"으……응……."

왕건은 잠에 빠져들기 시작했다.

이튿날은 물러가는 대신들과 새로 임명된 대신들이 궁중으로 인사를 들어오는 날이었다. 왕건은 전날 중신들이 의견을 첨부한 것을 그대로 받아들여 새로운 정부를 구성하고 우선 물러가는 대신들의 인사부터 받기로 했다.

제일 먼저 들어온 것이 의형대령 박질영이었다. 그는 함께 차를 나누면서 은부가 잡힌 이야기를 하고 웃었다.

"전에 정주에서 얻어맞아 쩔뚝발이가 된 사촌이 장군행세를 하고 은부는 그의 호위병. 종뢰는 가사를 입은 채 서사로 가장하여 남쪽으로 도망치다 잡혔습니다."

"남쪽으로?"

"견훤의 백제로 가려고 했답니다."

"도중에서 누가 물으면 어명을 받들고 사신으로 백제에 가는 길이라고 큰소리를 쳐서 무사통과했답니다. 잘 가다가 한 군데서 종뢰의 얼굴을 아는 병정에게 걸려들었습니다. 실랑이를 하는데 마침 은부 밑에서 심부름을 하다가 하도 사람대접을 안 하길래 도망친 청년이 지나다가 은부를 끄집어냈다는군요."

"누더기나 걸치구 흩어져 숨을 것이지, 그 좋은 머리가 헛돌았군."

"그래도 큰소리랍니다. …… 내가 못 먹는 밥에는 재를 뿌리는 것이 내 성미다. 뿌릴 대로 뿌렸으니 여한이 없다나요."

"듣자하니 온 쇠둘레의 여자들이 모여 돌로 쳐서 죽이겠다고 야단들이라는데 어떻게 하면 좋겠소?"

"그야 새로 임명된 의형대령(閭長, 염장)의 의견을 들으시지요."

"그래도 오랜 경험이 있으니 좋은 말씀 한마디 해 주시오."

"아닙니다. 신은 오늘로 자리를 떠나는 사람인데 정령(政令)은 한 군데서 나와야 하고 좋은 말씀이라는 것이 도리어 잡음이 될 수도 있습니다."

박질영은 성미 그대로 분수를 넘는 이야기는 하려고 들지 않았다.

한두 사람씩 들어와 모두 모이자 왕건은 무능하고 눈치나 살피던 인간들이건만 듣기 거북한 소리는 입 밖에 내지 않았다. 수고가 많았다면서 이후로도 힘을 합쳐 평화를 건설하자고 친구들에게 부탁하는 식으로 다정하게 이야기했다.

공식인사가 끝나자 점심을 같이 하고 값진 선물도 하나씩 주어 돌려보냈다.

이들이 돌아간 후 새로 임명된 대신들이 들어와 직첩(職牒, 사령장)을 받았다. 시중 김행도를 빼고는 다 같이 이번 혁명에 한몫한 사람들이었다. 모두들 패기만만했으나 시중 김행도만은 어깨를 늘어뜨리고 달가운 기색이 아니었다.

임명 절차가 끝나고 대신들이 물러가자 김행도가 홀로 어전에 나왔다.

"조용히 말씀드릴 일이 있습니다."

"무슨 일이오?"

"이번 인사는 다 잘하셨는데 신 같은 무능한 사람이 시중이라니 백성들이 실망할 것입니다."

"겸손해서 그런 말씀을 하는 모양인데 더 이상 그런 소리를 입 밖에 내지 마시오."

"또 있습니다."

"?"

"저는 억울한 누명을 쓰고 신라를 도망쳐 왔습니다. 계속 신라와 원수지간으로 지내신다면 몰라도 그렇지 않으시다면 신라에서 역적으로 몰아세우는 사람을 시중으로 앉혀서야 되겠습니까? 신의 생각으로는 신라와 손을 잡으시고 견훤을 고립시키는 것이 좋을 듯합니다."

시나 흥얼거리는 외에는 별수 없는 인간으로 알았더니 세상을 보는 눈도 보통이 아니었다.

"그런 사정이라면 좀 생각해 보기로 하지요."

왕건은 그를 돌려보내고 신라와의 관계를 생각하기 시작했다.

혁명이 일어난 지 엿새. 할 일이 더미로 밀리고 이런 일 서런 일이 터졌다. 자칫하면 나라가 흙더미 무너지듯 난장판이 될까 긴장했다. 또 바깥일은 견훤이 이 기회를 이용해서 쳐올라오지 않을까 걱정했지, 허약한 신라는 염두에도 없었다.

왕건은 집에 돌아와 저녁을 먹으면서도 그 생각이었다.

"무슨 일이 있었나요?"

부인 유 씨가 물었다.

"당신은 신라를 어떻게 생각하오?"

"신라는 천 년 가까이 되는 나라니까 새로 생긴 우리 고려나 견훤의 백제와는 다르지 않을까요?"

"어떻게?"

"무어라구 할까요? 기울어지기는 해도 천 년의 무게를 간직하구 있잖아요?"

"천 년의 무게라……."

"삼십 년두 안 된 나라와 천 년 되는 나라가 어떻게 같을 수 있겠어요? 백성들은 나라라면 역시 신라 같은 것이 진짜 나라라구 생각하지 않을까요?"

"백제와 고구려가 망한 지 이백오십 년 정도밖에 안 되는데 원한을 품은 사람들이 없을까?"

"왜 없겠어요. 하지만 원한을 원한으로 갚으려고 든다면 일이 되겠어요?"

"우리 조상은 고구려 사람들인데 당신은 신라에 원한이 없소?"

"좋을 까닭은 없지요. 하지마는 큰일을 하자면 과거를 캐는 것보다 현실에서 출발해서 앞날을 계획하는 것이 낫지 않을까요?"

왕건은 옳은 말이라고 생각했다. 과거는 돌아오지 않는다. 있는 것은 현재와 장래뿐이요, 일의 성패도 이를 어떻게 활용하느냐에 달려 있다.

그는 저녁을 마치고 집을 경호하는 군관을 불러 잠깐 다녀올 채비를 하라 이르고 옷을 갈아입었다.

"멀리 가시나요?"

"아니 성내야. 곧 돌아올 테니까."

왕건은 밖에 나와 말에 올랐다. 경호기마대의 호위를 받으며 그는 박질영의 집으로 직행했다.

비록 등극한 지 며칠 안 된다 하더라도 임금이 신하의 집을 찾는다는 것은 흔히 있는 일이 아니었다.

저녁을 마치고 대청에 앉아 아이들에게 옛이야기를 들려주던 박질영은 맨발로 달려 나와 맞았다.

"일이 있으면 부르시지, 몸소 이렇게 오시니 어찌할 바를 모르겠습니다."

박질영은 허리를 굽혔다.

"부탁이 있는 사람이 찾아오는 것이 순서가 아니겠소?"

왕건은 대범하게 응대하고 박질영이 인도하는 대로 건넌방으로 들어갔다.

"아무래도 시중을 맡아 주서야겠소."

왕건은 자리에 앉자 단도직입으로 나왔다. 박질영은 입을 벌리고 쳐다보았다.

"아니, 김행도를 오늘 시중으로 임명하시지 않았습니까?"

"했소."

"오늘 임명하구 내일 바꾸면 하루 시중……. 하루 시중이란 고금에 없는 일이 아닙니까?"

"있는지 없는지 모르지마는 하여간 그렇게 됐소."

왕건은 김행도와 주고받은 이야기의 내용을 설명하고 달리 사람이 없으니 내일 아침 일찍 나와 시중의 직첩을 받아 달라고 손목을 잡고 간청했다.

고집이 센 박질영도 임금이 친히 찾아와서 이러는 데는 거절할 도리가 없었다. 왕건은 김행도의 집에 잠깐 들렀다가 집으로 돌아왔다.

다음 날 아침 왕건이 궁중에 들어가니 박질영은 김행도와 함께 미리 와서 기다리고 있었다.

자리에 앉지도 않은 하루 시중이었으나 대세를 보는 뛰어난 인목에 탄복한다는 말을 듣고 김행도는 물러갔다.

박질영은 자기의 직무 이외에는 말하는 일도 간섭하는 일도 없는 인물이었다. 그저 강직한 성품으로만 알았으나 시중이 되어 국사를 총괄하게 되니 딴사람이 된 듯 경륜도 상당했다.

신라에 대해서는 김행도와 같은 의견이었고, 세상에 적을 만드는 것처럼 어리석은 일은 없으니 하찮은 건달 장군이라도 쓰다듬어 울타리 안에 넣자고 했다. 그러기 위해서는 이미 강토 내에 있는 장수들에게만 정신을 팔 것이 아니라 소왕국을 형성한 접경지대의 장수들에게도 친분이 있는 사람을 보낼 필요가 있다고 했다.

강토 밖에서 손을 잡겠다고 나오는 사람이 나타나면 강토 내의 안정에도 이바지한다는 것이 그의 의견이었다. 왕건은 그럴듯한 생각이라고 이 일을 그에게 일임하고 친서가 필요하면 언제든지 써 줄 것이고 선물은 시중이 알아서 하라고 했다.

이야기가 끝날 무렵에 새로 의형대령으로 임명된 염장이 들어왔다.

오늘 은부 일당 세 명을 처형한다는 소문이 퍼져 쇠둘레뿐만 아니라 인근 부락의 여자들까지 돌멩이를 들고 서소문 밖 형장에 모여들었으니 어떻게 하는 것이 좋겠느냐고 물었다.

"의형대령의 소견은 어떻소?"

장군 출신의 염장은 패기에 차 있었다.

"신의 생각으로는 여자들에게 내맡겨 돌탕에 맞아 죽게 하는 것이 좋겠습니다. 그래야 백성들의 마음에 맺혔던 한이 풀려 누구나 시원해 할 것으로 생각합니다."

"그런 면도 있겠지요. 시중의 생각은 어떻소?"

"안 되지요. 이 어려운 시기에 까딱하면 법이 문란해지고, 법이 문란해지면 걷잡을 수 없는 혼란이 옵니다."

"그럴까요?"

염장은 여자들이 벌일 활극을 생각한 양 불만인 눈치였다.

"그것은 민란이지, 어디 법의 집행이오? 한번 민란이 일어나면 버릇이 돼서 걸핏하면 들고 일어나 감당을 못해요."

"⋯⋯."

"처형하는 것을 공개해서 구경을 시키는 것은 선례도 있으니 무방하겠지요. 질서가 안 서면 군대를 풀어서라도 질서정연한 속에 법대로 해야지요. 죄인이라고 백성들이 몰려들어 돌로 쳐 죽여도 좋다는 법이 어디 있소?"

옆에서 듣고 있던 왕건이 단을 내렸다.

"시중의 말씀이 옳소. 법대로 시행하오."

염장은 물러갔다.

시중에 임명된 첫날이라 왕건은 박질영과 함께 점심을 들려는데 정주에 갔던 능산이 돌아왔다고 전갈이 들어왔다.

그를 불러들여 셋이 점심을 같이 했다.

"좀 지체됐구만."

왕선이 밀문을 열었다.

"간 김에 재를 올리는 것도 보고 삼우제도 지내고 며칠 걸렸습니다."

"세달사의 중들에게 묘역을 잘 가꿔 달라구 부탁했더라면 좋았을걸. 내 미처 그 생각을 못했소."

"했습니다. 매일 극락왕생을 빌겠다고 합디다."

제왕의 길

왕건은 점심을 마치고 두 사람과 이런저런 이야기를 하는데 생각지도 않던 사람이 찾아왔다.

웅주(공주) 장군 이흔암이 왔다는 것이다.

오라는 말을 한 일이 없었다. 가장 걱정하는 방면의 장군이 하필 이런 때 자리를 비우고 왔으니 마음이 편할 리 없었다.

그렇다고 만나지 않을 수 없었다. 동석했던 두 사람도 입 밖에는 내지 않았으나 걱정스러운 얼굴로 물러가고 이흔암이 들어왔다.

선종보다도 선배로 그도 특별히 대접하던 인물인지라 왕건은 깍듯이 맞아들였다.

"전선에서 고생이 많으셨겠습니다."

"고생이랄 거야 있겠습니까?"

여러 해 만에 보는 이흔암은 백발이 많이 늘었다.

"이번 일은 참으로 만부득이했으나 막상 이 자리에 앉고 보니 송구스러울 뿐입니다."

"다 천운이지요."

"견훤은 별다른 움직임이 없었습니까?"

"없었습니다."

"사람을 보냈는데 만나셨는지요?"

"오다가 도중에서 만났지요."

"소식도 없이 이렇게 갑자기 오셨는데 무슨 연유라도 있는가요?"

"연유랄 것은 없고 나라가 뒤집혔다는 소식을 들으니 새삼 세상의 무상을 생각하게 됐습니다. 얼마 남지 않은 여생을 염불이나 하다 죽을랍니다."

"염불을……."

왕건은 그의 심정을 알 만도 했다.

"뒷일은 부장에게 맡겼으니 염려 없을 것입니다마는 적당한 사람을 보내시고 오늘로 웅주 장군을 면해 주시지요."

"두구 봅시다."

이혼암은 물러갔다.

대범한 성품이기는 하나 선종도 대수롭게 안 보던 사람이다. 자기쯤 더욱 얕보고 멋대로 올라온 것이다.

왕건은 언짢았으나 그는 큰 인물이므로 될 수 있으면 말썽 없이 지내고 싶었다.

생각 끝에 형식으로나마 마군 대장군(馬軍大將軍)에 임명하고 다른 자리는 다 찼으니 수의형대령(守義形臺令)을 겸하게 했다. 심심하면 등청을 해서 염장에게 좋은 충고도 하고, 쉬고 싶을 때에는 언제든지 집에 있어도 무방하다고 했다. 국록을 주기 위한 방편이었다.

염장은 불만을 감추지 않았다. 한 번도 등청하지 않았으나 그의 손아귀에 들어올 인물이 아니었다. 갖은 소리를 다 하다가 나중에는 그의 관상 이야기까지 했다. 역적의 상이라고……

왕건은 듣고도 못 들은 체했다. 자기 눈에는 정말 세상이 귀찮아 올라온 것이 틀림없었다.

그러나 지방의 수비를 맡은 장수가 허가 없이 임지를 떠난 것은 잘한 일은 못 되었다. 그가 떠나자 그 고장에는 별의별 소문이 다 퍼지고 민심의 동요가 심하다는 소식도 들어왔다.

자칫하면 견훤의 백제로 넘어갈 기미도 있다기에 사람을 보내 무마하려고 애썼다.

이웃에 사는 의형대령 염장은 여자들까지 동원하여 담 너머로 그의 집을 정탐했다.

그는 끝까지 물고 늘어져 기어이 이흔암을 반역죄로 몰아 직접 신문했다.

"반역이라구? 이봐, 왕건을 뒤집어엎을 생각이었다면 병력이 있는 웅주에서 거사를 하지, 가족까지 데리구 올라올 천치가 어디 있겠어?"

"여자들이 너의 처가 중얼거리는 걸 들었단 말이다."

"너 그 정도밖에 안 되는 인간이냐? 어느 왕조나 처음에는 허약하기 때문에 본보기가 필요한 법이다. 멋대로 임지를 떠난 책임을 물어 본보기로 목을 베면 그만 아니야? 시시하게 놀지 마라."

어떻든 이십일에 올라온 이흔암은 이십칠일에 목이 떨어졌으니 죽으러 온 셈이 되었고 유월은 유혈(流血)의 연속이었다.

유월 말까지는 고을로 갔던 사신들이 모두 돌아왔다.

서로 말이 통할 수 있는 사람을 보내 진상을 알리니 대개 부득이한 일이라고 수긍했다. 기회를 잡는 데 민첩한 자들 중에는 스스로 와서 충성을 맹세하는 사람도 있었으나 대개는 부장 정도 되는 사람을 보내서 딴 뜻이 없다는 것을 알려 왔다.

직접 왕건을 아는 사람은 드물었다. 이름 정도는 대개 알고 있었으나 이름조차 모르는 사람도 있었다.

어떻든 간에 한마디쯤 왕건의 덕망을 칭송하지 않는 사람은 없었다. 내일 다시 뒤집히더라도 돈이 드는 것도 아닌지라 새로운 권력자에게 듣기 좋은 소리를 해 보내는 것은 보신을 위해서도 해로울 것은 없었다.

무엇보다 중요한 것은 현재의 지위와 그 밖의 모든 특권을 그대로 보장해 준다는 데는 트집을 잡을 것이 없었다. 잡아 보아야 허약한 자기 단독의 힘으로 어쩔 도리가 있는 것도 아니기에 아첨과 선물로 현상을 보전하는 것이 상책이었다.

각지의 장수들을 규합해서 쇠둘레를 칠 만한 큰 인물이 있다면 몰라도 그런 인물이 없고 삼십 년 내란에 백성도 장수들도 지쳐 있었다.

그런 연유로 고을에 다녀온 사신들은 폐하의 높으신 덕망에 한결같이 충성을 맹세하더라고 입을 모았다.

왕건은 수고했다고 치하하면서도 사태를 냉정히 보고 있었다.

자기를 알지도 못하는 사람들이 자기의 덕망을 칭송한다는 것부터 아귀가 맞지 않는 이야기였다. 덕망이란 맹랑한 것이고, 덕망으로 좌우되는 세상이 아니라 이해관계로 죽고 살리는 세상이다.

사람의 입이란 묘해서 놀려 봐야 별로 힘드는 것도 아니고 남을 칭찬해서 해로울 것은 없었다. 어제까지는 선종의 덕망을 칭송했고, 오늘은 나 왕건의 덕망, 내일은 어쩌면 견훤의 덕망을 찬양할지도 모를 입들이다.

난세에도 덕망이라는 것이 있다면 그것은 힘이다. 왕건은 이 냉엄한 현실을 잊지 않았다.

그러나 가장 강대한 힘을 가진 명주(溟州, 강원도 동반부) 장군 순식(順式)은 사신이 가지고 간 친서와 선물을 받기는 했으나 '알았다'는 대답 한마디뿐이었다.

며칠을 기다려도 역시 '알았다'였다.

사신은 그 흔한 '덕망' 소리조차 못 듣고 빈손으로 돌아왔다.

남북으로 달린 태산준령을 경계로 동해안의 광대한 땅과 많은 백성을 차지한 노장(老將) 순식의 뱃속은 과연 무엇일까? 왕건은 그의 침묵이 마음에 걸렸다.

그보다도 더욱 마음에 걸리는 것은 이흔암이 등지고 온 웅주 땅이었다. 목포를 잃은 견훤이 장차 수군을 건설한다면 금강구(錦江口) 이외에는 큰 기지를 마련할 고장이 없었다.

웅주에서 은연중에 압력을 가하는 바람에 견훤은 다시 금강구를 이용할 엄두를 못 냈는데 그 땅이 견훤의 손에 넘어간다면 이것은 심상한 일이 아니었다.

이흔암 같은 거물이 버티고 있을 때는 끄떡없었는데 그가 없고 보니 아무래도 불안했다. 이흔암을 죽인 것은 잘한 일일까? 전쟁에서 적장을 치는 것은 당연한 일이겠지만 정치에서 권력의 힘으로 정적을 죽이는 것처럼 어리석은 일도 없다고 했다.

더구나 자기가 보기에는 정말 세상을 버린 사람 같았는데 염장이 우기는 바람에 허락했으나 뒷맛이 개운치 않았다.

그런저런 일은 있어도 유월 말을 고비로 국내에는 별다른 동요가 없으리라는 전망이 섰다.

이제 남은 것은 대외문제였다.

될수록 전쟁은 피하고 싶은 것이 왕건의 심정이었다. 겉으로 보기에 큰일은 없다 하더라도 나라의 기반은 다져지지 않았다. 백제의 견훤은 임금행세를 한 지 이십칠 년, 왕자(王者)로서의 권위가 섰고, 그의 명령대로 일사불란하게 움직이는 군대가 있었다

그러나 왕건은 선종의 일개 군인관료로 시종했고, 임금이 된 지 겨우 반달⋯⋯. 왕자로서의 권위가 섰을 까닭이 없었다. 고을의 장수들이 입으로는 충성을 맹세했다지만 일단 전쟁이 일어나면 몇 명이나 자기 명령에 순종하고, 순종하더라도 정말 생사를 걸고 싸울 사람이 몇 명이나 될까⋯⋯?

필요한 것은 평화다.

평화를 위해서는 얼마든지 머리를 숙이리라. 왕건은 결심했다.

나라의 원대한 기본정책은 김행도의 의견대로 신라와 손을 잡고 견훤을 고립시키는 데 있었다.

칠월에 들어 왕건은 시중 박질영, 그에 앞서 하루 시중을 지낸 김행도, 그리고 홍술 이하 혁명을 주도한 네 장수를 불러 자기의 생각을 이야기하고 의견을 물었다.

정세를 보는 눈은 다 같이 자기와 비슷했다. 신라와 친하는 데는 문제가 없고 백제와 친하기가 어려울 것이라는 의견이었으나 단 한 사람 김행도는 달랐다.

"신라가 허약하니 우리가 손을 내밀면 모두들 감지덕지할 줄로 생각하시는 모양인데 신의 생각은 그렇지 않습니다. 전 임금이 신라라면 짓밟아 없앤다고 이를 갈지 않았습니까. 지렁이도 밟으면 꿈틀한다고, 신라 사람들도 기왕 죽을 바에는 사생결단으로 싸운다고 태봉국에 대해서는 불신이 대단했습니다. 그래서 더 이상 남으로 내려가지 못한 것이 아닙니까? 그들의 눈에 고려는 옷을 바꿔 입은 태봉국쯤으로밖에 안 보일

것입니다."

"그럴 것이오."

왕건이 수긍했다.

"그러면 방책이 없다는 말씀인가요?"

사귀가 입바른 소리를 했다.

김행도는 수염을 내리 쓰다듬으며 사귀를 한참 바라보다가 입맛이 쓰다는 듯이 대답했다.

"방책이 없다기보다 사실이 그렇다는 말씀이오."

왕건이 끼어들었다.

"이 가운데는 부석사(浮石寺, 경북 영주)에 가 보신 이도 있을 것이오. 전 임금이 남쪽을 순시하다가 이 절에 들른 일이 있는데 신라 왕의 벽화를 보더니 안색이 변하면서 칼을 빼어 그 벽화에 칼탕을 친 일이 있소. 임금의 초상을 그렇게 대한다는 것은 그 백성도 그렇게 대한다고 해석하기 십상이 아니겠소? 신라 사람들의 감정을 쉽게 생각해서는 안 될 것이오."

"그렇습니다. 설사 고려가 강성해서 백만 군을 투입한다 해도 민심을 잡지 못하면 허사에 지나지 않습니다."

박질영이었다.

"어떻겠소? 정중한 국서(國書)에 후한 선물을 보내 우호를 청하면 되지 않겠소?"

왕건의 의견에 네 장수는 찬성이었으나 박질영과 김행도는 말이 없었다.

"시중의 의견은 다른 모양인데 말씀해 보시오."

박질영은 나지막한 소리로 대답했다.

"신라가 기울었다고 가벼이 보는 경향이 있습니다마는 다른 장수들과 동렬로 보아서는 안 될 것입니다. 신라는 천년사직이라고 하는데 이 천 년이 지니는 무게는 막중한 것이 아닐 수 없습니다."

부인 유 씨와 비슷한 말을 했다.

"천 년의 무게라……, 알 듯하면서도 그렇지 못한데 말씀을 계속해 보시오."

박질영은 천천히 말을 이었다.

"천 년 동안 백성의 머릿속에 박힌 신라의 갖가지 신화(神話)를 등한 히 보아서는 안 될 것입니다. 지금은 난세라서 겉으로는 이 말 저 말 많 지만 소박한 백성들의 마음 깊은 곳에서는 황공하오나 임금이라면 신라 임금 같은 이가 참된 임금이라고 생각하고 있습니다. 또 신라 왕실 자체 도 그렇게 생각하고 있을 것입니다. 그러니 신라를 얻으면 천하를 얻는 것이 될 것입니다. 세상에 비밀이 있겠습니까? 괭이나 몽둥이를 들고 일 어선 사람들과 같은 대접이라면 결코 달갑게 생각하지 않을 것입니다."

"……."

"또 백성들이라고 막연하게 말하지마는 이것을 세밀히 들여다보아 야 할 것 같습니다. 삼국이 통일될 때 고구려는 국토가 거의 당나라에 넘어가고 얼마간의 유민이 흘러 들어왔을 뿐입니다. 또 백제는 당나라 군대가 학살하고 끌어가고 삼 년에 걸친 항전으로 생명을 부지한 사람 들이 그다지 많지 않습니다. 요컨대 천하 백성들의 대다수는 신라 사람 들입니다. 이들을 적으로 돌리고 어찌 천하를 통일할 수 있겠습니까? 전 임금이나 견훤이 공공연히 신라를 적으로 돌린 것은 잘한 일이 못 되 는 줄로 압니다."

왕건은 백성들의 성분까지는 계산하지 못했다.

강직한 일개 관료로만 보았고, 시중으로 등용하면서 처음으로 안목 이 있는 사람이라고 생각했다. 오늘 이야기를 들으니 그 이상으로 식견도 넓고 머리도 치밀한 인물이었다.

왕건은 장수들의 얼굴을 하나하나 살피다가 능산에게 물었다.

"장군의 생각은 어떻소?"

"신은 칼이나 창을 쓰라면 몰라도 천하대세에는 어둡습니다. 원래 무력은 폐하께서 필요할 때 쓰시는 몽둥이에 지나지 않는다고 들었습니다. 신은 몽둥이에 불과하니 폐하께서 결정하시는 대로 따를 뿐입니다."

다른 장수들도 고개를 끄덕여 동의를 표시했다.

왕건은 김행도를 향했다.

"마음에 있는 대로 말씀해 보시오."

"시중 어른의 말씀이 옳은 것으로 생각합니다."

"원칙은 그런데 달리 대한다면 실지로 어떻게 하면 될 것 같소?"

김행도는 대답을 망설이는 눈치였다.

"이 자리에서는 무슨 말씀을 해도 상관없소. 나더러 물러가는 것이 좋다고 해도 무방하니 생각하는 대로 말씀하시오."

그래도 김행도는 주저하다가 돌려서 대답했다.

"큰일을 위해서는 폐하께서 신라 왕에게 크게 머리를 숙이시는 것이 어떨까 합니다."

사귀가 들고 일어났다.

"우리 폐하께서 썩은 신라 왕에게 크게 머리를 숙이다니 당신 정신이 나가지 않았소? 당신 촌수는 희미해도 신라 왕족이지요? 무슨 꿍꿍이속이 있는 게 아니오?"

왕건이 나무랐다.

"사귀 장군, 어른에게 그런 실례가 어디 있소? 무슨 말씀을 해도 무방하다고 내 스스로 말하는 것을 장군도 듣지 않았소? 사람이 절하게 되면 절도 하는 것이지."

다른 사람이 보기에도 사귀의 태도는 지나친 충성의 표시였다. 김행도는 불쾌한 얼굴로 창밖을 내다보고 아에 입을 다물어 버렸다.

"지금 말씀에는 깊은 뜻이 있는 듯한데 계속하시지요."

박질영이 권했으나 김행도는 고개를 돌려 왕건을 쳐다보았다.

"허락하신다면 신은 물러갈까 합니다. 또 다시는 이런 자리에 부르지 말아 주시면 감사하겠습니다."

그는 일어서려고 했다.

"내가 대신 사과하리다."

일어서려는 김행도를 왕건이 손을 잡고 말리는 바람에 난처해진 사귀가 머리를 숙여 사과했다.

도로 자리에 앉은 김행도는 차를 마시고 사귀를 바라보다가 천천히 입을 열었다.

"사귀 장군, 어전이라 내 긴 말은 하지 않겠소. 내 나이 내년이면 육십이오. 경험에서 나온 얘기오마는 종이에 쓴 글은 찢어 버리면 그만이오. 그러나 한번 나간 말은 도로 주어 담을 수도 없고 찢어 버릴 수도 없소. 말조심하시오."

사귀가 다시 사과하자 왕건이 김행도에게 물었다.

"이 일은 없던 것으로 치고 크게 머리를 숙인다면 어떻게 숙이면 되겠소?"

그러나 김행도는 대답하려고 하지 않았다.

"그보다도 폐하, 다른 분들의 의견부터 물으시지요."

박질영은 식견이 있는 사람이라 알아듣는 듯했으나 문제는 군인들이었다. 왕건은 그들을 둘러보다가 홍술을 지목했다.

"홍술 장군의 생각은 어떻소?"

"아까 능산 장군의 말씀대로 신 등 무장은 정치하시는 분들, 특히 국사를 총괄하시는 폐하의 몽둥이에 불과한데 무엇을 알겠습니까? 다만 아까 김행도 어른의 말씀을 들으면서 정치라는 것도 군사와 비슷한 데가 있구나 생각하고 배우려던 참입니다."

"비슷하다니?"

"폐하께서 신라 왕에게 크게 머리를 숙이시라는 대목 말씀입니다. 폐하께서도 경험하신 바와 같이 전쟁이라고 전진만 있는 것이 아니라 후퇴도 있고 기편(欺騙), 양동(陽動) 다 있지 않습니까? 정치도 그런 것이 아닌가 생각하던 참입니다."

다음은 능산에게 물었다.

"신도 같은 생각입니다. 전진도 있고 후퇴도 있고 숨기도 하고 뛰기도 하는 것이 전쟁이 아닙니까? 어른의 말씀을 들으면서 정치도 그런 것 같다고 생각했습니다."

백옥삼에게도 물었으나 같은 의견이기에 끝으로 사귀에게 물으니 그는 멋쩍은 얼굴로 대답했다.

"세 분 장군의 말씀까지 들으니 신의 생각이 짧았다는 것을 더욱 깨닫게 되었습니다. 거듭 김행도 어른께 사과를 드립니다."

왕건은 김행도를 보고 웃음을 지었다.

"이쯤 됐으니 터놓고 말씀해 보시지요."

김행도는 억지로 웃음을 띠고 대답했다.

"다음 얘기가 나오면 역적으로 몰릴까 걱정입니다……. 요컨대 명분을 주고 실리를 얻자는 것입니다."

"……."

"세공을 바치는 것도 아니고 촌토(寸土)를 양보하는 것도 아니고 말로 쓰다듬어 올려 신라를 녹이자는 것입니다."

"……."

"신라 왕에 대해서 신(臣)을 칭하고 신하의 예를 취하자는 것입니다."

신하들뿐만 아니라 임금 왕건도 놀라는 기색이었다. 어느 누구도 생각하지 못한 일이었다.

숨 막히는 침묵이 흐른 끝에 왕건이 물었다.

역시 냉성한 인물이었다.

"그래서 신라가 녹는 연유를 말씀해 주시오."

"신라 왕실은 천 년을 지나는 동안 격식투성이가 되었습니다. 신을 칭하고 그들의 격식에 맞춰 존대를 해 주면 왕실은 폐하를 천하에 없는 충신이라 할 것이고, 힘이 없는지라 폐하에게 의지하려고 들 것입니다. 다음으로 백성들입니다. 아까도 말씀드린 바와 같이 백성들은 여전히 진정한 임금은 신라 왕이라고 생각하고 있습니다. 폐하께서 그렇게 나오시면 뭇 백성들이 폐하야말로 의인(義人)이라고 생각할 것입니다."

또 침묵이 흐른 끝에 박질영이 나섰다.

"참으로 원대한 계책이올시다. 천하를 얻는다는 것은 천하의 민심을 얻는 일이라고 들었는데 이 이상 가는 방책이 또 어디 있겠습니까?"

왕건도 알아들었다.

"옳은 생각이오. 김공 같은 인물은 우리 고려의 보배요."

이렇게 말한 왕건은 신라가 싫어 등지고 온 백옥삼에게 물었다.

"장군은 반대가 아니오?"

"신이 무엇을 알겠습니까마는 군사상으로 보아도 아주 신묘한 계책인가 합니다."

"군사상으로도?"

"전 임금도 그렇고 견훤도 그렇고, 적은 적을수록 좋은데 두 나라를 다 적으로 돌리는 어리석은 일을 했습니다. 지금 말씀을 들으니 신라는 슬슬 쓰다듬어 녹여 놓고, 적은 견훤 한 사람으로 한정하니 군사상으로도 묘책이 아니겠습니까?"

다른 장수들도 수긍했다.

왕건은 재암성 장군 선필을 생각했다. 전에 선종을 따라 남방을 순시할 때였다. 일부러 찾아와 선종과 이야기하는 것을 옆에서 들은 일이 있었다.

선종보다 연상으로 풍채도 좋고 말도 잘하는 사람이었다. 신라 왕족과도 통혼하고 전쟁의 명수였으나 남이 침범하지 않는 한 남의 땅을 넘보는 일이 없고 사방 누구와도 친숙하게 지내는 사람이라고 했다.

그는 선종에게 이런 말을 했었다.

"저 같은 사람이 무슨 큰 뜻이 있어 칼을 잡았겠습니까? 관리들은 부패하고 도둑은 들끓고 백성들이 파리같이 목숨을 잃어 가니 고향사람들이나마 보호하려고 일어섰습니다. 오랜 전란에 숱한 사람이 죽어 가고 국토는 황폐일로에 있으니 폐하께서는 신라와도 좋게 지내시고 백제와도 우호관계를 맺어 평화가 오도록 노력하여 주십시오. 그렇게 되면 제가 차지하고 있는 조그만 땅 같은 것은 기꺼이 바치겠습니다."

그러나 선종은 묵묵부답이었고 식사를 한 끼 잘 대접해 보냈을 뿐이었다.

신라와 통하려면 도중에는 건달장군투성이다. 선필을 통하면 일이 될 듯싶었다.

사신의 인선도 문제였다. 신례(臣禮)를 취하는 이상 중신을 보내야 하고 그것도 신라에서 호감을 가질 사람이어야 했다.

왕건은 홍술을 생각했다. 신라와 원수지간인 선종을 뒤엎는데 주동을 한 홍술은 훤칠하게 생긴 데다 말 한마디에도 성의가 노출되는 사람이었다.

"홍술 장군, 신라에 다녀와 주시오."

"네."

군인으로 평생을 보낸 홍술은 두 말이 없었다.

"신라 사람들은 풍월로 세월을 보내는 사람들이니 글을 잘하는 최웅을 데리고 가는 것이 좋겠소."

"그렇게 하지요."

"그리구 김공, 김공은 신라의 사정에 정통하니 그들의 구미에 맞도록 그 임금에게 보내는 편지를 한 통 써 주시오. 시중은 알맞은 선물을 마련하고."

"내용은 어떻게 쓸까요?"

"여기서 나온 얘기를 종합해서 쓰면 되지 않겠소?"

"그 말씀이 아니라 폐하의 존호 말씀입니다."

"신 왕건, 삼가 아룁니나로 시작해서 성중하게 쓰시오."

칭신(稱臣) 문제로 논란이 많았으나 신라의 일은 이것으로 결말을 보았다.

다음은 견훤의 백제였다.

국초인 만큼 전쟁이 없어야 하고 따라서 견훤에게 평화사절을 보내는 데는 이론이 없었다.

신라와는 달리 전통이 있는 나라가 아니기에 복잡한 문제도 없고 보낼 사람만 고르면 그만이었다.

왕건은 백옥삼을 지명했다. 신라에 홍술을 보낸다면 그와 맞먹는 인물을 보내야 했다. 아니면 견훤이 자기를 얕보았다고 토라질 염려가 있었다.

"백제에는 백옥삼 장군이 가 주시오."

"네……."

백옥삼은 대답하면서도 의아스러운 얼굴이었다.

"무슨 의문이라두 있소?"

"저는 신라 출신인데 신라를 원수라고 공언하는 견훤이 아닙니까? 사신으로 합당할지 모르겠습니다."

"신라가 싫어 등진 사람이니 좋아할 것이오. 그리고 능산 장군 휘하에 옛날 백제 사람의 후손으로 이갑이라는 군관이 있소. 데리고 가는 것이 좋을 듯한데 능산 장군, 괜찮겠소?"

"좋습니다."

"같은 백제의 후손이니 견훤과 얘기가 통할 것이오."

왕건은 장주 최응을 불러 백제에 보낼 국서와 선물을 준비하라고 일렀다.

"이것은 전혀 다른 문제이오마는 수도를 다시 송악으로 옮기는 것이 어떻겠소?"

사신 문제가 끝나자 왕건은 수도 이전 문제를 꺼냈다.

"국초여서 총망중에 감히 말을 못 꺼냈을 뿐 대신들도 다 그렇게 생각하고 있습니다……."

시중 박질영이 찬동하고 이렇게 덧붙였다.

"쇠둘레에서는 서글픈 일뿐이라서 백성들의 생각도 마찬가집니다."

"그러면 대신들과 더 의논할 것도 없겠구만."

"없습니다. 성상께서 생각하시는 대로 진행하시지요."

"식렴은 이 방면에 경험이 많으니 도감(都監)으로 임명해서 새해 정초에는 옮겨 가도록 일을 추진하면 어떻겠소?"

박질영이 이의를 달고 나섰다.

"지금 칠월입니다. 지금부터 시작해서 추위를 무릅쓰고 일하더라도 육 개월밖에 남지 않았습니다. 그동안에 궁궐을 짓고 도성을 쌓고 하려면 많은 인력과 재력이 들 터인데 백성들의 노고도 생각해 주셨으면 좋겠습니다."

"좋은 말씀이오. 시중이 걱정하는 그런 일이 없도록 하고 새해는 송악에서 맞으면 되지 않겠소?"

"성상께서는 비법이라도 있으신 모양입니다."

사귀가 약간 아첨기가 섞인 말을 하자 왕건은 덤덤히 대답했다.

"절약 외에 무슨 비법이 따로 있겠소? 만사 간소하게 하는 것이 비법이지요."

그로부터 쇠둘레의 좋지 않은 점과 송악의 좋은 점이 화제에 올랐다.

"수도란 원래 수로(水路)가 사통팔달해야 물자의 수송과 교통에 편리한 법인데 이런 산속으로 수도를 옮겼으니 그때부터 망조가 든 것이지요."

사귀가 이런 말로 선종과 쇠둘레를 헐뜯었다. 왕건은 못 들은 체하고 일어섰다.

"우리 지나간 일은 논하지 말고 앞으로 일을 잘할 생각을 합시다."

그는 궁중에서 영선(營繕)의 일을 보는 식렴을 데리고 집으로 돌아오면서 사귀를 생각했다.

직업이 사람을 만든다는 말은 사실인 모양이다. 총명한 사람이었는데 정탐을 맡더니 사람이고 물건이고 흠만 눈에 띄는 성품이 되어 버렸다.

집에 돌아온 왕건은 식렴과 저녁을 같이 들면서 말을 꺼냈다.

"오늘 송악으로 서울을 옮기기로 결정이 났는데 자네를 신도조영도감(新都造營都監)으로 내정했으니 내년 정초에는 옮겨 가도록 내일부터 계획을 세우고 준비를 서두르게."

"궁궐도 짓구 도성도 쌓으려면 몇 해 걸려야 할 터인데 육 개월 동안에 귀신이 아니구서야 될 일입니까?"

"송악에 가서 옛 친구들과 의논하면 마른 재목이 많아. 대단하게 지을 것은 없고 체면이나 유지할 정도로 궁궐을 마련하고 훗날 필요한 대로 늘려 가면 될 게 아닌가. 전 임금이 쓰던 거처는 헐어서 관서로 마련한다면 크게 시일이 걸릴 것도 없지. 그때 거처를 둘러쌌던 성은 헐어서 석재로 쓰고."

"대신들을 비롯해서 많은 관원들도 이사를 할 텐데요."

"한때 도읍을 했으니 거기 집을 가지구 있는 사람이 적지 않지. 집을 지을 데와 길을 낼 데, 관서, 시전(市廛)이 들어설 자리를 잘 구분해서 방리(坊里)를 정돈하고 집이 없는 관원에게는 집터를 주면 되고, 시전 자리가 지정되면 장사치들이 앞을 다퉈 점포를 지을 테니 염려 말아요."

"노성은 어떻게 하지요?"

"도성은 쌓을 것 없어. 훗날 천하가 평정된 후에 쌓아도 늦지 않으니까."

"도성이 없는 서울이 서울 구실을 할까요?"

"도성이란 사치야. 적이 도성까지 밀려오면 일은 틀린 것이지. 맹수나 떼도둑을 막을 정도로 목책이나 둘러요."

"시키는 대로 하겠습니다마는 묘한 서울이 되겠습니다.."

"통일도 안 된 국초라, 무리한 일이지. 그러나 민심을 일신하기 위해서도 우선 옮겨 놓고 봐야겠어."

옆에 앉았던 부인 유 씨는 대찬성이었다.

"초가삼간이라도 좋으니 하루 빨리 이 쇠둘레를 떠났으면 좋겠어요."

"형수님, 아니 마마의 심정은 알겠습니다."

"마마는 무슨 마마요? 아직두 부엌데기를 면치 못한 걸요."

"참 형님, 궁성의 위치는 어디루 생각하고 계시지요?"

"조상의 땅에 지어야지. 지금 있는 성은 어차피 없어질 터이구 당장 짓는 전각은 몇 채 안되더라도 땅만은 널찍이 잡아 둬요."

"아무리 생각해도 허술한 서울이 되겠습니다."

"허술할 수밖에 없지. 하지만 옛날 문헌도 상고해서 장차 도읍다운 도읍을 만들 수 있도록 설계는 마련해 둬요."

식사가 끝나고 식렴이 물러가자 왕건은 붓을 들어 편지를 쓰기 시작했다. 선필에게 보내는 편지였다.

옆에 앉아 먹을 갈면서 처음부터 끝까지 들여다보고 있던 부인 유 씨는 남편을 유심히 뜯어보았다.

"내 얼굴에 뭐가 묻었소?"

"당신, 별난 임금이네요?"

"왜?"

"돌아가면서 절을 받는 임금은 있어도, 돌아가면서 절을 하는 임금이 있다는 소리는 못 들었어요."

"그건 무슨 소리요?"

"지금 편지를 보니 선필을 선생이라 하고 집안 어른같이 공대를 하는가 하면 신라의 임금은 폐하, 당신은 그 신하라니 임금이 임금의 신하라, 그런 일두 세상에 있어요?"

"이봐요. 내게 무슨 힘이 있고 무슨 재주가 있소?"

"당신이야 덕으로 임금이 된 분이 아니에요? 천하에 당신을 덮을 사람이 누가 있어요?"

"당신조차 모르는구만."

"뭔데요?"

유 씨가 물었다.

"내게 재주가 있다면 머리를 숙이는 재주밖에 없소. 이걸 알아 둬요."

"비상하게 머리를 숙여서 임금이 됐다, 이거예요?"

"비상할 건 없지만 머리를 숙인 덕이지."

"빌어서 천자를 한다더니만 그런 식인가요?"

"빈 건 아니었지만 그렇게 될 수밖에 없었겠지."

"알다가도 모를 소리를 하시네."

"사람마다 첫째루 생각하는 게 뭐요? 자기가 아니오?"

"그건 그렇지요."

"칼자루를 쥘 사람을 뽑는데 누가 자기에게 해로운 사람을 뽑겠소? 장수들이 모여서 회의를 했다지마는 뻔하지. 이 사람 저 사람의 이름이 나왔을 게 아니오? 그중에서 왕건, 그 사람을 세우면 내게 이로울 것이다, 적어도 해는 없으리라고 생각하는 사람이 대다수라서 나를 뽑은 게 아니겠소? 듣기 좋게 덕이 높다고 치켜세웠지마는 속을 들여다보면 그렇고 그런 것이구. 이쪽으로 말하자면 돌아가면서 머리를 숙이고 적을 만들지 않은 덕이 아니겠소?"

"고을의 장수들은 당신을 모르는 사람들이 태반이라면서요?"

"마찬가지. 선생이다, 형이다, 존대를 하고 여태까지 누리던 모든 것을 보장한다는데 구태여 위험을 무릅쓰고 대들 건 없지 않겠소?"

"자빠라지는 신라 왕에게 신 왕건 어쩌구 하는 건 뭐지요?"

"그런 때일수록 머리를 숙이면 감지덕지하지 않겠소?"

"견훤에게두 사람을 보내나요? 신 아무개 어쩌구 해서?"

"보내지마는 신라하구는 다르니까 신이라고 할 건 없고, 친하게 지내자고 하면 되지."

"들을까요?"

"안 들을 거요."

"그런데 왜 보내지요?"

"왕건이란 놈 허약해서 머리를 숙이는구나. 고려에는 왕건 정도의 인물은 얼마든지 있으니 치면 결속하겠지마는 가만두면 내란이 일어날 것이다. 일단 내란이 일어나면 뱃놈 왕건은 자빠질 것이고 난장판이 될 터이니 두구 보라라……. 이렇게 생각할 테니 시간을 벌 수 있지 않소?"

"시간을요?"

"고려라고 이름뿐이시. 이게 나란 줄 알아요? 깨진 독을 새끼줄로 얽어맨 것과 같소. 시간을 벌어서 튼튼히 땜질을 해야 할 게 아니오?"

"당신은 타고난 임금이에요."

유 씨는 감탄했다.

"당신은 이런 때 꼭 맞는 왕후요."

왕건도 부인을 칭찬했다.

"제가요?"

"덕망인지 덕인지 하는 소리가 나왔지마는 왕후가 돼서도 부엌데기 노릇을 그냥 하니 사람들이 다시 볼 게 아니오?"

"그럴까요? 제가 좋아서 하는 일인데……."

"경망한 여자라면 중전마마 어쩌구, 얼마나 나대겠소? 뭇사람의 눈총을 받고 미움을 받아 무슨 일이 일어날지 누가 알겠소?"

"저는 천성으로 곁에 나서거나 으스대지 못하니 안심하세요."

"아까 식렴이 허술한 서울이 되겠다고 했지마는 맞는 말이오. 나도 아직 허술한 임금이니 허술한 왕후로 행세하는 당신의 처신은 백 번 옳은 일이오."

"제가 좋아서 하는 일이라니까요."

왕건은 새로 설 송악의 서울을 그리고 거기 사는 옛 친구들, 그 중에서도 설리의 유골을 안고 달밤에 말을 달려 가던 종희의 뒷모습을 그리다가 잠이 들었다.

칠월 한 달은 별다른 풍파 없이 지나갔다. 선종 시대의 제도 중에서 고칠 것은 고치고, 적재적소로 인사도 개편했다. 군부도 통제하기 쉽도록 요직에 심복들을 앉았다.

신라에 갔던 홍술과 백제에 갔던 백옥삼이 돌아왔다. 신라는 선필이 주선해 주었으나 백제는 주선할 사람이 없어 국경의 초소에서 며칠 기다려야 했다.

홍술은 머리를 흔들었다. 썩었다는 말은 들었어도 그렇게까지 썩은 줄은 몰랐다. 비단을 휘감은 자들이 한 발짝만 가도 향목(香木)으로 엮은 마차를 타고 흰쌀밥에 산해진미가 아니면 먹지도 않았다.

반면 백성들은 굶주림에 허덕이고, 경마를 잡혀야 당나귀나 타는 장수에 어깨를 늘어뜨린 병정들을 보니 붙잡아 일으켜도 자빠질 형편이너라.

임금이 베푼 연회에서는 융숭한 대접을 받았고 난생처음 먹어 보는 음식도 부지기수였다. 그러나 예법이 어떻게나 까다로운지 진땀을 뺐다는 이야기였다.

그보다 더욱 진땀을 뺀 것은 시회(詩會)라는 것이었다. 저녁마다 어느 귀족의 집에 초대를 받으면 근사한 술과 음식이 나오는 것까지는 좋았으나 누구의 앞에나 종이를 돌리고 주인이 운(韻)이라는 것을 부르면 거기 맞춰 시라는 것을 짓는 데는 기가 질렸고 동행한 최응이 긁적거린 것을 내놓고 당장을 모면했다는 것이다.

근사한 종이에 임금이 친히 쓴 조서도 가지고 왔다. '너 왕건은 신라 천 년 이래 둘도 없는 충신으로 짐은 이를 심히 가상히 여기노라. 더욱 충성에 힘써 사방의 도둑들을 소탕하여 나라를 평정하는 날, 자손만대에 걸쳐 후한 상이 있으리로다'라는 이런 구절도 있었다.

왕건이 보고 대신들도 돌려보았다. 영락없는 병신의 육갑이었으나 아무도 무어라는 사람은 없었다.

백제에 다녀온 백옥삼은 견훤은 인물이라고 보고했다. 우선 그 앞에서는 누구나 위압감을 느끼고 기를 펼 수 없었다. 자기로서는 선종과 맞먹는 영걸 같다는 소감이었다. 검소한 궁궐에서 연회도 베풀어 주었으나 홍술같이 처음 먹어 보는 음식은 없고 밥도 보리를 섞었더라고 했다.

대신들도 능수능란하게 말을 달리고 고을에 주둔하는 군대나 거리를 지나가는 군대나 잘 단련되고 씩씩하며 새로 일어나는 나라의 면모를 눈으로 보는 듯했다는 보고였다.

여기서는 시회라는 것은 이름조차 듣지 못했다. 동행한 이갑이 군관들과 어울려 장기를 둔 것이 고작이고, 거리에서나 궁중에서나 도시 비단옷을 입은 사람을 본 일이 없고 한 번 연회에 나와 말없이 앉아 있는 임금도 모시옷이었다는 것이다.

견훤은 도시 뱃속을 알 수 없는 인물이라는 것이 백옥삼의 평이었다. 그가 바친 국서를 시종이 읽어 드려도 육중한 몸집을 한 번 움씰하고, 조금 있다 고개를 끄덕이고는 일어섰다고 한다.

연회석상에서 백옥삼은 두 나라의 친선을 역설했으나 견훤도 그의 대신들도 아무 반응이 없었다.

돌아올 때 궁중에 들어가 하직 인사를 드리고 답서는 없느냐고 그의 시종에게 물었으나 폐하께서는 글장난을 좋아하지 않는다는 대답이었다.

백옥삼이 다시 양국의 친선을 이야기하자 견훤은 일어서면서 대답했다.

"두고 봅시다."

사신이 견훤에게서 듣고 온 것은 이 한마디뿐이었다. 어떻게 두고 보겠느냐고 되물을 수도 없어 그냥 돌아왔다.

"수고했소."

보고를 들은 왕건은 더 이상 할 말이 없었다.

팔월에 논공행상이 있었다.

성도 없고 이름도 바위니 무슨 산이니 하는 유공자들에게 마음에 드는 성을 골라잡고 이름을 고치고자 하는 사람들은 그래도 무방하다고 했다.

이 바람에 글줄이나 하는 사람들의 집은 문전성시로 재미도 만만치 않았다. 홍술(弘述)은 홍유(洪儒), 백옥삼(白玉衫)은 배현경(裵玄慶), 능산(能山)은 신숭겸(申崇謙), 사귀(沙貴)는 복지겸(卜智謙), 금언(金言)은 김낙(金樂), 이갑(以甲)은 전이갑(全以甲) 등등…….

논공행상에 즈음하여 왕건이 내린 조서에는 이런 귀절이 있었다.

   ─ 나는 미천한 집안에서 태어나 재주와 식견이 보잘것없건만 진실로 뭇사람들의 여망에 힘입어 왕위에 올랐으니 포악한 임금을 폐하던 때에 충신의 절개를 다한 사람들은 마땅히 포상하여 훈로를 장려하리라……. 내가 여러분과 함께 백성들을 구하고자 하였으나 끝내 신하로서의 절개를 지키지 못하고 이것(왕위에 오른 것)으로 공을 세운 것이 되었으니 어찌 부끄러운 마음이 없으랴 ……. ─

초안에는 그의 가계(家系)를 분식하여 하늘이 낸 명문거족같이 꾸몄으나 모두 삭제하도록 했다.

"사실대로 써요. 용이나 타고 다니는 별종 인간처럼 썼는데 우리 집안이 대대로 배를 부리고 장사를 해 온 것은 세상이 다 아는 일이 아니오? 나는 그것이 부끄러운 일이라고 생각해 본 일이 없소."

임금만 겸양한 것이 아니라 신하 중에도 공을 사양하는 사람이 있었다. 김락으로 이름이 바뀐 금언은 능산, 즉 신숭겸보다 위계가 높았으나 일등공신으로 넣으려는 것을 극구 사양했다.

"이 행사사만로 공으로 논해야지, 품계로 논해서 되겠습니까? 신은 폐하를 따라다녔을 뿐이고 능산 장군이야말로 일등공신인데 동렬(同列)로 하시면 천하가 그 공정성을 의심합니다. 저는 능산 장군보다 적어도 한 단 낮아야 합니다."

"그렇게 되면 이후 금언 장군은 능산 장군의 밑으로 들어가야 하오."

"당연합지요. 이번의 공뿐 아니라 연배로 보나 전공으로 보아서도 능산 장군이 위에 서야 합니다."

이리하여 일등공신은 홍유, 배현경, 신숭겸, 복지겸의 네 사람으로 한정되고 김락 이하 일곱 명이 이등공신, 장수들 사이를 오가며 연락을 맡은 전이갑 이하 이천여 명이 삼등공신으로 확정되어 각각 이에 합당한 상과 벼슬을 받았다.

많은 사람들이 공신으로 포상을 받고 명문가로 등장한 쇠둘레에서는 여러 날을 두고 잔치가 계속되었다. 살육과 추방으로 지새우던 서울에 비로소 새 나라가 선 기분이 감돌았다.

그러나 열흘 남짓 지나 왕건이 가장 염려하던 사태가 벌어졌다.

이흔암이 다스리던 웅주에서 반란이 일어나 백제로 넘어간 것이다. 웅주에 남아 있던 이흔암의 부하들은 그가 억울하게 죽었을 뿐 아니라 공개 처형된 데다 시체를 저자에 버려두는(棄市) 모욕을 받았다고 격분했다.

그들은 왕건이야말로 권력에 눈이 어두운 살인마라고 선전하여 이웃 운주(運州, 충남 홍성) 등 십여 고을과 함께 왕건에게 등을 돌리고 견훤의 백제로 넘어갔다.

사람을 함부로 다치게 하는 것이 아닌데……. 평소에 명심하면서도 거물 이흔암을 왜 그렇게 죽였을까? 실수였다. 후회막심이었으나 이제 와서 어쩔 도리가 없었다.

군대를 동원하여 실지를 회복하자는 주장이 높았으나 왕건은 듣지 않았다.

지금 군대를 동원하여 웅주 등지를 친다면 견훤과 전면전쟁이 붙을 것은 자명한 일이었다. 장수들 중에는 전면전쟁이 일어나도 자신이 있다고 큰소리를 치는 사람들이 적지 않았으나 왕건은 백전백패라고 계산했다.

부인 유 씨에게 말한 대로 혁명의 소용돌이 속에서 깨진 나라를 새끼 줄로 겨우 얽어맨 것이 고려라는 나라다. 모든 권위가 무너졌고 자기 왕건조차 진정한 임금으로 보는 사람이 몇 명이나 될까?

이런 형편에서 나라에 대한 애착이 있을 리 없고 애착이 없는 병사들이 목숨을 걸고 싸울 까닭이 없었다. 무엇 때문에 왕건을 위해서 싸우느냐? 견훤이면 어떠냐? 싸움이 벌어지면 병사들은 무더기로 넘어가거나 도망칠 것이다.

언제나 냉정할 수 있는 것이 그의 특성이었다. 장수들의 큰소리를 당치도 않은 허세라고 판단한 왕건은 군부를 누르고 김행도를 불러 동남도초토사 지아주제군사(東南道招討使 知牙州諸軍事)로 임명했다.

"이 방면의 전권을 드리오. 잃은 땅을 되찾자는 것이 아니라 더 이상 잃지 않도록 해 주시면 그것으로 족하오."

그에게는 장수도 몇 사람 따라갔으나 그의 명령을 왕명으로 알고 절대 복종하도록 엄하게 일렀다. 세상 물정과 인정의 기미를 아는 김행도다. 민심을 사로잡고 북으로 불어오기 시작한 견훤의 바람을 능히 막을 수 있을 것이다. 그는 아주(牙州, 충남 아산)에 본영을 두고 왕건이 기대한 대로 능란하게 일을 처리했다.

일단 붙은 불은 빨리 손을 쓰지 않으면 딴 데로 옮겨붙을 염려가 있었다. 이 단계에서 제일 가능성이 있는 것은 나주였다. 검식은 견훤에게 넘어갈 사람은 아니었으나 이 소용돌이 속에 웅주 등지가 백제로 넘어갔다면 나주 병사들의 사기가 떨어질 것은 자명한 일이었다. 이 틈을 타서 견훤이 짓밟을 염려가 있었다.

본국에서는 여전히 나주를 중시한다는 것을 보여 사기를 북돋을 필요가 있었다. 구월에 들어 왕건은 시중을 지낸 구진을 나주도 대행대 시중(羅州道大行臺侍中), 즉 이 방면에서는 시중의 권한을 가진 벼슬에 임명하였다. 다른 것을 기대한 것이 아니라 시중을 지냈다는 그의 경력이 필요했다. 고려 병사들에게는 자기들을 중히 여기는 인상을 주고 견훤에게는 선종의 시중도 왕건에게 복종한다는 것을 실증하여 고려의 단결을 과시할 생각이었다.

왕건은 구진이 자기를 대수롭게 보지 않는 것을 알고 있었다. 그는 구진을 불러다 듣지 않으면 죽일 기세를 보이면서 일렀다.

"싸워 달라는 것이 아니오. 가서 앉아만 있으면 되는 일이오."

내키지 않는 걸음을 떠나는 구진을 성 밖까지 전송하고 돌아온 왕건은 일찍 집으로 돌아왔다. 불쾌하거나 조용히 생각할 일이 있을 때에 하는 그의 습성이었다.

권위가 없이는 안 되는 것이 왕정(王政)이다. 연륜에 따라 나무가 크듯이 연륜에 따라 권위도 커 가는 것이다.

이제 등극한 지 겨우 삼 개월. 밥풀이 붙는 데도 약간의 시간은 걸리는 법인데 겨우 삼 개월에 붙을 권위가 있을까?

그는 마음으로 다짐했다.

참자, 기다리자, 사람을 다치지 말자, 그리고 세월은 사람이 조바심 낸다고 늦게도 빨리도 가지 않는 것이니 마음을 가라앉히고 쌓여 가는 연륜을 기다리자.

부인 유 씨가 위로했다.

"조그만 장사에도 올라갈 때가 있고 내려갈 때도 있는데 상심하실 것 없어요. 세상만사 세월이 해결해 주니까 느긋하게 마음을 가지세요."

바로 다음 날인 구월 십사일.

이날은 왕건의 생애에서 잊을 수 없는 날이었다. 견훤의 아버지인 상주 장군 아자개가 사신을 보내왔기에 만사를 제쳐놓고 만났다.

이것은 보통 일이 아니었다. 심상치 않은 예감에 긴장하고 만났더니 사신은 놀라운 소식을 전했다.

상주 장군 아자개가 상주를 아주 바치고 고려에 와서 살게 해 달라는 사연이었다.

이것은 웅주, 운주 등지를 잃은 상처를 보충하고도 남는 사건이었다. 견훤의 아버지가 자진해서 왕건의 품에 들어왔다면 천하의 민심에 지대한 영향을 미칠 것이다.

나라의 원로로 모실 것을 약속하고 사신을 극진히 대접해 보냈다.

사신이 돌아간 지 얼마 안 되어 아자개가 당도했다.

그는 임금 왕건과 만조백관이 맞이하는 가운데 영웅 대접을 받으며 가족들과 함께 성내로 들어왔다.

굉장한 환영의식에 어리둥절하고, 굉장한 저택에 놀랐다. 노후의 팔자가 이렇게 늘어질 줄은 몰랐다.

역시 오기를 잘했다. 자식 같지도 않은 견훤이 설치는 것을 보니 언젠가는 상주를 집어삼킬 것이고, 그렇게 되면 못 볼 꼴을 보지 않을 수 없을 것이다.

특히 남원 부인은 더없이 만족했다. 견훤이 자기를 붙잡기만 하면 사지를 찢어 죽이겠다고 벼른다는 소문은 그의 귀에도 들어왔다. 소름이 끼치고 때로는 정말 사지를 찢기는 꿈을 꾸고 진땀을 흘렸다.

영감을 구슬러 일찌감치 안전한 고장에 왔으니 이제 발을 뻗고 잘 수 있게 되었다. 대접도 융숭하고 더 바랄 것이 없었다.

왕건은 아자개를 환대하고 나서 다시 앞날의 설계에 몰두했다. 송악으로 옮기면 거기서부터 대동강에 이르는 직할지는 저절로 굳어질 것이고, 나주는 이미 자기의 발판이 되었다. 평양까지 개척하면 봉건제후 같은 장군들이 즐비하여도 자기의 막강한 힘을 당할 자는 없을 것이고 따라서 감히 딴생각을 품을 자는 없을 것이다.

그는 설계가 끝나 공사도 시작된지라 송악의 건설은 다른 사람에게 맡기고 식렴을 평양 대도호(大都護)로 임명하여 현지에 보냈다. 북방에서 무시로 침범하는 오랑캐들을 막고 도읍을 건설하여 백성들을 옮겨 채우는 것이 목적이었다.

문제는 청주(淸州)에 있었다. 청주 장군 진선(陳瑄)이 견훤과 내통했다는 소식이 들어왔다.

청주는 견훤의 백제에 가까워 선종 때부터 말썽이 있었다. 이쪽 저쪽으로 주인을 바꾸고 때로는 양다리를 걸치는 일도 있었다.

전에 왕건에게 투항한 청길도 얼마 안 가 견훤과 내통했다. 노한 선종이 대병력으로 토벌하여 그를 잡아 죽이고 후임으로 앉힌 것이 지금의 장군 진선이었다. 그는 선종의 심복이라 처음부터 걱정했는데 걱정은 사실로 드러났다.

그래도 행여나 하는 마음에서 진선더러 서울로 올라오라 하고 그 후임에 마군장군 능식(能式)을 임명했다. 사람을 보내 함께 일하자고 타일 렀으나 죄 없는 이흔암은 왜 죽였느냐? 왕건은 살인귀다, 꼬여다 죽이 려는 수작이라고 종시 듣지 않았다.

이흔암을 억울하게 죽인 여파는 길게 꼬리를 끌고 있었다.

진선은 견훤에게 지원을 요청하는 한편 공식으로 반란을 선언하고 전쟁 준비를 서둘렀다.

달리 도리가 없다고 판단한 왕건의 행동은 신속 과감했다. 신숭겸을 총대장, 능식을 부장으로 한 사천 기병은 바람같이 쳐내려갔다.

진선은 아우 선장(宣長)과 함께 끝까지 싸우면서 왕건을 만고역적이 라고 욕설을 퍼부었다.

그러나 사실은 견훤도 청주를 믿지 않았다. 언제 또 배반할지 모르는 청주를 위해서 무엇 때문에 피를 흘릴 것인가. 피는 왕건으로 하여금 흘 리게 해라. 흘려도 흥건하게 흘리도록 진선을 뒤에서 부추겼다. 얼마든 지 도와줄 터이니 안심하고 싸우라고……. 그러나 실지로는 손가락 하 나 까딱하지 않았다.

신숭겸 군이 기기(機器)를 총동원하여 밤낮 퍼붓는 공격에 허술한 성 은 사흘이 못 가 떨어지고 진선과 선장은 포로가 되었다. 능식을 진무 (鎭撫)로 남긴 신숭겸은 형제를 묶어 가지고 쇠둘레로 돌아왔다.

어전에서 친국이 시작되었다. 임금 왕건은 꿇어앉은 형제를 달랬다.

"기왕지사는 덮어두고 이제부터라도 힘을 합해 일을 잘해 봅시다."

"이 뱃놈아, 사내로 태어나 너 같은 역적의 신하가 될 인간이 어디 있 단 말이냐!"

진선이 고함을 지르자 선장도 한마디 했다.

"개뼉다귀 같은 자식이 용상에 앉은 꼴은 못 보겠다."

왕건은 신숭겸을 돌아보았다.

"신 장군의 생각은 어떻소?"

신숭겸은 나지막이 대답했다.

"의형대로 넘기시지요."

왕건은 형리들을 불러 진선 형제를 의형대로 넘기게 하고 일어섰다.

"신 장군 들어오시오."

안에 들어가 함께 차를 들면서도 신숭겸은 말이 없었다.

"진선 형제를 의형대로 넘기라고 한 데는 뜻이 있는 것 같은데 내 아무리 생각해도 잘 모르겠소."

신숭겸은 차를 한 모금 마시고 대답했다.

"성상께서 직접 참수형을 명령할까 걱정돼서 그렇게 말씀드렸습니다."

"장군은 참수형에 반대요?"

"아닙니다. 참수형은 당연하지요."

"그럼 무슨 뜻이오?"

"저는 배운 것이 없어 잘 모르겠습니다마는 군왕은 덕을 쌓아야 한다고 들었습니다. 덕이 무엇인지 몰라 어느 스님에게 물었습니다. 남에게 가슴 아픈 일을 하지 않고 되도록 좋은 일을 하는 것이 덕이라고 합디다. 외람된 말씀입니다마는 여러 사람들이 보는 가운데 성상께서 직접 사람을 죽이라고 명령하시는 것은 이 스님이 얘기하던 덕과 상치되는 듯싶어 그렇게 말씀드렸습니다."

"옳은 말이오."

"신은 법도를 잘 모릅니다마는 부득이한 것은 몰라도 그렇지 않은 것은 소관 관서에 맡기시고 성상께서는 인자한 임금이 되도록 힘쓰시는 것이 좋을 듯합니다."

"내 마음에 새기리다. 참는다면서도 혁명 초라 흥분한 탓이겠지요. 나서지 않아도 될 때 나서서 사람의 목을 베는 데 관여하고……, 생각하면 부족한 일이 많았소."

"신은 앞으로도 성상께서 옳은 말을 너그러이 받아들이시고 잘못은 고집하지 마시구 즉시 고치시는 명군(名君)이 되어 주셨으면 합니다."

"잘못이 있거든 언제든지 말씀해 주시오."

"황공하오이다."

신숭겸은 육중한 몸집으로 대청을 움찔거리면서 물러갔다.

진선 형제의 토벌로 유월에 시작된 피의 소용돌이는 일단 가라앉고 왕건은 평온한 가을을 맞았다.

송도 松都

919년 정월.

왕건 사십삼 세.

송악에 서울을 옮기고 개경(開京)이라 명명한 왕건은 규모 있게 건설된 수도의 모습에 만족하였다. 관서(官署)와 군부(軍部)를 개폐하여 새로 정비하고 바둑판같은 거리에 시장도 들어섰다. 사람들은 이 개경을 아끼고 일반에서는 개경보다 속칭 송도(松都)가 애용되었다.

정월 십사일. 등극한 후 처음 맞는 생일.

임금의 생신이라 공식으로는 천추절(千秋節)이라고 불렀다.

신하들의 하례를 받고 간단한 연회가 끝난 다음 왕건은 영안성을 비롯한 예성강과 서해 포구의 옛 친지들을 궁중으로 초대하여 잔치를 베풀었다. 그러나 예측대로 종희의 모습은 보이지 않았다. 따로 찾으리라.

열아홉에 장사를 버리고 쇠둘레로 선종을 찾아간 지 이십사 년······.

갖은 우여곡절 끝에 임금이 되어 고향을 서울로 삼고 돌아온 것이다.

당시의 어른들은 대개 돌아갔으나 옛 친구들은 대를 이어 장사하는 사람들이 많았다.

어린 시절을 함께 자란 친구들…… . 사십을 갓 넘었건만 난세의 고달픈 세월을 아로새긴 듯 흰머리가 섞인 사나이들도 적지 않았다. 왕건은 거추장스러운 궁중 의상을 벗어버리고 바지저고리 차림으로 그들과 어울렸다.

그들은 왕건을 진심으로 환영하고 개중에는 술을 권하면서 눈물을 글썽이는 친구들도 있었다. 왕건도 감개무량했다. 평온한 시대라면 자기도 그들과 함께 배를 타고 장부를 뒤적이고 있을 것이다.

난세의 영웅 선종과 우연히 맺은 인연으로 해서 운명이 크게 뒤틀렸다. 그리고 생각지도 않던 임금이 되어 오늘 그들과 다시 만난 것이다.

친구들, 그리고 송도의 모든 사람들에게 이날처럼 기쁜 날은 일찍이 없었다. 난세에 고향의 친근한 벗이 임금이 되어 강력한 보호자로 돌아와 주었다. 더구나 그는 천성이 유순하고 옛정을 잊지 않는 의리가 있고 이해심이 많은 사람이다. 그가 있는 한 걱정할 것이 없었다.

그의 덕분으로 보잘것없던 이 고장이 거창한 수도가 되어 많은 관리, 군인, 승려, 장인(匠人)에서 장사치들에 이르기까지 각양각색의 인간들이 들끓게 되었다. 장사에 능한 그들에게는 창창한 앞날이 내다보였다. 그들에게 왕건은 임금이요 벗이며 은인이기도 했다.

다음 날은 몇 사람 안 되는 고로(故老)들을 초대했다. 돌아가신 아버지의 친구 강돌 영감 시절에 함께 당나라로 내왕하던 사람들이다. 나이 들어 가업을 자식들에게 맡기고 지금은 은퇴하여 손자들을 돌보며 죽을 날을 기다리는 처지였다.

왕건은 그들에게 큰절을 했다.

"왕륭의 아들 왕건이올시다."

노인들은 그의 소매를 잡고 말렸다.

"폐하, 이러시면 신들은 설 땅이 없습니다. 앉아서 절을 받으시지요."

왕건은 일어서려는 노인들을 붙잡아 앉혔다.

"친구의 아들이라 생각하시고 잘못이 있으면 꾸짖어 주시고 소원이 있으시면 알려 주십시오. 할 수 있는 심부름은 다하겠습니다."

치아가 튼튼치 못한 노인들을 위해 특별히 마련한 음식과 술로 성의껏 대접하고 섭섭하지 않게 선물도 주어 병사들로 하여금 집까지 모시게 했다.

여자들에게도 대접이 없을 수 없었다. 부인 유 씨는 따로 옛 친구와 어른들을 모셔다 음식을 대접하고 대궐 구경을 시키고 선물을 안겨 보냈다.

송도 안팎에는 성군(聖君)이 나타났다는 소문이 파다하게 퍼졌다. 행여 왕건을 대수롭게 안 보는 자가 있다 하더라도 감히 입 밖에 낼 분위기가 못 되었다.

왕조를 창건하였으니 종묘가 없을 수 없었다. 작년에 등극한 초기부터 이 일을 생각하고 전국에 사람을 보내 되도록 좋은 삼(杉)나무 거목을 베어 배로 실어다 송악에 쌓아 두었다.

생나무는 트고 금이 가기 쉬운지라 마르기를 기다려 겨울부터 공사를 시작하는 한편 송악 고을에 흩어져 있는 삼대(三代) 이하의 산소를 능(陵)으로 확장하는 공사도 아울러 진행하였다.

삼월.

종묘가 완성되자 왕건은 문무백관을 거느리고 증조부, 조부, 부친의 삼대를 왕으로, 그 배필을 왕후로 추존하는 의식을 거행하였다.

중조부 보육(寶育)은 시조(始祖) 원덕대왕(元德大王), 후(后)는 정화왕후(貞和王后), 조부 작제건(作帝建)은 의조(懿祖) 경강대왕(景康大王), 후는 원창왕후(元昌王后), 아버지 왕릉은 세조(世祖) 위무대왕(威武大王), 어머니는 위숙왕후(威肅王后)라 하여 미리 마련된 밤나무 위패를 모시고 헌작을 한 다음 주악이 울리는 가운데 백관과 더불어 사배를 드리고 물러나왔다.

종묘에서 물러나온 왕건의 행렬은 가까운 예성 강변에 있는 부모의 산소부터 찾아 떠났다. 산소의 명칭은 창릉(昌陵).

중조부는 기억에도 없고 조부의 얼굴은 희미한 영상으로 떠올랐다. 강렬하게 살다 간 부모의 인상은 지금도 선명하게 남아 있었다.

마차 속에서 당나라 해적들에게 참살당한 어머니, 오뇌 속에 금성에서 객사한 아버지를 생각하고 있는데 옆에 앉은 왕후 유 씨가 물었다.

"두 분이 다 훌륭하셨다지요?"

"응."

왕건은 건성으로 대답했다.

"생전에 못 뵈온 것이 한이네요."

왕건은 대답이 없었다.

한참 가는데 행렬이 주춤하고 전방이 떠들썩했다.

길가의 초가 앞, 채소밭에서 백발노인과 연도를 경비하던 창병(槍兵) 사이에 시비가 붙어 팔뚝질을 하고 있었다.

"무슨 일이냐?"

마차 옆을 호위하던 기병이 달려갔다 돌아왔다.

"황공하오나 요망한 소리를 지껄이는 노인이랍니다."

왕건은 웃었다.

"나를 욕하는 모양이군, 그냥 둬."

"그게 아니옵고 돌아가신 세조대왕께서 어떻구, 황공하옵기 이를 데 없는 소리를 지껄인답니다."

왕건의 얼굴색이 달라졌다

"내 친히 국문할 터이니 궁중에 끌어다 옥에 가두라고 해라."

병성은 다시 말을 달려 가고 멎었던 행렬은 움직이기 시작했다.

예성강 남안, 양지바른 언덕에 잠든 어머니와 아버지의 창릉.

제례(祭禮)를 끝내고 풀밭에 앉은 왕건은 강과 바다를 바라보면서 생전의 부모를 생각했다.

해적들과 싸우면서 내왕하던 아버지의 바다. 한번 떠나면 기약이 없는 아버지를 기다리느라 강변을 서성거리던 어머니의 예성강. 그리고 어릴 때의 설리와 종희, 자기 왕건. 즐거운 일보다 서러운 일로 얽은 사연들은 강물처럼 흘러가고 추억만 남아 있다. 그 추억도 세월이 가고 사람들이 가면 옛 이야기로도 남지 않을 것이다.

"다른 능에도 가서야 하지 않겠습니까?"

신숭겸이었다.

왕건은 일어서 근처에 있는 설리의 무덤에 진달래를 한 송이 놓고 다시 마차에 올랐다.

이튿날 아침 왕건은 건성으로 조반을 들고 내전을 나섰다. 조회도 그만두라 하고 정전 앞에 마련된 장막에 들어가 교의에 앉았다.

"그 늙은이를 끌어내라!"

처음부터 노기를 띤 목소리였다. 전에 없는 일이라 관원들은 어쩔 줄 모르고 허둥댔다. 옆에 시립한 신숭겸은 병사들에게 양쪽 겨드랑이를 끼여 끌려 나오는 백발노인을 바라보다가 허리를 굽혔다.

"반드시 친국을 하셔야겠습니까? 신이 대신 문초를 하면 안 될까요?"

"친국을 해야겠소."

장대한 체구의 신숭겸은 허리를 펴고 입맛을 다셨다.

왕건은 어제 이 노인과 시비하던 병정에게 물었다.

"어제 있던 일을 빠짐없이 고해라."

노인의 옆에 한 무릎을 세우고 앉은 병정은 밤새 연습이라도 한 듯 거침없이 엮어 내려갔다.

"연도의 경비를 서고 있는데 이 노인이 중얼중얼하면서 나오더니 배추밭에 앉아 벌레를 잡기 시작했습니다. 폐하의 행차가 계시니 집으로 들어가라고 해도 듣지 않습디다. 횡설수설하면서."

"뭐라구 횡설수설하더냐?"

"자세히는 알아들을 수 없었고, 벌레라도 왕벌레라느니, 목에 가래가 끓는다느니 두서없는 소리가 간간이 들려왔습니다."

"……."

"그렇게 중얼거리는 속에 황공하온 몇 마디가 들렸다는 말씀입니다."

"……."

"왕릉이 그 애가……, 황공하옵니다, 사실대로 아뢰다 보니……. 지금 어디 있노? 이런 요망한 소리를 들었습니다."

왕건은 노인을 뜯어보았다. 어디서 본 듯하기도 한데 분명히 이 고장 사람은 아니었다. 병정은 계속했다.

"그뿐이 아닙니다. 식충은 면할 줄 알았더니 찾아오지두 않구, 통 틀려먹은 후레자식이다……, 황공합니다, 사실대로 아뢰다 보니……, 이런 요망한 소리를 했습네다."

"……."

왕건은 노인을 주시하고 병정은 계속했다.

"또 있습니다. 그눔아 신짝 같은 새끼를 달구 댕기더니 물에 빠져 죽었나……, 황공하옵니다……, 범이 씹어 갔나……, 이러지 않겠습니까?"

왕건은 노인의 얼굴이 희미하게 떠오르는 것을 느꼈다.

"이 노인이 어떤 사람인지 알아보았느냐?"

둘러선 포졸들에게 물었다.

얼마 전 당나라에서 건너왔는데 가족이라고는 사십을 넘은 며느리 하나뿐, 그 며느리마저 노망기를 견디다 못해 도망쳤다는 것이다. 왕건은 짚이는 데가 있었다.

삼십 년 전, 열 살 전후해서 아버지를 따라 몇 번 당나라에 무역을 간 일이 있었다.

그쪽 땅 황해 연안과 황하, 회수(淮水) 연변의 큰 도시에는 신라방(新羅坊)이 있고 시골에는 신라촌(新羅村)이 있었다. 방에는 총관(摠管), 촌에는 촌장이 있어 신라 사람들끼리 자치(自治)를 하고 있었다.

배를 타고 건너가면 신라방에 물건을 풀고 당나라 사람들과 흥정이 붙었다.

신라방에 사는 사람들은 고국에서 오는 사람들의 뒷바라지를 해 주고 이쪽 물건을 팔고 저쪽 물건을 사들이는 일도 거들어 주었다.

오래된 일이라 이름은 기억에 없으나 이 노인, 그때 양주(揚州) 신라방에서 본 것 같다. 아버지가 객지에서 중병에 걸렸을 때 여러 달을 두고 돌봐줘서 살아나게 한 그 사람이 아닐까? 왕건은 노인에게 말을 걸었다.

"노인장 이름이 뭐요?"

"뭐라구? 배가 고프냐구?"

왕건은 오라를 풀어 주고 식사를 가져오게 했다. 노인은 삼월의 따스한 태양 아래 다리를 뻗고 양껏 먹고는 트림을 했다.

"사람을 알아보는구나. 넌 누구냐?"

왕건을 손가락질했다. 포졸들이 달려드는 것을 왕건이 손짓으로 가로막았다.

"노인장, 당나라의 어느 신라방에서 왔소?"

이 말에는 귀가 트이는 모양이었다.

"그래, 신라방이라두 제일 큰 양주 신라방의 총관이다. 사람을 몰라보구설랑 오랏줄에 묶어? 너희들 도둑놈들이지?"

노인은 둘러보고 눈을 부라렸다. 적어도 팔십은 넘어 보이는 노인, 노망이라도 이만저만이 아니다. 모두들 어쩔 줄 몰랐으나 왕건은 미소를 지었다.

"그렇소, 도둑놈들이오."

"도둑이 아니라구? 난 보면 안다. 도둑이라두 못된 도둑들이다."

왕건은 노인의 귀에 대고 큰 소리로 외쳤다.

"맞았소."

"그럼 그렇지. 내 눈에 틀림이 있을라구. 산전수전 다 겪은 나란 말이다."

왕건은 또 외쳤다.

"왕륭을 아시오?"

이 소리에 그의 두 눈이 빛났다.

"죽일 놈이다. 우리 신라방에 열 번은 더 들렀구 그때마다 우리 집에 묵었다. 이십 년이나 젊기에 아들처럼 생각했는데 이 못된 놈의 자식이 코빼기두 안 뵈니 이게 사람이야? 짐승이지."

"왕륭은 죽었소."

"으-응, 죽다니? 그렇게 젊은 애가 죽어?"

이 노인은 사십 년 전에 살고 있었다. 포졸들 보기에도 민망한 소리만 토해 내는지라 신숭겸은 또 허리를 굽혔다.

"그만 집에 돌려보내시지요."

그러나 왕건은 또 노인을 향해 외쳤다.

"왕륭은 죽고 내가 그 아들이오."

"그─래? 네가 신짝 같던 그 아들이란 말이냐?"

왕건이 끄덕이자 노인은 그를 손가락으로 가리키며 더욱 수선을 떨었다.

"왕륭의 새끼가 도둑이 될 줄은 몰랐다. 이놈아, 세상에 할 일 없어 도둑질을 한단 말이냐?"

신숭겸이 또 나섰다.

"이대로 두었다가는 폐하의 체통에도 관계될 터이니 먼 고장에 집을 마련하고 먹을 것을 대주는 것이 어떻겠습니까?"

왕건이 대답하기 전에 담당 군관도 한마디 했다.

"차라리 없애 버리는 것이 깨끗할까 합니다."

왕건은 신숭겸에게 일렀다.

"아버지의 은인이오. 성내에 적당한 집을 마련하구 돌봐줄 사람도 보내요. 고칠 수 있겠는지는 모르겠소만 전의시에 말해서 약도 쓸 대로 써보구요."

"말씀은 알아듣겠습니다마는 저 노망한 것이 된 소리 안 된 소리 지껄여서 왕실의 존엄을 해칠까 걱정입니다."

"존엄을 해치다니?"

"정신이 혼미한 인간의 입에서 무슨 소리가 나올지 어떻게 알겠습니까?"

왕건은 신숭겸을 쳐다보았다.

"내 조상의 이야기 말이오?"

"그렇습니다."

왕건은 혼잣말같이 뇌까렸다.

"훌륭한 조상에 부족한 후손들이지."

침묵이 흐르는 가운데 홍유, 배현경, 복지겸 세 사람이 들어와 노인을 힐끗 내려다보고 허리를 굽혔다.

"심기가 편치 않으시다는 소문을 듣고 신 등 문안을 드리러 뵈었습니다."

홍유가 대표로 한마디 하자 왕건은 도리어 웃는 얼굴이었다.

"반대로 아주 심기가 즐겁소."

그는 노인을 끌어온 군관을 돌아보고 일렀다.

"성내에 채비가 될 때까지 그 집에 도루 모시고, 우선 군대에서 공급을 맡고 의원의 진맥도 받도록 해라."

포졸들에게 겨드랑이를 끼여 일어서면서 노인은 고래고래 고함을 질렀다.

"왕륭의 자식이 도둑놈이라? 바다 건너도 개판, 이쪽도 개판, 더 – 럽다, 더 – 러워."

노인이 밖으로 사라지자 새로 들어온 세 사람은 어리둥절하고 홍유가 또 대표격으로 물었다.

"어찌 된 일이십니까?"

왕건은 나졸들을 시켜 자리를 깔고 네 사람과 함께 둘러앉았다.

"하마터면 내 큰 실수를 할 뻔했구만. 신 장군, 자초지종을 얘기해 드리오."

몸집은 커도 말이 서툰 신숭겸은 띄엄띄엄 말을 이어갔다.

"가만있자. 이렇게 화창한 날 맹숭맹숭하게 둘러앉아 있는 것도 뭣하니 너 가서 술이나 한잔 가지고 오너라."

왕건이 손짓으로 병정을 불러 속삭이는 동안에도 신숭겸의 어설픈 설명은 계속되고 마침내 이렇게 결론을 내렸다.

"아까 들었지요? 다른 것은 다 그만두구, 성상을 도둑이라고 불러 댈 테니 그게 걱정이란 말이오."

세 사람은 아직도 딱히 영문을 모르는 얼굴이었다.

"보기는 옳게 봤지. 도둑이라도 나라를 도둑질했으니 큰 도둑이지."

왕건은 이렇게 말하고 웃었다. 네 사람도 따라 웃을 수밖에 없었다

나인이 주안상을 들고 오자 술을 나누며 왕건은 더욱 유쾌한 표정이었다.

"신 장군, 아까 내 조상 걱정을 했는데 염려할 것 없소. 이 고장의 선대 사람들은 기우(氣宇)가 큰 분들이었소. 만 리 파도를 헤치고 해적들과 싸우며 북은 산동(山東)으로부터 양주 항주(杭州)를 거쳐 남은 광주(廣州)까지 누볐소. 중국 사람들뿐 아니라 서역(西域) 사람들과도 무역하고 점성(占城, 중부 베트남), 진랍(眞臘, 캄보디아), 여송(呂宋, 필리핀)에도 가서 활약했소. 수만 리 파도 길을 멀다 않고 유무상통하여 백성들의 생활을 윤택케 하고 자손들에게는 재산을 남겼으니 이게 얼마나 장한 일이오? 내 조상들도 그런 분들의 틈에 끼었으니 이건 우리 집안의 명예지요. 신 장군, 안 그렇소?"

"듣구 보니 그렇습니다."

광해주(光海州, 강원도 춘천)출신의 이 무사는 전쟁에는 용감해도 언제나 순박한 성품이었다.

"고구려가 망한 후 우리 족속은 반도에 오그라들어 좀스러워졌단 말이야."

왕건은 술을 찔끔 마시고 탄식했다.

"그렇습니다. 한때 궁복(弓福)이 바다를 휩쓸고 그 기상을 되살리다가 모함에 걸려 죽으니 그것으로 끝장이고……."

홍유가 맞장구를 쳤다.

"홍 장군 말이 맞소."

왕건은 고개를 끄덕였다.

입 밖에는 내지 않았으나 왕위에 오른 이상 크게 한판 벌일 생각이었다. 당나라가 쇠망하고 여러 나라가 들어서서 대륙은 사분오열 상태에 있다. 이 기회에 중간에 나서 발해와 신라가 손을 잡게 하고 모두가 힘을 합쳐 제몫도 찾지 못한 옛날의 삼국통일을 바로잡을 수 없을까? 세 나라가 통합이 어렵다면 동맹관계라도 좋다. 하여간 이 기회를 놓쳐서는 안 된다고 늘 생각해 왔다.

그런데 난데없이 서쪽(몽골지방)에서 거란(契丹)이 일어나 동으로 발해를 압박하고 있는데 발해 조정은 집안싸움으로 지새우니 망할 날이 멀지 않은 것 같다. 신라는 여전히 저 모양이고…….

"무슨 언짢은 일이라도 계십니까?"

머리가 빨리 도는 복시겸이 물었다.

"언짢기는……. 옛날 아버지의 은인을 만났으니 오늘같이 기쁜 날도 없지요."

왕건은 덤덤한 얼굴로 돌아와 그들과 함께 허물없는 말을 주고받았다.

"신은 지금도 알 수 없는 일이 한 가지 있습니다."

배현경, 예전의 백옥삼이었다.

"뭔데?"

"작년 여름, 등극 초에 신라에 보내신 국서 말씀입니다."

"그 국서가 잘못됐소?"

"성상께서 신라 왕에게 칭신하신 건 지금도 이해가 안 갑니다."

"그 말이로군."

신라의 서울 금성 출신으로 그 귀족들이 사람을 사람으로 보지 않고 거들먹거리는 것을 보다 못해 뛰쳐나온 배현경의 심정을 왕건은 잘 알고 있었다.

그는 중국, 거란, 발해 등 주변의 험악한 정황부터 설명하려다 말고 되도록 말수를 줄였다.

"사방이 모두 험악한데 이 좁은 반도 안에서 서로 헐고 뜯다가는 큰일 나오. 신라를 종주국으로 보시고 빨리 뭉쳐야지요."

"종주국으로요?"

배현경의 안색이 달라졌다.

"뭉치려면 중심이 있어야 하는데 신라 외에는 없지 않소?"

"성상이 계시지 않습니까?"

"허허……."

왕건이 웃어넘기자 배현경은 정색을 했다.

"장난으로 나라를 세우신 건 아니겠지요?"

"배 장군, 신라가 건국한 지 몇 해요? 금년으로 구백칠십육 년이란 말이오. 천 년의 전설과 신화로 무장한 것이 신라 왕실이 아니겠소? 백성들이 입으로는 불평도 하고 욕도 하지마는 마음속으로는 누구를 진짜 왕이라고 생각할 것 같소? 역시 신라 왕이 진짜 왕이고, 이 왕건이나 견훤은 아까 그 노망한 늙은이의 말마따나 도둑으로밖에 안 본단 말이오."

"그렇다면 그 썩은 인간들을 떠받들려고 이 고생입니까?"

"모든 건 세월이 해결하는 법이오. 썩은 것은 무너지고 생생한 것은 일어서게 마련이니 과히 걱정 마시오. 내가 칭신을 했다고 썩은 것이 일어설 것 같소?"

배현경은 더 말하지 않았으나 역시 불평인 눈치였다.

"전 임금에게 한마디 했다가 핀잔을 받았소마는 천하를 잡는 일은 곧 천하의 민심을 잡는 일이오. 신라 왕과 견훤은 물론, 백성들에게도 겸양하고 머리를 숙입시다. 이것이 우리가 가진 제일 좋은 무기라고 생각하는데 여러분의 생각은 어떻소?"

왕건은 네 사람을 바라보았다.

"옳은 말씀이십니다."

신숭겸이 대답하고 다른 사람들은 고개를 끄덕였다.

근본을 따지자면 성(姓)도 없는 백성들, 천대를 받을 대로 받다 못해 군대에 들어와 졸병부터 시작한 사람들이다. 그런 이치는 글로 배운 왕건보다 피부로 체험한 그들이 더욱 절실히 느끼고 있었다.

나이로도 그렇다. 왕건같이 선종과의 친분으로 단박 장군에서 시작한 것이 아니라 졸병부터 올라온 사람들이어서, 모두 그보다 연상으로 생사의 고비를 수없이 겪었었다. 배운 것이 없으니 글로 하는 벼슬은 감당할 수 없으나 전쟁에는 명수들이었다.

세상 돌아가는 이야기를 하다가 왕건은 아무래도 발해는 망할 것 같다고 탄식했다.

"그들도 원래 우리 족속, 우리 강토인데……. 예로부터 하늘은 우리 족속에게 너무 가혹했소."

"그렇기도 합니다마는 따지고 보면 옛날 백제, 고구려 다 스스로 망한 연후에 남에게 패망한 것으로 알고 있습니다."

복지겸이었다.

"스스로 망한 연후에 남에게 패망한다? 좋은 이야기요."

왕건의 맞장구에 복지겸은 한마디 더 했다.

"나라 안이 정돈되지 않았는데 거란이 발해를 휩쓸고 내려오면 큰일입니다. 무사다운 무사들을 길러야 하지 않겠습니까."

"무사다운 무사……."

"정신이 똑바로 박힌 군사들을 많이 기르는 일 말입니다."

처음부터 선종을 따라나선 복지겸은 초기의 선종을 생각하고 말했으나 그의 이름은 입 밖에 내지 않았다. 그러나 왕건은 알아차렸다.

"좋은 생각이오. 이 도성 안에 절을 열 개쯤 지으면 어떻겠소? 고명한 스님들을 모셔다가 병사들의 정신수련장으로 쓰게 말이오."

모두들 찬성이었다. 이리하여 법왕사(法王寺), 왕륜사(王輪寺) 등 새로 지을 절들의 이름을 짓는 데 화제를 옮겨 갔다.

며칠 후 신숭겸이 말씀드릴 일이 있다고 찾아왔다.

"큰일 났습니다. 그 노인, 도저히 감당할 길이 없습니다."

"지금 어디 있소?"

"성내에 집을 마련하고 돌볼 사람도 붙여 놓았는데 걸핏하면 거리에 나가 이 사람 저 사람 붙잡고 세조대왕의 욕설이랍니다."

"뭐라구 욕하는데?"

"황공합니다마는 사실대로 말씀드리기는 거북합니다."

"괜찮소."

"계집이라면 사족을 못 쓰는 그 왕륭이란 애……, 황공합니다, 어디 갔어? 뛰놈 가시나를 쑤신 걸로 말하면 백에서 하나두 안 빠지지, 안 빠지구 말구……."

왕건은 소리를 내어 웃었다.

"신 장군은 여자를 싫어하오?"

"그런 건 아닙니다마는……."

"남자란 다 그렇지 않소? 흉될 것도 아닌데."

"그뿐이 아닙니다. 걸핏하면 폐하를 신짝만 한 왕륭의 새끼라고 합니다."

"하기야 그때는 신짝보다 클 것도 없었지."

왕건은 또 웃었다.

"폐하, 이건 웃을 일이 아닙니다. 그 신짝이 도둑놈이 됐으니 모두들 문단속을 잘 하라고 가가호호 찾아다닌답니다."

"문단속이야 할수록 좋지 않소?"

"문단속은 둘째 치고 왕실의 체통이 말이 아닙니다."

신숭겸은 시무룩했다.

"신 장군 생각으로는 어떻게 하면 좋겠소?"

신숭겸답지 않은 대답이 나왔다. 시달릴 대로 시달린 모양이었다.

"쥐두 새두 모르게 목을 잘라 버리는 것이 좋겠습니다."

"세상에는 비밀이 없소. 정신이 오락가락하는 팔십 노인의 목을 베었다고 왕실의 체통이 설 것 같소? 더구나 아버지의 은인을 말이오."

"그렇다고 저 모양으로 도성을 누비고 다니는 걸 어떻게 방치하겠습니까?"

"의원은 뭐랍디까?"

"손댈 여지가 없답니다."

"신 장군, 기인(奇人) 한 사람쯤 있는 것도 심심풀이로 좋지 않소?"

신숭겸은 더 말하지 않고 물러갔다.

봄과 여름을 통해서 이 노인의 입에서는 별별 소리가 다 쏟아져 나왔다.

왕륭이 양주에 오면 유별나게 파란 눈의 여자를 쫓아다녔다는 이야기며, 길바닥에서 치고받고 싸우던 이야기, 주사(酒肆)에서 주정을 하다가 얻어터지던 이야기까지 안 나오는 것이 없었다.

왕건은 언제나 신짝이요 도둑이었다.

듣는 사람으로서는 재미없을 리 없었다. 들은 이야기에 꼬리를 붙여 구구전승으로 퍼뜨리고, 호기심이 많은 인간들은 일부러 찾아와서 이야기를 조르기도 했다. 어제 하던 이야기와 오늘 하는 이야기가 다르기도 하고 상충되는 경우도 허다했으나 재미있기는 매일반이었다.

심지어 자기는 양주 신라방의 총관이 아니라 양주도독(揚洲都督)이라고도 했다. 중국 황제와도 친한 처지라 그쪽에 어려운 일이 있으면 자기의 편지 한 장으로 알아본다고 큰소리였다.

노인의 덕분으로 왕실에 대한 쑥덕공론은 장안을 휩쓸고 시골로 번져 갔다. 유쾌할 수 없는 공론이었고 은근히 왕실을 깔보는 풍조도 일어났다.

그러나 시일이 흐름에 따라 사람들의 생각도 달라졌다.

설사 망령이 들었다 하더라도 선대를 욕하고 자기를 도둑이라고 떠들어 대는 인간을 가만히 두는 임금이 고금에 또 있을까?

가만히 둘 뿐 아니라 의식주를 제공하고 보호자까지 붙여 극진히 대접하니 이건 무슨 까닭일까? 알고 보니 선대의 은인이라고 한다.

사실인즉 왕룡뿐만 아니라 송악 고을 출신으로 중국과 무역하는 사람 치고 그의 덕을 보지 않은 사람이 없다는 소문이었다.

쑥덕공론은 방향이 바뀌지 않을 수 없었다. 임금은 역시 의리 있는 데다 인자하고 너그럽기 이를 데 없는 성인이라는 것이다.

재미있게 듣기는 해도 그대로 믿는 사람은 줄어들고 노인은 사람들의 놀림감으로 변해 갔다.

아이들까지 그를 보면 놀려 댔다.

"어—, 양주도독의 행차시다."

"중국 황제에게 편지 한 장 써 주실까?"

그때마다 항상 그를 보호하고 다니는 사나이가 아이들을 쫓아 버리곤 했다.

그러던 노인이 여름 복중에 세상을 떠났다. 몸져눕지도 않았는데 아침에 일어나니 잠자듯이 숨이 끊어져 있더라는 것이다.

신숭겸의 주재로 간소하나마 엄숙한 장례를 치르고 서해 바닷가 명

당자리에 서쪽을 향작으로 묻었다. 평생을 보낸 대륙을 바라보라는 뜻이었다.

"비석도 세워 드려요."

왕건이 일렀으나 신숭겸은 웃었다.

"이름을 알아야 합지요."

"참 그렇군. 나무아미타불이라고 새길까?"

노인이 사라지니 개경 사람들은 서운하고 심심했다.

왕건은 왕신 한 사람만 데리고 종희를 찾았다.

왕족이 장사를 하는 것은 전례 없는 일이라 왕신 형제는 왕건이 등극하면서부터 가게를 닫고 시종(侍從) 자리에 앉아 있었다.

왕건은 개경에 옮겨 온 당초부터 왕신을 보내 만나자고 했으나 거절을 당했다. 관(官)하고는 아예 담을 쌓았으니 만날 생각이 없다, 가지도 않을 터이니 오지도 말라는 대답이었다.

가슴에 맺힌 한이 아직도 안 풀렸구나……. 시일을 두고 천천히 보기로 했다.

종희는 그 집에 그대로 살고 있었다.

채소밭에서 풀을 뽑다가 일어서지도 않고 쳐다보았다.

"오지 말라는데 왜 왔어?"

그의 첫마디였다.

왕건은 대답을 기다리지 않고 대문으로 들어갔다. 부인이 달려와 마당에서 큰절을 하기에 왕건도 맞절을 했다.

임금이 되어서도 옛날과 다름없고, 어떻게 대해야 좋을지 어리둥절한 눈치였다. 왕건은 가지고 온 술과 안주를 건네주고 부탁했다.

"저 고집불통을 좀 끌어들여다 주시오."

왕건은 왕신더러 강에 나가 낚시질이나 하라고 내보내고 마루에 올라가 앉았다.

부인은 주안상을 차려 마루에 들여놓고 채소밭에 나가 억지로 남편을 끌고 들어왔다. 종희는 호미를 쥔 채 마당 한복판에 서서 그를 노려보다가 손을 씻고 올라와 마주 앉았다.

"너 임금이라는 것이 됐다구 희게 놀러 온 건 아니겠지?"

"좀 희게 놀아야 쓰겠다."

"그럼 희게 놀아 봐라."

"맑은 정신에 희게 놀자니 멋쩍다. 한잔씩 한 연후에 시작하자."

왕건은 손수 술병을 따서 잔에 부었다.

"가만있자. 오래간만인데 부인도 오시라구 해야지."

그는 부인을 불러들여 자리를 권했다. 부인은 들어오기는 했으나 옛날과는 다르다는 조바심에서 말 한마디 제대로 하지 못했다.

"이집 대문을 들어서는 순간부터 나갈 때까지는 옛날 그대로의 왕건이올시다. 옛날이 그리워 왔으니 옛날 그대로 대해 주시지요."

두 사람은 말없이 술을 마시고 부인도 조금 마셨다. 부인은 임금이 몸소 찾아왔으니 집안의 영광이라고 생각하는 눈치였으나 종희는 술을 들면서도 가끔 노려보는 것이 심상치 않았다.

술기운이 어지간히 돌아가자 종희가 시비를 걸었다.

"너, 임금이 됐으니 이 나라에 사는 사람 치고 억지로라도 너의 신민이 아닌 사람은 없겠지. 그러나 나는 다르다."

"그래, 너는 달라. 내 친구지, 신도 민도 아니다. 그럼 됐지?"

"됐다."

"생활은 어떻게 하시지요?"

왕건이 부인에게 물었다.

"폐하께서 서울을 송도로 옮기시는 바람에 장사가 더욱 활기를 띠어서 조카들이 풍족하게 대 주고 있습니다. 아무 염려 없습지요."

"아이들은 여전히 물가에 나갔군요?"

"네, 물에서 세월을 보냅니다."

"우리가 어렸을 때도 그랬으니까요."

흰눈으로 둘을 노려보던 종희가 끼어들었다.

"희게 논다더니 그게 흰 거야? 진짜루 한번 희게 놀아 보실까?"

부인이 말렸으나 종희는 듣지 않았다.

"흰 부탁이 있다."

"말해 봐."

"시중이 돼 다우."

"이기 정말 희기는 희구나. 종희더러 왕건의 시중이 되라, 확실히 희게 놀았다."

"이렇게 고마울 데가 어디 있어요. 더구나 지존께서 몸소 오셔 가지구."

부인은 마음이 동하는 눈치였으나 종희는 그렇지 않았다.

"당신 우습게 놀지 말아요."

왕건은 달랬다.

"너 왜 그러니? 원수진 것도 아니구 옛날처럼 가까이 지내면서 나랏일을 한번 잘해 보잔 말이다."

"들어 봐. 지금 와서 보니 이 종희는 너를 임금으로 만들기 위해서 이십여 년 동안 갖은 고생을 다했구, 죽을 고비도 수없이 넘겼다. 그 값을 받아 내야겠다."

"그러니 시중이 돼 달라구 하잖아? 시중은 임금 다음이 아닌가?"

"시중이라면 너의 신하가 아니야? 아까 너의 신하는 안 된다구 못을 박았잖아!"

"시중은 못하겠다, 고생한 값은 내라. 도대체 어떻게 하면 되냐?"

"간단하다."

"어떻게?"

"돈을 내라."

"돈을?"

"전에 얘기한 대로 바다에 나가야겠다. 여기 사람들하구 동사를 해서 큼직한 무역선단을 만들어 가지구 천 리 만 리 바다를 누벼야 직성이 풀리겠다."

"좋다. 공으로 말하면 너는 일등공신이다. 나라에서 그만한 보상은 받을 만하다."

"나랏돈만 낼 생각을 말구 네가 갖구 있는 금덩이도 다 내놔! 넌 노랭이니까 적지 않게 모아 뒀을 게다."

왕건은 선선히 대답했다.

"다 내놓지."

"임금이면 됐지, 금덩이가 무슨 소용이야. 안 그래?"

"낸다니까."

"너두 알지? 장사의 세계에서는 돈을 많이 내는 사람이 대장이다."

"그렇지, 너는 된다면 대장이 돼야지. 요구하는 대로 줄게."

"요구라니? 있는 대로 다 내놔."

"내놓지."

"그럼 용서했다."

종희는 비로소 씩 웃었다.

"이거 내가 죄인 같구나. 용서구 뭐구."

왕건도 웃었다.

부인은 아침에 낚아 왔다는 생선으로 새로운 안주를 만들어 들여오고 종희도 기분이 좋은 모양이었다.

"너 이제 쓸 만하게 됐구나. 어려운 때 도와주고 소원풀이를 해 주니 제법이다."

"너는 예전부터 쓸 만했다. 내가 정주에 올라와 죽을 지경일 때 너 종희가 아니었더라면 죽었지, 별수 있었겠냐?"

"그때는 그때구."

왕건은 부인에게 부탁해서 종이를 갖다 몇 자 적어 주었다.

"이 친구가 바다에 나가면 종무소식일 때가 많을 겁니다. 이 종이를 가지고 오시면 언제든지 만나실 수 있습니다. 어려운 일은 서슴없이 말씀해 주시오."

"황공하오이다."

"자주 찾아뵙지 못하더라도 양해하시구……."

궁중에 돌아온 왕건은 그날로 넉넉한 자금을 보내 주었고 예성강 포구에서는 여름부터 가을까지 숱한 배들을 만든다고 법석이었다.

왕건은 바다를 휩쓸고 다닐 종희를 생각하고 흐뭇했다. 크게 노는 사람이 많을수록 좋을 것이다.

팔월, 추수가 끝나자 왕건은 육천여 기의 대병력을 거느리고 남으로 말을 달렸다.

청주의 반란을 진압하고 능식을 진무로 두었으나 견훤의 백제로 도망치는 백성도 적지 않고, 관을 우습게 알고 대드는가 하면 세공도 제대로 바치지 않는다는 것이다.

왕건은 그들의 심리를 모르지 않았다. 쇠둘레에 도읍을 정할 때 선종은 일천여 호의 청주 백성들을 옮겼다.

단순히 농사를 짓고 부역에 나가는 백성들도 많았으나 개중에는 선종 밑에서 큰 벼슬을 한 사람들도 적지 않았다. 그런 연유로 청주에 남아 있는 일가친척들도 덕을 본 사람이 하나 둘이 아니었다.

그 선종을 몰아낸 것이 왕건이니 감정이 좋을 리 없었다.

문제는 또 있었다. 그들의 눈에는 임금이 된 지 일 년도 안 되는 왕건……, 또 뒤집힐지 누가 아느냐? 허약한 그보다는 이미 용상에 앉은 지 이십팔 년이 되는 견훤이 훨씬 근사하게 보였다.

청주만이 아닐 것이다. 백제와 접경한 고을 백성들은 말은 안 해도 자기보다 견훤을 무섭게 보고, 언젠가 그가 쳐들어오지 않을까 걱정하고 있을 것이다.

바람 부는 대로 흔들리는 백성들에게 왕건의 바람이 견훤의 바람보다 약하지 않다는 것을 보여 줄 필요가 있었다.

힘은 말없이, 말은 부드럽게, 태도는 공손하게 – 왕건은 떠나기 전에 말단 병사들에 이르기까지 철저히 주지시켰다.

십구 년 전 선종의 명령으로 점령한 광주에서 하룻밤 쉬고 곧바로 당성으로 내려갔다. 거대한 힘이라는 것은 잠깐 보이는 것이 상책이고 오래 상종하면 맥이 빠지는 법이다.

천둥벼락이 무서운 것은 순식간에 천지를 진동하고 사라지기 때문이다. 날마다 천둥벼락이 친다면 으레 그런 것으로 치부하고 무서워할 사람이 없을 것이다.

힘의 시위도 마찬가지였다. 폭풍같이 나타났다 폭풍같이 사라지고, 필요하면 언제든지 다시 나타날 수 있다는 것을 보여 주는 것이 제일이라고 생각했다.

질서정연하게 질주하는 왕건의 육천 기마대는 당성에서도 하룻밤만 쉬고 동(東)으로 향하였다. 작은 고을은 그냥 스쳐 지나가고 큰 고을에서도 하룻밤 이상 묵지 않았다.

백성들은 새 임금의 무한한 힘을 직접 눈으로 보고 생각이 달라지지 않을 수 없었다. 어쩌면 견훤보다 더 셀지도 모른다.

풍문도 파다하게 퍼졌다. 정확하게 육천으로 보는 백성은 거의 없고 몇만에서 심지어 십만 대군이라고 감탄한다는 소문도 심심치 않게 들렸다.

백성들의 집에 들어가거나 물건을 건드리는 일도 없었다. 임금이야 관가에서 묵지마는 병사들은 들에 장막을 치고, 싣고 온 양곡으로 밥을 지어 먹었다. 어쩌다 말을 걸면 공손하게 대답하고 때로는 어린아이들에게 육포와 엿 같은 것을 나눠 주기도 했다.

백성들은 건달 장군 건달 병정들의 행패를 수없이 겪었고 선종의 힘으로 질서가 잡힌 후에도 못된 병정이 아주 자취를 감춘 것은 아니었다.

그런네 그들의 표현 그대로 홍수같이 몰려왔다 홍수같이 몰려가는 이 많은 병정들 속에 못된 짓을 하는 인간이 하나도 없다는 것은 신기한 일이었다.

그들은 임금 왕건의 힘에 놀라는 동시에 기대도 싹트기 시작했다. 이대로 간다면 온 나라에 정말 질서와 평화가 오지 않을까…….

왕건은 마침내 청주에 당도했다.

능식 이하 성내의 관원들과 고을에서 올라온 촌주(村主)들의 교영(郊迎)을 받은 왕건은 다른 데서와는 달리 그대로 성내에 진입하였다.

중심가를 천천히 누비고 지나갔다. 연변에는 남녀노소를 막론하고 사람들이 즐비하게 나와 생전 처음 보는 장관, 끝없는 힘의 행렬을 지켜보면서 감탄과 공포의 착잡한 심정이 엇갈리는 가슴을 달랬다.

수천인지 수만인지 알 수 없는 병사들, 그것도 비호같이 날래다는 기병들이다. 좁은 청주성에 사는 전 인구의 몇 배인지 혹은 몇십 배인지조차 어름할 마음의 여유가 없었다. 그저 엄청난 힘에 눌려 오금을 못 펴고 숨도 제대로 쉴 수 없는 느낌이었다. 왕건이 어떻다고 속삭거리고 다니던 자들은 입만 까진 천치들이 아닐까?

성내에 머무르는 줄 알았으나 남문으로 들어간 행렬은 북문으로 빠져나갔다.

문밖에 나오자 이번에는 폭풍같이 질주하여 성을 한 바퀴 돌았다. 그동안에도 왕건은 입을 다물고 성을 유심히 보는가 하면 눈을 돌려 사방의 지세를 살폈다.

십구 년 전, 여기 쳐내려와 청길의 항복을 받던 당시의 왕건은 이십사 세의 청년장군이었다. 그러나 오늘 나타난 왕건은 사십삼 세의 위풍이 당당한 제왕이다. 당시를 기억하는 사람들은 흐르는 세월과 변하는 세상, 인간의 운명을 생각하고는 그동안 제자리에 앉아 뭉개기만 한 자기의 팔자를 한탄했다.

성을 한 바퀴 돈 병사들은 산기슭과 벌판에 장막을 치고 야영 준비를 시작했다. 능식의 인도로 소수의 친위대만 거느린 왕건은 성내에 들어가 그의 처소에서 차로 목을 축였다.

"성을 다시 쌓아야겠소."

왕건의 첫마디였다.

"네……."

능식은 얼른 이해가 안 돼 어중간한 대답이 나왔다.

"사람이 가장 중히 여기는 것은 자기와 가족의 생명이 아니겠소?"

"그렇습니다."

"이 퇴락한 토성으로 견훤을 막아내기는 어려울 것이오. 다른 연유도 있겠지마는 이 고장 백성들이 견훤을 무서워하는 까닭을 알았소. 쳐들어와도 지켜 줄 만한 성이 못 되니 불안할밖에 있소?"

"과연 그렇습니다."

"마침 추수도 끝났겠다, 백성들을 동원해서 성다운 성을 쌓아요."

"말씀대로 거행하겠습니다."

능식은 별당에 차려 놓은 연석으로 그의 일행을 인도했다.

성내의 관원들과 시골에서 올라온 촌주들이 참석한 자리에서 왕건은 조금 전과는 달리 봄바람 같은 분위기를 풍겼다.

"여러분에게 인사를 드리러 왔습니다."

일어서 마중하는 좌중에게 이렇게 말하고 자리에 앉았다. 티가 없이 순박하게 들리는 그의 한마디는 긴장했던 사람들의 마음을 녹이는 효과가 있었다.

왕건이라면 자기 임금을 깔고 앉은 흉악한 인간으로만 생각했더니 반드시 그렇지만도 않은 것 같다.

"서울에서는 임춘길(林春吉)의 반란으로 청주 사람이라면 역적같이 본다는데 이것은 억울한 일입니다."(전해 구월에 임춘길 이하 몇 명이 반역을 모의하다 붙잡혀 죽은 사건. 임춘길은 청주 사람이었다)

술이 어지간히 돌고 늙은 촌주가 이렇게 아뢰자 왕건의 대답은 대범하고도 놀라웠다.

"역적이야 어느 고장엔들 없겠소? 따지고 보면 이 왕건도 역적이라면 역적이 아니오?"

이 한마디는 청주 사람들뿐 아니라 동행한 장군들에게도 충격이었다.

일찍이 스스로 역적을 자처하고 나선 제왕이 이 세상에 있을까? 뜻밖의 대답에 능식이 머리를 숙이고 선창하자 앉아 있던 사람들은 같은 말을 되뇌었다.

"황공하온 말씀이십니다."

그러나 왕건은 덤덤하게 말을 이어 갔다.

"황공할 게 없소. 예로부터 이기면 군왕이요, 지면 역적이라고 했는데, 틀린 말이 아니지요. 환선길이나 임춘길이 이겼다면 그들이 용상에 앉았을 것이고 나는 역적으로 땅속에 들어갔을 것이오."

솔직해도 너무 솔직해서 여태까지 그를 우습게 보아 온 청주 사람들은 가슴이 철렁했다. 본때를 보인다고 무시무시한 일이 벌어지는 것은 아닐까.

할 말을 몰라 아무도 입을 여는 사람이 없고 살벌한 분위기가 감도는 가운데 동행한 홍유가 정색을 하고 말문을 열었다.

"성상께서는 소탈하신 분이라, 저렇게 말씀하시지마는 제왕의 자리는 사투(私鬪)로 결정되는 것이 아니오. 옛 사람들은 천명(天命)이라 했소마는 쉽게 말해서 하늘의 뜻으로 결정되는 것이오. 그러므로 제왕에게 거역하는 자는 하늘을 거역하는 것이니 살아남을 수 없지요. 이런 이치로 본다면 환선길이나 임춘길, 또 이흔암이 성상께 거역하다가 주살을 당한 것은 당연한 일이 아니겠소?"

그의 조리 있고 엄숙한 이야기에 관료들과 촌주들은 더욱 긴장해서 합창이라도 하듯 입을 모았다.

"당연하구 말구요."

홍유는 좌중을 둘러보고 단호하게 선언했다.

"성상을 거역하는 자는 하늘을 거역하는 무리들이니 천지간에 설 땅이 없다는 것을 명심하시오."

벼락이라도 떨어질 듯 숨 가쁜 침묵이 흐르는 가운데 늙은 촌장이 머리를 조아리고 아뢰었다.

"성상 폐하, 폐하께서 등극하신 후 이 고장 사람들이 말썽을 부린 것은 황공하기 그지없는 일입니다. 이번 행차에는 아무래도 무사하지 못할 듯싶은데 만백성의 어버이신 폐하께서 너그러이 보아주시기를 바랍니다."

왕건의 얼굴에 미소가 떠올랐다.

"무슨 말씀을……, 아까도 얘기했지마는 십구 년 만에 인사도 드리고 옛정을 되새기러 왔소이다."

왕건은 손수 노인에게 잔을 내리고 옆에 앉은 군관이 술을 따랐다.

이렇게 겸손하고 다정한 임금이 또 있을까? 두 손으로 받아 마시는 노인의 눈에 눈물이 괴었다.

딱딱하던 분위기가 일시에 가시고 좌중은 다시 유쾌하게 먹고 마셨다.

왕건은 도중에 일어섰다.

"나는 먼저 자야겠소. 모두들 잘 놀다 가시오."

그는 능식의 인도로 밖에 나와 침소에 들어갔다. 시침을 들 젊은 여자가 일어서 마중하는 것을 보자 왕건은 능식에게 속삭였다.

"피곤하니 돌려보내지."

이 고장, 이 시각만은 여자를 피하는 것이 좋겠다는 생각이 머리를 스쳐 갔다. 능식의 눈짓으로 여자가 밖으로 나오자 왕건은 능식에게 일렀다.

"자리에 돌아가서 촌주들과 성을 쌓는 일을 의논하시오……. 명령이 아니라 의논이오."

다음 날 아침 일찍, 왕건 일행은 괴양(괴산)을 향해 떠났다.

괴양은 조용한 고장이었다. 친위대만 이끌고 성내에 들어가 괴양 장군과 함께 점심을 들면서 이 고장 형편을 물었다.

"무골호인들입니다."

이것이 괴양 장군의 결론이었다.

"세상에서는 흔히들 그렇게 말하오마는 뼈가 없는 사람이 어디 있겠소? 사람마다 뼈가 있는 동시에 감정도 있는 법이오. 양순하다고 위(威)로 다스릴 생각은 말아야지요. 난세의 백성들처럼 정이 그리운 사람, 그것도 관(官)의 정이 그리운 사람도 없는 법이오. 정이 곧 덕(德)이 아니겠소?"

"지당한 말씀이십니다."

괴양 장군은 두 손을 모아 쥐었다.

"떠나실 시각이 되었습니다."

신숭겸의 독촉에 왕건은 일어섰다. 미리 알린 일정이라 굳이 말리지는 않았으나 괴양 장군은 서운한 표정이었다.

"하룻밤이라도 폐하를 모셨으면 했는데……."

성 밖 멀리까지 전송 나온 괴양 장군에게 왕건은 이런 말로 작별했다.

"장군도 호인, 백성도 호인, 나는 흡족한 마음으로 떠나오."

일행은 다시 동북으로 질주하였다. 작은 마을이라도 사람 사는 고장을 지날 때면 반드시 말의 보도를 늦춰 민가의 형편을 살피면서 해질 무렵에 국원성(國原城, 충북 충주) 교외에 이르렀다.

군관 둘과 함께 십여 리 밖까지 나와 기다리고 있던 국원 장군 긍달(兢達)은 일행이 시야에 들어오자 말을 달려 왕건 앞에서 내렸다.

거의 동시에 말을 내린 왕건은 엎드리려는 긍달의 두 손을 잡았다.

"참으로 오래간만에 뵙겠습니다."

신하가 아닌 어른을 대하는 태도였다. 백발이 성성한 긍달은 얼른 대답을 못했다. 내력을 따지자면 옛날 양길의 부하로 선종보다 훨씬 선배였고 왕건은 선종의 부하였다. 선종에게 항복한 후에는 왕건과 마찬가지로 그 휘하의 장수였다.

아득한 선배라 하더라도 지금은 임금과 신하인데 왕건은 임금이 되었어도 십구 년 전의 왕건이었다. 변치 않는 사람, 이것이 참사람이요, 그는 임금이 될 만해서 되었다고 생각했다.

긍달은 천천히 대답했다.

"성상께서 이러시면 신은 몸 둘 바를 알지 못하겠습니다."

"세상이 변해서 군이다, 신이다 하지마는 그것은 인간의 구분이고, 우리는 옛 친구가 아니오?"

왕건은 손을 잡고 대답했다.

"더욱 황공하오이다."

긍달은 두 손을 잡힌 채 머리를 숙였다.

"옛 친구가 찾아온 것으로 생각하고 빈다한 일은 그만둬 주시오."

다시 말에 오른 두 사람은 전위대의 뒤를 나란히 달리면서 이야기를 주고받았다.

"오면서 여러 군데 들러 보았는데 우리 백성들은 너무 가난에 찌들었군요."

긍달은 이렇게 대답했다.

"모두가 난세 때문이 아니겠습니까. 신도 난세에 평화를 가져온다는 명분으로 칼을 잡았습니다마는 육십이 넘은 지금 와서 생각하니 난세를 어째 보겠다고 나선 신 같은 무리들이 난리를 더욱 부채질한 꼴이 되었습니다."

풍진 세상을 살아온 사람의 말에는 의미심장한 여운이 있었다. 물에 빠진 사람이 허우적거릴수록 더욱 깊이 빠지듯이 난세를 평정한다고 나서는 사람이 많을수록 혼란은 더하게 마련이었다. 하늘은 이런 과정을 거치고야 평화를 주는 것은 무슨 까닭일까……

왕건의 대답은 간단했다.

"모두가 하늘의 뜻이겠지요."

궁달은 한동안 묵묵히 가다가 또 묘한 소리를 했다.

"글쎄올시다. 하늘에 뜻이 있다면 인간세상을 이 모양으로 다스릴 수 있을까, 요즘 그런 생각도 해 봅니다."

왕건은 뜻이 있는 하늘이란 있을 수 없고, 만사만물은 자생자화(自生自化)한다는 옛사람의 말을 생각했다. 전쟁과 평화, 그것도 이 자생자화의 법칙의 일환이 아닐까. 그러나 성문에 다다랐기에 길게 말하지 않았다.

"알 수 없는 일이지요."

다른 데서와 마찬가지로 여기서도 성내에 있는 군관 이상의 관료들과 시골의 촌주들이 모인 연석이 벌어졌다.

왕건은 그들의 하례를 받고 간단히 대답했다.

"어진 장군, 어진 촌주들이 다스리는 이 고을에 나는 더 바랄 것이 없고 다만 여러분의 노고를 치하하러 왔을 뿐이오."

그는 허물없는 이야기를 주고받으며 그들과 함께 식사를 했다. 임금은 고사하고 중앙에서 높은 사람이 오기만 하면 잔소리가 열 가지 이하로 내려가 본 역사가 없었다. 어마어마한 명령이 내리든가 큰 잘못을 지적 받고 불호령이 내릴 것으로 생각하고, 하지 않아도 될 걱정까지 겹쳐 요즘 며칠 밤잠을 설친 사람들도 적지 않았다.

그런데 치하뿐이지 잔소리는 하나도 없었다. 대범한 성품, 넓은 이마에 훤칠한 얼굴, 키도 후리후리하고, 역시 임금이란 하늘이 내는 인물인가 보다. 위풍이 당당하면서도 꾸미는 데가 없고 하급군관에게 말을 걸 때도 아우를 대하듯 다정한 말투였다.

그들은 이 임금이라면 목숨을 바쳐도 그만한 값어치가 있다고 생각했다.

왕건은 내키지 않아 술은 별로 들지 않고 식사가 끝나자 먼저 일어서 긍달의 인도로 밖에 나왔다.

"옛날 그 객관에서 자게 해 주시오."

인도하는 방향이 긍달 자신의 처소 같기에 왕건은 이렇게 부탁했다.

"폐하, 옛날과 지금은 다릅니다."

"다르다니?"

"옛날은 동료라면 동료였지마는 지금은 군신지간입니다."

"불탈주인석(不奪主人席)이라고, 손님이 주인의 자리를 차지해서는 안 되지요."

긍달은 우기다 못해 따라붙은 군관에게 폐하의 침소를 객관으로 옮기라 이르고 돌아섰다.

"폐하, 잠깐 거니실까요?"

팔월 대보름을 지난 지 얼마 안 되는지라 정원수들은 달빛 아래 제각기 다른 색깔로 잠자듯 고요히 서 있었다.

긍달은 왕건과 함께 말없이 나무들 사이를 거닐다가 아름드리 노송(老松) 앞에서 발을 멈추고 설명했다.

"이 나무는 진흥왕 십팔년에 여기 소경(小京)을 설치할 때 어느 공주가 심은 것이랍니다."

"진흥왕 십팔년이라……. 그러면 사백육십 년도 넘는군요."

왕건은 감회 어린 눈으로 하늘에 치솟은 소나무를 쳐다보았다.

"그렇습니다. 신은 가끔 이 나무를 바라보면서 이 세상의 유위전변(有爲轉變)을 생각할 때가 있습니다. 그 숱한 전란, 그렇게 기세등등하던 당나라도 망하고, 신라는 저 모양이 되고……. 이 모든 인간사를 외면하고 춘하추동을 맞고 보내는 이 노송이 부럽기까지 합니다."

왕건은 고개를 끄덕이고 다 마련되었다기에 침소로 들어갔다.

들어서자 일어서 맞는 소녀를 보고 눈을 크게 떴다.

아름다운 소녀를 보면 우선 설리를 생각하는 것이 왕건의 버릇이었다. 사 년 전에 처참하게 죽은 후료는 남몰래 눈물지은 일도 한두 번이 아니었다.

이 소녀는 설리와는 아주 다른 아름다움과 매력을 간직하고 있었다. 설리보다도 더 흰 살결, 날씬한 몸매에 화사한 얼굴. 일찍이 설리보다 아름다운 여인은 이 세상에 없다고 생각했는데 처음으로 더 아름다운 여인을 만났다.

다른 여인들과 잠자리를 같이하면서도 생각은 언제나 설리한테로 달렸다. 그러나 이번은 그렇지 않았다.

품에 안긴 소녀는 떨고 있었다.

"너 왜 떨지?"

"폐하신데……."

"잠자리에서는 폐하가 아니라 그저 사나이라고 생각해라."

그러나 소녀는 순진했다.

"사나이두 처음인걸요."

"차츰 알게 될 테니 걱정 마라."

"……."

"너의 아버지는 누구지?"

"긍달 장군이에요."

"언니도 있고?"

"외딸이에요."

"몇 살이냐?"

"열여섯 살이에요."

"이름은 애기구?"

"어떻게 아시지요?"

"애기 아닌 여자가 이 천하에 몇 사람이나 있을까?"

소녀는 소리 없이 웃었다.

이 시대 성(姓)이 없는 백성들의 이름 중에서 제일 흔한 것이 남자는 '돌', 여자는 '애기'였다. 더구나 외딸이라면 열이면 열 모두 '애기'라고 해도 과언이 아니었다.

"좋은 이름이다. 언제까지나 애기로 남아 있어라."

소녀는 마음을 가라앉히고 왕건은 무아(無我)의 한밤을 보냈다.

등극한 후, 유 씨를 왕후로 봉하고 아들을 낳은 다련의 딸도 나주에서 아기를 업고 왔기에 왕후로 봉했고, 요즘 사랑을 독차지하고 있는 덕엉(德英)의 딸도 왕후였다.

그 밖에 왕규의 딸을 비롯하여 각처에서 시침을 든 여자들이 찾아오면 후궁에 넣었으나 일부러 이쪽에서 부른 일은 없었다. 이 소녀만은 궁달에게 머리를 숙여서라도 데리고 가리라(태조 왕건에게는 기록에 남아 있는 여인만도 스물아홉 명, 아들 스물다섯 명, 딸 아홉 명이 있었다. 그중에서도 이 여인을 가장 총애하여 아들 다섯, 딸 둘, 도합 일곱 명으로 가장 많이 낳았는데 그중에는 훗날의 정종[定宗]과 광종[光宗]도 있었다).

아침에 문안을 들어온 궁달에게 털어놓고 이야기했다.

"따님을 나한테 주실 수 없겠소이까?"

"다시없는 영광이외다마는 한 가지 마음에 걸리는 것이 있습니다. 성도 없는 미천한 것이 항시 지존을 모시기에는……."

왕건은 가로막았다.

"성은 내리면 되지요. 유(劉) 씨, 한(漢)나라 유방(劉邦)의 유씨가 어떨까요?"

"황공하오이다. 그러면 신은 이제부터 그저 궁달이 아니라 유궁달이 되는 것입니까?"

"그렇지요."

"성은이 망극하오이다."

궁달은 머리를 숙였다.

조반을 마친 왕건 일행은 북원(北原, 강원도 원주)을 향해 떠났다. 무장의 집에서 성장한 탓인지 소녀는 말 타는 솜씨도 보통 이상이었다.

양길 일가의 처량한 최후를 본 북원이기에 마음에는 없었으나 들르지 않을 수 없는 행차였다.

북원 장군에게 볼 일이 있었다.

북원 장군 영창(英昌)은 전에 나주를 공격할 때 휘하에서 군관으로 공을 세운 사람이었다. 선종 말년에 장군으로 승진하여 이 고장에 내려온 사람이다.

그는 무사다운 무사로, 그의 군대는 고려에서도 이름난 강병이었고 그 자신 또한 청렴 강직하고 사심이 없었다.

그러나 너무 엄격한 것이 흠이었다.

백성들이고 병사들이고 조그만 잘못이 있어도 용서가 없었다. 볼기를 치고 목을 자르는 경우도 심심치 않게 있다는 소문이었다.

국원에서 북원은 말로 달리면 반나절 길이었다. 북원에 이르자 왕건은 신숭겸이 이끄는 친위대만 남기고 나머지는 북으로 떠나보냈다. 새 임금 왕건의 바람이 어떻다는 것을 백성들이 보기만 하면 그것으로 족한 것이다.

다른 데서와 마찬가지로 군관 이상의 관원들과 촌주들의 하례를 받은 왕건은 전에 없는 일을 했다.

가지고 온 상자를 열게 하고 촌주들을 앞으로 불러 손수 금덩이를 하나씩 나눠 주었다.

"백성들을 자식으로 생각하고 어려운 사람이 있으면 도와주시오."

임금과 촌주, '도와주어라'도 아닌 '도와주시오'다. 장군으로부터도 언제나 '해라'였지 '하시오'라는 말을 들어 본 일이 없었다. 거기다 금덩이까지……. 촌주들은 어리둥절하면서도 갑자기 겨울에서 봄으로 뛰어든 느낌이었다.

함께 식사를 하면서도 언제나 부드럽고 겸손했다. 어느 촌주가 지난봄 자기 마을에 흘러들어온 사람의 이야기를 했다.

"농사를 짓는답시고 엉기적거리다가는 걸핏하면 연장을 베고 낮잠을 자니 될 리 있습니까. 원래 뱃놈이라는데 물고기가 뭍에 올라온 격이지요."

별안간 좌중이 잠잠해지고 분위기가 이상하게 돌아갔다.

왕건은 알아차렸다. 뒤에서 그를 욕하는 사람들은 '왕건이라는 뱃놈'이라고 불렀고, 소문은 그의 귀에도 들어왔다. 임금의 좋지 않은 별명을 바로 그 임금 앞에서 불렀으니 좌중이 긴장하는 것도 무리가 아니었다.

영창이 무서운 눈으로 그를 쏘아보고 다른 사람들의 안색도 심상치 않았다.

왕건은 웃었다.

"허허……. 그럴 거요. 나도 옛날에 뱃놈을 해 보았지마는 뭍에 올라오면 어쩐지 신이 안 난단 말이야. 허지만 시일이 지나니 달라지더군. 그 농부도 차츰 달라질 거요. 그 사람 잘 보살펴 주시오."

왕건은 그 촌주에게 잔을 내리고 옆에 앉았던 사람이 술을 따랐다.

전 같으면 영락없이 목이 달아날 대역죄인이다. 그런데 친히 술잔까지 내리니 이것은 영창더러 손을 대서는 안 된다는 이야기나 마찬가지였다.

좌중은 다시 밝은 분위기로 돌아왔다. 왕건은 다른 데서와는 달리 오래도록 자리를 뜨지 않았다. 북원 장군 영창의 칭찬도 하고 촌주들의 노고도 치하하다가 밤늦게 '애기'가 기다리는 침실로 들어갔다.

아침에 떠날 때 성 밖까지 전송 나온 영창은 머뭇거리다가 이런 말을 했다.

"폐하께서 하시는 걸 보고 지난 일을 생각하니 잘못이 한두 가지가 아닙니다."

"잘하기도 하고 잘못도 저지르는 것이 인간이 아니겠소? 나도 잘못이 얼마나 많은 사람이 오? 피차 그쯤 생각하고 노력해 봅시다."

왕건은 한마디 힐책도 없이 일행과 함께 북으로 달렸다.

돌아오면서 왕건은 이번 행차에는 적어도 두 가지 소득이 있다고 생각했다.

백제와 접경지대에 있는 백성들이 견훤의 바람과 자기 왕건의 바람 중 어느 쪽이 세다고 판단했는지는 알 길이 없으니 논외로 하자.

우선 궁달의 딸 '애기'를 얻었다. 설리를 잃은 후, 특히 그의 처참한 죽음에서 입은 마음의 상처는 죽을 때까지 아물 길이 없으리라고 생각해 왔다.

궁달의 딸은 이 상처를 아물게 하고도 남음이 있을 것이다. 아름다움은 하나뿐이라고 외곬으로 생각했었다. 그러나 하늘은 아름다움도 가지가지로 만드는 재주를 가지고 있다. 왕건은 이 소녀는 하늘의 선물이요, 천생배필이라고 생각했다.

다음은 군왕이 허약하다는 것은 죄악이라는 사리를 피부로 터득한 일이었다. 그것은 난리의 근원이었다.

이번에 돌아본 고장만 하더라도 제각기 관서와 군대를 가지고 더욱 강력해지려고 노력하고 있었다. 지금은 칭신을 하고 있으나 만약 이 왕건이 자만하거나 타락해서 허약해진다면 가만있을 사람들이 아니다.

난세에 도덕이니 의리를 찾는 것처럼 어리석은 일은 없으리라. 찾을 이유도 없는 것이 난세다.

자기가 허약해지면 이 고려에서 대란(大亂)이 일어날 것이다. 그것은 뭇 백성들의 피를 흘리게 하는 죄악이다. 더욱 강력해져야 할 책임이 있다.

개경에 돌아온 왕건은 긍달의 딸 '애기'를 왕비로 봉했다. 네 번째 왕비였다. 반대하는 사람도 적지 않았다.

고려의 제도에는 왕후 아래 귀비(貴妃)니 숙비(淑妃), 덕비(德妃), 현비(賢妃)의 정원 네 명인 비가 있었고, 그 아래 상침(尙寢) 등 여관(女官)들이 즐비하게 있었다.

이미 왕비가 셋이나 있는데 또 왕비라니 너무하다, 우선 상침 정도부터 시작해도 무방하지 않느냐는 공론이었다.

왕건도 그 생각을 안 한 것은 아니었다. 비로 했으면 합당할 듯했으나 정원이 찼으니 한 사람 내쫓기 전에는 틀렸고, 어린것이 낮은 벼슬을 받고 시기가 많은 여자들 사이에서 구박을 받을 생각을 하니 될 일이 아니었다. 더구나 천생배필이라고 생각하는 여인이다.

으레 한 사람이라고 생각해서 그랬는지 왕후에는 제도상 정원이 없었다. 무어라고 하는 대신이 있으면 정원이 없다는 사실을 내세웠다. 억지를 쓰는 일이 없는 왕건으로서는 전례 없는 일이었다. 대신들은 그의 마음을 헤아리고 더 이상 말하지 않았다.

예성강 이북, 평양 이남은 전에 선종이 십삼 개의 진(鎭)으로 분할 통치한 직할지였다. 선종이 몰락한 후 그대로 인계되었으나 진장(鎭將)중에는 믿을 사람과 그렇지 못한 사람, 유능한 사람과 무능한 사람들이 있었다.

왕건은 이 십삼 진의 장수들을 믿을 만한 심복들로 교체하여 빈틈없이 장악하였다.

다음은 평양성을 쌓는 일이었다. 고구려가 망하고 도호(都護)로 있던 당장(唐將) 설인귀(薛仁貴)가 신라 군에 밀려 압록강 이북으로 도망갈 때 모든 건물과 시설, 심지어 성까지 파괴하여 철저히 폐허가 되어 버렸다. 여기 성을 쌓아 북방의 오랑캐들을 막는 동시에 남은 개경, 북은 평양, 그 중간지대를 철통같이 다지리라.

또한 역사는 흐른다. 지금은 그럴 형편이 못 되지마는 먼 훗날이라도 압록강 북방 옛 고구려 땅에 변화가 생겨 수복할 수 있는 기회가 올지 누가 아느냐? 모르는 일이다. 그때는 중요한 발판이 될 것이다.

추위가 시작되는 시월 초, 그는 평양 길을 떠났다.

첫날은 패강진(浿江鎭)에서 묵었다. 여기는 유금필(庾黔弼)이 진장(鎭將)으로 있으면서 평주(平州) 일대를 다스리는 고장이었다.

어려서 돌아간 할머니는 평주 사람으로 유금필은 그 조카뻘이라고 했다. 어릴 때 할머니는 깨엿이며 과일을 벽장에 넣어 두었다가 몰래 꺼내 주곤 했다. 그는 할머니의 인상을 풍기는 유금필이 좋았다.

처음에는 아버지의 부하로 금성에 갔으나 아버지가 돌아간 후 송악으로 찾아왔다. 왕건이 정기대감으로 있을 때였다.

아저씨뻘이 되는 데다 훨씬 연상이라 망설였으나 그의 태도가 진지하기에 군관으로 임명하고 눈을 박아 보기로 했다.

평소에는 남이 싫어하는 궂은일을 도맡다시피 하고 전쟁이 일어나면 앞장서 싸우면서도 공을 내세우는 법이 없었다. 더구나 왕건과 어떻게 된다는 이야기는 입 밖에도 내지 않았다.

또 공사 간에 그렇게 공손할 수 없었다.

그는 선종의 눈에도 들어 늦게나마 장군으로 승진하였다.

지난번 진장 이동 때에도 희망을 물었더니 어디든지 좋다는 대답이었다.

"내, 유 장군의 소망을 한번 들어주고 싶어서 그러는 것이오."

"정 그러시다면 오래간만에 고향 땅에서 지내게 하여 주시면 더 바랄 것이 없겠습니다."

그리하여 이 고장에 온 사람이었다.

지난 팔월의 남계(南界) 순시 때처럼 힘을 과시하는 행차가 아니어서 이백여 기만 거느렸고 촌주들을 모으는 일도 없었다.

저녁도 단출했다.

왕건은 동행한 신숭겸만 동석시켰고 유금필은 부장(副將) 박수문(朴守文) 수경(守卿) 형제를 참석케 했다.

"과히 불편한 일은 없소?"

왕건은 단둘이 있으면 아저씨라 부르기도 했으나 다른 사람들이 있기에 이렇게 말할 수밖에 없었다.

"고향 사람들이라 터놓고 얘기할 수 있어 도리어 마음이 편한가 봅니다."

"지난번 남계를 돌 때 동행했는데 그때 본 상황과 여기 형편은 어떤가요?"

"이쪽은 별다른 전란이 없다 보니 평온하기는 합니다. 그러나 젊은 남자는 병정으로 나가고 노인이나 아녀자들이 농사를 짓기는 마찬가지입니다. 거기다 세공이 무거우니 별로 다를 것은 없습니다."

왕건은 고개만 끄덕이고 말은 하지 않았다. 평화가 오기 전에는 임금인 자기의 힘으로도 어쩔 수 없는 일이었다. 그런데 지금도 온 세상은 전쟁 준비에 골몰하고 있다.

칼을 갈고 창을 불리는 것만이 전쟁 준비는 아니다. 부패 타락 또한 어김없는 전쟁 준비다. 오늘의 이 난세, 이것은 신라의 부패 타락이 불러온 업보가 아닌가.

오래 침묵이 계속되자 유금필은 부장들의 이야기로 화제를 돌렸다.

"형제를 함께 부장으로 썼는데 다 뛰어난 무사들입니다."

"내 알구 있소. 유 장군은 나만 보면 부장 형제의 칭찬이란 말이야."

왕건은 웃고 술을 들었다. 무겁던 분위기가 사라지고 칭찬을 받은 형제도 싫은 얼굴이 아니었다.

밤에는 유금필의 딸이 시침을 들었다(훗날의 동양원 부인[東陽院夫人]).

긍달의 딸 '애기'를 만난 후로는 새 여인이라고 전처럼 흥미가 동하지는 않았다. 그러나 유금필의 딸이다. 이튿날 아침 북으로 떠나면서 개경으로 보내도록 일렀다. 유금필은 흡족한 얼굴이었다.

다음 날은 북으로 달려 해질 무렵 동주(洞州, 황해도 서흥군 북부)에 다다랐다.

십여 명의 말 탄 사람들이 산골짜기에서 달려 나와 그들 앞에서 말을 내려 엎드렸다. 안장에 처맨 꿩이며 노루들로 보아 사냥꾼들인 모양이었다.

"너희들은 누구냐?"

신숭겸이 물었다. 그중 대표격으로 보이는 사나이가 대답했다.

"행파(行波)라고 하는 이 고장 사람들입니다. 폐하의 행차를 이렇게 뵈오니 일생일대의 영광이올시다."

"길을 비켜야지!"

신숭겸이 큰 소리로 외치는 것을 왕건이 가로막았다.

"가만……. 너 행파라고 했지?"

"그렇습니다."

왕건은 시중 때부터 나라 안의 사정을 조사할 대로 세밀히 조사하여 실정을 파악하려고 노력했다. 동주 고을에 행파라고 하는 거부(巨富)가 있다는 것도 알고 있었다.

대대로 금을 캐어 거만의 재산을 모았고 본인은 기사(騎射)를 즐기는 무사같이 행세하고 있었다.

"내, 네 이름을 알고 있다."

"황공하오이다."

"일어서 돌아가라."

"황공한 말씀을 드리겠습니다. 해도 이미 기울있는데 신의 집이 비록 누추하오나 하룻밤 묵어가 주신다면 자자손손 이보다 더한 영예가 없겠습니다."

왕건은 마음이 동했다.

"그래 볼까?"

행파 일행은 다시 말에 올라 임금의 행차를 인도했다.

왕건은 친척이 별로 없었다. 될수록 많은 사람을 가까이하고 인연을 맺는 것이 그의 소원이었다.

임금이라 하더라도 안팎으로 크고 작은 적들이 도사리고 있는 난세다. 자기라고 뒤집어지지 말라는 법이 없었다.

선종이 비록 정신이상을 일으켰다 하더라도 그를 감싸주는 사람들이 많았던들 그렇게는 안 되었을 것이다. 고아의 신세로 대성했으나 진정으로 친근한 사람들이 없는 것이 그의 흠이었고 그로 해서 몰락했다.

선종의 몰락에서 교훈을 얻은 왕건은 하찮은 인간이라도 자기와 가까이하려는 사람을 거절하는 법이 없고 기꺼이 맞아들여 인연을 맺었다.

소문 이상으로 굉장한 집이었다.

대접도 융숭하기 이를 데 없었다. 임금 왕건과 장군들은 말할 것도 없고 야영을 하는 병사들에게까지 푸짐한 주차을 돌렸다.

왕건은 사양하는 행파를 불러들여 친구처럼 대했다. 식사도 함께 하고, 이야기는 주로 사냥에 관한 것이었다.

"행파는 짐승 사냥을 하고, 나는 사람 사냥을 하고, 피차 살생을 했으니 지옥으로 갈 건 뻔한데, 이거 저승길이 외롭지 않아 한결 마음이 가벼워지는구만."

왕건의 이런 농담에 좌중에는 웃음이 터졌다.

밤에 시침을 들 소녀가 다소곳이 머리를 숙였다.

"행파의 맏딸이올시다."

더 이상 묻지 않고 그와 한밤을 보내고 이튿날 아침에 일어나니 눈보라가 휘몰아쳤다. 떠나려는데 행파가 한사코 말렸다.

눈보라가 하도 심해서 떠나는 것은 왕건이 보기에도 무리였다. 그는 또 하루 융숭한 대접을 받고, 밤에는 작은딸이 시침을 들었다.

다음 날은 쾌청한 날씨였다. 그는 행파 일가의 전송을 받고 북으로 말을 달렸다. 이미 그의 머리에서는 모든 것이 사라지고 새로 쌓을 평양성으로 차 있었다.

다음 날 식렴의 영접을 받으며 평양에 들어온 왕건은 전장(戰場)에 나온 사람처럼 두 눈이 빛났다. 방에 들어서자 식렴에게 일렀다.

"성곽의 설계와 이 고을 지도를 가져와요."

일이 시작되면 만사를 제쳐놓고 열중하는 것이 왕건의 성품이었다. 밤늦도록 성곽의 설계를 의논하고 주변 고을 사정을 들은 후 그는 이렇게 결론을 내렸다.

"지금은 백성들이 피폐해서 이처럼 큰 성을 당장 쌓기는 어렵겠고 훗날 쌓기루 하지. 그러나 설계만은 지금부터 연구해 두는 것이 좋을 터이니 내일 아침 현지를 답사하세."

이튿날 동이 트자 왕건은 식렴 이하 도호부의 높은 관원들과 신숭겸이 이끄는 호위대를 거느리고 숙소를 떠났다.

그의 눈에 비친 평양은 옛날 설인귀가 파괴하고 달아난 성터에 임시방편으로 목책을 둘렀을 뿐, 큰 적이 공격해 오면 감당할 아무런 방비도 없었다.

가끔 나타나는 오랑캐들은 수십, 기껏해야 수백 명의 떼도둑에 지나지 않으니 그런 대로 물리칠 수는 있으나, 밤낮으로 경계해야 하는 병사들의 수고는 여간이 아니라고 했다.

왕건은 식렴이 마련한 성곽의 도면을 손에 들고 일행의 선두에서 목책을 천천히 한 바퀴 돌았다. 대체로 옛 성을 그대로 본떴으나 험준한 대목을 피해서 전체로 보면 축소된 셈이었다.

왕건은 모란봉을 쳐다보면서 식렴을 불렀다.

"이봐, 자고로 우리나라에는 평지성(平地城)이 드물고 대체로 산성(山城)이야. 이 설계를 보니 험준한 대목을 피했는데 험준할수록 방어에는 편리하거든? 백성들의 노고를 생각해서 그런 모양인데 기왕 쌓을 바에는 한때 고생스럽더라도 제구실을 할 수 있는 성을 쌓아야지. 그런 방향으로 더 연구해 봐요."

왕건은 그 자리에서 시종으로부터 붓을 넘겨받아 몇 군데 점을 찍어 지적해 주었다.

"이제 바다로 나가 볼까."

일행은 식렴의 인도로 해적들이 제일 들끓는다는 서남 방향으로 달리기 시작했다.

바람이 세차게 불기에 신숭겸은 후일로 미루자고 했으나 왕건은 계속 달렸다.

"오래간만에 바닷바람을 쐬고 싶구만."

그는 열아홉 살까지 바다에서 자랐고, 그 후에는 선종 휘하에서 해군 대장군으로 여러 번 서해를 남북으로 내왕한 사람이다. 바다라면 끝없는 향수를 느끼면서도 해적이라면 어머니의 비참한 죽음으로 해서 불붙는 증오심을 간직하고 있었다.

서남으로 백 리, 이십여 호의 촌락에 당도하자 식렴이 설명했다.

"군악(軍岳, 평안남도 용강[龍岡])이라는 마을인데 중국 해적에다 가끔 나타나는 말갈들에게 시달리다 못해 모두 떠나고 폐촌이 되어 버렸습니다."

왕건은 사방을 둘러보았다. 기름진 넓은 땅이었다.

그는 나지막한 산을 가리켰다.

"저 산을 의지해서 자그마한 성을 쌓지. 지금 농한기니 곧 시작하는 게 좋겠군."

이 정도의 작은 성이라면 지금 시작해도 내년 봄 농사철이 시작되기 전에 마무리 지을 수 있을 것이다.

식렴은 동원할 인원과 경비를 속으로 계산하기 시작했다.

빈집에 들어가 싸 가지고 온 점심을 들면서 왕건은 이렇게 말했다.

"성을 쌓거든 이름은 황룡성(黃龍城)이라고 하지."

점심을 마친 일행은 이번에는 서북으로 삼십 리를 달려 폐허가 된 작은 마을에 당도했다. 서해가 훤히 내려다보이는 비옥한 들판이었다.

"아선(牙善, 평안남도 함종[咸從])이라는 마을인데 여기도 도둑떼 때문에 전토를 버리고 이처럼 폐촌이 되었습니다."

왕건은 듣기만 하고 그대로 말을 달려 해안까지 나가 바다를 바라보 았다.

바다 건너 대륙, 그것이 통일될 때마다 고난을 겪은 것이 우리 족속이 었다. 지금은 대륙도 난장판이니 괜찮지마는 그렇지 않다면 이렇게 갈 기갈기 찢긴 반도를 집어삼키는 것은 어린애 팔 비틀기나 다름없을 것 이다.

그러나저러나 압록강 이북, 제 땅을 찾기 전에는 통일 중국에 시달려 야 하는 우리 족속의 운명은 피할 길이 없을 것이다. 스님들이 말하는 업(業)이라고나 할까…….

신숭겸이 기운 해를 쳐다보고 아뢰었다.

"돌아가셔야 할 시각입니다."

왕건은 말에 올라 채씩을 퍼부었다.

"이 마을에도 내년에 성을 쌓아요. 저 산을 의지하고."

들판의 작은 산을 가리키며 식렴에게 일렀다.

"이름은 무어라고 할까요?"

"아선이라고 했지? 그대루 하지."

그들이 평양에 돌아온 것은 한밤중이었다.

왕건의 소망으로 저녁 식사에는 식렴과 단둘이 마주 앉았다. 일가라 고는 지금 개경에 있는 육촌 왕신, 왕육 형제와 마주 앉은 사촌아우밖에 없는 왕건은 식렴에게 자별한 정을 가지고 있었다.

"형, 벌써 흰머리가 섞였네."

식렴이 먼저 말을 걸었다.

"마흔셋이 적은 나이냐?"

"오십에도 새까만 머리가 얼마나 많은데요."

"그건 팔자 좋은 사람들의 이야기다."

"형도 가끔 웃기누만."

"웃기다니?"

"임금보다 더 팔자 좋은 사람, 이 세상에 어디 있어요?"

"그건 태평성대에나 할 수리다. 나같이 골치 아픈 사람이 이 하늘 아래 몇이나 있을 것 같냐?"

그들은 영안성에서 자라던 어린 시절의 이야기를 하다가 왕건이 식렴에게 일렀다.

"틈나는 대루 평양 북쪽을 여기 저기 살피구 다녀 봐. 여유가 생기는 대루 요지에 성을 쌓고 오랑캐들을 쓸어내야겠다."

"알겠어요. 그런데 이번 행차에는 또 다른 일도 있어요?"

"이것으로 끝이다."

식렴이 이렇게 묻는 데는 연유가 있었다. 왕건은 전투건 다른 중요한 일이건 끝나기 전에는 시침을 용서하지 않는 습성이 있었다.

"며칠이나 계실래요?"

"이삼 일 쉬어갈까 한다."

밤에 시침을 들어온 소녀는 꼭 같지는 않았으나 어딘가 설리와 비슷한 분위기를 풍겼다.

"너는 누구지?"

"여기 군관으로 있는 기주(起珠)라는 사람의 딸이올시다(후일의 신주원 부인[信州院夫人])."

"고향은 어디냐?"

"신주(信州, 황해도 신천)예요."

왕건은 더 이상 묻지 않았다.

소녀를 상대로 사흘을 쉰 왕건은 개경을 향해 말을 달렸다.

해가 바뀌어 920년.

등극한 지 삼 년째 되는 해였다.

새해는 반가운 일로 시작되어 왕건은 기분이 좋았다.

정초의 행사를 마치고 함께 사냥을 나간 '애기' 왕후가 사슴을 쏘아 맞췄다. 길조(吉兆)라 하여 임금 왕건도 기뻐했고, 대신들도 축하를 드렸다.

'애기' 왕후는 재주가 비상했다. 자수 바느질에서 서화(書畵)에 이르기까지 못하는 것이 없었다. 거기다가 아름답기 이를 데 없고, 시기하는 일도 없었다.

같은 왕후이면서도 다른 왕후들을 만나면 공손하기 그지없었다. 유 씨(신혜왕후)는 자식이 없고 무던한 사람이라 딸처럼 감싸 주었으나 나주에서 아들을 데리고 올라온 오 씨(장화왕후)는 그렇지 않았다.

지금 그 아들이 열 살이 되도록 남편 되는 임금은 거들떠보지도 않았다. 얼마 전까지는 유 씨의 사촌동생 되는 같은 유씨 왕후(정덕왕후)에게 사족을 못 쓰더니 작년 가을에는 남쪽에서 별난 가시내를 데려다 또 왕후랍시고 이번에는 아주 빠져 버렸다.

그는 공연히 시비를 걸어 팔뚝질을 했으나 그때마다 유 씨가 불러다 궁중법도를 내세워 나무랐다. 그러나 그것도 그때뿐 '애기'를 보기만 하면 가만두지 않았다.

"그래, 난 막돼먹은 어부의 자식이다. 니가 이것저것 다 한다구 거들먹거리지 마라. 니 애비 궁달이두 따지고 보면 힘깨나 쓰는 건달이지 뭐어……."

그러나 '애기'는 일체 말대꾸를 하지 않았다. 같은 왕후라 공연한 트집이지 손을 댈 처지는 못 되었다.

청화(淸花)라고 이름을 지어 준 셋째 왕후도 총애를 뺏긴지라 좋은 얼굴이 아니었다. 만나도 외면했으나 이쪽에서는 머리를 숙이는 것을 잊지 않았다.

'애기'는 어쩌다 왕건이 셋째 왕후의 처소에서 자고 와도 군소리를 하는 일이 없고 자기가 받는 수모를 임금에게 고해바치는 일도 없었다.

그러나 왕건은 알고 있었다. 함께 왕조를 일으킨 유 씨는 처(妻)라기보다 누나같이 그를 걱정해 주고 고적한 집안이라 여자는 많을수록 좋다고 했다. 많아야 자식들이 번성해서 고려 왕조의 앞날이 탄탄하다면서 후궁에서 일어나는 일들을 낱낱이 알려 주었다.

'애기'의 수난도 유 씨에게서 알았다.

"그렇다고 걱정할 건 없어요. 후궁은 제가 다스릴 테니 잔걱정은 마세요."

유 씨는 이렇게 덧붙이기도 했다. 왕건은 언제나 유 씨에게는 한몫 두고 대우도 극진했다.

그 '애기'가 사슴을 쏘았으니 더욱 대견하지 않을 수 없었다.

왕건은 잠자리에서 물었다.

"가끔 유쾌하지 못한 일을 당한다지?"

"누가 그래요?"

"다 알구 있어."

그러나 '애기'는 대범했다.

"한 귀로 듣구 한 귀로 흘려 버리면 그만이지요 뭐. 그게 무슨 큰일이라구."

"보통 여자가 아니로군."

"그보다도 걱정이 하나 있어요."

"무언데?"

"제 이름 말이에요."

왕실에서는 보통 넷째 왕후라고 불렀으나 '애기 가시내'라는 뒷공론
도 있었다.

"애기를 낳아도 '애기'로는 우습지 않아요?"

"태기가 있는가?"

"그렇지는 않지만 언젠가는 낳을 거 아니에요?"

"내 잘 생각해서 좋은 이름을 지어 줄게."

그러나 좋은 일은 이에 그치지 않았다.

신라의 임금(경명왕)이 사신을 보내 정월 십사일 왕건의 생일을 축하
하였다. 이것은 의미심장한 일이었다.

이쪽에서는 즉위 초에도 그랬고, 명절이나 신라 왕의 생신이면 정중
한 편지와 선물을 보내 신례(臣禮)를 다해 왔으나 그것은 적을 만들지
않으려는 왕건의 정책일 뿐 실속이 있는 것은 아니었다. 신라도 그것을
모를 까닭이 없었다.

신라의 처지로 본다면 나라를 세우고 왕을 칭하는 왕건은 국토의 일
부를 강점한 역적이었다.

자고로 역적은 잡아 죽이는 법이지 우대했다는 소리를 들은 일이 없
고, 더구나 임금이 역적의 생신을 축하하는 것은 고금에 없는 일이었다.

쇠잔한 신라가 차츰 자기에게 의지하려 드는구나…… 왕건은 앉아
서도 신라 조정의 속셈을 알 수 있었다.

그러나 그런 내색을 하지 않고 사신을 융숭하게 대접했다. 임금이 보
낸 사신이라 연석에서는 자기와 동렬(同列)로 앉혔고 돌아갈 때에는 어
머어마한 선물에 답례사(答禮使)를 딸려 신라 서울까지 호송해 보냈다.

젊은 날 신라의 서울 금성에서 천대를 받을 대로 받은 배현경은 말은
안 해도 심사가 편치 않은 눈치였다.

"배 장군은 내가 하는 일이 못마땅한 모양이구만."

"그 썩은 애들에게 그렇게까지 하실 건 없을 것 같습니다."

"썩은 풀도 거름이 되지 않소? 더구나 사신을 보냈다는 것은 예삿일이 아니오. 건오로아 어떻든 사실상 우리 고려를 인정한 것이 아니겠소?"

배현경은 더 말하지 않았다.

신라 사신이 떠나간 지 며칠 안 되어 이번에는 견훤과 통하던 강주(康州, 경남 진주) 장군 윤웅(閏雄)이 몰래 아들 일강(一康)을 인질로 보내 충성을 맹세하였다.

이것도 예삿일이 아니었다. 접경 고을의 장군이라면 몰라도 멀리 떨어진 남쪽 강주에서 뱃길로 아들을 보내 항복해 온 것이다.

조정은 이를 환영하는 행사를 베풀고 대신들은 돌아가며 일강을 초대하였다. 일강은 희색이 만면해서 꿈같은 나날을 보냈고, 그가 하는 청이라면 통하지 않는 것이 없었다.

왕건은 그에게 벼슬을 내리고 결혼도 시켜 주었다. 그에 그치지 않고 강주에 사람을 보내 고맙기 이를 데 없다는 치하를 하는 것도 잊지 않았다.

즐거운 일에는 틀림없었다. 그러면서도 왕건은 생각하지 않을 수 없었다. 문제는 견훤이었다.

신라 왕이 공식으로 고려에 사신을 보냈다는 것은, 견훤의 눈으로 보면 신라와 고려가 동등한 처지에서 손을 잡는다는 이야기밖에 되지 않을 것이다. 또 금성의 입 가진 자들은 모두 견훤을 '개새끼'라고 욕설이다. 그런데 왕건에게 임금이 사신을 보내 생일을 축하했다는 것은 견훤으로서는 참을 수 없는 모욕이 아닐 수 없을 것이다.

온 조정은 강주 장군의 항복을 기뻐했으나 생각하면 이것도 문제였다.

세상에는 비밀이 있을 수 없다. 이 고려의 서울에도 견훤의 세작들이 얼마든지 있을 수 있다. 비밀이 지켜질 리 없고 견훤은 이를 갈 것이다.

궁하면 둔해진다(窮則鈍)고, 자기가 신라 왕이라면 점잖게 가만있지 축하고 뭐고 긁어 부스럼을 만드는 그런 어리석은 짓은 안 했을 것이다. 어려움을 모르고 자란 인간들이란 고귀한 임금의 간곡한 말씀 한마디면 감격해서 충성할 줄 아는 모양인데 세상을 모르는 천치들이다.

윤웅도 너무 서둘렀다. 무엇이 그렇게 급하단 말인가. 아무래도 큰 소동이 벌어질 것 같다.

가을이 오자 그의 예상은 적중했다.

노한 백제 왕

같은 920년.

견훤은 왕건과는 달리 불쾌하기 짝이 없는 봄을 맞았다.

신라 왕이 왕건에게 사신을 파송하여 아양을 떨었다는 소식에 이어
강주 장군 윤웅이 왕건에게 아들을 인질로 보내 재간을 부렸다는 소식
이 들어왔다.

이 견훤을 어떻게 보고 하는 수작들이냐. 왕건의 예측대로 그는 이를
갈았다.

신라 왕 박승영(朴昇英), 똑똑한 줄 알았더니 요즘은 밤낮 술에 취해
서 흐느적거린다지. 그 주위에서는 세상 물정에 통 바람벽인 철부지들
이 까분다니 일이 될 게 무엇이냐.

살살이 같은 왕건이 칭신을 하고 푸짐한 선물에 편지질을 한다고 거
기 넘어가는 맹충이들. 이것들……, 정말 정신이 오락가락하는구나.

살살이 왕건더러 나 견훤을 때려 부수라고 부추기는 모양인데 그게 될 말이냐? 설사 때려 부쉈다고 하자. 어서 잡수시라고 바칠 줄 아는 모양인데 내가 자빠지는 날은 자기들도 자빠지는 날이라는 것을 모르는 얼간이들이다.

정신이 번쩍 들도록 본때를 보여 줘야겠다.

윤웅이라는 놈도 내 손으로 목을 쳐야 직성이 풀리겠다. 삼십 년 전 난리 초에 강주 도독으로 있던 자기 상사 소송(蘇泏)을 짓밟아 죽이고 강주 장군을 칭하다가 내게 와서 충성이 어떻구 의리가 어떻구 알랑대던 건달이다.

이것이 또 재간을 부려 왕건에게 알랑대서 양다리 걸치기를 하려고 드니 말은 다 했다. 한 번 배신하는 인간은 몇 번이고 배신할 수 있다더니 틀린 말이 아니다.

살살이 왕건도 문제다. 무사면 무사답게 칼로 나올 것이지 편지와 선물로 사람을 꼬시는 데는 일등 가는 재간이 있다고 한다.

아직도 뱃놈 장사꾼의 근성이 그대로 남아 있는 요물이다.

천지간에 이처럼 어리석은 인간들이 많을 줄은 몰랐다. 그 살살이가 보내는 공손한 편지와 선물이 낚싯밥인 줄을 모르고 동요하는 머저리가 하나 둘이 아니라는 소문이다.

공손한 편지로 추켜세우니 우선 자기가 잘난 줄 알고 으쓱해 대고, 다음에는 왕건의 덕(德)을 입에 올린다는 것이다.

살살이가 재간을 부리는 줄은 모르고 이것을 덕이라 하고, 왕건을 덕인(德人)이라고 한다니 나 참 더러워서 못 보겠다.

생각해 보라. 수십 년을 두고 애지중지해서 인신(人臣)으로는 제일 높은 시중까지 시켜 준 자기 임금을 깔아뭉개고 그 자리를 뺏은 인간이 어떻게 덕인이냐 말이다.

그 임금이라는 선종이 나중에 머리가 돈 것은 사실인 모양이지마는 돌았으면 돈 대로 처리하는 것이 신하의 도리가 아닌가. 가두고서라도 병을 치료하고 안 되면 아들을 대신 세울 수도 있지 않은가.

시중이라는 자가 미쳐 돌아가는 임금이 못할 짓을 다한 끝에 처자식까지 죽이는 것을 보고도 손을 쓰시 않았으니 이것은 자기 임금이 자멸(自滅)하기를 기다린 것이 아니고 무엇이냐?

왕건은 요물이다. 요사스러운 편지질로 세상을 현혹하는 너도 버릇을 가르쳐야겠다.

견훤은 불쾌한 소식이 와도 듣기만 하고 한마디 응대도 없었다.

대신들이 당장 강주에 처내려 가서 윤웅이라는 놈의 사지를 찢어 죽이자고 해도 고개를 흔들고, 정기(精騎)를 뽑아 신라 서울 금성을 치자고 해도 고개를 흔들었다.

반대로 그는 엉뚱한 소리를 했다.

"백성들의 노고를 생각해야 하오. 금년에는 기필코 풍년이 들어 백성들이 배불리 먹도록 해야겠소. 그런즉 군사들도 틈나는 대로 백성들의 농사를 돕도록 전국에 명을 내리오."

전쟁 준비를 기대했던 대신들은 도무지 임금의 뱃속을 알 수 없다고 쑥덕공론이었다.

그 불같은 성미에 이렇게 느긋할 수 있을까? 하기는 임금 견훤의 나이 오십사 세, 등극한 지도 삼십 년이 가깝다. 전보다 능수능란하고 느긋해진 것도 사실이다.

무엇인가 생각하는 바가 있겠지?

대신들은 그를 믿고 그의 지시대로 시행하였다.

칼을 잡은 지 삼십여 년. 전쟁에 가장 필요한 것은, 첫째가 군량(軍糧)이요, 무기는 둘째라는 것을 견훤은 수많은 전투에서 경험으로 체득했다.

무기가 부족하면 하다못해 몽둥이로도 싸울 수 있다. 그러나 병사들이 하루라도 굶으면 아무리 무기가 많아도 어쩔 수 없는 것이 전쟁이다.

그는 해동하여 씨를 뿌리기 시작할 때부터 각처를 돌아다니며 농황을 살피고 여름에도 쉬지 않고 농촌을 돌아보았다. 비가 덜 와도 걱정, 너무 와도 걱정, 그는 전에 없이 하늘을 쳐다보는 일이 잦아졌다.

그렇다고 무기 쪽을 등한히 한 것은 아니다. 무기를 불리는 야장간에는 수시로 나타나 일하는 광경을 물끄러미 바라보고는 사라졌다.

더 많이 만들라는 말은 하지 않았다. 그것은 쓸데없는 소문만 퍼뜨리는 어리석은 짓이다.

임금이 친히 나타났다면 말하지 않아도 긴장하고 열심히 일하기 마련이다. 그것도 수시로 나타나는지라 말 없는 가운데 무기는 전에 없이 더미로 쌓여 갔다.

군대도 자주 순시했다. 말수가 적었으나 행여 녹슨 칼이나 창을 발견하면 그냥 두지 않았다.

"무기가 녹슬었다? 이건 무얼 뜻하는 것이지?"

조용한 목소리였으나 무서운 얼굴이었다.

백제 천하에 녹슨 무기란 있을 수 없었다.

농번기가 끝난 칠월. 전국의 모든 군영에서는 임금의 명령으로 맹훈련이 시작되었다. 추수는 농부들에게 맡겨도 족하다고 농사를 돕던 병사들도 다시 활을 쏘고 창과 칼을 쓰는 훈련에 열중했다.

임금 견훤은 날짜를 정해서 군영들을 순시했다. 임금의 눈에 들도록 그 날짜까지 군관 이상은 제대로 밤잠도 못 자고 계획을 세우고, 병사들을 단련하고, 무기를 정비했다.

누구나 강주의 윤웅을 토벌하는 것으로 짐작했다. 역적 윤웅은 이제 죽어도 박살이 나서 죽으리라는 것이 공론이었다.

공론일 뿐 견훤의 입에서는 누구를 어쩐다는 이야기는 한 번도 나오지 않았다.

그의 생각은 달랐다.

쥐새끼 깊은 유웅은 인제든지 짓밟을 수 있다. 전전히 두고, 공포에 질려 애간장을 태운 연후에 짓밟아도 늦지 않다.

메스꺼운 것은 신라 왕이다.

천년사직을 내세우는 신라의 임금이라는 자가 할 일이 없어 뱃놈 살살이의 생신을 축하한단 말이냐?

뒤통수를 갈겨 이 견훤의 맛을 보여줘야 철이 들 것이다.

풍년은 아니라도 농사는 될 만큼 되었다.

군량미를 거둬들이는 한편 전국의 모든 군영에는 배정된 병력을 수도 완산성에 보내라는 영이 내렸다.

전쟁이다. 그러나 어디를 치는지 제대로 아는 사람은 견훤 한 사람뿐이었다.

신라 조정.

김효종(金孝宗)은 정초부터 우울했다. 조정이 해야 할 일은 안 하고, 해서는 안 될 일만 하기 시작한 것은 벌써 옛날이야기다(김효종은 훗날 신라의 마지막 임금이 된 김부[金傅]의 아버지다).

그런데 금년 정초에는 뚱딴지같은 일을 저질렀다. 말려도 듣지 않았다.

젊어서는 화랑으로 이름을 날려 사람들은 효종랑(孝宗郞)이라고 불렀었다. 문성왕(文聖王)의 아들로 태어났으니 임금도 될 수 있는 처지였으나 왕위가 다른 데(憲安王, 헌안왕)로 돌아가는 바람에 무장(武將)으로 남았다.

중앙에서 큰 벼슬을 할 수도 있었으나 나라가 어지러운 때에 붓대나 놀리고 있는 것은 진정한 화랑이 아니라고 무(武)의 길을 택했다.

진성여왕 때 일어난 내란은 금년까지 삼십사 년 계속되어 왔다. 서울 금성 주변이나마 유지하여 온 것도 그가 대장군으로 동분서주하여 싸운 덕분이었다.

화랑시절에 전국을 돌아다녔고 대야성(大耶城, 경남 합천) 장군을 시작으로 몇 군데 도독도 지내서 고을 사정도 모르지 않았다.

난리가 나면서부터 달구벌(達句伐, 대구)은 전략상 요충이니 여기 큰 성을 쌓자는 것이 그의 주장이었다. 서로부터 오는 적도 막고, 북으로부터 오는 적도 막을 수 있는 요지였다.

대신이라는 자들은 입씨름으로 세월을 보냈다. 중대한 일이니 중신 회의를 열어 신중히 검토한다는 것이다.

그러나 회의가 열릴 때마다 갑론을박하다가는 다음에 다시 회의를 열어 의논하자는 것이 유일한 결정이었다. 지칠 대로 지친 김효종은 입을 다물어 버렸다.

그리하여 삼십사 년이 지난 오늘날까지 달구벌에는 성이 나타나지 않았다.

한때나마 잠잠하기에 설에 집으로 돌아왔다.

서울에 있는 이상 설날 궁중에 들어가 하례에 참석하지 않을 수 없었다.

육십이 된 그는 군신들 틈에 끼어 새해의 하례를 올렸다. 삼십 대 초반의 이 임금은 화랑 시절의 친구 박수종, 즉 돌아간 임금(신덕왕)의 아들 박승영이었다.

아침부터 얼근히 취해서 불그레한 얼굴이었다. 젊어서는 영리하다는 소문이었으나 임금이 된 지 얼마 안 되어 주색에 녹아 버렸다는 소문이다.

하례가 끝나자 상대등 박위응(朴魏膺)과 시중 김유렴(金裕廉)이 중대한 문제로 어전회의가 있으니 중신들은 남으라고 했다. 박위응은 임금의 아우, 김유렴은 김효종 자신의 조카였다.

김효종은 중신이라면 중신이고 아니라면 아닌 어중간한 처지이기에 돌아서 나오려는데 박위응이 불렀다.

"대장군도 참석해 주시오."

정초부터 무슨 일일까?

하여튼 참석하지 않을 수 없었다.

막상 회의가 열리니 술 취한 임금은 졸고 상대등 박위응이 주재를 했다.

"오늘은 국가의 운명에 중대한 관계가 있는 일로 회의를 열었으니 모두들 기탄없이 말씀해 주시오."

서두를 뗀 그는 좌중을 둘러보고 시중 김유렴을 턱으로 가리켰다.

"시중, 설명해 드리시오."

김유렴은 박위응에게 쓸데없이 굽신 했다. 제구실이나 할 줄 알았더니 왜 저 모양이 되었을까? 병신들 틈에 끼이더니 자기도 모르는 사이에 병신이 된 모양이다.

"상대등께서도 말씀하신 바와 같이 오늘은 실로 중대한 일을 결정해야겠습니다. 이것은 현명하신 상대등께서 생각하신 것으로 누가 보아도 아주 합당한 일이 아닐 수 없습니다."

그는 좌중을 둘러보고, 모인 사람들은 긴장했다.

김유렴은 몇 번 헛기침을 하고 계속했다.

"다름 아니라 정월 십사일은 왕건의 생일입니다. 철따라 선물을 진상하고 진정 어린 글을 올리는 그의 충성은 실로 가상한 일이 아닐 수 없습니다. 금년에는 조사(詔使)를 보내서 그의 생신을 축하하자는 것입니다. 이에 대해서 여러분 의견이 있으면 말씀해 주십시오."

한구석에서 젊은 대신이 시큰둥해서 입을 놀렸다.

"그게 그렇게 국가의 운명에 관계되는 중대사라는 말입니까?"

김유렴은 서슴지 않고 대답했다.

"조사가 내려가 생신을 축하하면 그로서는 일생일대의 영광이 아닐 수 없고, 따라서 더욱 충성하리라는 것이 상대등 어른의 생각이십니다."

다른 대신들은 입을 모았다.

"참으로 신묘한 계책이십니다."

김효종은 입을 다물고 지켜보기만 했다. 이것은 병신의 육갑이 아니라 팔갑도 더 되는 수작이다. 주색으로 세월을 보내는 임금은 오래 살지 못할 것인데 자식이 없다. 죽으면 아우 되는 상대등이 대를 이으리라는 것이 은근한 공론이다.

그 상대등의 발상이라 아첨하는 것인지, 아니면 정말 병신들만으로 구색을 갖춘 것이 신라 조정인지 어느 쪽이든 한심하기 그지없는 노릇이다. 김효종은 암담한 생각으로 눈을 감았다.

"김 장군!"

상대등의 목소리였다. 김 장군이 한두 사람이 아닌지라 김효종은 눈을 뜨지 않았다.

"김효종 장군!"

그는 목청을 가다듬었다. 김효종은 눈을 뜨고 대답했다.

"네."

졸고 있던 임금도 눈을 뜨고 자기를 주시하고 있었다.

"김 장군은 왜 말이 없소?"

상대등 박위응은 시비조로 나왔다.

"할 말이 없소이다."

김효종은 말해 보아야 소용이 없겠기에 잠자코 있었는데 상대방이 곱게 안 나오니 이쪽도 곱게 안 나갔다.

"이 상대등의 생각이 시시껄렁하다 이거지요?"

"……."

김효종은 거드름을 피우는 박위웅을 지켜볼 뿐 대답을 하지 않았다. 삼십도 안 된 것이 갈수록 거드름만 늘고 뚱딴지같은 일만 저지르더니 또 일을 치게 생겼다.

"왜 대답이 없소?"

"말하자면 그렇소."

"말하자면 그렇다니?"

박위웅은 주먹으로 탁자를 내리쳤다.

"시시껄렁할 정도가 아니라 자칫하면 큰일을 치게 생겼소."

"큰일이라니?"

"견훤을 생각해 본 일이 있소?"

"그 개새끼는 왜 들먹이는 거요?"

"조사가 고려에 내려간다면 형식이야 어떻든 왕건의 고려를 인정하는 것이 되고, 우리는 왕건과 손을 잡는다는 것을 천하에 공포하는 것이 되지 않소?"

"그게 어쨌다는 거요?"

상대등이라는 자가 철이 없어도 이쯤 되면 가히 일품이다.

"그만둡시다."

김효종은 단념했다. 그러나 박위웅은 앉았던 교의에서 일어나며 고함을 질렀다.

"보자 보자 하니, 상대등 보고 그런 말버릇이 어디 있소, 응? 안 될 조목을 얘기해 봐요?"

김효종을 천천히 입을 열었다.

"내 나이 육십이오. 나이는 거저먹는 줄 아시오? 그만큼 보고 듣고 배운 것이 있다는 뜻이 아니겠소?"

"용의 알이라도 품은 것처럼 얘기하는데 어디 한번 들어 봅시다."

박위응은 자리에 앉으면서 입을 삐죽거렸다. 김효종은 내친김에 하나하나 따져 나갔다.

"우리가 왕건과 손을 잡았다면 견훤이 가만있겠소?"

"우리 강토를 갉아먹은 그 개새끼는 이름만 들어도 이가 갈린단 말이오."

"왕건이 깔고 앉은 땅은 우리 강토가 아닌가요?"

"왕건은 칭신도 하고, 충성을 다하고 있지 않소?"

"그게 진짜 충성이라구 생각하시오?"

"아니란 말이오?"

"진짜 충신이라면 나라를 세우고 왕을 칭하겠소? 나라를 해체하구 강토를 조정에 바치는 것이 도리가 아니겠소?"

"그야……."

박위응은 대답을 못했다. 말이 난 김에 김효종은 다 할 생각이었다.

"여기 앉아서 견훤을 개새끼라고 입으로 욕만 한다고 견훤이 없어질 것 같소?"

"……."

"지금 신라의 운명은 풍전등화 격이 아니오? 신중에 신중을 거듭해서 다시 일어설 계책을 세워야지요."

"희한한 계책이 있는 모양이군. 어디 한번 들어 봅시다."

박위응은 또 입을 삐죽거렸다.

"지금 천하를 노리는 것이 견훤과 왕건 두 사람이지요? 우리는 어느 쪽에도 치우치지 말고, 둘이 싸우는 사이에 힘을 길러 두었다가 저들이 싸우다 지친 틈을 타서 쳐부순단 말이오. 그 밖에는 도리가 없지 않소?"

"요컨대 조사를 보내는 일은 걷어치우라는 거지요?"

박위응이 물었다.

"그렇소. 반드시 견훤의 보복이 있을 것이오."

김효종은 단언했다.

"김 장군은 앞일을 훤히 내다보시는군."

박위응이 비꼬았다.

"상대등은 그 정도두 안 보이시오?"

"안 보이오. 안 보여서 어쨌다는 거요?"

그는 역정을 냈다.

"견훤이 쳐들어오면 어떻게 할 셈이지요?"

"왕건이 있지 않소? 왕건이 도와줄 것이오."

"예로부터 먼 데 있는 물은 가까운 불을 끄지 못한다(遠水不救近火)구 했소. 왕건을 너무 믿지 마시오."

"조정의 정책을 비난하는 거요?"

"비난이 아니라 사실이 그렇지 않소?"

"뭐가 사실이 그렇소?"

"견훤이 쳐들어와서 어느 고장이든 쑥밭이 되면 당신이 책임지겠소?"

"지금 뭐랬소? 상대등 보구 당신이라니?"

"그만둡시다."

김효종은 입을 다물어 버렸다.

"조정의 서차를 어기구 방자하게 노는 자는 용서 못하오. 더구나 어전에서."

그는 흥분해서 탁자를 또 내리치고 임금을 향했다.

"폐하, 그렇지 않습니까?"

"그렇지."

억양이 없는 대답이 나왔다.

"대장군을 면하고 집에서 근신토록 함이 어떠하오리까?"

"그렇게 하지."

이리하여 김효종은 그 자리에서 쫓겨 나왔다. 그런데 정세는 갈수록 희한하게 돌아갔다.

기어이 송도에 조사가 갔고 조사가 돌아오자 온 조정이 떠들썩했다.

왕건은 신하의 도리를 깍듯이 지켜 조사를 융숭하게 대접했을 뿐만 아니라 이쪽에서 보낸 선물의 열 배도 넘는 선물을 보냈고 답례사(答禮使)도 따라왔다는 것이다.

임금은 흡족했고 대신들은 구구절절이 왕건의 충성을 칭송하고 돌아갔다.

집에 들어앉은 김효종은 입맛이 썼다. 왕건은 구렁이라도 백 년 묵은 구렁이요, 신라의 대신이라는 것들은 생쥐만도 못한 물건들이다. 언젠가 이 구렁이한테 씹힐 날이 올 것이다.

따로 사는 아들 부(傅)와 형 억렴(億廉)은 매일 찾아왔다. 그는 이들에게 무슨 일이 있어도 벼슬길에 나서지 말라고 당부했다. 그는 형 억렴과 바둑으로 세월을 보냈다.

시중으로 있는 조카 김유렴도 밤중에 한 번 찾아왔다. 상대등과 임금께 잘 말씀드려 곧 관작을 복구하도록 힘쓰겠다고 했다.

"관작을 복구해? 집어치워! 너두 그만두구."

그 후로는 다시 나타나지 않았다.

봄과 여름. 김효종은 바다에 나가 낚시질로 세상을 잊으려고 했다. 그동안에도 조정의 입들은 쉬지 않고 종알댄다는 소문이었다.

상대등은 역시 영특한 분이요, 김효종은 잔걱정이 많은 겁쟁이라는 것이다. 보라, 견훤은 까딱도 않고, 왕건은 단오에도 정중한 글과 대단한 선물을 보내지 않았는가.

햇곡이 익을 무렵부터 가끔 왕건의 사신이 내왕했다. 견훤이 갑자기 군사훈련을 강화했으니 조심하라는 내용이었다.

신라의 조정은 적정을 탐색할 능력조차 없었다. 이렇게 알려 주어도 좋을 대로 해석했다. 자기를 배반한 윤웅을 칠 것이라고.

조정은 임금 이하 대신들까지 삼십 대 이하의 젊은이들로 차 있었다. 더구나 고생을 모르고 자란 진골 출신들……. 자기가 잘났다는 생각뿐이지 남도 잘날 수 있다는 것을 모르는 철부지들이었다.

김효종은 같은 진골이면서도 이것이 걱정이었다. 경험이 풍부하고 노련한 사람들이 많아도 어려운 판국에 핏줄을 따져 철부지들이 대신이랍시고 좌지우지하니 이 나라는 장차 어떻게 될까…….

추수가 끝나자 왕건의 사신은 더욱 자주 왔다.

견훤이 전국에 영을 내려 완산성에 병력을 집결 중이라는 것도 알려 주었다.

그래도 대신들은 윤웅을 칠 것이라고 자위(自慰)하였다.

시월.

왕건의 급사(急使)가 왔다.

마침내 견훤은 보기(步騎) 일만의 집결을 거의 완료했는데 모든 정황으로 보아 그 방향이 윤웅의 강주가 아니라 신라 같다는 내용이었다.

임금도 질리고 대신들도 질려 어쩔 줄을 몰랐다.

조카 김유렴이 달려와서 임금이 부른다기에 김효종은 궁중으로 들어갔다. 상대등 박위응은 눈을 내리깔고 풀이 죽어 인사도 제대로 못했다.

"조정에서 의논 끝에 김율(金律)을 왕건에게 보내서 원군을 보내 달라고 했소."

"네……."

그 구렁이가 원군을 보낼까? 보낸다 하더라도 상처를 입는 일은 하지 않을 것이다. 내가 왕건이라도 왜 신라를 위해서 피를 흘린단 말인가?

"오늘로 대장군의 관작을 복구하겠소. 장군의 생각으로는 견훤이 어디로 올 것 같소?"

"대야성일 것입니다."

김효종은 사이를 두고 대답했다.

"대야성이 떨어지면 이 서울은 지척인데……."

상대등 박위응이 쑥스러운 얼굴로 끼어들었다. 몇 해 젊었으면 왕건이 있지 않느냐고 비꼬아 주었을 것이다. 그러나 김효종은 잠자코 있었다.

"믿을 만한 장수를 보내야겠는데 누가 좋겠소?"

어차피 신라는 머지않아 망할 것이다. 그 꼴을 보기 전에 죽어야겠다. 김효종은 결심하고 대답했다.

"신도 무방하시다면 신이 가지요."

"내 늙은 장군에게 미안해서……."

처음부터 그 생각을 했던 모양이다. 실지로 쓸 만한 장수라면 신라에서 김효종밖에 없었다.

장군이라는 칭호를 가진 자들은 얼른 헤아리기 어려울 만큼 수두룩했다. 그러나 백성들은 굶어도 자기들만은 쌀밥을 먹어야 하고, 보리나 콩을 섞어서도 안 된다는 진골 청년들이었다. 시를 흥얼거리는 데는 능해도, 전쟁이라면 나가기는 해도 도망치는 재주밖에 없는 패거리들이었다.

김효종은 임금에게 다짐을 받는 것도 지나친 것 같아 박위응을 향했다.

"상대등 어른, 군량미는 넉넉히 대 주시겠지요?"

"그러문요, 당장 오늘 천 섬을 실려 보내겠소."

박위응은 서슴없이 대답하고 임금도 거들었다.

"내 친히 약속하겠소. 군량미 걱정은 아예 말고, 원병도 곧 보낼 것이오."

그러나 김효종은 믿지 않았다. 일찍이 지켜 본 역사가 없는 조정의 약속, 얼마나 많은 장수들이 식량이 떨어져 고전하다가 그대로 죽어 갔을까? 그동안에도 서울에 앉은 자들은 포식하고 트림을 했다. 그 때문에 신라에는 쓸 만한 장수는 쌀에 뉘만큼도 없지 않은가.

"일이 급하니 신은 곧 떠나겠습니다."

김효종은 집에 돌아와 군복으로 갈아입었다.

"어디로 가시나요?"

부인이 물었다. 부인은 이복매(異腹妹)로, 처녀 때는 계아공주(桂娥公主), 결혼하고는 죽방부인(竹房夫人)이라고 불렀다.

"옛날 우리가 한때 살던 대야성이오."

어릴 때 궁중에서 함께 자란 남매는 부부가 되어서도 옛날 그대로 다정했다.

"저도 가야 하지 않겠어요?"

"전쟁이오. 싸우러 간다기보다 죽으러 가는 것이니 기다리지 말아요."

"그렇다면 더구나 가야지요."

"집은 어떻게 하구? 내가 죽은 후에라도 아이들, 벼슬은 못하게 해요."

"당신이 안 계시는 세상에 무엇 하러 살겠어요? 아이들은 장성했으니 걱정 없어요."

"안 된다니까."

"우린 함께 자라 부부가 되어 함께 늙었어요. 죽을 때에도 함께……."

부인은 말끝을 맺지 못하고 흐느꼈다. 김효종은 목이 메는 것을 억누르고 그의 어깨에 두 손을 얹었다.

"이 부탁만은 들어줘요. 뻔히 알면서 여자를 사지(死地)로 끌고 들어갔다면 후세에 이 김효종을 무어라 하겠소? 또 한 가지. 평시라면 몰라도 죽고 사는 싸움판에 대장이라는 자가 여자를 끼고 다닌다면 병사들이 어떻게 생각할 것 같소? 전쟁이 안 되지요."

부인은 고개를 끄덕이고 눈물을 닦았다.

"험한 길을 떠나시는데 미안해요. 허지만 꼭 돌아가서야 하나요?"

"판세가 그렇게 돼 있소. 생전에는 당신에게 고마운 일, 미안한 일뿐이었소. 우리 저세상에서도 함께 삽시다."

김효종은 흐느끼는 부인을 뒤로하고 집을 나섰다.

대야성의 형편은 말이 아니었다.

수비병은 천 명, 하루 두 끼 깡보리밥으로 연명하고 있었다. 그나마 식량은 사흘치밖에 없었다.

병사들뿐 아니라 군관들도 드러내 놓고 불평이었다.

"조정에 있는 자식들, 모두 때려 죽였으면 속이 후련하겠다."

들으라는 듯이 외치는 병사도 있었다. 대장군이고 뭐고 한마디라도 하면 당장 대들 기세였다.

김효종은 자신도 믿지 않으면서 곧 식량이 오고 원병도 온다고 타이를 수밖에 없었다. 그러나 하도 속아 온 병정들은 반신반의했다.

그는 이름난 장수라 마음이 든든한 눈치였으나 조정이 썩고 무능하다는 것은 말단 병사들까지 알고 있었다. 김효종 장군의 말씀이니 믿을 만했으나 조정을 생각하면 그렇지 못했다. 과연 보내 줄까?

기마척후(騎馬斥候)를 내어 적의 동태를 알아보고 매일같이 서울로 사람을 보내 식량과 원병을 독촉했다.

적은 다가오는데 서울에서 오는 것은 푸짐한 말뿐이었다. 염려 말라, 쌀뿐 아니라 돼지에 닭도 숱하게 보내 준다는 것이다. 거기다 곧 왕건의 대군이 오기로 되어 있으니 전혀 걱정할 이유가 없다고 했다.

마침내 원병 천 명이 왔다. 십여 세에서 사십을 넘은 숭늙은이까지 닥치는 대로 끌려왔다는 것이다. 식량이나 축을 냈지, 전투에 쓸모는커녕 방해가 될 물건들이었다.

이어서 식량도 왔다. 보리 이백 섬, 이천 명이 아껴 먹어도 열흘치밖에 안 되었다.

신라는 박씨로 시작해서 박씨에서 망하는구나. 김효종은 암담했다.

사흘 후면 적이 당도할 판국인데 이런 얼빠진 수작이 어디 있느냐, 이대로 간다면 싸움은 길어야 칠팔 일밖에 못한다는 계산이 나왔다.

그러면서도 서울에서는 임금이 격려랍시고 친서를 보내고, 상대등 박위응은 왕건의 원병 타령을 장황하게 늘어놓은 편지를 보내 왔다.

화가 치민 김효종은 사자에게 호통을 치려다 그만두었다. 말해야 소용없는 것이 조정에 앉아 있는 등신들이다.

왕건의 소식은 김효종도 세작을 보내 알아볼 대로 알아보았다. 청병(請兵)을 간 김율은 극진히 대접하고 어명은 물론 받들겠다, 그러나 병정들을 모으는 데 시일이 걸리니 잠시만 여유를 달라고 매우 천천한 대답이었다는 것이다.

시일이 걸릴 이유가 없었다. 개경 주변에 있는 기병들만 모아도 오천기는 이틀 안에 올 수 있지 않은가.

왕건은 보통내기가 아니다. 그도 이 대야성의 사정을 알고 있을 것이다. 천천히, 성이 떨어진 다음에 내려오면 은혜는 은혜대로 베풀고 상처는 입지 않고, 얼마나 좋으냐.

견훤도 신라 조정처럼 주색으로 세월을 보내는 인간이 아니다. 그의 세작들은 벌써부터 이 주변에 숨어 샅샅이 염탐하고 있을 것이다.

마침내 견훤의 보기(步騎) 일만이 대야성을 포위하였다. 포위는 하였으나 싸울 기색은 없고, 목책을 두르고는 그 안에서 돼지도 잡고 술도 마셨다.

이레가 지나 내일 조반을 먹으면 식량이 떨어지게 되었다. 김효종은 군관들을 모았다.

"이제 도리가 없다. 밤에 쳐나갈 터이니 나를 따를 사람은 따르고 그렇지 않은 사람은 안 따라도 무방하다."

그의 두 눈에 살기가 번뜩였다.

견훤은 민첩한 세작들의 활동으로 대야성뿐 아니라 신라 조정의 내막까지 훤히 알고 있었다.

대야성을 포위한 그는 적진에서 보라는 듯이 병사들에게 푸짐하게 먹였다. 젊어서 농사꾼으로 고생도 해 보았고, 수많은 전투에서 굶주려도 본 견훤은 음식이 인간의 심리에 오묘한 작용을 한다는 것을 잘 알고 있었다.

보리밥으로 겨우 끼니를 잇고 있는 적병들은 침을 흘리고 사기가 떨어지고 그것이 불평으로 확산될 것이다.

공연히 피를 흘릴 것이 없다. 저절로 무너지는 것을 기다리자. 초병만 세워 놓고 병사들은 밖에 나와 뜀박질도 하고 장막 안에서 장기도 두었다.

견훤은 추허조(鄒許祖)를 상대로 요즘 배우기 시작한 바둑으로 소일했다. 추허조는 전에 죽은 아우 능애를 상주감옥에서 탈출시켜 완산성으로 데리고 온 사람이었다. 전공(戰功)도 있었으나 그때의 고마움은 잊을 수 없는 일이라 승진을 거듭하여 이제 장군이 되었다.

견훤은 바둑을 두다가도 하루에 한 번은 물었다.

"오늘은 며칠이지?"

그는 성내의 식량이 떨어지는 날을 계산하고 있었다. 김효종은 항복할 사람이 아니다. 식량이 떨어지는 날은 반드시 쳐나올 것이다.

칠 일이 지났다.

해가 서산에 기울 무렵 견훤은 갑자기 장군들을 소집했다.

"오늘 해가 떨어지면서부터 휘하의 모든 병정들은 무장하고 대기토록 하오."

장군들이 흩어져 가자 견훤은 이른 저녁을 들고 호위대장 박영규(朴英規, 견훤의 사위)를 불렀다.

"오늘 밤은 호위대도 교대가 없다. 전원 무기를 가지고 경계해라."

호위대장이 물러가자 그는 칼을 빼어 더듬어 보고, 장막 벽에 세워 놓은 창도 불빛에 비춰 보았다. 그는 마상에서 칼과 창을 번갈아 쓰는 명수였다.

어스름 달밤이었다.

남문이 소리 없이 열리면서 십여 기가 달려 나왔다. 견훤은 재빨리 말에 오르고, 뒤이어 호위기병들도 말에 올랐다.

적은 예상대로 견훤의 본영으로 돌진해 왔다. 그러나 십여 기뿐 뒤를 잇는 병사들이 없었다.

견훤의 호위대 삼백여 기는 순식간에 적을 포위하고, 칼이며 창들이 부딪쳤다.

죽음을 각오한 적은 칼에 맞아 말에서 떨어졌다가도 다시 일어서 창을 휘두르다 말굽에 짓밟혀 죽어 갔다.

"견훤, 이 역적 놈!"

굵직한 목소리의 주인공은 견훤을 향해 창을 내지르다가 옆에서 내려치는 칼에 어깨를 맞았다. 비틀하다가 그대로 맥없이 말에서 떨어져 다시는 움직이지 못했다.

이쪽도 적지 않은 사상자를 냈으나 십여 기의 적은 전멸했다.

그래도 성내에서는 꼼짝하는 기색이 없었다.

견훤은 횃불로 적의 시체를 하나하나 비추어 보았다. 군관들뿐 졸병은 한 사람도 없었다.

반백의 늙은 장군이 마지막 숨을 몰아쉬고 눈을 치떴다.

"김효종 장군이다. 눈을 감겨 드려라."

호위대장 박영규가 말에서 내려 죽은 김효종의 눈을 내리 쓰다듬고 턱을 괴었다.

"아마 신라의 마지막 화랑일 것이다. 관을 마련해라."

견훤이 일렀다.

이튿날 동이 트자 성내에 있던 병사들이 무기를 버리고 쏟아져 나왔다.

"비겁한 것들, 늙은 장군이 쳐나오는데 너희들은 무얼 했어? 사람이야, 짐승이야?"

박영규가 고함을 지르자 군관 한 사람이 나섰다.

"그렇지 않습니다."

박영규는 그를 내려다보고 군관은 계속했다.

"대장군의 명령으로 군관들이 나오지 못하게 했습니다. 훈련도 안 된 백성들을 싸움터에 내모는 것은 도살장에 내모는 것이나 다름없는 죄악이라고 말입니다."

"그럼 군관인 너는 왜 안 나왔지?"

"뒤처리를 하라고 남겼습니다.

"뒤처리?"

"군인이라기보다 굶주린 백성들이니 살려 주십사고 청을 드리라는 것이었습니다."

박영규는 옆에서 지켜보는 견훤을 쳐다보았다. 견훤은 고개를 끄덕이고 박영규는 계속했다.

"모두 살려 준다. 너 꽤 똑똑해 보이는데 우리와 함께 일할 생각은 없느냐?"

"없습니다."

"없어? 그럼 넌 죽는다."

"할 수 없지요."

군관은 생사를 초월한 태도였다.

"다시 너의 군대에 들어가 우리와 싸울 생각을 하구 있지?"

"이 몇 해 동안, 전쟁이라는 것이 얼마나 비참하고 무의미하다는 것을 뼈저리게 느꼈습니다. 저는 오늘로 군인을 그만두고 고향에 돌아가 부모를 모시고 농사를 지을 작정이었습니다."

박영규는 견훤을 쳐다보고 견훤은 또 고개를 끄덕였다.

"좋다. 너두 살려 보낸다."

견훤 군은 성내로 들어갔다.

우선 김효종의 관을 항복한 군관 편에 금성으로 실려 보내고, 성내에 피난 와 있던 백성들은 물론 병사들도 희망대로 고향에 돌려보냈다. 본래부터 성내에 살고 있던 백성들도 다치지 않았다.

추허조를 대야성 장군으로 임명한 견훤은 충분한 식량과 병력을 남기고 동남으로 진군하여 구사성(仇史城, 일명 초팔성[草八城], 경남 합천군 초계[草溪]에 있었다)을 일거에 무찔러 버렸다 사흘 동안 휴식을 취한 견훤 군은 진례성(進禮城, 경북 청도와 경남 밀양 사이에 있었다)을 목표로 동진(東進)을 개시하였다. 여기까지 점령하면 반월형(牛月形)으로 신라의 목을 조르는 형국이 될 것이요, 그 이남은 저절로 손에 들어올 것이다. 그런 연후에 강주의 윤웅을 치자.

그런데 도중에서 개경에 박아 놓은 세작으로부터 급보가 왔다. 배현경이 지휘하는 오천 병력이 남하하기 시작했다는 것이다. 배현경은 금성 출신으로 이 고장의 지리에 밝은 사람이었다.

살살이 왕건은 입발림으로 신라 왕을 구위삶았지, 실지로 군을 움직이지는 않을 것으로 생각했었다.

그런데 움직였다. 지금 완산성은 비어 있다. 이대로 진격하면 수도 완산성을 칠지도 모른다.

견훤은 군을 돌려 완산성으로 돌아왔다.

백전노장인 견훤의 계산은 틀리지 않았다.

왕건은 배현경을 보내면서 몇 가지 주의를 주었다.

견훤이 계속 동진하면 대야성이 아닌 완산성으로 직격하라. 완산성은 비어 있다. 견훤이 회군하면 대야성으로 가라. 그러나 어느 경우에도 힘에 겨운 일을 해서는 안 된다.

배현경은 병사들이 피곤하지 않도록 무리한 진군을 피했다.

도중에서 견훤이 회군했다는 소식을 듣고 대야성으로 향하여 열흘 후에 당도했다.

그러나 대야성의 수비는 견고하고 이를 탈환하려면 많은 희생이 따를 것이었다.

신라가 싫어 등지고 떠난 내가 무엇 때문에 그 썩은 자들을 위해 피를 흘리느냐. 임금도 힘에 겨운 일은 피하라고 했다.

배현경은 성을 포위하고 며칠 관망하다가 돌아오고 말았다.

개경의 왕건에게는 즐거운 한해였다.

정월에 있은 신라 왕의 사신, 강주 장군의 항복 외에도 좋은 일이 잇따랐다.

동북 접경의 말갈들이 자주 침범하기에 패강 장군 유금필로 하여금 삼천 병력으로 이를 치게 하였다.

여름이 오자 일거에 골암(鶻嵒, 함경남도 안변 부근)까지 진격한 유금필은 항복한 말갈들을 동원하여 큰 성을 쌓는 중이라는 보고가 왔다. 말갈들이 여러 부(部)로 갈려 단결된 것도 아니니 과히 걱정 마시라는 문구도 있었다.

실지로 그가 골암으로 간 후 그쪽 말갈들의 침범은 없어졌다. 왕건은 가까운 고을에 명령하여 관고(官庫)에서 식량을 넉넉히 보내 주고 격려의 친서도 보냈다.

봄부터 가을까지는 평온한 나날이었다. 왕건은 틈만 나면 불과 이삼 명의 호위대, 때로는 '애기'와 단둘이 서해로 나가 바다에 배를 띄우고 낚시질을 했다.

그는 바다에서 자란 만큼 바다가 좋았고, 젊어서 익힌 솜씨가 그대로 남아 노도 잘 젓고 낚시 솜씨도 보통 이상이었다.

배에는 언제나 둘만 있었다. 경호원이 따를 경우에도 딴 배로 주위를 맴돌 뿐 가까이 접근하지는 않았다.

"바다는 넓고 시원해서 좋아. 인간의 왜소함을 가르쳐 주기두 하고."

가을이 가까운 어느 날 선상에서 점심을 들면서 왕건은 이렇게 말했다. 이런 때 밥은 지어 가지고 왔으나 찬으로는 왕건이 낚은 고기를 '애기'가 배 안에서 찌개도 만들고 혹은 굽기도 했다.

"바다가 그렇게 좋으세요?"

'애기'가 물었다.

"바다는 내 선생이지. 잡다한 일을 처리할 때, 특히 사람의 생사가 걸린 문제로 판단이 서지 않을 때는 바다를 머리에 떠올리는 버릇이 있어. 그러면 마음이 활짝 트이고 좋은 생각이 떠오르거든."

"폐하께서 관대하시다는 평을 들으시는 것두 바다에 연유하는 것이군요."

"관대하고 안 하고는 모르겠고 매사에 성의를 다하는 거지."

"폐하께서는 제 앞에서두 겸손하시네요."

"남들은 그렇게들 말하는 모양이지만 타고난 천성인가 봐."

"폐하께서는 천하를 통일하실 거예요."

"왜?"

"제가 보기에는 하늘이 이 난세를 다스리는 데 꼭 알맞은 인물을 만들어 보내신 것만 같아요."

"애기는 마음이 좋아서 누구든 좋게 보니까 그렇지."

"참, 제 이름은 어떻게 됐지요?"

"그렇지. 좋은 이름을 지어 주기루 했지. 일화(一花)가 어떨까? 한 일, 꽃 화자야. 천하에 제일가는 미인이라는 뜻이지."

'애기'는 잠자코 생각하는 눈치였다.

"마음에 안 드는가 보군."

"그런 건 아니구, 좀 생각하는 중이에요."

"?"

"전 네 번째 왕후 아니에요? 그러지 않아도 말이 많은데, 일화가 아니구 사화(四花)쯤으루 해 주시면 어떨까요? 네 번째쯤 되는 인간이란 뜻으루……."

"애기라도 생각이 깊은 애기로군. 어쩐지 넉사자(四)는 마음에 걸리니 사기사자(史)루 해서 사화(史花)라고 하면 어떨까?"

"그렇게 하지요."

왕건은 그가 더욱 대견스러웠다. 이렇게 재색(才色)을 겸비한 여인은 몇백 년에 하나쯤 나타날까?

이처럼 앳된 왕후와 세월을 즐기면서도 천하대세를 관찰하고 대처하는 일에는 결코 소홀하지 않았다.

그러는 가운데 신라는 어찌할 수 없는 중환자라는 것을 실감케 하는 일이 속출했다.

견훤의 백제 땅에 파송한 세작들은 수시로 정보를 보내왔다.

특히 농번기가 끝나 군사훈련을 강화하면서부터 세작들의 활동은 더욱 활발해졌다.

왕건은 정보가 들어오는 대로 신라에 알려 주었다. 견훤을 배반한 강주의 윤웅을 칠 수도 있으나 신라를 칠 수도 있다는 것도 경고해 두었다.

그러나 신라의 조정은 그때마다 고맙다고 인사를 차리면서도 자기들 좋을 대로 해석하고 대응책을 마련할 생각도 능력도 없었다.

도리어 대응책을 주장하는 김효종을 파면했다는 소식이 들어왔다.

백제에 가 있는 세작들도 견훤이 어디를 칠 것인지 정확히 알아내지는 못했다. 견훤은 입을 다물고 지도를 들여다보면서도 아무에게도 자기의 의도를 밝히지 않는다는 것이다.

추수가 끝나자 여러 성에 동원령을 내렸다는 소식이 들어왔다.

각처에 들어가 있는 세작들의 보고를 종합하니 보기(步騎) 일만.

이것은 강주의 윤웅이 아니라 신라가 목표라고 왕건은 단정했다.

급히 사람을 보내 알려 주었더니 김율이라는 시랑(侍郞)이 와서 도와 달라고 애걸이었다.

국초라 삼천 병력을 이끌고 골암으로 진격한 유금필의 뒷감당을 하는 것도 힘에 겨운데 참으로 난감한 일이었다.

견훤이 친다면 대야성이라는 것은 전략을 아는 사람에게는 자명한 일이다. 그런데 신라 조정의 중신들, 말 한마디면 무엇이나 통하는 환경에서 자라 온 자들은 스스로 지킬 생각은 않고 주색으로 세월을 보내다가 이제 와서 도와달라니 기막힌 노릇이 아닐 수 없었다.

이쪽에서 칭신을 한다고 말 한마디면 자기네 마음대로 움직일 줄 아는 모양이다.

그렇다고 거절할 수도 없었다. 마음속으로는 이제 신라는 가망이 없는 중환자라고 생각하면서도 신라 왕조의 권위는 아직도 쓸 만하다고 판단한 왕건은 동병(動兵)을 승락했다.

일부러 늑장을 부린 것은 아니나 그러나 무리할 생각은 없었다. 무리를 해서 만일 패전이라도 하는 날에는 각처의 장군들이 들고일어나 자기를 거역하고, 따라서 고려 자체가 무너질 염려가 있었다.

그래서 배현경을 떠나보낼 때도 무리를 피하라고 했다.

배현경이 남하하는 동안 대야성은 이미 떨어지고 신라의 유일한 장수 김효종이 전사했다는 소식이 들어왔다. 이어서 구사성을 탈취한 견훤은 진례성으로 진격 중이라고 했다.

왕건은 일은 이미 끝났다고 판단했다. 천하의 명장인 견훤은 회군할 것이고 배현경도 돌아올 것이다.

모든 것이 그의 예측대로 들어맞았다. 그런데도 신라 조정은 또 김율을 보내서 뺏긴 대야성을 도로 찾아 달라고 앙탈이었다.

철없는 아이들……, 삼십 대 이하 이십 대의 청년들이라고 하지마는 알맹이는 철없는 아이들이다. 철이 없을 뿐더러 염치도 없다. 대야성을 도로 빼앗았다고 하자. 이 난세에 피를 흘려 뺏은 성을 남에게 바칠 천치가 어디 있단 말인가.

그러나 왕건은 좋은 말로 응대했다.

"병(兵)에는 기(機)라는 것이 있는 법이오. 우리 서둘지 말고 기회를 봅시다."

김율은 돌아와 살을 붙여 보고했다. 왕건은 폐하(신라 왕)의 홍은에 감읍하여 무슨 일이 있어도 대야성을 탈환하여 드린다고 맹세하더라는 것이다. 신라 조정은 왕건을 칭송하는 소리로 떠들썩했다.

어쨌든 견훤은 물러갔다.

조정에서는 중신들이 모여 전후처리 문제로 회의가 벌어졌다.

임금이 젊은 탓으로 나이든 사람들은 다루기 힘든지라 중신들이라야 이삼십 대의 김씨, 박씨 청년들이었다.

그중에서도 뜻있는 몇몇 사람들은 이 수치스러운 패전을 반성하고 일대 개혁을 논의하는 줄로 알았다. 그러나 막상 회의가 열리고 보니 그 것이 아니었다.

일대 승전이라는 것이다.

따라서 승전을 축하하는 행사를 크게 벌여야 하겠는데 그 방법을 논 의하자는 것이었다.

"중요한 대야성을 잃고, 구사성마저 뺏겼는데 패전이지 어째서 승전 입니까?"

한구석에서 볼멘소리가 나왔다.

상대등 박위응은 좌중을 한바퀴 둘러보고 그들의 단견(短見)이 한심 하다는 듯 쓴웃음을 짓고 목청을 가다듬었다.

"그것은 나무만 보고 숲을 보지 못하는 짧은 안목이오. 구사성은 별 것도 아니니 논할 것이 못 되고, 중요한 대야성을 잃은 것은 사실이오.

그러나 그보다 몇 배나 더 큰 것을 얻었다는 것을 보지 못하니 이러고도 나라의 대신들이라고 할 수 있겠소?"

그는 버릇대로 주먹으로 탁자를 내리쳤다.

지고도 이겼고, 잃고도 얻었다니 도시 알 수 없는 노릇이다. 좌중은 그를 쳐다보는 수밖에 없었다.

"우리 신라는 이제 다시 일어설 때가 온 것이오. 이번 기회에 신라의 국운은 무궁하다는 것을 알고 나는 몇 번이나 부처님께 감사를 드렸소."

섣불리 말을 꺼냈다가는 또 단견이라는 소리가 나올 것이 뻔하기에 모두들 입을 다물고 그를 계속 쳐다보기도 하고, 눈을 감고 팔짱을 지르는 사람도 있었다.

"단도직입으로 말하자면 우리는 대야성을 잃고 왕건의 고려를 얻었소. 성 하나를 잃고, 국토의 반을 수복했으니 나라에 이런 경사가 어디 있소?"

박위응은 큰소리를 치고 가슴을 폈다.

"왕건이 항복해 왔습니까?"

물세를 모르는 사람이 물었다. 박위응은 탄식했다.

"이제 와서 항복이란 무슨 말이오? 왕건은 처음부터 신하로서의 도리를 다해 왔는데 이번에 충성을 다함으로써 그가 차지한 땅은 곧 우리 신라 땅임을 실지로 증명한 것이오."

"……"

"이번에 어명이 떨어지자 왕건은 삼가 이를 받들고 동병하여 충성을 다했소. 그에게 알리는 것이 늦어 대야성은 견훤의 손에 들어갔소마는 성상 폐하의 홍은에 감읍하여 하늘에 맹세코 대야성을 탈환하여 드린다고 했으니 이런 충신이 어디 또 있단 말이오?"

그는 차를 마시고 계속했다.

"머지않아 대야성은 그의 힘으로 우리 손에 돌아올 것이오. 장차 기회를 보아 어명만 내리시면 견훤이란 놈을 쳐부수고 그 땅을 어전에 바칠 것은 명약관화한 일이 아니겠소? 그런즉 이보다 더 큰 나라의 경사가 어디 있단 말이오?"

그의 말을 듣고 보니 그럴듯도 했다.

한두 사람 이의가 있다 하더라도 이야기를 꺼낼 계제가 못 되었다. 대개는 그의 이야기에 도취하고 영광스럽던 옛 신라가 금세라도 돌아오는 듯한 환각에 사로잡혔다.

"그러니 이 국가의 큰 경사를 어떻게 축하할 것이냐, 소견들을 말씀해 보시오."

가지각색 의견이 나왔다.

예전부터 숭상하여 오던 오악(五嶽)은 물론 전국의 명산대천에 제례를 올려 감사를 드리자느니, 전국의 모든 사찰에서 재를 올려 부처님의 은혜에 보답하자느니, 탑과 승전비(勝戰碑)를 세우자는 말까지 나왔다.

김씨나 박씨가 아닌 사람으로 단 한 명 박위응이 지명하여 참석시킨 집사성 시랑(執事省侍郎) 최언위(崔彦撝)는 처음부터 눈을 감고 팔짱을 지른 채 말이 없었다. 당나라에 유학한 박식하고 통이 큰 사람으로 신라에서는 덕망이 있기로 유명했다.

박위응은 자기가 발탁한 사람이므로 손바닥에 쥐고 놀아도 무방할 것이고, 경우에 따라서는 그의 명성을 이용할 필요가 있을 듯도 해서 참석을 시켰다.

진골이 못 되는지라 말석 뒷자리에 앉은 최언위는 이렇게 거북한 자리도 처음이었다. 오십이 가까운 나이에 애숭이들의 수족으로 심부름이나 하는 처지도 딱한데, 그 애숭이들 틈에 끼어 말석에 앉고 보니 새삼 자기 신세가 처량하다는 생각뿐이었다.

철부지들이라는 것을 어제 오늘에 안 것은 아니지마는 처음으로 이런 자리에 나와 보니 도시 말이 되지 않는 물건들이었다.

"최 시랑!"

박위웅의 날카로운 목소리가 울렸다.

김씨 아니면 박씨뿐인 판국에 이 성은 자기 혼자뿐인지라 자기를 부르는 것이 확실했다.

"네."

"아까부터 눈을 감고 무슨 생각을 했소?"

"별다른 생각을 하지 않았습니다."

"이 국가대사에 별다른 생각을 안 했다니 말이나 되는 소리요?"

상대등과 시랑은 하늘과 땅의 차이는 못 되더라도 산꼭대기와 기슭의 자는 있었다. 그는 하는 수 없이 사과했다.

"미안합니다."

"말투를 들으니 내 말이 마음에 안 드는 모양이군."

"……."

"솔직히 말해 봐요. 어디가 틀렸단 말이오?"

"말씀드리지요. 전쟁에 지고도 나라의 경사라니 이런 해괴한 일이 어디 있습니까?"

"지다니? 작은 것을 잃고 큰 것을 얻었는데 어째서 진 거요?"

"고려를 큰 것이라고 말씀하셨는데 고려가 정말 우리 손아귀에 들어왔다고 생각하십니까?"

"들어오구 말구. 어명이 떨어지자 동병을 하는 걸 봐요."

이 경망한 인간은 말할 상대도 못 된다 싶어 입을 다물었다. 입을 다무니 자기가 옳았다고 생각한 모양이다.

"다음으로 중론은 어떻게 생각하오?"

"글쎄올시다."

"시답지 않다, 이 말이오?"

최언위는 응대를 하지 않을 수 없었다.

"그런 뜻은 아닙니다마는 오악에 제례를 지낸다는 말이 나왔는데 오악은 대개 적의 수중에 들어갔습니다. 어떻게 지내지요? 금성 땅에서 그 방향을 향해 제물을 차려 놓고 절을 하는 건가요? 또 탑이니 전승비니 하는데 그런 비용이 있으면 병사들을 잘 먹이고 잘 단련해서 적을 막을 생각을 하는 것이 옳지 않을까요?"

"하, 말귀를 못 알아듣는군. 왕건이 있는 한 우리 신라의 국방은 철통 같은데 병사들의 걱정은 왜 하시오? 어명만 떨어지면 즉시 달려오는 충신이 아니오? 폐하, 안 그렇습니까?"

여전히 거나하게 취한 임금은 알아듣기나 했는지 무조건 고개를 끄덕였다.

"그렇지, 그렇구 말구."

결국 탑과 전승비, 그리고 제례는 비용이 엄청나서 후일로 미루고 사찰에서 재를 올리기로 낙착을 보았다. 다음은 논공행상 차례였다.

병신들의 우습지도 않은 육갑인지라 최언위는 자리를 뜨고 싶었으나 그것도 마음대로 되는 자리가 아니었다.

진 싸움에도 나라가 없어지지 않는 한 논공행상은 있을 수 있다. 패전에도 용감한 병사들은 있게 마련이기 때문이다.

기왕 말이 나왔으니 대야성에서 용감하게 전사한 김효종과 그의 군관들에게 포상이 내릴 줄 알았다.

그러나 김효종은 대야성을 잃었으니 그 책임을 면할 수 없다고 이구동성으로 비난이 자자했다. 군량과 무기를 제때에 대 주지 않은 잘못의 반성은 고사하고 그것을 입 밖에 내는 사람조차 없었다.

심지어 개새끼 견훤이 그를 관에 넣어 금성까지 보낸 것을 보니 수상하다고 입에 거품을 물고 떠드는 자도 있었다. 김효종이 이 지경이니 그와 함께 전사한 군관들은 셈수에도 들지 않았다.

최언위는 보다 못해 한마디 했다.

"김효종 장군이야말로 충신입니다. 국장의 예로 장송하는 것이 마땅합니다."

이 한마디로 벌집 쑤신 듯이 일어날 줄은 몰랐다.

"성을 잃은 자에게 국장이 다 뭐요?"

"역적과 내통했을지도 모르는 자에게 국장이라니 당신도 좀 이상하지 않소?"

최언위는 고개를 숙이고 잠자코 있었다. 어김없이 임종이 가까운 사람의 몸부림과 같았다.

박위웅이 헛기침을 하고 한말씀 했다.

"최 시랑은 피가 달라서, 즉 진골이 아니라서 우리와는 생각하는 것이 다른 듯하오."

결국 고려에 두 번 청병(請兵)을 다녀온 진골 출신의 김율이 특출한 공을 세웠으니 일등공신이라 하여 금으로 만든 그릇과 백미 열 섬의 포상을 받았다.

회의가 파하자 최언위는 찬바람이 휘몰아치는 길을 터벅터벅 걸어 김효종의 상가를 찾았다. 나라에서 흰눈으로 보는 탓인지 가족들뿐, 조문객도 없었다.

영전에 분향한 최언위는 위로할 말을 몰라 혼자 중얼거렸다.

"응당 국장으로 모셔야 할 분인데…….'

"그이는 나라가 돌아가는 형편을 잘 아십니다. 국장으로 모셔도 그분의 혼백은 이를 거절하실 겁니다."

부인이 응대했다.

최언위는 매일 퇴청하면 상가에 들러 가족들과 함께 영전에 지켜 앉
았다가 장례 날에는 장지까지 따라가서 땅에 묻히는 것을 도왔다.

장지는 공신들이 묻히는 나라의 묘지도 아니고 가족들이 택한 양지
바른 언덕이었다.

그는 다음 날 병을 핑계로 벼슬을 그만두고 집에 들어앉았다.

이제 신라는 마지막 숨을 몰아쉬는 단계에 와 있다. 예토(穢土)가 따
로 있는 것이 아니라 사람 같지 않은 것들이 설치고 진정한 사람을 몰라
주는 고장이 예토다.

망하리라. 사람 살 고장이 못 된다.

어디든 먼 고장으로 떠나야겠다. 어디로 갈 것인가.

그러나 지금은 추운 겨울이고 어디나 위험한 데다 자기는 나이를 먹
어 당장 먼 길을 떠나기는 어려웠다. 겨울 동안 독서로 소일하면서 앞날
을 궁리하고 가족들과도 의논했다.

아들이 넷 있었으나 맏이는 중국 유학을 가다가 거란에 붙잡혔고 둘
째는 오월(吳越)에 공부하러 갔고 집에는 아직 어린 셋째 광원(光遠)과
넷째 행종(行宗)이 있었다.

그는 봄이 오자 괴나리봇짐을 걸머지고 부인과 함께 두 아들을 데리
고 북으로 길을 떠나 여러 날 만에 고려의 서울 개경에 다다랐다.

신라와는 달리 왕건의 고려는 그를 극진히 맞이하고 극진히 대우하
였다(그는 고려에서 태자태부[太子太傳]까지 지냈다). (계속)